# mein
# KRieGER

Die Ritter von de Ware

# WEITERE BÜCHER VON GLYNNIS CAMPBELL

Die Kriegerinnen von Rivenloch
Schiffbruch (*The Shipwreck*) [Novelle]
Eine gefährliche Braut (*Lady Danger*)
Ein Herz in Fesseln (*Captive Heart*)
Des Ritters Belohnung (*Knight's Prize*)

Die Ritter von de Ware
Das Verlöbnis (*The Handfasting*) [Novelle]
Mein Ritter (*My Champion*)
Mein Krieger (*My Warrior*)
Mein Held (*My Hero*)

Geächtete im Mittelalter
Die Viehdiebin (*The Reiver*) [Novelle]
Ein gefährlicher Kuss (*Danger's Kiss*)
Die Zuflucht der Leidenschaft (*Passion's Exile*)
Die Erlösung des Verlangens (*Desire's Ransom*)

Die schottischen Frauen
Der Verdammte (*The Outcast*) [Novelle]
MacFarlands Frau (*MacFarland's Lass*)
MacAdams Frau (*MacAdam's Lass*)
MacKenzies Frau (*MacKenzie's Lass*)

# DANKSAGUNGEN

Mein besonderer Dank geht an
Helen und Cindy,
Schwestern bei OCC/RWA,
und an Kriegerinnen überall auf der Welt.

# WIDMUNG

*Für meinen Vater,*
*der mich mit*
*König Arthur und Zorro,*
*Robin Hood und dem Piraten Blackbeard*
*erzogen hat und mich gelehrt hat*
*herum zu poltern.*

# PROLOG

holden de Ware streckte seine langen Beine zu dem verglühenden Feuer hin und schüttelte dabei traurig seinen Kopf, während er in den sternenklaren Nachthimmel starrte. „Wir haben ihn verloren."

Sein Halbbruder Garth, der auf dem Baumstumpf einer Kiefer saß, schaute schweigend in sein Bierglas.

„Armer Duncan", fuhr Holden fort, „es ist schon eine furchtbare Sache, wenn ein Mann einem solchen Feind zum Opfer fällt und schon in seiner Jugend gefällt wird, bevor er überhaupt …"

„Oh lieber Gott …", knurrte Sir Guy, spuckte auf die heißen Kohlen, sodass sie zischten und fuhr dann fort, „euer Bruder ist nicht tot. Herrgott, er hat nur geheiratet." Er knurrte weiter in seinen schwarzen Bart und machte sich dann genervt auf den Weg, um in einem der verschiedenen Zelte im Lager einen Schlafplatz zu finden. Er ließ die beiden Brüder allein.

„Er hat gut reden", vertraute Holden Garth an. „Er ist kein

1

de Ware." Er nahm einen langen Stock und stocherte damit im Feuer herum. „Ein de Ware lebt für das Gefühl eines guten Schwertes in seiner Hand, eines guten Pferds zwischen seinen Beinen und dem Wind des Abenteuers, der ihm durch die Haare streicht."

Garth hatte seine eigene Meinung dazu, sagte aber nichts und nippte nur an seinem Bier.

„Aber eine Ehefrau", sagte Holden tief seufzend.

Die Brüder saßen eine Weile schweigend da und hörten zu, wie eine Eule im Wald rief und einer von Holdens Männern im Schlaf hustete.

„Ihr wisst doch, was ich meine, nicht wahr?", fragte Holden und wandte sich zu seinem jüngeren Bruder mit neuem Respekt. „Die Geistlichen machen es richtig. Ihr habt es geschafft, Euch mit Eurem Beruf ganz und gar aus Herzensangelegenheiten herauszuhalten. Ihr seid keusch und ehrlich geblieben und seht doch, was Ihr erreicht habt."

Garth hielt inne, als er seinen Becher gerade auf halbem Weg zurück an seine Lippen führte und schaute hinüber zu Holden, als wenn auch er sich das fragen würde.

Holden knuffte ihn kameradschaftlichen an der Schulter. „Jetzt kommt schon, Bruder. Ihr seid zweifellos der gelehrteste Mann im Haushalt unseres Vaters. Glaubt Ihr wirklich, dass Ihr auch nur die Hälfte davon erreicht hättet, wenn Euer Herz an eine Frau versklavt wäre?"

Garth stellte seinen Becher ab und senkte seinen Blick, wobei er in das Feuer starrte und sein Blick erschien untypisch verstimmt heute Abend, ähnlich wie der ihres Vaters. „Warum bin ich dann nicht zufrieden?"

Überrascht beugte sich Holden vor. Garth war kein Mann vieler Worte, aber wenn er sprach sagte er normalerweise etwas Wichtiges. „Seid Ihr nicht zufrieden?"

Garth runzelte die Stirn und sammelte sich. „Nicht so zufrieden, wie ich sein sollte, glaube ich."

Holden strich sich über sein Kinn, auf dem jetzt recht viele Bartstoppeln zu sehen waren. „Wie das?"

Garth stellte seinen Becher auf den Boden und legte seine Ellbogen auf seine gespreizten Knie. „Bei Duncans Hochzeitsfeier ..." Er faltete die Hände, als wenn er beten wollte. Er hatte sich diese Geste inzwischen angewöhnt. „Als seine Braut neben ihm saß, war etwas in seinen Augen. Ein Leuchten. Wärme? Ruhe? Freude? Ich bin mir nicht sicher, aber es veränderte ihn. Ich wusste in dem Augenblick, dass ganz gleich, wie viele aufrüttelnde Predigten ich halten würde, ganz gleich, wie viele Psalme ich abschrieb oder wie viele Seelen ich rettete, dass ich das niemals fühlen würde."

Holden atmete pfeifend aus. Er hatte keine Ahnung gehabt. Garth war immer so ernst, so beschäftigt mit seinen Studien und so zögerlich gewesen, sich an den kriegerischen Übungen seiner Brüder zu beteiligen. Es war fast, als würde gar kein de Ware Blut durch seine Adern fließen, als wenn er aus einem anderen Holz geschnitzt wäre als Duncan und er, die beide eher ohne ihre Hose als ohne ihr Schwert herumlaufen würden. Aber jetzt hörte er ganz andere Töne ...

Holden strich sich mit den Fingern durch sein zerzaustes Haar und schaute Garth aus dem Augenwinkel an, wobei er über eine gewagte Möglichkeit nachdachte. Er hatte Duncan verloren, aber vielleicht war es für seinen kleinen Halbbruder noch nicht zu spät. Vielleicht könnte er Garth vor seinem heiligen Verhängnis retten und ihm die berauschenden Freuden des Lebens, die Freiheit und einen offenen Weg nahebringen.

„Garth!", sagte er und schlug seinem Bruder auf das Knie, wobei er ihn fast umgestoßen hätte. „Kommt mit mir."

„Was?"

„Werdet Teil meines Gefolges. Edward kann ein weiteres Schwert gut gebrauchen, sofern Eures noch nicht verrostet ist." Er rieb sich die Hände. Je mehr er darüber nachdachte, desto besser hörte es sich an. „Begleitet mich auf dieser Kampagne. Lernt das Leben kennen. Seht etwas von der Welt." Er lachte. „Zähmt Weiber und erschlagt Drachen."

„Aber meine Studien ..."

"Pah! Glaubt Ihr, dass sie der Bibel ein weiteres Buch hinzufügen, während Ihr fort seid?"

Garth runzelte beunruhigt die Stirn, aber in seinen Augen war jetzt ein Funkeln, das kurz zuvor noch nicht da gewesen war.

„Dies ist Eure letzte Chance, Junge", lockte Holden.

Unentschlossen kaute Garth auf seiner Unterlippe.

„Nach dieser Kampagne wird das Blut in Euren Adern kochen und Feuer in Euren Augen zu sehen sein", versprach Holden, „ und dann könnt Ihr wieder nach Hause zu Euren Büchern gehen." Er streckte Garth seinen rechten Arm entgegen. „Was sagt Ihr, Garth? Aye oder nay?"

Nach einiger Überlegung stand Garth auf und streckte ernsthaft seine Hand aus. „Aye."

„Gut." Sie umklammerten sich an den Unterarmen. „Ich werde Euch alles lehren, was ich weiß", versprach Holden und legte einen Arm um Garths Schulter, während sie zu den Zelten gingen. „Ich weiß, wie man die Angst besiegt, Vertrauen aufbaut, Männer mit eiserner Hand und einem gerechten Herz regiert, wie man Weiber verführt und Burgen belagert ..."

Garth blieb plötzlich stehen und schaute zweifelnd zu Holden hoch.

"Aye, sogar das", versprach er. „Es ist nicht so schwer, wie Ihr es Euch vorstellt. Tatsächlich sind die meisten mehr als Willens aufzugeben. Man klopft am Torhaus an und schon wird die Zugbrücke heruntergelassen. Es gibt dauernd neue Burgherren und sie sind schnell gewonnen." Er schaute verträumt in die Nacht „Andere sind unantastbar und hervorragend gebaut. Sie sind nicht zu überwinden und man muss zufrieden sein, eine solche Perfektion aus der Ferne zu betrachten." Er stupste Garth an die Brust. „Die größte Herausforderung und die lohnendste Eroberung sind diejenigen, die sich wehren. Du gewinnst natürlich. De Wares gewinnen immer. Aber der Geschmack des Sieges ist viel süßer, wenn ..."

"Was?"

Garth starrte ihn an, als wenn er verrückt wäre. „Dies wird meine erste Kampagne sein. Ich glaube nicht, dass ich sehr viele Burgen belagern werde."

„Burgen belagern?", sagte Holden schmunzelnd. „Wer spricht denn vom Burgen belagern?" Er zog Garth hinter sich her zu den Zelten. „Ich rede davon, wie man Frauen verführt."

# KAPITEL 1

**E**in geflecktes Kaninchen saß auf seinen Hinterbeinen und schnupperte argwöhnisch die kalte, klare Luft. Hier und da berührte die Sonne ein Blatt und die Feuchtigkeit stieg dampfend von den feuchten Blättern auf. Der unwiderstehliche Duft von neuem Gras wehte verlockend von einer Wiese herüber, aber dann schwebte ein schwacher, unbekannter Geruch vorbei. Das Kaninchen erstarrte.

Die Stille des Morgens wurde plötzlich durch das Zischen eines Pfeils unterbrochen, der die Luft durchschnitt und in der feuchten Erde inmitten der aufgewühlten Blätter landete. Das Kaninchen rannte davon und war mehr von dem lauten Fluchen als von dem Pfeil erschrocken.

„Verdammt! Der hirnlose Ochse von einem Pfeilmacher soll verflucht sein!"

Die blauen Augen der Jägerin, die so hell wie ein Bach in den Highlands waren, wurden vor Widerwillen zusammengekniffen, während das Kaninchen flüchtete.

Der Langbogen aus Eschenholz, den sie vor Zorn hingeworfen hatte, hüpfte auf dem Boden auf und ab und wurde gefolgt vom Zittern der schlecht gemachten Pfeile, die auf abgetragenen Lederstiefeln landeten. Der Umhang der Jägerin wirbelte wie eine Sturmwolke, die Kapuze fiel nach hinten und zeigte langes, braunes Haar, das Rotgold im frühen Sonnenlicht glänzte.

Ganz in der Nähe schmunzelte *Laird* Angus Gavin und mit rauer warmer Stimme sagte er: „Ruhig, Mädchen, ruhig."

Cambria atmete entrüstet über die Schulter neblige Luft aus. Sie hatte ihr feuriges Temperament nicht von ihrer sanften Mutter geerbt, möge der Herr ihrer Seele gnädig sein.

„Ich habe dem verdammten Narren gesagt, dass er die Pfeile dieses Mal gleichgewichtig fertigen sollte, bevor er sie mir gibt", fauchte sie vor Zorn und strich sich die Haare aus dem Gesicht. „Diese hier sind völlig nutzlos!"

Ihr Vater nickte und legte tröstend den Arm um sie. „Ich werde mit ihm sprechen."

„Ich hätte es erwischt", knurrte sie und trat rachsüchtig gegen einen Fliegenpilz.

Sie wusste, dass sie Recht hatte. Obwohl Malcom, der Verwalter sich oft über ihre geschmacklosen Neigungen beschwerte, wie der alte Eber das Jagen und Ausreiten bezeichnete, musste sogar er zugeben, dass sie recht geschickt mit dem Langbogen umgehen konnte.

Sie sammelte die fehlerhaften Pfeile auf und schwang den Köcher über ihre Schulter. Nicht nur die ungleichgewichtigen Pfeilschäfte ärgerten sie. Sie hatte sich in letzter Zeit nicht so richtig konzentrieren können.

*Laird* Angus nahm ihre Hände in seine und musterte ihr Gesicht: „Ihr macht Euch Sorgen wegen des Clans und diesem unabwendbaren Krieg", erriet er.

Als sie in seine weisen alten Augen blickte, löste sich ihr Zorn auf. Ihr Vater spürte immer, wenn sie sich Sorgen machte. Fürwahr, manchmal könnte sie schwören, dass er bis in die Seele eines Menschen schauen konnte.

Die Probleme hatten vor vierzehn Tagen angefangen. Ihr Vetter Robbie war verantwortlich dafür gewesen. Robbie hatte hellblaue Augen und unzähmbares rotes Haar, sodass man ihn im ganzen Tal erkannte. Als Kind waren sie Spielkameraden gewesen, hatten im See gebadet und mit ihren Holzschwertern geübt und als ihre Mutter vor zwölf Jahren starb, hatte sie an seiner Schulter geweint. Es schien erst einige Tage her zu sein, dass sie und Robbie wegen eines mörderischen Schachspiels gelacht hatten.

Jetzt war alles anders.

„Schmachtet Ihr immer noch wegen dieses Emporkömmlings von einem Vetter?", knurrte der *Laird*.

Sie stocherte mit der Zehenspitze in den verwelkten Blättern herum. „Robbie hat Recht. Wir sind es der Erinnerung von Robert Bruce schuldig, dass wir seinen Kampf für die Sache der Schotten weiterzuführen."

„Pah!", bellte *Laird* Angus. „Was der junge Robbie über die schottische Sache weiß, würde in einen Fingerhut passen. Er und der halbe Clan würden abgeschlachtet werden und für was? Er hat kein Zuhause und kein Land. Und", fügte er demonstrativ hinzu, „keinen Clan."

Sie versuchte den Schmerz in ihrem Herz zu ignorieren. Dieser verdammte Narr Robbie. Wenn sie der *Laird* wäre, würde sie ihn wieder im Clan aufnehmen, auch wenn ihr Vater dafür zu stolz war. Robbie hatte nur einen dummen Fehler gemacht und versucht, sie davon zu überzeugen, dass sie sich seiner Sache anschloss wobei er vergaß, dass ihr Platz an der Seite ihres Vaters war, der den Clan über das Land stellte.

Sie knabberte an einem zerfransten Fingernagel und murmelte: „Die Engländer sind unser Feind."

„Zuweilen", stimmte er ihr zu und bückte sich steif um Cambrias Bogen aufzuheben, „aber das gilt auch für die Highlander."

Das stimmte. Im Allgemeinen misstrauten die Highlander Clans wie den Gavins, die in den Grenzgebieten lebten, mit gutem Grund.

Entlang der Grenze wechselte die Treue so häufig wie die Gezeiten in der Nordsee und ging in der Regel an den über, der gerade die meiste Macht hatte.

Aber für Cambria stand es außer Frage, wer das mächtigste Schwert schwang. Sie war neben den großartigen Rittern von Gavin aufgewachsen. Es gab keinen Engländer, der es den großartigen Kriegern ihres Clans in Stärke, Mut und Treue gleichtun konnte. Sie war sich sicher, dass Schottland schließlich siegreich sein und ein schottischer König den Thron einnehmen würde.

„Zwischen den Clans gibt es keine Einheit", sagte *Laird* Angus, „und die wird es auch niemals geben."

„Aber der Bruce ..."

„Hat es versucht und ist gescheitert."

Das nahm Cambria den Wind aus den Segeln. „Werdet ihr Euch also gegen sie stellen – gegen Robbie und Graham und Jamie und all die anderen? Wenn es zum Krieg kommt, werdet ihr Euer Schwert gegen Eure eigenen Leute erheben?"

„Robbie und die anderen haben den Clan verraten", zischte der *Laird* und sein Blick konzentrierte sich auf den Weg vor ihnen. „Sie sind keine Gavins mehr. Sie haben ihre Heimat verlassen. Sie haben ihre Familie verlassen. Herrgott, sie haben *Euch* verlassen, Cambria."

Bei der Erinnerung zuckte sie zusammen. Er hatte Recht und der Dorn dieses Verrats war wie eine Distel in ihrem Herzen.

Schweigend marschierte sie neben ihrem Vater nach Hause entlang des gewundenen Wegs, auf dem sie schon gelaufen war, als sie das Laufen lernte. An jedem anderen Tag hätte sie sich an dem Gezwitscher der Drosseln und Meisen erfreut und den starken Geruch der Kiefern eingeatmet.

Aber heute spürte sie einen festen Knoten in ihrer Brust und die Blätter über ihr verwischten, während sie mit den Tränen kämpfte und ihre Hände zu Fäusten ballte. Sie wagte es nicht, dass ihr Vater sie weinen sah und wollte nicht, dass er auch nur einen Augenblick daran zweifelte, dass sie stark genug war, seine Nachfolgerin als *Laird* zu werden.

*Laird* Angus räusperte sich mehrere Male auf dem Weg, aber sie ermutigte ihn nicht zu sprechen, da sie spürte, dass sie das was er sagen wollte, nicht hören wollte.

Schließlich blieb er stehen und entkorkte die Flasche mit dem Bier, die an seiner Hüfte hing und trank einen großen Schluck und dann starrte er in den Wald. Er bot ihr etwas zu trinken an, aber sie winkte ab.

„Nun kommt schon", sagte er und steckte den Korken wieder auf die Flasche, „ich bin viel zu alt, als dass ich in Schlachten kämpfen würde, die ich nicht gewinnen kann. Nay, schüttele nicht den Kopf. Wir wissen beide, dass es stimmt."

Sie hasste es, wenn er so sprach. Er wurde nicht alt. Er konnte nicht alt werden, er war alles, was sie noch hatte.

*Laird* Angus drückte seinen Daumen in seine Handfläche und rieb die Steifheit weg, die ihn in den letzten paar Jahren geplagt hatte. „Ich habe nicht die Absicht, die letzten Augenblicke meines Lebens im Krieg zu verbringen."

Sie runzelte die Stirn. War es nicht das, was jeder Krieger wollte? Das waren doch sicherlich nicht die Worte des Mannes, der sie gelehrt hatte zu kämpfen – mit dem Schwert, dem Dolch und den Fäusten, um jeden Quadratzentimeter des Gavin-Landes zu verteidigen.

Der *Laird* sprach vehement weiter, aber er begegnete ihrem Blick nicht. „Ich will sicher sein, dass meine Familie weiterlebt und ich will, dass sie in Frieden lebt."

Verdutzt starrte sie ihn an. Wurde ihr Vater jetzt im Alter weich? Nicht nur schlug er vor sein Vaterland zu verraten, sondern wies auch sehr offensichtlich und zum wiederholten Male darauf hin, dass er Enkelkinder von Cambria erwartete. Innerlich stöhnte sie. Darüber hatten sie sich schon unzählige Male gestritten.

Sie war als Ehefrau völlig ungeeignet. Das wusste jeder. Sie war das einzige Kind des *Lairds* und von ihrem Vater und Malcom, dem Verwalter, erzogen worden ihren Vater als *Laird* mit der dazugehörigen Verantwortung eines Tages beerben zu können. Sie hatte keine Zeit für Freier, selbst wenn sie Interesse gehabt hätte oder geeignete Kandidaten aufgetaucht wären, was aber nicht der Fall gewesen war.

Es lag nicht daran, dass sie hässlich war. Sie hatte ihr Gesicht schon sehr oft im Spiegel gesehen und wusste, dass sie keine hässlichen Stellen oder Narben hatte. Die Männer, die sie kannten, sahen in ihr den zukünftigen *Laird* des Gavin-Clans – das Land und die Leute – eine mächtige, stolze und unbeugsame Frau und diese Qualitäten waren äußerst unerwünscht bei einer Ehefrau.

Robbie hatte sie verstanden. Er hatte ihre Stärken und ihren Intellekt respektiert und ihre Faszination für Politik geteilt, aber auch er hatte sie nur mit brüderlicher Zuneigung gesehen. Ehrlich gesagt hatte Cambria einen Mann fast nie zweimal angesehen, sofern es nicht darum ging seine Kühnheit auf dem Schlachtfeld zu bewundern oder seine Treue zum Clan einzuschätzen.

Ihr Vater hatte das Thema Heirat schon mehrfach in der Vergangenheit angesprochen, aber ihr Streit deswegen war immer schnell hochgekocht und hatte sich ebenso schnell beruhigt. Jetzt, da sie in seine müden Augen blickte, stieg eine böse Ahnung in ihr auf.

„Was ist los, Vater?"

Er fluchte leise und streckte dann sein Kinn mit dem grauen Bart vor und sagte entschieden: „Morgen kommt eine Gruppe englischer Ritter zu mir und ersucht um meinen Lehenseid gegenüber Balliol als dem König von Schottland."

Sie atmete tief durch. Wenn er zugegeben hätte, dass er zwei Köpfe hatte, hätte sie dies nicht mehr überraschen können. Er wollte sie also gar nicht in eine Ehe drängen, es war etwas viel Schlimmeres.

„Balliol?", flüsterte sie entsetzt. „König Edwards Marionette?"

Angus schwieg mit der legendären Gavin-Sturheit.

„Natürlich werdet Ihr ablehnen", sagte sie und versuchte sich zu überzeugen, dass der *Laird* nicht den Verstand verloren hatte, aber das Gefühl in ihrem Magen sagte ihr etwas anderes.

„Vater?"

Der *Laird* weigerte sich, ihrem Blick zu begegnen.

„Vater", sagte sie und versuchte sich vernünftig mit ihm zu unterhalten, „Ihr seid müde. Wenn Ihr erst mal darüber geschlafen habt ..."

"Cambria", schimpfte er.

Sie wurde wütend. „Aber Balliol ist noch nicht einmal Schotte!"

„Er wurde in Schottland geboren."

Sie spukte auf den Boden. „Ein Schwein, das im Taubenschlag geboren wird, wird nicht zur Taube."

„Cambria", warnte er sie.

„Edward glaubt, dass er die Schotten befrieden kann, indem er diesen ..."

„Cam."

„Dieser schwanzwedelnde kleine Wicht ..."

„Cambria!"

„Was?"

„Hört mir zu", sagte er mit einer uncharakteristischen Geduld, bei der sie sich noch mehr Sorgen machte. „Balliol als unseren König anzunehmen ist unsere einzige Hoffnung, dass wir unser Land behalten können. Ich habe zugestimmt, diesen Eid zu leisten, aber nur solange die Engländer garantieren, dass das Eigentum der Gavins unserem, meinem und Eurem Namen, erhalten bleibt." Er stieß mit einem Finger an ihre Brust. „Ihr wisst, was mit denen passiert, die sich gegen die Engländer stellen und verlieren."

„Die Gavins werden gewinnen!"

„Die Gavins könnten noch nicht einmal gegen sie kämpfen, wenn sie es wollten", murmelte *Laird* Angus. „Wegen der Überläufer sind unsere Truppen stark vermindert."

„Sie sind nicht übergelaufen", erwiderte sie und stockte bei genau den Worten, die sie selbst benutzt hatte, als sie herausgefunden hatte, dass Robbie weggegangen war. „Sie kämpfen jetzt für Schottland! Ihr wollt uns im Stich lassen!"

„Versteht Ihr denn nicht?" Der *Laird* lief rot an und spannte seine Hände an, als wenn er gegen den Drang ankämpfte, sie zu schlagen. „Wenn wir gegen die Engländer kämpfen, werden wir alles verlieren – unser Land, unsere Leute und unsere Lebensart."

Sie schüttelte den Kopf. Die Gavins waren unbezwingbar. Der Verwalter Malcom hatte dies schon unzählige Male behauptet. „Wir werden nicht verlieren, Vater", beharrte sie und legte ihre Handfläche flach auf seine Brust. „Die schottische Armee wird uns zu Hilfe kommen."

„Pah!", sagte er verächtlich und schüttelte ihre Hand ab. „Sie könnten sich noch nicht mal darüber einigen, wie man ein Feuer in der Küche löscht."

Bei dieser Beleidigung kochte der Zorn in Cambria wieder auf. „Das liegt nur daran, weil sie von unsereins keine Unterstützung erhalten haben. Das ist der einzige Grund, warum sie ... erscheinen."

„Unfähig?", vervollständigte ihr Vater mit beißendem Humor.

Frustriert atmete sie scharf aus „Vater, Ihr verlangt von mir, dass ich mitten in einer Schlacht mein Schwert einstecke"

„Cam", erklärte *Laird* Angus, „Ihr solltet den Preis für Leichtsinn und schlechtes Timing kennen. Habt Ihr die Lektion denn nicht unzählige Male im Kampf mit mir gelernt?"

Seine Hand auf ihrer Schulter fühlte sich plötzlich unerträglich schwer an.

„Auf jeden Fall", fuhr er fort, „wird England Schottland erobern und ihren Wunschkandidaten krönen. Ich beabsichtige, so viel wie möglich vom Eigentum des Gavin-Clans zu erhalten. Jetzt ist nicht die Zeit für Krieg. Das Schwert des Feindes liegt bereits an unserer Kehle und der Sturm ist schon angekommen. Jetzt ist die Zeit, dass wir uns vorbereiten, um das Ganze zu überstehen." Er drückte ihre

Schulter und ließ sie dann los. „Ich habe einem Treffen mit einem von König Edwards Rittern, Lord Holden de Ware, zugestimmt. Er ist angeblich ein gerechter Mann und vertrauenswürdig."

„Vertrauenswürdig?" Sie wandte sich ab, damit er die Verzweiflung in ihren Augen nicht sehen konnte. „Kein Engländer ist vertrauenswürdig", flüsterte sie. „Vater, wir sind Schotten. Wie könnt Ihr so etwas tun?"

„Es ist bereits getan, Tochter", antwortete er grob und machte sich auf den Weg nach Hause. Lord Hodens Männer werden morgen hier sein ich erwarte Eure volle Unterstützung, dass unsere englischen Gäste sich willkommen fühlen."

Englische Gäste? Das Zwicken in ihrem Bauch wurde zu einem ausgewachsenen Bauchweh, während sie ihrem Vater schweigend über die mit Moos bedecken Steine folgte und durch Blätter stolperte, die vielleicht die letzten waren, die auf schottischen Boden gefallen waren. Dabei dachte sie über die sich nähernden Eindringlinge nach. Wenn die Engländer tatsächlich auf dem Weg nach Norden waren, dann war es zu spät. Eine Wahl musste umgehend getroffen werden.

Wie hatte es so weit kommen können? Innerhalb eines Morgens war ihre ganze Welt auf den Kopf gestellt worden. Das Leben würde nie wieder wie früher sein. Die Mauer, die sie jahrelang gegen den Feind errichtet hatte, bebte gefährlich angesichts *Laird* Angus schockierender Ankündigung.

Cambria wusste in ihrem Herzen, dass sie ihrem Vater nichts verwehren konnte. Der *Laird* kam an erster Stelle. Das hatte sie von dem Tag an, als sie ihre ersten Worte sprechen konnte, gelernt. Der *Laird* kam an erster Stelle und für den *Laird* stand der Clan an erster Stelle. Es stand außer Frage. Er tat das, was er für das Beste für den Clan erachtete.

Sie musste ihn bei dieser Entscheidung unterstützen, die sicherlich für ihn so schwierig zu fällen war, wie es für sie schwierig war, sie zu akzeptieren. Sie beschloss, dass sie kämpfen würde, während sie ein Steinchen aus ihrem Weg trat.

„Ich gehe davon aus, dass sie nicht besonders lange bleiben werden", murmelte sie und betrachtete stirnrunzelnd den weichen Boden.

„Einige Ritter werden zweifellos bleiben, um die Burg sichern."

Sie schnaubte. „Unsere Wintervorräte waren nicht auf zusätzliche Gäste ausgerichtet."

„Dann ist es ja ganz gut, dass die Überläufer ihre Anteile zurückgelassen haben", entgegnete er eher trocken.

„Also", sagte sie und strich einen Käfer von ihrem Umhang, „ich werde nicht vor diesem ... de Ware knien. Es ist mir einerlei, ob er ein Lord ist oder nicht."

„Lord Holden de Ware", ergänzter er.

„Pah."

„Die de Wares sind für ihre Schwertkunst und ihre Wildheit bekannt. Einige nennen Lord Holden den Wolf. Er wurde angeblich noch nie in einer Schlacht besiegt."

Sie ärgerte sich über diesen Unsinn. „Der Mann hat offensichtlich noch nie gegen einen Schotten gekämpft."

Sie blieben auf einem grasbedeckten Hügel vor Burg Blackhaugh, dem uralten Sitz des Gavin-Clans, einen Augenblick stehen und schauten ehrfürchtig auf die alten blaugrauen Steine.

„Ich werde die Sache heute Abend vor dem Clan in der Halle vortragen", sagte der *Laird*. „Es wäre einfacher, wenn ich Eure Unterstützung hätte."

Sie erstarrte.

„Ich weiß, dass es schwierig für Euch ist", sagte er, „aber bitte, Tochter, um des Gavin-Clans und Eurer verstorbenen Mutter willen und für die Träume eines alten Mannes, macht diesem englischen Lord keinen Ärger. Er wird Euer einziger Beschützer sein und ich glaube, dass er uns beschützen wird."

Sie konnte nicht anders als zu überlegen, wer sie wohl gegen ihn beschützen würde, aber sie schluckte ihren Stolz und den Drang sich gegen die Machtlosigkeit zu stellen hinunter, die sich in ihr aufbauten.

„Ich sollte besser gehen, und alles für unsere englischen ... Gäste vorbereiten", bellte sie.

*Laird* Angus küsste sie auf die Stirn dann wandte sie sich ab und eilte zu den Toren von Blackhaugh.

Katie, die Frau des Verwalters betrat die Küche und keuchte angesichts des Chaos vor ihren Augen.

Wie der erste Schnee im Winter lag feines Weißmehl wie Puder über allem – dem Steinboden und dem eisernen Topf, der gefährlich an seinem Haken über dem Feuer schwang und sogar auf dem bebenden schwarzen Bart des erzürnten Kochs. Überall lagen zerbrochene Scherben und eine hässliche braune Substanz lief an einer Wand herunter, gegen die sie gespritzt worden war.

Mitten in diesem Chaos lief Cambria Gavin auf und ab und wirbelte dabei winzige Mehlwolken herum, während sie den verängstigten Küchenjungen ihre Forderungen zu bellte, wobei ihre Augen schlecht gelaunt funkelten. Während Katie mit erhobenen Augenbrauen zuschaute, trieb Cambria Hamish, den Koch, in eine Ecke und quälte den Mann mit unmöglichen Bitten. Als Hamishs Hand sich um den Griff eines riesigen Messers legte, beschloss Katie, dass es an der Zeit war einzuschreiten. Sie nahm das Mädchen am Ellbogen und zog sie aus der Gefahrenzone.

„Kommt, Mylady", sagte sie ruhig und klackte mit der Zunge. „Die Küche ist kein Ort für eine Schlacht. Hier drinnen ist es so heiß wie in der Hölle." Sie hob eine Ecke ihrer Schürze und tupfte das Mehl von Cambrias Nase ab.

Katie nahm an, dass sie fast wie eine Mutter für Cambria war. Sie kannte die Stimmungsschwankungen des Mädchens, die den Dienern eine Heidenangst machten. Aber sie hatte das Mädchen auch weinen sehen, wenn sie dachte, dass niemand sie sah. Dann schluchzte sie still in ihren Ärmel, als wenn ihr Herz brechen würde.

„Was soll das heißen, dass er für morgen nicht mehr Käse machen kann?", fragte Cambria und blickte den Koch finster an.

„Mylady", erklärte Katie vorsichtig und steuerte sie von dem rotgesichtigen Mann weg, „Käse muss altern."

„Wird er am Tag darauf fertig sein?"

„Nay, Mädchen."

„Wie alt muss er sein?", fragte Cambria zögerlich.

„Er wird erst zum Winter hin fertig sein, Mylady." Sie schmunzelte.

Manchmal überlegte Katie, was Cambria ohne sie anfangen würde. Trotz ihrer Fähigkeiten zu lesen, zu schreiben, ein Schwert zu schwingen und einen Langbogen zu benutzen war das Mädchen in Haushaltsdingen völlig unbedarft. Cambria hatte einmal zu ihr gesagt, dass die Vorbereitung des Haushalts auf Gäste schmerzhafter für sie war als ein Schlag mit der Lanze in die Magengrube.

Der gegenwärtige Zustand der Burg war ein guter Beweis dafür. Mehr als ein Dutzend Schlafplätze mussten hinausgeworfen werden, nachdem sie ein Zufluchtsort für Ratten und Flöhe geworden waren und jetzt lagen sie auf dem Burghof. Seit Wochen unbenutzte Nachttöpfe waren voller Spinnweben. Frisches Schilf war versehentlich auf dem alten in der großen Halle ausgebreitet worden und jetzt musste alles hinaus gefegt werden. Cambria hatte die Fäden auf dem Siegel, das sie auf dem besten Wappenrock ihres Vaters hatte reparieren sollen, völlig verknotet und vor Wut hatte sie mit dem Dolch durch den Stoff gestochen. Jetzt sah der arme weiße Adler des Gavins aus, als wäre er tödlich verwundet worden. Breits heute Morgen sah der Koch aus, als wäre er bereit die junge Herrin aufzuspießen und zu rösten.

Katie seufzte. Sie würde die halbe Nacht brauchen, um die Früchte von Cambrias Arbeit zu reparieren und jetzt schaute das Mädchen sie finster an, als wären die physischen Eigenschaften des Käses ihre Schuld.

Ihr Blick war umsonst. Katie hatte sich nie von Cambrias schlechter Laune beeinflussen lassen. Normalerweise änderte sich ihre Laune schneller als das Wetter im April.

Sie setzte Cambria in eine relativ sichere Ecke in der Küche, ging fröhlich umher und schickte einige dankbare Küchenjungen weg.

„Mylady", rief sie und tauchte einen riesigen Holzlöffel in einen Suppentopf, „das Essen ist nicht knapp. Wir haben jede Menge Geflügel und Hasen und heute sogar frische Forellen."

„Ich sehe keinen Grund, unsere Vorräte für Besucher zu verbrauchen, wenn Suppe und Käse ausreichend ist", zischte Cambria.

Katie lachte und blies auf einen Löffel der Suppe. „Welchen Groll hegt Ihr gegen unsere Besucher? Euer Vater wünscht, dass wir ihnen alle Höflichkeiten erweisen. Suppe und Käse!" Sie ignorierte Cambrias düsteren Blick und schlürfte an dem Löffel.

„Mmm, Ihr habt Euch selbst übertroffen, Hamish", gurrte sie.

Der Koch knurrte und war für den Augenblick erst einmal wieder friedlich.

Katie blickte zu Cambria. Das arme Mädchen zerrte so sehr an ihrem Surcot, dass er bald in Lumpen sein würde. Sie hatte sie noch nie so verzweifelt gesehen.

Plötzlich traf sie der Grund dafür wie ein Schlag auf den Kopf. „Euer Vater war sehr geheimnisvoll wegen dieser Besucher", sagte sie vertrauensvoll. „Wäre es möglich, dass er eine Ehe für Euch arrangiert hat?"

Cambria wurde blass. Entsetzen überkam sie. „Das nicht", brachte sie heraus. „Niemals."

Dann floh Cambria und ließ einen erleichterten Koch, eine Hand voll verwirrter Küchenjungen und eine törichte Verwaltersfrau zurück, die ihre Hände wrang und sich wünschte, dass sie ihre unbedachten Worte zurücknehmen könnte.

Cambria zog am Halsausschnitt ihres dunkelroten Surcots. Die dicke Wolle erstickte sie fast in der vollen großen Halle. Bei dem fettigen Geruch des Hammeleintopfs, der auf ihrem Teller gerann, wurde ihr schlecht und daher nahm sie nur wenig. Irgendwie waren die vertrauten Geräusche und Gerüche des Abendessens verschärfter und sie war gegenüber jedem Geschmack und jedem Wort empfindlicher, als wenn dies ihr letztes Mahl wäre.

Ihr Vater sprach mit Malcom über die Größe der Forellen. Etwas weiter unten am Tisch unterhielten sich zwei Damen darüber, wie man am besten Kopfschmerzen behandelte. Das Geschwätz an den unteren Tischen war laut und nicht zu verstehen. Zu Füßen ihres Vaters knurrten die Hunde, als er ihnen Knochen zuwarf. Der scharfe Geruch groben Biers, von Zwiebeln, gepfeffertem Hammel und Senf drang ihr in die Nase.

Heute spürte Cambria die Härte der alten Eichenbank unter ihrem Kissen, roch das zarte Mädesüß, das im Schilf verstreut war und hörte jedes Schmatzen und Herunterschlucken von Bier. Ihre Nerven waren vor Erwartung angespannt und jeder Dolch, der klirrend auf den Tisch fiel, ließ sie zusammenzucken. Als sie die Wände in der Halle betrachtete, wo die verblassten Schilde der Eroberten aufgehängt worden waren, überlegte sie, wie viele Feinde sich ihr Vater gerade machte und ob sie die Stärke hatte, ihn überzeugend zu unterstützen.

Schließlich stand der *Laird* auf und schlug mit dem Schaft seines Messers gegen seinen Becher aus Zinn, um die Aufmerksamkeit eines jeden zu gewinnen.

„Wir sind alle Gavins", begann er mit starker Stimme, die so beruhigend war wie Honigmet an einem Winterabend, „jene von Euch, die in den Clan geboren wurden und jene, die sich ausgesucht haben, bei diesem Clan und unter dessen Schutz zu leben. Nichts –" er schlug mit der Faust zur Betonung auf den Tisch und Cambrias Herz schlug ihr bis zum Hals – „nichts ist wichtiger als das Überleben des Clans und sein Anspruch auf dieses Land."

Vereinzelter Jubel erhob sich, aber die meisten warteten atemlos auf das zentrale Thema seiner Ansprache.

„Ich bin kein Mann der Politik. Ich gebe offen zu, das es mir einerlei ist, wer rechtmäßig König ist, solange der, welcher regiert, gerecht ist."

„Und weit weg!", rief jemand.

Daraufhin folgte Gelächter. Der *Laird* lächelte und erhob dann die Hand um für Ruhe zu sorgen.

„Zwischen Schottland und England steht Krieg bevor. Wir im Grenzgebiet müssen wählen wen wir unterstützen werden." Er räusperte sich und strich sich über seinen grauen Bart. „Vor zwei Wochen haben wir viele gute Männer verloren, die einem Schlachtruf nicht widerstehen konnten. Sie haben gewählt. Ich trage es ihnen nicht nach."

Cambria wusste, dass dies nicht stimmte, aber sie schwieg.

„Ich habe auch gewählt", fuhr er fort und seine Fingerspitzen berührten den Tisch vor ihm. „Ich bin dabei nicht meinem Herzen, sondern meinem Verstand gefolgt." Er hielt lange inne und musterte die Gesichter eines jeden Clanmitglieds. „Ich habe mich entschieden, mich mit den Engländern und Balliol zu verbünden."

Ein kollektives Keuchen ging durch die Halle und leises Murmeln erhob sich, was sich für Cambria wie der Donner vor einem Sommersturm anhörte. Der *Laird* brauchte sie jetzt. Nervös schaute sie sich um, erhob sich auf ihre wackeligen Beine und nickte ihrem Vater zu.

„Leute!", rief sie und es hörte sich an wie das Läuten der Glocke der Kapelle. Sofort herrschte Ruhe. Cambria faltete ihre Hände vor sich und versuchte nicht herum zu zappeln. „Wie die meisten von Euch will auch ich Balliol nicht auf dem Thron sehen."

Mehrere Leute nickten zustimmend und sie fuhr selbstsicherer fort. „Aber ich will auch nicht, dass unser Clan zerstört und unser Land aufgeteilt wird. Die Engländer ... werden gewinnen", brachte sie gequält heraus. „Sie haben eine größere Zahl an Kriegern und sie sind vereint im

Gegensatz zu den Schotten. Wegen der ... Abtrünnigen sind unsere eigenen Truppen geschwächt. Wir haben keine Möglichkeit des Widerstands mehr. Sie sind bereits hier und es gibt keine schottische Armee, die uns von einer Belagerung erlösen würde."

Wieder erhoben sich Stimmen, einige waren nachdenklich und andere entrüstet.

„Unsere einzige Hoffnung", fügte der *Laird* mit Stolz in den Augen hinzu, als er zu Cambria blickte, „ist es, wenn wir uns mit den Engländern verbünden. Allerdings zu unseren Bedingungen. Ich habe einem Bündnis zugestimmt zu der Bedingung, dass unser Land im Namen des Gavin-Clans erhalten bleibt." Er zwinkerte Cambria zu. „Und sie haben meine Forderung angenommen. Sie möchten nur unsere Burg und unsere Ritter nutzen. Wenn sie die Rebellion unterdrückt haben, werden sie nach Hause gehen." Er fügte grinsend hinzu: „Sie werden nach Hause gehen müssen. Ihre blasse englische Haut könnte unseren Winter nicht aushalten."

Jeder in der Halle schmunzelte bei seinem Scherz und selbst Cambria spürte, wie die Spannung nachließ, als sich ihr Gesicht zu einem Grinsen verzog. Erstaunt starrte sie zu dem Bären von einem Mann mit dem Funkeln in den Augen und der rauen Stimme, der die Sorgen seines Clans freiwillig auf seinen Schultern trug. Sie war wahrlich stolz auf ihren Vater und das Funkeln in seinen Augen sagte ihr, dass er auch auf sie stolz war. Plötzlich hob sie ihren Kelch.

„Auf den Gavin!", rief sie und alle um sie herum hoben ihre Becher. „Möge der Clan immer erhalten bleiben. Möge es die Schuld der Engländer sein, dass wir das schaffen!"

Gute Laune verbreitete sich in der Halle bis in die Nacht hinein und mit viel Erleichterung und Hoffnung erklomm

Cambria viel später die Wendeltreppe zu ihrer Kammer, um ins Bett zu gehen. Sie kuschelte sich unter die Felle um tief und fest am knisternden Feuer zu schlafen, das Katie für sie angezündet hatte – unglücklicherweise zu tief um die Tragödie zu verhindern, die nur wenige dunkle Stunden entfernt lauerte.

# KAPITEL 2

Sir Roger Fitzroi strich sich über die Bartstoppeln auf
seiner Wange, während er durch die Tannen auf die
schlafende Burg in der Ferne schaute. Er hatte, im
Gegensatz zu den anderen Rittern in seiner Truppe, nicht
gut geschlafen. Sie hatten gemütlich um ihn herum auf
dem Boden in der Kälte vor der Morgendämmerung
geschnarcht. Seine Bitterkeit gegenüber dem neuen
herrschenden Lord, Holden de Ware, breitete sich aus wie
eine vereiterte Wunde.

König Edward hatte seine Gunst nicht Roger, sondern
dem Wolf entgegengebracht, obwohl Roger eigentlich der
Onkel des Königs war. Wieder hatte der König die
Blutsbande ignoriert und den Bastard seines Großvaters
zurückgesetzt und Holden de Ware den Befehl über die
Truppen im Norden übertragen. Dann hatte er den Wolf die
prächtigste Burg belagern lassen und sie ihm übertragen.

Die Belagerung der Burg Bowden, wenn man sie
überhaupt so nennen konnte, hatte nur drei Tage gedauert
und der neu ernannte Lord Holden de Ware hatte sich
schnell in seiner prächtigen Behausung eingelebt.

Mit großer Begeisterung hatte Roger die Gelegenheit

ergriffen, einen ähnlichen Sieg über die in der Nähe gelegene Burg Blackhaugh zu erringen.

Bis er erfuhr, dass es für diese Burg eine besondere Abmachung gab. Scheinbar hatte der *Laird* im Grenzgebiet einer Verwendung seiner Burg durch die Engländer freiwillig zugestimmt und seine Unterstützung für Balliol zugesagt, solange die Burg und das Land in seinem Eigentum verblieben. Und der verfluchte Holden de Ware hatte diesen Bedingungen zugestimmt.

Roger spuckte angeekelt auf den Boden angesichts dieser lächerlichen Annäherung an den Feind. Eher würde er seine Mutter als Hure verkaufen, als zuzulassen, dass ein Schotte Land besaß, während er keins hatte. Der Wolf sollte verflucht sein. König Edward hatte den Siegern die Beute versprochen. Roger wollte verdammt sein, wenn er sich um seine betrügen ließ.

Trotz der frühen Stunde wollte er plötzlich kämpfen und er stupste seine Halbbrüder mit seinem Stiefel an.

"Hugh, Owen, steht auf", knurrte er und ignorierte ihre schläfrigen Proteste. „Lasst uns eine Burg stürmen."


Die Bewohner von Blackhaugh hatten wahrscheinlich noch nie so einen beeindruckenden Aufmarsch an Rittern gesehen, dachte Roger zufrieden, während er langsam seine Handschuhe auszog. Fast zwei Dutzend stolzierten durch die große Halle in voller Rüstung mit Wappenröcken, auf denen stolze englische Siegel zu sehen waren. Selbst sein eigener, der mit Bastardfäden markiert war, war feiner als die abgetragenen Lumpen, die er an den Rittern des Grenzgebietes entdeckte.

Diener, die gerade erst geweckt worden waren, eilten

umher um die Wandleuchten anzuzünden, den Haferflockenbrei zu wärmen und sie versuchten vergeblich, die Becher der Ritter gefüllt zu halten. Obwohl Roger sie alle wie ein goldener Gott überragte, amüsierte es ihn, sich bescheiden zu geben. Liebenswürdig nahm er einen silbernen Kelch mit Bier an, den der Gavin ihm in die Hand drückte.

Er schob sein Kettenhemd zurück und trank höflich von dem Gebräu, dass er normalerweise hinunterstürzen würde. Er spielte die Rolle von Holden de Wares Unterhändler perfekt und das wusste er. Nur ein kleiner Fehler in seinen Plänen nagte in seinem Hinterkopf.

Roger war über die Anzahl der auf Blackhaugh wohnhaften Ritter falsch informiert worden. Er hatte drei verschiedene Dienerinnen gefragt, ob alle ihre Männer zugegen waren und sie hatten es bejaht, aber der Mangel an Verteidigern störte ihn immer noch. Sein ganzer Plan hing davon ab, dass er es so aussehen lassen konnte, als wenn die Schotten sich gewehrt hätten. Der Mangel an bewaffneten Männern würde sicherlich Zweifel an seiner Glaubwürdigkeit aufkommen lassen.

Hugh und Owen waren wie immer schwierig und Roger wünschte sich, dass er seine dummen Brüder nicht immer überall hin mitnehmen müsste, aber ihre Mutter wollte es so. Man tat, was sie sagte oder die königlichen Bezüge würden gestrichen werden. Roger verzog das Gesicht und betete, dass sie ihren Mund halten würden und die Verhandlungen ihm überließen. Ungeduldig gab Roger seinen leeren Becher an Owen.

"*Laird* Angus", verkündete er, „meine Brüder und ich ..."

Der *Laird* schaute argwöhnisch von einem zum anderen bei den drei Männern. Das war Roger gewöhnt. Die drei Brüder sahen sich ebenso wenig ähnlich wie die Kinder einer Hure und das waren sie auch. Owen war klein und dunkel wie ihre Mutter, Hugh war groß und dünn mit strähnigem blondem Haar. Nur Roger hatte einen königlichen Vater mit der dazugehörigen Statur und dem guten Aussehen.

„Meine Brüder und ich würden die Bedingungen Eurer *Kapitulation* lieber privat besprechen", erklärte er mit übertriebener Höflichkeit. Für das, was er zu sagen hatte und was er vorhatte, wollte er keine Zeugen.

*Laird* Angus spürte, wie sich die Haare in seinem Nacken aufstellten. Es gefiel ihm nicht, dass der Engländer das Wort *Kapitulation* benutzte. Dann seufzte er und nahm an, dass geknickter Stolz ein geringer Preis für das Überleben seines Clans war.

Wortlos schickte er eine Nachricht an den Verwalter Malcolm und wies ihn an, den Rest der Truppe im Auge zu behalten. Dann führte er die Brüder zu einem angrenzenden Zimmer. Die Tür schloss sich hinter ihnen mit einem dumpfen Knall. Er zeigte auf die Bänke am Tisch mitten im Zimmer, aber die drei Engländer blieben stehen. Fitzroi lehnte sich schon fast frech gegen die Tür.

Angus beschloss, dass dies wohl ganz gut so war. Je schneller die Angelegenheit vorüber war, desto besser. Er streckte die Hand aus. „Ihr habt also das Dokument?"

Fitzroi klopfte sich an die Brust und zog dann ein Pergament heraus, wobei er Überraschung vortäuschte, dass es dort war. „Dies hier?" Seine Brüder kicherten und er grinste.

Angus widerstand dem Verlangen ihm die Zähne einzuschlagen. Stattdessen dachte er an den Clan und rieb sich die Hände. „Ich brauche eine Feder und ..."

Das Geräusch, wie das Pergament langsam zerrissen wurde, hing in der Luft. Die beiden Hälften des Dokumentes schwebten hinunter auf das Schilf und Fitzroi grinste die ganze Zeit weiter.

Argwohn stieg in Angus auf.

„Wir brauchen das nicht", sagte Fitzroi schulterzuckend. Er nickte einmal zu seinem dunklen Bruder.

Silber blitzte auf.

Und dann war es zu spät.

Bevor Angus Luft holen konnte, um eine Warnung auszurufen, schob sich eine kalte Schwertklinge tief in seine Brust.

Dann war Fitzroi neben ihm und umklammerte die Vorderseite seines Wappenrocks, wobei er so nahe war, dass Angus die goldenen Bartstoppeln auf seinem Kinn und die Spucke in seinen Mundwinkeln sehen konnte.

„Ich werde de Ware sagen, dass Ihr das Bündnis verweigert habt", bellte Fitzroi, „dass Euer Clan uns mit Schwertern in der Hand empfangen hat."

Angus Körper fühlte sich seltsam taub an, aber sein Verstand begriff den Schmerz der Hoffnungslosigkeit und der Ungläubigkeit. Die Engländer hatten ihn verraten. Er hatte seinen Clan im Stich gelassen. Schreckliche Bilder stiegen vor ihm auf – Bilder der Gavins, wie sie in den Hügeln verhungerten, von mutigen Rittern, die wie Verräter hingerichtet wurden und von Cambria ...

"Cam ...", keuchte er.

"Blackhaugh wird mir gehören", höhnte der Teufel, „und Euer wertvoller Clan wird untergehen."

Roger erkannte, dass sein Hohn verschwendet war. Das Licht des Lebens war bereits aus den Augen des alten Mannes verschwunden. Er löste seinen Griff und der *Laird* ging zu Boden. Roger schlug sich den Staub von den Händen.

"Gut gemacht, Owen", sagte er. "Hugh?"

Vorsichtig streckte Hugh die Hand über die Leiche und zog das Schwert des *Lairds* aus der Schwertscheide. Dann wandte er sich zu Owen. Ohne Warnung zog er die Klinge bösartig über den Bauch seines Bruders.

Owen keuchte vor Schmerz und Unglauben und griff sich an den Bauch. Das Blut aus der nicht sehr tiefen Wunde tropfte ihm über die Hand.

„Es muss aussehen, als wärt Ihr provoziert worden, lieber Bruder", erklärte Roger ohne auch nur das geringste Mitleid.

Hugh schnaubte und zuckte dann mit seinen knochigen Schultern. Er warf das Schwert auf den Boden, wobei Owens Blut auf das Schilf tropfte.

Amüsiert schaute Roger zu, wie Owen Hugh finster durch die fettigen braunen Strähnen seines Haares anstarrte wie ein räudiger Hund, der im Begriff war seinen Herrn anzugreifen. Dann machte Hugh den Fehler zu lachen und wie eine Hure bei Hofe zu kichern und das war zu viel für Owen.

Rogers Augen funkelten, als ihm klar wurde, dass das Chaos gleich ausbrechen würde. Er hätte es aufhalten können, aber irgendwie war es faszinierend zuzuschauen, wie Owen Hugh wie ein Hund angriff.

Roger beobachtete den Angriff. Owen war der kleinere von beiden, aber er war drahtig und stärker als er aussah. Selbst verwundet war es einfacher für ihn, seinen dünnen Bruder zu überwältigen.

Wenn Roger den gezogenen Dolch in Owens Hand vielleicht eher bemerkt hätte, hätte er den Kampf aufgehalten oder vielleicht auch nicht. Aber bis er den Stahl zwischen ihnen sah, hätte er auch nicht mehr einschreiten können, selbst wenn er es gewollt hätte.

Hugh hatte einen Stich ins Herz bekommen und während er im Sterben lag, trommelten seine Fersen auf dem Steinboden wie die Flügel eines Nachtfalters. Nachdem er seine letzten Worte von sich gegeben hatte, zog Owen den Dolch grausam heraus und ließ ihn auf den Boden fallen. Dann schaute er hoch und wischte sich mit dem Ärmel über den Mund.

Roger kniff die Augen zusammen und schaute seinen kleinen mordenden Bruder an. Selbst er war sich nicht sicher, ob sein Lächeln für Owen Ungläubigkeit oder Zustimmung signalisierte.

Aber es wurde Zeit. Mit einem Nicken gegenseitigen Verständnisses legten er und Owen Hand an den schweren Eichentisch und drehten ihn mit einem lauten Knall um. Dann öffneten sie die Tür und Roger rief seine erstaunten Ritter zu den Waffen.


Cambria träumte. Ihr Vater lächelte und kam über eine sonnige Wiese auf sie zu mit ausgestreckten Armen um sie willkommen zu heißen. Aber als er näherkam, erschien ein großer grauer Wolf mit riesigen Pfoten und durchdringenden Augen plötzlich aus dem Nichts zwischen ihnen. Das wilde Tier öffnete sein Maul zu einem traurigen Heulen, während ein großer schwarzer Schatten über den *Laird* fiel.

Sie wachte auf und hätte fast geschrien. Ihr Herz raste, während sie versuchte den Albtraum einzuordnen. Sie legte ihre zitternden Hände wieder an ihren feuchten Kopf.

Die Träume kamen jetzt immer häufiger und störten ihren Schlaf – Träume, die scheinbar die Zukunft vorhersagten. Sie war sicher, dass dieser eine Warnung war. Der Wolf war ein schlechtes Omen für ihren Vater.

Aufgewühlt stand sie mit wackeligen Beinen auf und ging zum Fenster um hinaus zu schauen, wobei sie die Felldecke hinter sich herzog. Verflucht! Die Sonne stand bereits hoch. Katie hatte sie wahrscheinlich aus Liebe zu lange schlafen lassen - Cambria war bis nach Mitternacht wach gewesen und hatte ihre Rüstung poliert – aber gerade heute konnte sie es sich nicht leisten, zu spät zu kommen. Sie fluchte und warf das Fell zurück aufs Bett.

Ein lauter Knall echote durch die Flure und brachte den Eichenboden zum Beben, wobei sie sofort hellwach war.

Das Rufen unbekannter Stimmen ertönte von unten und sie hörte das fieberhafte Bellen der Hunde. Ihr Herz raste. Sie kroch über das Bett und griff nach ihrem Breitschwert an der Wand. Hektisch kämpfte sie sich in ihr Unterkleid und fluchte, als ihr wirres Haar im Ärmel hängen blieb. Der Knall von geworfenem Steingut und die entsetzten Schreie von Frauen durchdrangen die Luft, als Cambria endlich ihre Zimmertür öffnete und hinauseilte.

Sie rannte den langen Flur entlang, als sie das unmissverständliche Klirren von aufeinanderprallenden Klingen hörte. Sie eilte nach vorn und lief die spiralförmige Treppe hinunter, die zu der Galerie über der großen Halle führte.

Oberhalb des Treppenabsatzes erstarrte sie.

Die Szene vor ihren Augen wirkte wie eine Reihe grauseliger Bilder, die sie nicht miteinander verbinden konnte, damit sie einen Sinn ergaben: Bunte Wappenröcke voller Blut, Diener, die in der Ecke kauerten, weinten und sich entsetzt aneinander klammerten, fiepende Hunde, die auf dem mit Schilf bedeckten Steinboden krochen, leblose und verdrehte Körper der Gavin-Ritter, die ausgestreckt in ihrem eigenen Blut lagen und Malcolm und der Rest der Männer, die wie Tiere aneinander gefesselt waren. Betäubende Kälte legte sich um ihr Herz wie eine Rüstung.

Aber als ihr Blick von den umgeworfenen Tischen zu den abgeschlachteten Rittern und den kauernden Dienern wanderte und sie versuchte, das Durcheinander vor ihren Augen zu verstehen, barst diese Rüstung in eine Million Teile.

Der *Laird*. Wo war der *Laird*?

Panik überkam sie. Sie veränderte ihren Griff am Knauf ihres Schwertes und suchte fieberhaft nach ihrem Vater. Wenn sie ihn finden konnte, würde alles wieder gut sein. Der *Laird* würde ihr alles erklären. Er kümmerte sich immer um seinen Clan.

Mit zitternden Fingern strich sie sich über die Lippen. Verflucht, wo war der *Laird*?

Kurz darauf traten zwei Jungen aus einer Seitenkammer hervor, wobei sie mit dem Gewicht der grauseligen Last kämpften, die sie trugen.

Nay!, schrie Cambria lautlos, als sie den Wappenrock ihres Vaters erkannte. Nicht der *Laird*!

Ihr blieb das Herz stehen und doch wagte sie zu hoffen, dass er noch lebte. Aber sein Körper war schlaff und blutüberströmt und als sein Kopf nach hinten fiel, starrten seine glasigen Augen blind nach oben in Richtung Himmel, wo seine Seele jetzt wohnte.

Ihre Totenklage durchdrang ihr Herz und verließ ihre Lippen. „Nay!", schrie sie und eilte die Treppe hinab. „Nay!"

Weder Freund noch Feind versuchte sie aufzuhalten

und die Jungen, die ihren Vater trugen, setzten ihn vorsichtig auf dem Steinboden ab und traten beiseite.

Cambria ließ ihr Schwert fallen und schüttelte den blassen Körper, da sie die unmögliche Stille des *Lairds* nicht akzeptieren wollte. Er musste aufwachen. Der Clan brauchte ihn.

Sie strich ihm über die Stirn, aber er zeigte keine Reaktion. Sie ergriff seine große Hand, aber sie war so schwer und schlaff wie ein getöteter Hase. Blut durchtränkte ihr Gewand und verschmierte ihre Brust, während sie die stille Gestalt umarmte.

„Nay", flüsterte sie, „nay."

Er konnte nicht tot sein. Es konnte einfach nicht sein. Sie hatte bereits ihre Mutter verloren. Er konnte sie nicht auch noch allein lassen.

Und doch lag er da so still wie ein Stein.

Ein elendiges Schluchzen stieg in ihr auf und sie erstickte fast daran. Ein messerscharfer Stich durchbohrte die leere Stelle in ihrer Brust.

Der *Laird* war für immer für sie verloren.

Heiße Tränen liefen über ihre Wangen auf ihren Vater hinab und vermischten sich mit dem Blut des Gavin, der jetzt nicht mehr da war. Sie weinte eine Zeit lang und um sie herum murmelten die namenlosen Eindringlinge weiter und wischten in aller Ruhe das Blut von ihren Klingen, das Blut der mutigen Gavin-Männer, die sie getötet hatten. Durch ihre wilden Haarsträhnen schaute sie den obszönen Feind an, der ihre Leute abgeschlachtet hatte.

Wer waren sie? Wer waren diese Mistkerle, die in einem blutigen Augenblick den Gavin-Clan zerstört hatten?

Ihr Herz zog sich voller Hass zusammen. Nay. Sie weigerte sich, es zu glauben. Diese Fremden hatten den

Gavin-Clan nicht zerstört. Niemand konnte den Gavin-Clan zerstören. Die Gavins gab es schon seit hunderten von Jahren. Sie würden niemals sterben. Sie lebten in ihr. Sie war jetzt das Lebensblut des Clans.

Mit der Rückseite ihrer Hand wischte sie die Tränen weg und umklammerte den Knauf ihres Schwertes wieder fester. Sie trat ihr Gewand von ihren Knöcheln weg und warf ihr Haar über die Schulter. In einer Drehung hob sie ihre Klinge und stellte sich ihrem Feind. Viele der Diener bekreuzigten sich, als sie sich den Rittern mit dem Zorn einer Wahnsinnigen zuwandte.

„Ihr Mistkerle!", schrie sie. „Stellt Euch dem Zorn des Gavin."

Die Augen des Verwalters Malcolm weiteten sich. Cambria würde getötet werden. „Nay, Mädchen!", brüllte er von der Ecke des Raumes.

Für seinen Schrei bekam er einen Schlag von einem der Ritter die ihn festhielten, aber das hielt ihn nicht davon ab, an den Ketten an seinen Handgelenken zu ziehen. Er beobachtete hilflos, wie die Tochter seines besten Freundes sich auf einen Kampf einließ, den sie sicherlich verlieren würde. Die Muskeln an seinem Hals zuckten schmerzhaft. Er hatte bereits seinen *Laird* verloren. Er konnte nicht zuschauen, wie Cambria ebenfalls starb.

Aber sie konnte ihn nicht mehr hören. Das war offensichtlich. In ihren Augen war nur noch Lust nach Vergeltung. Wie ein Racheengel hob sie ihr Schwert mit beiden Händen hoch. Mit einem Schlachtruf griff sie den Feind an und schwang ihre Klinge in einem weiten Bogen wie ein Bauer die Sichel bei der Kornernte.

Ihr Stahl blitzte wild, während sie versuchte es mit einer ganzen Kompanie aufzunehmen und die Ritter stoben auseinander, um ihrem Breitschwert auszuweichen. Zu Malcolms Zufriedenheit waren die Engländer einen Augenblick lang von diesem zierlichen Mädchen, das sich ihnen so kühn stellte und kampfbereit war, verwirrt. Sein Kinn bebte vor Stolz. Ihr Vater und er hatten die kleine Löwin gut ausgebildet.

Sie schlug hin und her und umklammerte den Knauf ihres Schwertes mit beiden Händen, um ihren Schlägen Kraft zu verleihen. Zwei Männer, die sie unterschätzt hatten, erlitten ernsthafte Verwundungen, für die sie vielleicht später büßen müsste.

Aber das Überraschungsmoment würde nicht lange von Vorteil sein. Obwohl Cambria den Feind mit den Mitteln, die sie ihr beigebracht hatten, kurz in Schach hielt, war er ihr bei weitem zahlenmäßig überlegen. Zwei der Ritter ergriffen sie schließlich von hinten und drückten ihre Handgelenke, bis sie das Schwert fallen ließ, das dann laut klirrend auf den Boden fiel.

Malcolm überlegte erleichtert, dass die Engländer zumindest keine Frauen kaltblütig umbrachten.

Halb wahnsinnig vor Zorn kämpfte sie, um sich von dem Griff der Männer an ihren Armen zu befreien.

Malcolm fluchte. Warum war das Mädchen nicht in ihrer Kammer geblieben?

Der Ritter mit dem schwarzen Bart zog ihren Kopf an den Haaren zurück. Sie fletschte die Zähne in seine Richtung und kniff die Augen zusammen wie ein in die Enge getriebenes Tier.

Plötzlich öffneten sich die unbewachten Türen der großen Halle. Ein riesiges schwarzes Pferd mit einem Ritter mit Helm galoppierte wie der Donner über den harten Boden. Er wurde von mehreren anderen Reitern begleitet, die ihre Pferde auf dem Steinboden zu einem Halt brachten. Überall flog Schilf herum und die Ritter hatten Mühe ihre Pferde in den engen Räumlichkeiten unter Kontrolle zu bekommen.

Cambria wurde von ihrem großen dunklen Fänger auf die Knie gezwungen und angesichts des aufsteigenden Staubes kniff sie die Augen weiter zusammen.

Der goldene Ritter stammelte überrascht und verneigte seinen Kopf vor dem Neuankömmling. „My-Mylord."

Spannung hing in der Luft, während er auf Antwort wartete, aber die Stille wurde vom Schnauben der Pferde, dem Quietschen des ledernen Zaumzeugs und dem Schniefen der Dienerinnen unterbrochen.

Cambria atmete tief durch und versuchte sich zu konzentrieren. Sie spürte, wie ihr Körper der Bewusstlosigkeit entgegentrieb zu einem Ort, wo ihr nichts passieren könnte. Aber sie widerstand der Verlockung und klammerte sich verzweifelt an die Realität, indem sie sich immer wieder ins Gedächtnis rief, dass sie jetzt der Gavin war. Sie drückte ihre Fingernägel in ihre Handflächen, um sich davon abzuhalten in Ohnmacht zu fallen und konzentrierte sich auf den ersten Ritter, der mit seinem Pferd näherkam.

Der Ritter setzte sein riesiges Schlachtross in Bewegung, indem er nur ganz wenig Druck mit einem seiner gepanzerten Knie ausübte. Das Pferd schüttelte stolz den Kopf und ging vorwärts. Der Mann und sein Tier bildeten zweifellos einen beeindruckenden Feind in der Schlacht und sie zeigten eine heldenhafte Haltung.

Mit herrischer Arroganz ließ der Reiter das Pferd bis auf einen Fuß an den goldenen Ritter herantreten, bis es seinen Atem in die Augen des Mannes schnaubte.

Cambria bedachte den Ritter mit seinem Helm mit

einem finsteren Blick. Dies musste das Ungeheuer sein, der den Mord am *Laird* befohlen hatte. Einen Augenblick lang wankte sie vor Übelkeit und erinnerte sich an den blutigen Surcot ihres Vaters und seine toten, glasigen Augen. Sie schluckte, um ihre Übelkeit zurückzuhalten.

Sie betete um Kraft, dass sie aushalten würde, bis Hilfe kam. De Wares Ritter sollten heute eintreffen und der englische Lord hatte sein Wort gegeben, Blackhaugh vor allen Feinden zu beschützen. Er würde verpflichtet sein, diese Mörder zu fangen und zu bestrafen. Sie hoffte, dass der Wolf ihnen eine Gliedmaße nach dem anderen abreißen würde.

Der Ritter nahm seinen Helm ab und warf ihn seinem Knappen zu. Er zog die Kettenhaube über den Kopf und fuhr sich mit der Hand durch seine dunklen Locken.

Ihr blieb das Herz stehen. Sie beobachtete ihn und konnte sich weder bewegen noch sprechen. Ein schweres Gewicht schien auf ihre Brust zu drücken und machte es ihr unmöglich zu atmen, als sie sein Gesicht sah.

Er war so gar nicht der Schurke, den sie erwartet hatte. Tatsächlich war er der bestaussehendste Mann, den sie jemals gesehen hatte. Sein Gesicht war perfekt gemeißelt und er wäre schon fast hübsch gewesen, wären da nicht die gerunzelte Stirn und die Narben aus vielen Schlachten gewesen. Sein Haar war schweißnass und erinnerte sie an die dunkle Farbe gerösteter Walnüsse und es fiel ihm verwegen um seinen kräftigen Hals. Er hatte ein festes, resolutes Kinn, aber etwas an seinem Mund zeigte an, dass er bei weitem nicht herzlos war.

Am auffälligsten waren jedoch seine Augen. Sie hatten die Farbe der Tannen in einem Wald in den Highlands und wirkten ein wenig traurig vom Anblick von Gewalt und

Leid, die sie gesehen hatten. Diese Augen sorgten dafür, dass ihr Herz nur unregelmäßig schlug und sie war sich nicht ganz sicher, warum das so war.

Er richtete sein Pferd mit einer weiteren Bewegung seines Knies aus und hob eine Augenbraue in Richtung des goldenen Ritters. „Seid Ihr fertig, Roger?" Seine Stimme war leise und kräftig und hatte einen ironischen Unterton.

Der goldene Ritter betrachtete ihn mit unverhohlener Feindseligkeit. „Aye, Mylord. Sie haben Widerstand geleistet, aber ..." Er zuckte mit den Schultern.

Der Ritter bewegte sich in seinem Sattel und atmete lange aus. Das Blutbad vor seinen Augen war unentschuldbar. Wie er bereits vermutet hatte, als er an diesem Morgen los ritt, um Rogers Angriff zu unterbinden, stimmte hier irgendetwas nicht. Er hätte Roger Fitzroi niemals vertrauen dürfen. Offensichtlich verstand der Mann nichts vom richtigen Einsatz von Gewalt. Wenn man die verblassten Schilder der Besiegten, die in der großen Halle an der Wand hingen, betrachtete und die zerfransten Gewänder der Gavin-Ritter in Betracht zog, hatte dieser arme Clan wohl kaum eine Bedrohung dargestellt. Verflucht, es waren noch nicht einmal viele an der Zahl, dachte er, als sein Blick auf die Toten fiel.

Und dann sah er sie, wie sie zu Füßen seines Ritters inmitten all dieses Chaos kniete und ihm stockte der Atem.

Sie war ein Engel. Nay, berichtigte er, während er in ihre Augen starrte, die zu wild waren; sie hatte ein Kinn, das zu kantig war und Haare, die zu dunkel waren. Sie war kein Engel. Sie war eher eine Elfe. Er war an die fleischigen, trägen Frauen bei Hofe gewöhnt und fand das exotische Aussehen dieses Mädchens so erfrischend wie ein Bad in einem kalten See.

Er konnte den Blick nicht von ihr abwenden. Sie sah aus, wie er die Frauen in seinem Bett aussehen ließ - mit offenem Haar, zitternden Lippen und geröteten Wangen - und er sehnte sich danach ihr über die zarte Wange zu streichen, mit seinen Fingern durch ihre etwas zu dunklen verhedderten Locken zu fahren und die Stelle an ihrem Hals zu küssen, wo ihr Puls sichtbar schnell schlug.

Das Weib starrte ihn finster aus ihren kristallklaren Augen an und er war fasziniert, dass ihr Widerstand nur minimal unter seinem Blick ins Wanken geriet.

Sie erinnerte ihn an eine Wildkatze, die er bei seinen Ritten durch das Moor einmal gesehen hatte und die in einer verlassenen Falle gefangen gewesen war. Bevor er das Tier befreit hatte, hatte es ihn genauso angesehen – verängstigt, hasserfüllt und argwöhnisch. Plötzlich hatte er die lächerliche Sehnsucht ihr wie bei der Wildkatze den Schmerz zu nehmen.

Ariel bewegte sich leicht unter ihm, stampfte ungeduldig mit den Hufen und brachte ihn zurück in die Wirklichkeit. Verdammt, dachte er und schüttelte den Kopf. Sein neues Leben als fauler Herr machte ihn weich.

Er schaute finster in das Gesicht des Mädchens. Dann wanderte sein Blick weiter nach unten. Ihr Körper drückte gegen das dünne Leinen ihres Gewandes und er konnte deutlich einen perversen dunkelroten Streifen über ihrer Brust sehen.

Verlangen wurde durch Entrüstung ersetzt. Er zischte Roger zu: „Habt Ihr angefangen Unschuldige anzugreifen?"

Roger antwortete streitsüchtig. „Es ist nicht ihr Blut, Mylord. Es ist das ihres verräterischen Vaters, dem *Laird* Angus. Aber diese Unschuldige hat zwei meiner Männer verwundet!"

Holden schnaubte ungläubig. Ein kleines Mädchen aus dem Grenzgebiet war wohl kaum in der Lage, die großartigen de Ware Ritter zu ängstigen. Zweifelnd schaute er wieder auf sie herab, um zu sehen, ob er etwas übersehen hatte. Es tat ihm leid, dass der Vater des Mädchens gestorben war, aber wenn der *Laird* ein Verräter gewesen war, wäre es nur eine Frage der Zeit gewesen, bis er für seinen Verrat hingerichtet worden wäre. Vielleicht war es besser, edel mit einem Schwert in der Hand zu sterben.

„Wer ist der Nachfolger Eures Vaters?", fragte er sie ruhig.

Das Mädchen hob mutig ihr Kinn und antwortete: „Das bin ich."

Er hätte es wissen sollen. „Und Euer Ehemann?"

„Ich habe keinen Ehemann."

„Euer Verlobter?"

„Ich habe keinen Verlobten. Ich bin ... *der Gavin*." Ihre Stimme brach, als sie das sagte. Er konnte sehen, dass sie mit den Tränen kämpfte.

Einige seiner Männer grinsten bei der Idee, dass eine junge Frau Anspruch auf eine Burg erhob, aber er wusste, dass das in Schottland nicht ungewöhnlich war. Er starrte das Mädchen mit einer Mischung aus Mitleid und Ekel darüber an, dass der *Laird* ein solcher Narr gewesen war, dass er seine Tochter unverheiratet und daher ungeschützt zurückließ. Er schwor, dass er die schottischen Traditionen niemals verstehen würde.

„Ich verschone Euch", sagte er, „wenn Ihr den Lehenseid vor mir ablegt."

Zu seinem Erstaunen schaute das Mädchen ihn an und schüttelte einmal fest den Kopf. „Selbst jetzt in diesem

Augenblick wird die Burg von der Armee des Königs umzingelt", verkündete sie. „Ihr werdet nicht lebendig davonkommen."

„Mädchen", rief ein kräftiger alter Gavin-Mann aus der Ecke, aber sein Fänger zog an seiner Kette und befahl ihm, still zu sein.

Er blickte finster auf das Mädchen herab und hielt eine Hand hoch, um seine Männer zum Schweigen zu bringen. „Des König ... Edwards Armee?"

„Aye", zischte sie und ihre Augen funkelten wie Saphire. „Lord Holden de Ware wird Euch für die Morde, die Ihr begangen habt, töten! Er ist ein mächtiger Krieger und ist für seine Wildheit als der Wolf bekannt und er hat geschworen, diese Burg zu beschützen!"

Er starrte sie erstaunt an. Ihre Augen glitzerten siegessicher und sie hob ihr Kinn selbstsicher und stolz. Er hasste es schon fast, dass er ihre Hoffnung zerstören musste.

Aber er musste es tun.

Er begegnete ihrem Blick und erklärte leise: „Ich bin der Wolf. Ich bin Lord Holden de Ware."

# KAPITEL 3

Der Blick des Mädchens fiel auf den Wolf, der seinen Wappenrock schmückte und sie wurde so weiß wie ihr Leinenhemd. Verdammt, dachte Holden, das Weib war im Begriff ohnmächtig zu werden.

Sie verdrehte die Augen. Vergeblich streckte Holden seine Hand vor, als wenn er sie abfangen könnte. Sie brach auf dem Schilf zusammen.

Finster blickte er zu Roger. „Ihr habt gesagt, dass Gavin das Bündnis abgelehnt hat."

Roger grinste höhnisch. „Im letzten Augenblick. Man sollte niemals einem Schotten trauen." Er schaute auf den Boden. „Der Teufel hat unseren Bruder vor unseren Augen ermordet." Sein Blick wandte sich zu Owen.

„Mein Beileid", sagte Holden, obwohl die beiden Brüder nicht besonders traurig zu sein schienen. „Kaum zu glauben, dass sie lieber gekämpft haben", fügte er demonstrativ hinzu. „Mit einer so kleinen Truppe."

„Ihr kennt doch die Schotten und ihre sture Loyalität. Selbst das Weib hat uns angegriffen", Roger grinste und zeigte auf das Bündel auf dem Boden.

Holden blickte wieder zu dem Mädchen. Sie konnte

wirklich keine große Bedrohung gewesen sein. Schließlich war sie doch nur eine junge Frau, die scheinbar dazu neigte, in Ohnmacht zu fallen.

Er schaute sich in der Halle um und sah die trauernden Diener, die winselnden Hunde und die Gavin-Männer, die in der Ecke zusammengekettet waren. Was war wirklich hier passiert? Vielleicht wusste es die Tochter.

Er hätte sie gern befragt, hätte gerne alle befragt, aber unglücklicherweise musste er sich um dringendere Angelegenheiten kümmern. Er war jetzt selbst ein Lord und hatte viele Verpflichtungen in dieser Stellung.

Außerdem konnte er den *Laird* nicht wieder zum Leben erwecken. Ganz gleich, welche Fehler Roger gemacht hatte, er gehörte schließlich zur Familie des Königs und die Tat war nun einmal geschehen. Blackhaugh war gesichert und das Blutvergießen war vorbei. Ihre Arbeit hier war erledigt.

„Lasst sie liegen", befahl er und zögerte, das faszinierende Mädchen aus dem Grenzland zurückzulassen. „Roger und Owen, Ihr kommt mit mir nach Bowden." Dann wandte er sich an seinen Bruder Garth. Der Junge hatte in ihren gemeinsamen Wochen viel gelernt und Holden spürte, dass es an der Zeit war, dieses Wissen zu prüfen. „Garth, Ihr bleibt als Verwalter hier und Eure Männer werden Blackhaugh halten." Er nickte zu den Überlebenden der Gavins. „Sorgt dafür, dass sie ihren Lehenseid schwören und dann sind sie frei."

Garth wurde sichtbar blass. Dies war eine große Verantwortung, aber er richtete sich stolz auf und nahm das Kommando an.

Holden ignorierte Roger Fitzrois finsteren Blick angesichts der offensichtlichen Beleidigung. Als Halb-Onkel des Königs hatte er zweifellos erwartet, dass er die

Burg auf einem Silbertablett überreicht bekam, aber Garth war der bessere Mann für die Aufgabe. Obwohl Roger auf der Burg de Ware aufgewachsen war, hatte er niemals die wahre Bedeutung von Ritterlichkeit verstanden und Holden vertraute dem Mann so wenig wie er seinen Geliebten vertraute. Garth jedoch hatte einen angeborenen Sinn für Anstand, Gerechtigkeit und Loyalität, was ihm als Verwalter sehr dienlich sein würde.

Auf Holdens Befehl hin stieg Garth sofort von seinem Pferd und trat vor. Holden wusste, dass sein kleiner Bruder das Vertrauen der restlichen Burgbewohner gewinnen würde – ein Vertrauen, das Roger mit seiner bösartigen Taktik wahrscheinlich beschädigt hatte.

„Der Rest von uns geht jetzt", befahl Holden. „Wir sind gekommen, um Vorräte von Blackhaugh zu borgen." Wenn es noch welche gibt, dachte er. Er betrachtete die schäbigen Wandteppiche in der Halle und die abgetragenen Surcots und überlegte, ob alle Domänen im Grenzland ähnlich verarmt waren. Die Vorratskammer von Bowden war fast leer. Das war zweifellos der Grund, warum die Burg so bereitwillig aufgegeben hatte.

Er hörte ein Rascheln im Schilf; das Mädchen erwachte aus ihrer Ohnmacht, stützte sich auf ihre wackeligen Arme und blinzelte, um in ihrer Verwirrtheit wieder einen klaren Kopf zu bekommen.

Er hätte Mitleid haben sollen. Das arme Mädchen hatte auf einen Schlag ihren Vater und ihren Titel verloren. Aber er spürte nicht nur Mitleid, als er ihrem Blick begegnete, wobei sie auf die Zähne biss und ihre saphirblauen Augen glühten. Als wenn sie sie ihm übertrug, spürte er ihre Kraft, wie er sie noch nie zuvor in einer Frau gespürt hatte und dieses Gefühl wurde von einer Welle der reinen, starken und unmittelbaren Lüsternheit begleitet. Jede Faser seines Wesens fühlte sich von ihr angezogen wie Eisen zu einem Magnet.

Er schluckte schwer. Es war absurd. Er war auf einer Mission, sie war der Feind und er würde sie zurücklassen, so wie er alle Opfer des Krieges zurückgelassen hatte. Das waren die Opfer seines Berufes. Mit seinem Schwert und seiner Gefolgschaft hatte er es zu einem beachtlichen Wohlstand gebracht. Er konnte es sich nicht leisten, dass ein hübsches Gesicht ihn von seinen Pflichten ablenkte.

Bevor seine Entschlossenheit ins Wanken geriet, drehte er sein Pferd und galoppierte aus der Halle heraus. Cambria sah zu, wie Lord Holden de Ware weg ritt und Hass brannte heiß in ihrem Herzen. Sie schwor, dass sie den Engländer töten und den Mistkerl, der ihren Vater verraten hatte, zerstören würde.

Während sie dies im Stillen schwor, humpelte eine Ratte von einem Mann mit dunklem, strähnigem Haar auf sie zu und hielt seine Hand an seine blutige Brust. Er hob das Breitschwert ihres Vaters hoch und drehte es in seinem Griff.

„Eine schöne Klinge", flüsterte er und schaute sie mit seinen bösen Augen anzüglich an. „Schade, dass Euer Vater nicht wusste, wie man es benutzen sollte. Wenn ich der Lord von Blackhaugh bin, werde ich es besser machen."

Bevor sie ihm ins Gesicht spucken konnte, hatte er die Spitze seiner Klinge an ihren Hals gelegt und schmunzelte, weil sie sofort still war. Dann steckte er das Schwert in seine eigene Schwertscheide und verließ die Halle mit den anderen.

Knappen brachten die Pferde aus der großen Halle, aber nachdem die letzten Hufe das Schilf von Blackhaugh beschmutzt hatten, waren immer noch ein Dutzend englische Ritter übrig. Sie murmelten untereinander angesichts der plötzlichen Stille wie schüchterne Vetter, die darauf warteten, vorgestellt zu werden.

Schließlich kam der neue Verwalter vorsichtig näher. Er war ein junger, großer Mann mit braunem Haar und einem hübschen Gesicht mit einem starken Kinn und graugrünen Augen, woran zu erkennen war, dass er Lord Holdens Bruder war, auch wenn die Rücksichtslosigkeit des Wolfes nicht in seinem Gesicht zu sehen war.

„Mylady", sagte er leise mit sanfter Stimme, „ich bin in der Ausbildung für ein Kirchenamt. Wenn ihr keinen Priester habt, würde ich gern die Leichen segnen und ..."

„Wagt es nicht sie anzurühren! Wagt es nicht, auch nur ein einziges Wort über ihren Leichen zu sprechen, Ihr englisches Schwein. Sonst wäre es Euer letztes Gebet!"

Der Junge schien entsetzt angesichts ihrer Worte, aber in Cambrias trauerndem Herz war kein Platz für Reue. Sie wollte, dass englische Hände so wenig wie möglich von Blackhaugh berührten und das galt auch für ihre Toten.

Der Wind erhob sich als Warnung für einen Frühlingssturm und Cambrias Haar verhedderte sich und ihr Kleid schlug ihr um die Knöchel wie der Schaum am Meer. Sie hielt kurz inne bei ihrer Arbeit und stieß dann den Spaten fest in die Erde. Danach lehnte sie sich auf seinen Griff. Angesichts der grauen Wolken würde der Sturm noch vor Sonnenuntergang beginnen, aber bis dahin wäre sie fertig. Sie wollte das Grab lieber selbst ausheben, damit diese englischen Hunde das Begräbnis ihres Vaters nicht mit ihrer Gegenwart entweihen könnten.

Es war eine Farce. Der *Laird* hatte eigentlich eine Gruft

in einer Kirche und eine Statue mit dem Abbild des Adlers der Gavins zu seinen Füßen verdient. Er war wie ein Krieger gestorben und er verdiente, dass er zumindest mit seinem Schwert beerdigt wurde.

Als wenn ihre Bitterkeit im Himmel Gehör gefunden hätte, begann es zu blitzen und zu donnern und über dem Hügel verdunkelten sich die Wolken wie ein Schwarm Raben auf Futtersuche. Der Sturm zerzauste ihre Haare und zerrte an der wollenen Decke über der Leiche des *Lairds*. Dann begann es langsam zu regnen und die Tropfen fielen auf die Erde wie Tränen.

Sie wischte sich mit einem schlammigen Ärmel über das Gesicht und grub dann weiter, wobei sie die Blasen an ihren Händen, den Wind an ihren Beinen und ihr nasses Kleid ignorierte. Der Sturm toste um sie herum, aber sie grub weiter in der Erde, bis das Loch tief genug war, dass kein Tier die Totenruhe stören könnte. Dann zog sie ihren Vater vorsichtig an den Rand und ließ seinen Körper in das Grab fallen.

Sie sprach alle Gebete, die sie kannte, fiel auf die Knie und rief die Heiligen und alten Götter gleichermaßen an, wobei sie gen Himmel flehte, dass der *Laird* der Gavins wohl angenommen und erhalten würde. Dann stand sie auf, während der Sturm um sie herum toste und Blitz und Donner die Erde beben ließen und sie hob die Hände gen Himmel.

„Vater", flüsterte sie fieberhaft, obwohl in dem Sturm nichts zu hören war, „ich schwöre auf den Clan des Gavin, dass ich Euren Tod rächen werde."

Der Wind pfiff durch die Bäume und wehte ihren Racheschwur über das Land, das dem Gavin nicht mehr gehörte.

Im April schossen Wasserströme im Grenzland wie Tränen aus der Erde, aber die Frühlingszwiebeln achteten nicht auf ihre Trauer und blühten fröhlich und versprühten ihren berauschenden Duft. Das Land war wieder neu und grün, seine alten Wunden vergessen und das Leben wurde neu geboren.

Sir Garth de Ware hatte die Bewohner von Blackhaugh wie ein Falkner mit Geduld und Beharrlichkeit gefügig gemacht. Die Damen hatten angefangen den großen, gutaussehenden Ritter sehnsüchtig zu betrachten. Die Jungen folgten ihm auf den Fuß. Selbst der alte Malcolm schien sich mit dem jungen Engländer verbündet zu haben und beriet sich mit ihm bei Angelegenheiten der Verteidigung und Bevorratung der Burg.

Nur Cambria blieb unerschütterlich in ihrem Hass für die Eindringlinge; ein Hass, der an jedem Augenblick eines jeden Tages vorhanden war. Es schien, als wenn sie sich dauernd an den Verrat des Feindes erinnerte. Sie hatte Wunden davongetragen, die nur schlecht verheilten oder vernarbten und bis sie nicht Vergeltung geübt hatte, würde sie die wankelmütigen Samen der Abscheu in sich tragen.

Der naive Sir Garth hatte natürlich keine Ahnung, welch dunkle Absicht sie in ihrem Herzen trug. Er nahm an, dass sie wie die meisten anderen Frauen in seiner Bekanntschaft fügsam und süß wäre und daher hatte er ihr alle Freiheiten in der Burg und auf den Ländereien gewährt, wobei er annahm, dass sie Kräuter und Gerüchte sammelte.

Tatsächlich verbrachte sie jeden wachen Moment damit, ihre Rache zu planen.

Von ihrer Kammer aus beobachtete sie, wie die Sonne über den Hügeln unterging und den Himmel in die Farben eines reifen Pfirsichs tauchte.

Frustriert schlug sie mit der Faust gegen die Wand. Wieder war ein Tag vergangen und sie hatte immer noch keinen Helden gefunden, der gegen Lord Holden de Ware kämpfen würde. Es schien, als hätte jeder von der legendären Schwertkunst des Wolfes gehört.

Sie ließ den Kopf hängen. Sie hatte es mit Flehen, mit Schmeicheleien, Komplimenten und Beschämung versucht, aber bislang wollte keiner ihrer erfahrenen Ritter oder der Ritter der benachbarten Burgen ihre Mission der Vergeltung in die Hand nehmen. Sie glaubten, dass ihr Vater tatsächlich seinem heißblütigen Stolz, für den er berühmt war, erlegen war und dass er sich im letzten Augenblick gegen den Feind gestellt und den Fehler gemacht hatte, die Macht der Engländer unterschätzen.

Aber Cambria konnte das nicht glauben. Sie hatte den Traum von Frieden in den Augen ihres Vaters gesehen. Er hatte keinen Kampfeswillen mehr gehabt.

Was sollte sie tun? Sie hatte ihrem Vater Rache versprochen und es auf seinem Grab geschworen. Jetzt schien es eine Herkulesaufgabe zu sein. Gab es denn niemanden, der sich ihrer Sache annehmen wollte? Keinen Helden für ihre Vergeltung? Kein Mann mit Ehre und Ritterlichkeit in ganz Schottland?

Lord Holden de Ware nippte an seinem Met, während die Sonnenstrahlen durch die Ulmen und zwischen den Zinnen auf der Burgmauer von Bowden blitzten. Er seufzte schwer und beobachtete gleichgültig, wie zwei Spatzen sich in der Luft jagten. Es sollte ein großartiger Tag werden, versuchte er sich zu überzeugen atmete die kühle Luft tief ein. Die Armeen im Grenzland waren schon seit Wochen besiegt.

Ausgeruht von diesem Martyrium wusste er, dass er jetzt die Bequemlichkeiten eines Burgherrn genießen sollte. Aber er war nicht an Frieden gewöhnt. Sein Geist war rastlos.

Er stellte seinen Becher auf einer Zinne ab, gähnte und streckte seine steifen Muskeln. Vielleicht war es an der Zeit, Bowden in den Händen eines Verwalters zu lassen und seinen anderen Preis, Blackhaugh, zu besuchen. Er wollte sehen, wie es seinem kleinen Bruder ergangen war.

Wenn er an die Burg Blackhaugh dachte, kam ihm jedoch nicht Garths Gesicht in den Sinn. Er wurde wieder von dem Bild der faszinierenden Schottin heimgesucht – dieses elfenartige Mädchen, das ihn daran hinderte, auch nur an eine Liebelei mit einem der vielen willigen Weiber auf Bowden zu denken. Sie hatte ihn verhext – das musste es sein – und es ruinierte seinen schwer verdienten Ruf als mannhafter Liebhaber.

Vielleicht würde er das Weib einfach vögeln, während er auf Blackhaugh war und es hinter sich bringen. Er schloss die Augen und stellte sich wieder ihren verführerischen Mund, ihr volles rotbraunes Haar und ihre blasse Brust vor. Gerade, als er begann sich vorzustellen, was er gerne mit ihr machen würde, erregte ein metallenes Aufblitzen vom Feld unten seine Aufmerksamkeit.

Ein einzelner Ritter auf einem Pferd galoppierte über die Wiese. Schweigend beobachtete Holden einen Augenblick lang die Annäherung des Reiters und konnte nicht ausmachen, ob er Freund oder Feind war.

„Ho, Ritter", rief er nach unten, „was wollt Ihr an diesem Morgen?"

Der Ritter antwortete nicht. Angesichts dieses Mangels an Höflichkeit hob Holden eine Augenbraue und musterte den Reiter argwöhnisch. Er schien allein zu sein. Auf seinem einfachen blauen Wappenrock trug er kein Siegel und sein Helm war ebenso ungeschmückt.

Wieder rief Holden nach unten: „Hallo, Sir, wie ist Euer Name?"

Es kam keine Antwort und Holden runzelte die Stirn. Dieses Spielchen wurde langsam nervtötend, außer ... außer es war irgendeine Art von Scherz, den einer seiner Männer geplant hatte, um Holdens offensichtliche Langeweile zu besiegen. Aye, das musste es sein.

„Ihr seid für eine Schlacht bewaffnet!", rief er, nahm seinen Becher und wirbelte den Met darin herum. „Wollt Ihr Euch mit einem meiner Ritter im Tjost messen?"

Plötzlich hob der Reiter seine lange Lanze aus Eschenholz und Holden neigte seinen Kopf angesichts dieser unerwarteten Geste. Vielleicht war es sein Vetter Myles, der sich gerade seine Sporen verdient hatte. Es würde Holdens Onkeln ähnlich sehen, dass sie den Jungen zu einer solchen Herausforderung gelockt hatten.

„Mit wem wollt Ihr kämpfen, Sir?"

Langsam senkte der Ritter die Spitze seiner Lanze, bis sie direkt auf Holden zeigte.

Bei dem Gedanken, dass seine Onkel ihre Quittung bekommen würden, lächelte Holden: „Mit mir?", rief er, „was für eine Überraschung."

Er winkte und rief dann: „Ich werde mich bewaffnen und komme gleich herunter, Sir, um Eure Identität zu offenbaren!"

Wenige Augenblicke später ritt Holden hinaus, um seinen geheimnisvollen Herausforderer treffen. Sein Verdacht hinsichtlich der Identität des Ritters wurde bestätigt, als er seine schmale Gestalt und jugendliche

Haltung bemerkte, aber trotzdem würde er dem kühnen Jungen seinen Willen lassen.

„Ihr habt kein Muster auf Eurem Wappenrock, Sir. Wollt Ihr mir nicht zumindest die Ehre erweisen und mir sagen mit wem ich kämpfe, bevor ich Euch aus dem Sattel werfe?"

Natürlich kam keine Antwort, denn Myles Stimme hätte ihn verraten. Amüsiert schmunzelte Holden, als Pferd und Reiter an ein Ende des Feldes stürmten.

Kaum hatte er den Helm aufgesetzt, als der junge Ritter nach vorn mit gestreckter Lanze auf ihn zugeritten kam. Die unerwartete Eile des Jungen erzürnte Holden und er senkte seine Lanze, um den Jungen aus dem Sattel zu heben.

Ariel galoppierte los und wirbelte Erde hoch und als sie mit einem donnernden Knall aufeinandertrafen, wurde der kleinere Reiter leicht aus seinem Sattel auf den Boden geworfen.

Holden gab dem benommenen Jungen Zeit, wieder aufzustehen. Dann zogen sie ihre Schwerter und er erteilte dem jungen Ritter einige Schläge auf den Helm.

Der Junge war schnell, aber ungenau und drehte sich und schlug mit einer Leichtsinnlichkeit, die Holden zuvor noch nicht bei Myles bemerkt hatte. Er war ein wendiger Gegner, aber konnte Holden nur mit reiner Kraft kaum standhalten, obwohl dieser sie bereits zügelte, damit es ein fairer Kampf blieb.

Holden bemerkte, wie schnell der Junge müde wurde und bot ihm Hilfe an: „Haltet Euren Schild weiter nach oben, Mann! Ihr werdet unvorsichtig!"

Das machte den Angriff des Ritters nur noch kühner.

Nach fast einer Viertelstunde und gelangweilt von dem

Kampf, der langsam geworden war, beschloss Holden die Sache zu Ende zu bringen. Mit der flachen Seite seines Schwertes schlug er dem Ritter auf den Hintern. Sein Opfer ging zu Boden und ließ dabei sowohl sein Schwert wie auch seinen Schild fallen.

Holden schüttelte den Kopf und legte dann seinen eigenen Schild, seinen Helm und das Schwert auf den Boden und streckte die Hand aus, um dem törichten Neuling zu helfen.

Unerwartet griff der gefallene Ritter nach seinem eigenen Schwert und schwang dies, wobei er Holden zwang, den Schlag mit seinem Arm zu parieren. Holden zuckte zusammen, als die Klinge ihn schmerzhaft an der Schulter erwischte und fast sein Kettenhemd durchbohrte.

Sein Arm pochte von dem Schlag und Holden griff nach seinem Schwert und schlug die Waffe seines Gegners weg.

Dieser Knappe war nicht sein Vetter. Kein de Ware würde so unritterlich kämpfen. Er zog den Ritter auf die Füße und riss ihm den Helm ab, den er auf den Boden warf. Blind vor Zorn zog er das dunkle Haar so grob zurück, dass er den Hals des Feindes freilegte und er hob sein Schwert, um ihn zu töten.

Dann verschlug es ihm den Atem.

Nay. Das war unmöglich.

„Ihr!", brachte er heraus.

Cambria keuchte trotz ihrer mutigen Absichten. Der letzte Schlag war unwürdig für sie gewesen und das wusste sie. Lord Holden hatte jedes Recht, sie dafür zu töten.

Er hielt ihr Haar in seiner Faust und der Wolf blickte auf ihren nackten Hals und zögerte. In seinen stählernen Augen war Unentschlossenheit zu sehen, während seine Klinge über ihr hing. Sie zwang sich, ihn anzustarren, obwohl sie kaum atmen konnte. Sie würde verdammt sein, wenn sie vor ihrem Feind zurückschreckte. Sein Gesichtsausdruck schwankte zwischen Zorn und Unglauben und etwas, das wie Angst aussah und dann verwandelte es sich in eine Maske reinen Zorns.

Mit einem zornigen Knurren stieß er mit dem Schwert fest zu. Sie schrie, als seine Spitze in den Boden neben ihr stach.

Ihr blieb das Herz stehen, obwohl sie jetzt außer unmittelbarer Gefahr war und sie keuchte. Lange Zeit war nichts außer ihrem Keuchen und seinem Atmen in der Stille zu hören. Bei ihr war es die Erleichterung und bei ihm kaum unterdrückte Wildheit.

Seine Augen funkelten feurig, als er endlich sprechen konnte: „Ihr kleine Närrin!", rief er heiser. „Seid Ihr verrückt?" Er strich sich durch sein Haar und fing an wie ein in die Enge getriebener Hengst auf und abzulaufen. „Was für ein Spielchen ... wie konntet Ihr ... verflucht ... ich hätte Euch fast ..."

Wenn sie glaubte, dass sie einen Selbstvorwurf in seinen Augen gesehen hatte, verschwand dieser im nächsten Augenblick, als er ihren Plan verstand. Ungläubig wandte er sich zu ihr um. Seine Worte kamen wie Schläge und angesichts der reinen Kraft seiner Stimme zuckte sie zusammen.

„Bei Gott! Ihr wolltet Euren Vater rächen, indem Ihr mich ermordet!", rief er und trat mit so viel Kraft gegen eine Grassode, dass diese sich löste. Er zog sein Schwert aus der Erde und steckte es in die Schwertscheide. Dann kam er und stellte sich über sie und ballte seine Hände zu Fäusten und löste sie wieder. Er atmete unregelmäßig und sein Kinn war angespannt. Obwohl er außer seinem eisenharten

Blick keine Waffe schwang, reichte dieser, dass sie sich nicht bewegen konnte.

Fast hätte er sie mit seinem nervtötenden Schweigen, das eine Ewigkeit anzuhalten schien, gebrochen. Aber schließlich hockte er sich so nah neben sie, dass sie die Feuchtigkeit seines Atems auf ihrer Wange spüren konnte und die grobe Intimität seines Flüsterns erfüllte sie mit mehr Entsetzen als sein Brüllen oder sein Schweigen.

„Ich werde Euch nicht schlagen", knurrte er, „da Ihr seltsamerweise eine Dame seid. Aber bei Gott, ich werde Euch züchtigen."

Sie unterdrückte einen erschrockenen Schrei, als er sie hochzog und grob in Richtung Burg stieß, wobei er ihren Arm festhielt. Verdammt, er könnte wahrscheinlich mit seiner Hand ihre Knochen wie kleine Äste brechen. Er schob sie durch das Haupttor und ignorierte die neugierigen Blicke der Wachen. Er zischte einem Stalljungen zu, dass dieser ihre Pferde holen sollte und dann zog er sie über den Burghof, als wäre sie unhandlicher als einen Sack mit Kettenhemden.

Sie zögerte, als er die Türen zur großen Halle aufstieß, aber er schob sie weiter vor und stieß sie mit dem spitzen Kniebuckel seiner Rüstung. Ihr Gesicht brannte vor Scham, als er sie durch die volle Halle zwang. Selbst mit gesenktem Blick konnte sie sehen, dass Männer und Frauen den Weg für den Wolf frei machten und sie hörte, wie sie angesichts des Spektakels erschrocken keuchten.

Am gegenüberliegenden Ende der Halle kamen sie an eine Treppe und er zog sie fast die Wendeltreppe hinauf. Ihr Herz schlug heftig wie das eines eingesperrten Falken, als sie sich vorstellte, welche schreckliche Strafen er beabsichtigte und plötzlich sehnte sie sich zurück in die große Halle, wo Zeugen zugegen sein würden. Sie kämpfte gegen ihn an, aber er fluchte nur und drehte ihr den Arm nach hinten.

Am oberen Ende der Treppe stieß er eine dicke Eichentür auf, die in einen jämmerlichen kleinen Raum mit einer dünnen Strohmatratze und einem vergitterten Fenster führte. Dort schob er sie hinein und folgte, wobei er die Tür hinter sich zuschlug. Bevor sie sich zu ihm umdrehen konnte, drückte er sie mit seinem riesigen Körper mit dem Rücken gegen die Wand und raubte ihr den Atem. Er drückte sie gegen die groben Steine und hielt ihre Handgelenke rechts und links von ihrem Kopf.

Sehr erschauderte. Sie hatte seit Tagen über ihre Konfrontation mit dem Wolf nachgedacht – ihren Angriff geplant, ihre Schläge geübt und sich seine Verteidigung vorgestellt – aber nichts von alledem hatte sie auf das hier vorbereitet. Bei dieser Nähe waren die Schweißtropfen auf seinem Gesicht zu echt, sein Körper zu intim und sein Zorn zu fühlbar. Sie fühlte sich wie ein Nachtfalter, der in seiner Faust gefangen war und nach seinem Belieben zerdrückt werden könnte. De Wares Blick durchbohrte sie mit großer Intensität, während seine Stimme gefährlich ruhig blieb.

„Was habt Ihr mit meinem Bruder gemacht?"

Cambria war einen Augenblick verwirrt. Was für eine Frage war das denn?

Die menschlichen Handfesseln an ihren Handgelenken wurden einen Hauch fester und sie schluckte würgend. Verflucht, er war aber auch stark.

„Garth?", keuchte sie.

„Natürlich Garth", zischte er.

Sie verstand jetzt. Es machte Sinn. Lord Holden war zu dem Schluss gekommen, dass ihre Flucht von Blackhaugh bedeutete, dass Garth etwas zugestoßen war. Nur ein Engländer würde seine Familienangehörigen für unfehlbar gegen die einfachen Listen einer Schottin halten.

„Was habt Ihr mit ihm gemacht?", zischte der Wolf und das Feuer in seinen Augen verletzte sie viel mehr als sein Griff an ihren Handgelenken.

Einen Augenblick lang dachte sie, dass ihre Stimme sie verlassen hätte. Dann schaffte sie es zu sagen: „Es geht ihm gut."

„Seid Ihr sicher?", fragte er und drückte sich so fest an sie, dass sie seine Wimpern hätte zählen können.

Sie schloss ihre Augen und nickte.

„Seht mich an!", befahl er. „Wo sind die anderen, die Ihr mitgebracht habt?"

„Es gibt keine anderen."

Er fauchte und ließ sie zusammenzucken: „Ihr lügt!"

„Nay!", beharrte sie. „Ich bin allein auf eigene Verantwortung gekommen. Niemand weiß davon."

Der letzte Zusatz stimmte nicht ganz. Sie hatte nicht gewollt, dass der Verwalter Malcolm sich Sorgen machte. Der Knappe, der ihr mit dem Anlegen der Rüstung für die Reise geholfen hatte, hatte eine Nachricht, die er ihm geben würde wenn sie schon lange weg war. Damit würde Malcolm informiert werden, dass sie sicher war und schon bald zurückkehren würde und dass er nicht eingreifen sollte.

Scheinbar war Lord Holden überzeugt und er musterte sie jetzt mit mehr Zeit und Gründlichkeit, als wenn sie ein Pferd wäre, dass er vielleicht kaufen wollte und er ließ seinen Blick über ihr Haar, ihre Lippen und ihren Hals schweifen. Sie zitterte. Dieses stille Verhör war viel furchterregender als das, was er laut fragte.

„Aber Eure Leute werden es schon bald herausfinden, nicht wahr?", murmelte er schon fast zu sich selbst. „Solch ein wertvolles Juwel könnte nicht lange verschollen bleiben."

Überrascht blinzelte sie. Noch nie hatte jemand und mit Sicherheit kein Engländer sie ein wertvolles Juwel genannt. Sicherlich wollte er sie nur verhöhnen.

Sein Blick blieb an ihrem Mund hängen und seine Stimme war nur ein Hauch. „Was, wenn Ihr mich getötet hättet, kleine Hexe? Wolltet Ihr dann allein gegen die ganze englische Armee kämpfen?"

Sie schluckte. Sie hatte keine Antwort für ihn. Tatsächlich hatte sie gar nicht so weit gedacht.

Seine nächsten Worte waren so leise, dass sie seine Lippen beobachten musste, um sie zu entziffern. „Und was ... was, wenn ich Euch getötet hätte?"

Er begegnete dann ihrem Blick und fing sie in den schwelenden Tiefen seiner Augen ein und eine seltsame Strömung durchfuhr sie beide, die so flüchtig wie ein Blitz und so vergänglich wie ein Nebel war. Einen kurzen Augenblick lang sah sie ihn nicht als Feind, sondern als Mann – einen besorgten, verletzbaren Menschen – und geschmolzenes Feuer floss unerklärlicherweise durch ihre Adern.

Aber schon im nächsten Augenblick wurden seine Augen hart wie grünes Glas. Er wurde wieder zum Krieger. Er ließ ihre Arme los und trat zurück.

„Ich schicke Euch einen Knappen wegen Eurer Rüstung", sagte er barsch und nickte ihr zu, als würde er sie entlassen.

Dann nahm er einen Schlüssel von dem Haken an der Wand ging ohne ein weiteres Wort, wobei er die Eichentür hinter sich verriegelte.

Cambria schlug gegen die Tür und forderte ihre Freiheit, aber die schweren Schritte ihres Fängers verhallten.

Sie ließ sich außer Atem und mit Schmerzen von dem Kampf auf die modrige Strohmatratze in der Ecke sinken. Tränen stiegen ihr in die Augen, aber sie weigerte sich, sie zu vergießen.

Sie hatte versagt – sowohl gegenüber ihrem Vater, wie auch gegenüber ihrem Clan. Sie war gekommen um Rache zu üben und sie hatte nur Schande verdient. Ihr Vater hatte sie immer gewarnt, dass sie nicht die Fassung verlieren sollte. Dieses Mal hatte es sie den Sieg und fast ihr Leben gekostet.

Sie hatte immer noch das wilde Gesicht von Lord Holden vor sich, während er über ihr ragte und sie verstand, warum er der Wolf genannt wurde. Wenn er die Zähne zeigte und seine Augen bösartig funkelten wie in dem Augenblick, als er sie erschlagen wollte, ähnelte er einem wilden Tier.

Obwohl er ihr Leben verschont hatte, fürchtete sich Cambria vor der Strafe, die Lord Holden ihr erteilen würde. Sie hatte seinen eisernen Griff an ihrem Handgelenk und seine breite Brust, sowie den mächtigen Schlag seines Schwertes gespürt und sie wusste, dass sie seine Kraft niemals aushalten könnte, wenn er beschloss sie zu schlagen.

Sie war der Meinung, dass sie keine Schläge verdient hatte. Sie hatte völlig die Kontrolle verloren. Sie war so sehr mit ihrer Rache beschäftigt gewesen, dass sie jede Regel, die ihr Vater sie zum Schwertkampf gelehrt hatte, vergessen hatte. Vielleicht, dachte sie reumütig, wenn sie wachsam gewesen wäre und ihr Temperament unter

Kontrolle gehabt hätte, hätte sie den Kampf gewinnen können. Sie drehte sich auf die Seite und pickte traurig an einer Ritze in der Steinmauer.

Holden lief rastlos in seiner Kammer auf und ab und war von der Tatsache entsetzt, dass er fast eine Frau getötet hätte. Ihr Gesicht war jetzt in seinem Kopf verankert – er spürte noch das seidene Haar in seiner Faust, sah die kristallblauen Augen, die angsterfüllt waren und die zarte Nase, auf der ihr der Schweiß des Kampfes stand, sowie ihre zitternden Lippen, als er ihr Leben in seinen Händen hielt und sie war sogar noch schöner, als er sich erinnerte – schön und gefährlich wie eine Wildkatze.

Er verstand jetzt, was Roger mit der Wildheit der Schotten meinte. Heilige Mutter Gottes, sogar ihre Frauen waren Krieger.

Er rieb sich die Schläfen, um die Kopfschmerzen loszuwerden und hatte keine Ahnung, was er mit dem Mädchen machen sollte.

Er musste glauben, dass sie allein gekommen war. Kein Ritter hätte tatenlos danebengestanden, während ein Mädchen gegen einen erfahrenen Krieger kämpfte. Aber ihre Landsleute würden irgendwann kommen, um sie zu holen. Sie war ihr *Laird*. Was würde er tun, wenn sie sie holen wollten? Er musste den Frieden zwischen den Engländern und den Schotten im Grenzgebiet erhalten, aber er konnte das Mädchen auch nicht einfach freilassen.

Bei allem, was recht war, er könnte ihr das Leben nehmen – sie hatte versucht, ihn hinterhältig zu töten – aber es war unmöglich sich vorzustellen, dass er die Hand gegen sie erheben würde. Sie war eine Frau, verdammt. Sie waren sanfte Kreaturen. Sie sollten beschützt werden. Selbst jetzt, trotz ihres Verbrechens, überkam ihn eine Welle von Schuldgefühlen, während er über das zarte Mädchen nachdachte, das er grausam in einer kalten, feuchten Zelle im Turm eingesperrt hatte.

Er legte die Hand an den Griff seines Schwertes. Zum ersten Mal in seinem Leben fühlte sich seine zuverlässige Waffe wie ein nutzloses Stück Stahl an und ihm wurde klar, dass er keine Ahnung hatte, welche Waffe er gegen diesen faszinierenden Feind benutzen könnte. Belastet von Frust und Furcht fluchte er und ging zum Übungsfeld, wo seine Männer von den heftigen Schlägen, die sie den restlichen Nachmittag aushalten mussten, erstaunt waren.

Cambria lehnte sich gegen das Eisengitter ihres Gefängnisses und zählte die Sterne, die langsam am dunkler werdenden Himmel erschienen. Sie hatte jetzt aufgehört, über ihr Versagen nachzudenken und angefangen, den klugen Verstand der Gavins zu benutzen.

Eine Flucht war möglich. Ebenso wie sein törichter kleiner Bruder hatte Holden de Ware den Fehler gemacht, ihre Verzweiflung und ihren Einfallsreichtum zu unterschätzen. Nicht nur hatte er dafür gesorgt, dass sie ausreichend Suppe zum Abendessen hatte, er hatte auch großzügigerweise den versprochenen Knappen geschickt, um ihr zu helfen, ihre Rüstung auszuziehen, da er wusste, dass sie nicht damit schlafen könnte und diese letzte Freundlichkeit würde ihn eine Gefangene kosten.

Ohne das schwere Kettenhemd konnte sie sich durch die Gitter am Fenster drücken. Da sie nur ihr Leinenunterkleid trug, zerriss sie ihren Wappenrock in

Streifen und band diese zusammen. Es war einfach, das Seil an dem Gitter zu befestigen und es auf den Boden fallen zu lassen.

Sie atmete ein paar Mal tief durch und drückte sich durch das Gitter. Angesichts des geringen Lichts des Sichelmonds, hatte sie ausreichend Deckung und der Blick nach unten war glücklicherweise nicht klar und deutlich. Trotzdem zog sich ihr Magen zusammen, als sie auf dem schmalen Absatz balancierte und die Turmmauer hinabschaute.

Als Test zog sie noch einmal an den Lumpen und mit fest geschlossenen Augen schwang sie sich in die leere Dunkelheit. Das Seil drehte sich einmal und sie stieß mit der Schulter an die Mauer, aber der Stoff hielt. Mit zitternden Armen klammerte sie sich an das Seil und ließ sich langsam Zoll um Zoll nach unten, wobei sie es nicht wagte nach unten zu schauen, da der Boden wie eine schwarze Grube aussah. Mehrere Male schürfte sie sich die Knie an dem groben Stein der Burgmauer auf.

Schließlich spürte sie die kalte feuchte Erde unter ihren Füßen. Vorsichtig schlich sie aus dem Schatten der Burgmauer auf das offene Feld und von da aus in den Wald. Als sie die Bäume erreicht hatte, legte sie sämtliche Vorsicht beiseite und rannte so schnell sie konnte weiter.

Sie rannte die ganze Nacht, wobei sie die Schreie der Eulen und das Umherhuschen der Mäuse hörte und in ihrem dünnen Gewand zitterte, während der aufziehende Nebel seine kalten Finger um ihren Körper legte. Ihr Herz schlug heftig in ihren Ohren, während sie durch das Gebüsch stolperte und sich Arme und Beine zerkratzte. Aber sie dachte die ganze Zeit an den Gavin und ihre Vorfahren, die nackt durch dieses wilde Land gelaufen waren und überlebt hatten und wenn sie es geschafft hatten, könnte sie es auch.

Sie war der Gavin.

Stunden vergingen und schließlich graute der Morgen und erhellte den Himmel über den mit Eichen bedeckten Hügeln. Mit etwas Glück würde sie schließlich auf Robbie und seine Truppe stoßen. Sie blieb einen Augenblick auf einem grasbedeckten Hügel stehen und versuchte zu Atem zu kommen. Sie war erschöpft und hungrig und brauchte Schlaf, aber sie musste weiter. Sie konnte nicht zulassen, dass der Wolf sie fand.

„Was?", explodierte Holden und schlug mit der Faust auf den Eichentisch. Der Knall erschreckte den ängstlichen Diener und sorgte dafür, dass sein Wein im Kelch überschwappte.

„Bei den Eiern des Teufels!"

Frustriert strich er sich mit den Fingern durch seine ungekämmten Haare und stand auf, wobei er seinen Stuhl über die mit Schilf bedeckten Steine schob. Er musste ebenso über seine eigene Dummheit wie über das schlaue Weib fluchen, weil sie so leicht entkommen war.

Fürwahr, ihr Einfallsreichtum und ihre Entschlossenheit faszinierten ihn, aber für Faszination war kein Platz, wenn man im Auftrag des Königs handelte. Dies war der erste große Coup für Edward. Er konnte sich nicht erlauben, dass ein rachsüchtiges schottisches Mädchen seine Pläne untergrub, ganz gleich, wie faszinierend es war.

„Probleme, Mylord?" Roger Fitzroi spazierte in die Halle und kaute noch sein Frühstücksbrot.

„Nichts, womit ich nicht fertig werde."

„Ist das Gavin Mädchen entkommen?"

Neuigkeiten machten offensichtlich schnell die Runde in der Burg. Holden trank einen Schluck Wein.

Roger nickte mitleidig. Dann legte er sein Brot beiseite, senkte den Blick und faltete seine Hände vor sich. „Mylord, ich weiß, dass Ihr über die Art und Weise, wie die Mission auf Blackhaugh durchgeführt wurde, verärgert wart. Ich fürchte, dass der Mord an meinem Bruder mich fast meinen Verstand hat verlieren lassen. Vielleicht kann ich es wiedergutmachen. Ich würde es als eine Sache der Ehre und als Beweis meiner Loyalität betrachten, wenn ich das Mädchen für Euch zurückholen dürfte. Ich kann innerhalb einer Stunde aufbrechen."

Holden verschluckte sich fast an seinem Wein. Versuchte sich Roger zum ersten Mal an Demut? Oder hatte er endlich gemerkt, dass seine voreiligen Handlungen ihn seine königlichen Bezüge kosten könnten? Holden strich sich über das Kinn. Auch wenn Rogers Motive nicht rein waren, wusste der Mann, dass er sich keine weiteren Fehler leisten konnte. Wenn Holden also ein paar seiner zuverlässigen Männer mit schickte ...

„In Ordnung", antwortete er, „aber nehmt Myles und Guy mit."

Roger nickte.

„Und Roger?"

Der Ritter hielt inne.

„Ich will sie lebendig und unversehrt oder es kostet Euch Euren Kopf, ob Ihr nun mit dem König verwandt seid oder nicht."

Trotz ihrer Taten bewunderte Holden das Mädchen und er wollte nicht, dass ihr Mut gebrochen würde.

Dieser Mut und die wenigen Beeren und Nüsse, die sie im Wald finden konnte, hielten Cambria am Leben. Sie rannte zwei Tage lang und ihr Körper war schwach vor Hunger. Sie schlief nur kurz auf provisorischen Lagern aus Ästen und Blättern. Sie hatte Blasen an den Füßen und ihre helle Haut war vom harten Wind spröde geworden und ihr Leinenkleid war von den Büschen zerfetzt.

Da die Wahrscheinlichkeit ihrer Gefangennahme mit jeder Stunde geringer wurde, galt dies auch für die Wahrscheinlichkeit, dass sie ihre Landsmänner treffen würde. Sie überlegte, ob Robbie sie in ihrem aufgewühlten Zustand überhaupt erkennen würde. Sie hatte kein Geld, keine Kleider, keinen Beweis für ihre Identität und sie war allein.

Jede andere Frau wäre verzweifelt, aber mit jeder Meile, die sie weiterkam, wurde Cambria von immer mehr Zorn und Hass erfüllt. Keine einzige Person hatte jemals so viel Zerstörung in ihrem Leben verursacht wie dieser Dämon, Holden de Ware. Mit einem grausamen Schlag hatte er ihr ihren Vater, ihr Land und ihre Stellung genommen und sie auf eine halbnackte Flüchtige reduziert, die nach Beeren suchen musste. Bei Gott, sie würde überleben, wenn auch nur, um ihm seine teuflischen Augen auszukratzen.

Als sie sicher war, dass sie den verfluchten Engländern entkommen war, rastete sie. Sicherlich hatten Holdens Männer inzwischen aufgegeben oder ihre Spur verloren. Sie hatte sich weit weg von der Hauptstraße gehalten. Jetzt beschloss sie, sich an einer knorrigen Eiche auszuruhen, bedeckte sich mit Blättern und fiel in einen tiefen Schlaf.

Es war schon Mittag, als sie das entfernte Bellen eines Hundes hörte. Schnell stand sie auf, schüttelte die Blätter ab und kletterte auf einen Ast der Eiche, damit sie besser sehen könnte.

„Nay."

Ihr Herz ihr Herz sank, als sie in das Tal weiter unten schaute. Die vielen Stunden, die sie gelaufen war, der Schlafmangel, die Schmerzen und der Hunger waren umsonst gewesen.

Die beiden Ritter, die einen wild umherspringenden Hund zurückhielten, trugen das Siegel von de Warte.

# KAPITEL 4

„Nay", flüsterte sie und unterdrückte ein Schluchzen.

Sie hatten sie wie ein Tier gejagt und jetzt saß sie hilflos in der Falle. Vor Entsetzen zog sich ihre Brust zusammen und sie konnte kaum atmen.

Lieber Gott, wie könnte sie nur fliehen? Der Hund hörte sich halb verhungert an und gleich würde er ihre Fährte aufnehmen. Was, wenn er sie angriff?

Sie schluckte schwer. Sie musste sich beruhigen. Panik wäre der größte Fehler, den sie begehen könnte. Es waren schließlich nur zwei Männer und sie hatten sie noch nicht gesehen. Sie hatte immer noch Zeit. Es gab noch Hoffnung.

Das Bellen verstärkte sich und hörte sich bedrohlich an. Leise stieg sie vom Baum und rannte in den Wald. Es war vielleicht nicht möglich ihre Verfolger abzuhängen, aber zumindest würde der Wald sie abschirmen und wenn sie einen Bachlauf fand, wäre es möglich, dass der Hund ihre Fährte verlor.

Ihre Hoffnung wurde schnell zunichte gemacht.

Als sie durch den Eichenwald rannte, stieß sie fast mit zwei weiteren Rittern auf Pferden zusammen – noch mehr von Holdens Männern. An diese beiden erinnerte sie sich nur zu gut vom Massaker auf Blackhaugh – der große goldene Ritter Roger und die dunkle Ratte, die das Schwert ihres Vaters gestohlen hatte.

Roger lachte laut und war offensichtlich überrascht. „Ihr habt mir meine Arbeit leicht gemacht und habt *nach mir* gesucht!" Er pfiff ein lautes Signal und galoppierte auf sie zu.

Ihr Herz schlug heftig, sie drehte sich und rannte zum dichten Unterholz, obwohl ihr nur allzu klar war, dass sie nur das Unvermeidbare verzögerte. Sie stolperte tollpatschig und ziellos durch das dichte Blattwerk und Panik stieg in ihr auf.

Dann hörte sie den Befehl, den Hund von der Kette zu lassen. Bei Gott, er würde sie wie ein Hase aus ihrem Versteck scheuchen! Die Lungen taten ihr weh, aber als sie das fieberhafte Bellen des Hundes hörte, zwang sie ihre Beine noch schneller zu laufen, da sie ihren Überlebensinstinkt nicht unterdrücken konnte.

Am Rand des Waldes erhaschte sie einen Blick auf die Freiheit, aber der einzige Fluchtweg führte über ein offenes Feld voller Disteln. Sie zögerte. Das Unkraut wird dicht und stachelig.

Der Hund bellte erneut.

Da sie keine weiteren Möglichkeiten hatte, rannte sie weiter, wobei sie es ignorierte, dass die Disteln an ihrem Unterkleid zerrten und sie keuchte, als Dornen in ihre nackten Füße schnitten.

Der Hund holte sie schnell ein, schnappte nach ihren Fersen und sie fiel auf den Boden. Sie zuckte vor Schmerz zusammen und versuchte sich vor seinen schnappenden Zähnen in Sicherheit zu bringen.

Gerade als sie den feuchten Atem des Hundes auf ihrer Haut spürte, rief der Mann mit dem schwarzen Bart das Tier zurück, er legte es an eine schwere Kette und warf ihm dann ein Stück Fleisch zu. Der Hund fraß es gierig.

Cambria schluckte, lag erstarrt vor Entsetzen auf dem Boden, ihre Wange drückte sich gegen das Unkraut und sie atmete keuchend.

„Holt sie, Myles", befahl Roger selbstgefällig.

Ein junger Ritter stieg von seinem Pferd und bückte sich um ihr auf die Füße zu helfen. Sie war fast am Ende ihrer Kräfte, aber trotzdem kämpfte sie gegen seine Freundlichkeit an. Unbeeindruckt von ihrem Widerstand nahm er seinen Umhang ab und legte ihn um ihre nackten Schultern, wobei er sie mit mitleidigen grauen Augen anschaute.

Das war mehr, als ihr geschwächter Geist aushalten konnte. Zu ihrem Entsetzen wurden ihre Augen feucht. Beschämt drehte sie sich aus dem Griff des jungen Ritters und griff ihn an, wobei sie den Umhang abwarf.

„Euer Gewand stinkt nach England!", rief sie. „Lieber sterbe ich in der schottischen Kälte!"

Der Mann sah verärgert aus, als er seinen Umhang zurückholte. Steif setzte er sie auf sein Pferd und setzte sich dann hinter sie. Die vier Pferde drehten sich zurück in Richtung Bäume.

Zuerst saß sie kerzengerade und achtete darauf, dass kein Teil von ihr ihren Fänger berührte. Aber nach einigen Meilen verriet ihr erschöpfter Körper sie. Müde hing sie im Sattel und schlief immer wieder ein, bis sie schließlich gegen die Brust ihrer Wache fiel.

Stunden später wachte sie auf, als jemand ihren nackten Oberschenkel berührte. Roger. Überrascht zuckte sie zurück und griff nach dem Dolch, den sie immer in ihrem Gürtel trug, wobei sie fast sich selbst und Myles aus dem Sattel geworfen hätte. Myles konnte sein Pferd gerade noch beruhigen.

Roger schmunzelte nur und gab vor, sich vor ihr zu verneigen. Dann zeigte er auf einen Gasthof am Waldrand, dessen Dach mit Moos bewachsen war. Dort hielten sie an. Ein dünner Mann trat aus der dunklen Tür, gefolgt von einer faltigen alten Frau, die nervös an ihrem schmutzigen Surcot herumzupfte. Völlig orientierungslos brauchte Cambria einen Augenblick, bis ihr klar war, dass dies ihre Unterkunft für die Nacht war.

Der alte Mann trat vor, um Geld von Roger zu kassieren und seine gebückte Frau, die Rittern gegenüber argwöhnisch war, murmelte nervös und zeigte Cambria an, dass sie mitkommen sollte.

Der Gasthof war warm und roch angenehm nach Hammelfleisch und Bier. Die Frau führte Cambria zu einem Tisch. Dankbar setzte sie sich auf die alte Bank und ignorierte die Blicke der anderen Gäste in dem Raum.

Das flackernde Feuer fühlte sich auf ihrem Gesicht an wie Balsam und wärmte sie bis auf die Knochen. Als die Frau mit einem Teller Eintopf und einem Becher mit Bier zurückkam, aß sie gierig und es kümmerte sie nicht, dass das fettige Essen vielleicht später für eine Magenverstimmung sorgen könnte.

Sie hatte den letzten Bissen noch nicht verschlungen, als Roger die Frau anwies, dass sie ein heißes Bad oben für Cambria vorbereiten sollte, wobei er die ganze Zeit irgendetwas über die Kosten von Lord Holdens Launen murmelte.

Dieses eine Mal machte es Cambria nichts aus, die

Anweisungen des Engländers zu befolgen. Sie zog ihr zerrissenes, schmutziges Unterkleid aus und stieg in das tröstliche warme Wasser in der hölzernen Wanne und zum ersten Mal seit Tagen entspannte sie. Sie spülte die unzähligen Schnitte auf ihrem Körper und schrubbte ihren Kopf mit der duftenden Seife, bis ihr Haar wie Seide glänzte.

Aber schließlich wurde das Wasser kalt und als ihre süße Trägheit schwand, plante sie ihre Flucht.

„Seid Ihr fertig?", fragte die Frau des Wirtes, als sie eintrat und Cambria in ihren Gedanken störte.

„Oh, aye." Cambria nahm der Frau das grobe Leinenhandtuch ab und trat aus der Wanne. Sie trocknete sich schnell ab und betrachtete die alte Frau aus dem Augenwinkel.

Sie täuschte die Ängstlichkeit ihrer Mutter vor und flüsterte: „Sie halten mich gegen meinen Willen fest."

Die alte Frau trocknete ihre Hände an ihrer schmutzigen Schürze ab. „Das geht mich nichts an."

„Aber sie haben meinen Vater getötet!", zischte Cambria fuhr dann leise fort. „Und vielleicht töten sie mich auch."

Die Frau schüttelte den Kopf. „Ich würde Euch gerne helfen, aber damit würde ich die Schlinge um meinen eigenen Hals legen."

„Bitte", flehte Cambria. „Ihr würdet mir nicht helfen müssen. Ihr braucht nur eine Tür oder einen Fensterladen versehentlich auflassen ..."

Die vertrocknete alte Frau war standfest. „Ich werde Euch einen Balsam für Eure Verletzungen bringen und ein Gewand, aber ich werde nicht den Zorn der Krieger unten über mich bringen."

Cambria schürzte frustriert die Lippen und zwang sich

dann, die Frau zu verstehen. Dankbar nahm sie den Balsam und das grobe Gewand an.

Nachdem die Frau die Wanne weggebracht hatte zog sich Cambria eilig an, flocht ihre nassen Haare in einen dicken Zopf und untersuchte das Zimmer, wobei sie ihre Fluchtmöglichkeiten durchging. Sie prüfte die Fensterläden, aber diese waren vernagelt.

Als sie aufstand, um sich genauer umzuschauen, drehte sich ihr Magen protestierend, weil er das fettige Essen, das sie vorher zu sich genommen hatte, nicht verdauen konnte. Sie fluchte leise wegen ihres schlechten Urteilsvermögens, dass sie ihr Essen hinuntergeschlungen hatte und auch wegen der Tatsache, dass die Fensterläden vernagelt waren. Sie brauchte etwas, um sie zu öffnen. Verdammt, fluchte sie, während sie sich den Bauch hielt, als eine Welle der Übelkeit in ihr aufstieg. Sie brauchte erst einmal einen Trank für ihren Magen, da sie sonst nicht in der Lage wäre klar zu denken.

Natürlich! Sie würde in die Küche gehen und die Frau des Gastwirts nach einem Elixier fragen und vielleicht könnte sie dabei irgendein Werkzeug finden, mit dem sie die Fensterläden öffnen könnte.

Vorsichtig machte sie die Tür auf. Die vier de Ware Ritter waren jetzt die einzigen Gäste im Schankraum und saßen um einen Tisch in der Nähe des Feuers, wo sie Prahlereien und wagemutige Geschichten austauschen. Sie hatten offensichtlich schon viel Bier getrunken und waren jenseits jeder Vernunft. Der junge Myles wankte auf der Bank und Roger gab ihm jedes Mal, wenn er sich zu ihm hinneigte, einen Stoß. Roger und der rattenähnliche Mann knufften einander, aber wohl eher aus Gewohnheit als aus Bösartigkeit. Der schwarzhaarige Riese schnarchte laut in seinen schwarzen Bart auf dem Tisch, wobei sein Hund zufrieden unter dem Tisch an einem Knochen knabberte. Cambria hielt die Luft an, als sie die Treppe hinunterkam und versuchte unbemerkt vorbei zu schlüpfen.

Aber Roger sah sie am unteren Ende der Treppe.

„Schaut, Owen! Unter all dem Dreck war ein Weib."

„Und ein recht hübsches Weib noch dazu", sagte Owen anzüglich. „Es scheint mir eine Verschwendung zu sein, dass all das liebliche Fleisch dort allein in der kalten Kammer liegt."

„Aye, es ist schon Wochen her, seit ich eine wohlriechende Frau hatte."

Cambria fühlte sich, als wenn ihre Beine in einem klebrigen Moor gefangen waren und ganz gleich, was sie tat, sie würde nur noch tiefer darin versinken. Sie war diese Art der Kriegsführung nicht gewöhnt und drückte sich gegen die schmutzige Wand. Plötzlich war ihr Magen die geringste ihrer Sorgen.

„Seid Ihr überrascht, Weib?", fragte Owen und sein dunkles, fettiges Haar und seine krummen Zähne wirkten im Licht des Feuers noch auffälliger. „Habt Ihr noch nie gehört, dass der Sieger die Beute bekommt?"

Obwohl er betrunken war, trat der jungenhafte Sir Myles doch vor, um sie zu verteidigen. „Lord Holden hat Anweisungen gegeben, dass ihr nichts zuleide getan werden darf."

Roger grinste und schob den Jungen zurück auf die Bank. „Ich werde ihr nichts zuleide tun. Ich werde sie nur wie ein gutes Pferd einreiten. Holden wird mir für den Dienst dankbar sein."

Ungläubig weiteten sich Cambrias Augen und ihre Muskeln spannten sich zum Zerreißen an, aber bevor sie sich bewegen konnte, gab Roger Owen ein Zeichen und dieser ergriff sie leicht an den Armen. Sie kämpfte gegen seinen Griff, aber er war so hartnäckig wie ein Frettchen und die beiden Männer lachten über ihre Bemühungen und genossen das Amüsement.

Aus dem Augenwinkel sah sie, dass die Frau des Gastwirts aus der Küche kam, aber sie wusste, dass sie keine Hilfe von ihr zu erwarten hatte.

„Wie heißt Ihr, feuriges Weib?", fragte Roger und war nah bei ihr. Er stank nach Bier.

Sie dachte an ihren Clan, biss die Zähne zusammen und weigerte sich zu antworten.

„Euer Name, Weib!", wiederholte er.

Verächtlich spuckte sie ihm auf die Füße.

Er antwortete mit einem kalten stählernen Dolch, den er direkt an ihre Brust legte. Aber Cambria weigerte sich, zusammenzuzucken.

Das jämmerliche alte Weib bekreuzigte sich und eilte aus dem Zimmer.

„Wenn ihr Euch nicht an Euren Namen erinnern könnt, Weib", sagte Roger langsam, „ritze ich Euch gerne einen neuen an eine Stelle, wo Ihr ihn niemals vergessen werdet."

Unsicher ging Myles einen Schritt auf sie zu, aber Roger hielt ihn mit seinem Arm zurück.

Sie blickte auf die bedrohliche Klinge und obwohl sie sich immer noch gegen Owens Griff wehrte, kam sie zögerlich seiner Aufforderung nach. „Cambria."

„Cambria? Cambria", er sprach ihren Namen aus. „Er ist wie Musik auf den Lippen. Aber es ist bestimmt nicht so schön wie Euer Gesang. Soll ich es versuchen, Bruder?"

Bei den Eiern des Luzifers! Nicht das, dachte sie – ein Schlag, ein Tritt, aber nicht das hier. Würde ihn denn niemand aufhalten? Aus dem Augenwinkel sah sie, dass Myles nervös von einem Fuß auf den anderen trat, aber sie wusste, dass er ihr unmöglich helfen konnte, solange die Brüder sich gegenseitig betrunken ermutigten.

Roger steckte den Dolch zurück in die Scheide und nickte Owen zu, dass er sie loslassen sollte. Dann, bevor sie sich befreien konnte, zog er sie grob an sich heran und legte eine fleischige Hand auf ihr Gesicht und drückte seine Lippen hart auf ihre. Sie kämpfte, um ihm zu entkommen und versuchte vergeblich, ihm in die Lippe zu beißen. Er öffnete ihren Mund mit seinem und sein Bart zerkratzte ihre Haut wie ein Schleifstein. Verzweifelt kämpfte sie gegen die Übelkeit, die sein Atem und seine Zunge verursachten.

Als er sie losließ, während Owen applaudierte, rieb sie sich mit der Rückseite ihrer Hand über den Mund. „Ihr Mistkerl!", brachte sie heraus. Ihr Magen drehte sich wieder.

„Ach", schmachtete Roger scherzhaft. „Hier ist jetzt ein Lied, das Euch gefallen wird, es ist lebhaft und geistreich! Ich glaube, dass es mir gefallen wird zu lernen, wie man dieses Instrument spielt."

Myles hatte offensichtlich genug gesehen. Er trat einen Schritt vor zu ihrer Verteidigung, aber ein scharfer Befehl von Roger hetzte den Hund des immer noch schlafenden Ritters auf ihn und er knurrte und schnappte jedes Mal nach ihrem jungen Helden, wenn dieser sich bewegte. Mit zunehmender Verzweiflung suchte Cambria nach einer Fluchtmöglichkeit in dem Raum.

„Bewegt Euch nicht, Weib!", brüllte Roger. „Ihr gehört mir!"

„Niemals!", rief sie und rannte zur Treppe.

Der schwerfällige Ritter folgte ihr auf dem Fuß und erwischte sie an den Beinen. Sie stolperte und fiel auf der Treppe und zuckte zusammen, als sie ihr Knie aufschürfte und ihr Gewand zerriss. Sie klammerte sich an den Stufen fest und schlug so hart sie konnte nach ihm, wobei sie sich langsam nach oben zog. Aber sie konnte nicht flüchten. Seine Faust umklammerte ihren feuchten Zopf und mit einem muskulösen Arm hob er sie an der Taille hoch.

„So eifrig in mein Bett zu kommen?", lachte er. „Da kommt Ihr noch schnell genug hin!"

Sie fühlte sich wie die Puppe eines Hofnarren, als er sie plump die Treppe hinauftrug und die Tür zum Schlafzimmer auftrat. Mit ihren Fäusten schlug sie auf ihn ein und ihre Stimme brach, als sie im drohte. „Wenn Ihr Hand an mich legt, Ihr Hurensohn, werde ich Euch töten! Das schwöre ich Euch!"

Sie verfluchte ihn in erster Linie, um ihre Angst zu verbergen. Für eine solche Schlacht hatte sie niemals geübt. Sie wusste noch nicht einmal, welche Waffe sie gegen die Lüsternheit eines Mannes benutzen könnte.

Roger drückte die Tür mit seinem Körper zu und verriegelte sie. Dann warf er sie auf das grobe Bett mitten in dem Zimmer. Sie kam auf die Knie und wünschte sich bei Gott, dass sie einen Dolch hätte.

„Rührt mich nicht an!", befahl sie und versuchte ihre Würde wiederzugewinnen, indem sie ihre Kleidung glatt strich.

Er lachte und zwinkerte ihr betrunken zu.

Sie biss sich auf die Lippe. Ihre Befehle funktionierten nicht, vielleicht könnte sie ihn beschämen. „Ist dies die Ritterlichkeit eines englischen Ritters?"

Er ignorierte sie und fing an sich auszuziehen, wobei er ein Liedchen summte.

„Hört mir zu, Ihr Mistkerl", fauchte sie, „ich bin keine Hure. Ich bin eine Jungfrau." Sicherlich würde er sie jetzt alleine lassen.

„Seid Ihr das?", schnaubte er sorglos. „Dann habt Ihr aber Glück", sagte er mit einem Schluckauf. „Ihr werdet den besten Lehrer haben." Mit diesen Worten zog er sein Hemd aus und offenbarte eine breite, haarige Brust.

Verzweifelt suchte sie nach irgendeiner Art von Waffe. Neben dem Bett stand ein Nachttopf aus Ton. Er war schwer und hart. Sie griff danach und warf ihn mit aller Kraft. Aber als sie ihn losließ, wusste sie bereits, dass er sein Ziel verfehlen würde. Er knallte gegen die gegenüberliegende Wand.

Sofort war der riesige Ritter bei ihr. „Weib!", rief er und drückte sie voller Zorn gegen die Wand. „Macht mich nicht wütend!" Er lallte. „Ich kann dafür sorgen, dass Ihr beim Verlust Eurer Jungfräulichkeit sehr leidet."

Sie erblasste.

Er ließ sie los und zog den Rest seiner Kleidung aus und stand nackt in dem dämmerigen Zimmer. Sein goldenes Gesicht war wild und seine Größe beängstigend. Sie schluckte schwer. Er wollte doch wohl nicht ...

Er wankte auf sie zu und sie kroch über das Bett und warf ein Kissen nach ihm. Er lachte und warf es beiseite. Dann ergriff sie einen hölzernen Kerzenständer und warf ihn. Er traf ihn an der Schulter.

„Verflucht ...!", brüllte er. Mit einem Sprung warf er sich auf sie und drückte den Atem aus ihr heraus. Sie versuchte, sich von ihm weg zu schlängeln, während er ihr Gesicht mit nassen, nach Bier stinkenden Küssen bedeckte. Sein Körper fühlte sich klamm und so unmöglich schwer an, dass sie kaum atmen konnte. Als er schließlich sein Gewicht von ihr nahm, schob er ihr Gewand bis unter ihre Arme hoch. Er drückte seine nassen Lippen auf ihre entblößte Brust und sie kämpfte, um von diesem Albtraum seiner Berührung zu erwachen.

„Ihr Hurensohn!", keifte sie.

Er biss sie und sie kreischte.

„Haltet den Mund, Weib, ich warne Euch", sagte er und lallte jetzt noch mehr.

Sie erschauderte, als er mit seinem Knie gewaltsam ihre Beine spreizte. Mit letzter Kraft schlug sie mit ihrem Knie gegen ihn, aber in seinem betrunkenen Zustand hatte dies keine Wirkung. Er murmelte etwas und sein Gewicht fiel wieder auf sie, so schwer wie ein Dutzend Kettenhemden. Sie konnte sich nicht bewegen, schloss die Augen und bereitete sich auf das Schlimmste vor.

Innerhalb kurzer Zeit wurde ihr klar, dass das Schlimmste bereits passiert war. Der Mistkerl war bewusstlos geworden und schnarchte laut in ihr Ohr. Sie kämpfte gegen das Verlangen, vor Erleichterung zu kichern.

Sie kämpfte sich unter dem schlafenden Riesen hervor, zog ihr Gewand herunter und fuhr sich mit zitternden Fingern durch ihr zerzaustes Haar. Argwöhnisch schaute sie zu ihrem Angreifer, ging zur Tür und öffnete sie. Vorsichtig schaute sie sich um.

Owen war immer noch unten und trank. Sie würde niemals unbemerkt entkommen.

Resigniert schloss sie die Tür. Sie schaute zu dem riesigen goldenen Ritter und erschauderte. Sie würde ruhiger schlafen, wenn sie nicht mehr mit ihm eingesperrt wäre. Aber sie konnte noch nicht weggehen, nicht, bis die anderen Männer sich nicht schlafen gelegt hatten. Da sie Angst hatte ihn zu wecken, ließ sie Roger einfach liegen und verkroch sich in einer dunklen Ecke des Zimmers. Sie kauerte an der Wand legte ihre Arme um die Knie. Sie musste nachdenken.

Die Fenster waren fest verschlossen. Die Männer unten waren immer noch nüchtern genug, um wachsam zu sein. Die Frau des Gastwirtes würde ihr nicht helfen. Aber was machte das schon aus? Selbst wenn sie flüchten könnte, was würde die Ritter davon abhalten, sie noch einmal zu finden? Lord Holden schien ihr nicht die Art Mann zu sein, die leicht aufgab. Im Gegenteil, dachte sie zitternd, er schien die Art Mann zu sein, der die ganze Erde nach dem absuchen würde, was er wollte. Es würde nichts bringen zu fliehen.

Aber sie konnte den Gedanken nicht ertragen, dem Wolf erneut gegenüberzustehen. Der Mann war zu gefährlich und zu mächtig. Seine grünen Augen schienen ihre Gedanken lesen zu können und brachten sie durcheinander. Nay, sie hatte kein Verlangen ihn wieder zu sehen. Erschaudernd zog sie das Gewand fester um ihre Beine. Vermutlich würde sie bis ans Ende der Welt fliehen müssen. Sie hatte nicht beabsichtigt an dieser schmutzigen Wand einzuschlafen. Sie wollte ihren Augen nur einen Augenblick Ruhe gönnen, aber die Erschöpfung überwältigte sie und sie schlief ein, wobei sie ein Gebet murmelte, dass Roger in der Nacht nicht aufwachen würde.

Sir Roger wachte nicht auf – weder in dieser Nacht noch in irgendeiner anderen.

Erschrocken wachte Cambria eine Stunde vor Sonnenaufgang auf und ärgerte sich, dass sie so lange geschlafen hatte. Der Ritter lag noch immer da, wo sie ihn hatte liegen lassen, aber als sie seinen Zustand sah, stockte ihr der Atem.

Eine gezackte Klinge steckte in Rogers Brust. Sein Blut trocknete in Rinnsalen auf seiner blassen Haut und war auf den Fellen und weißen Wänden verspritzt und sein blonder Bart hatte braune Flecken davon.

Alle ihre Sinne sagten ihr, dass sie weglaufen sollte, aber sie stand da erstarrt vor morbider Faszination. Irgendwie, während sie geschlafen hatte, war Roger still und schnell ermordet worden. Es war, als wenn ein stiller Geist die Tat vollbracht hatte.

Endlich konnte sie ihre Lähmung abschütteln. Sie bekreuzigte sich und ging zögernd rückwärts aus der Tür. Glücklicherweise schliefen die Ritter und der Hund tief und fest. Vorsichtig ging sie die knarrende Treppe hinab, schlich sich an den schlafenden Körpern vorbei zur Haustür des Gasthauses.

Plötzlich sah sie die Frau des Gastwirtes mit einer Kerze in der Hand. Die Frau trug einen riesigen Topf mit Wasser. Beide erstarrten einen kurzen Augenblick, aber die Blicke, die sie tauschten, sprachen Bände. Die Frau nickte wissend und fuhr mit ihrer Arbeit fort, als wenn sie Cambria nicht gesehen hätte.

Hatte die alte Frau Sir Roger ermordet? Hatte sie ihre Meinung geändert und Cambria doch geholfen? Es schien unmöglich, aber es gab keine andere Erklärung.

Cambria seufzte dankbar, öffnete die Tür und schob sich durch den Spalt nach draußen. Im Morgenfrost zitterte sie und das Moos war immer noch feucht unter ihren nackten Füßen und ihr Atem verursachte kleine Wölkchen.

Sie war erst ungefähr fünfzig Schritte vom Gasthaus

entfernt, als sie hörte, wie ein Ast brach. Sie drehte sich um und sah eine dunkle Gestalt. Die Schritte ihres Verfolgers kamen näher und sie rannte los durch den Wald. Die kalte Luft brannte in ihren Lungen, aber sie rannte verzweifelt in Richtung Dickicht und fluchte, dass sie keine Waffe hatte.

Schnell verließen sie ihr Glück und der enger werdende Weg. Sie war im Dickicht gefangen wie ein Wildschwein, das in die Enge getrieben worden war. Sie drehte sich um und sah einen dunklen Ritter, der ein Schwert schwang. Es war das Schwert ihres Vaters.

Owen.

Als er weiter auf sie zukam, um seine Beute einzufordern, suchte sie das Dickicht nach einer Fluchtmöglichkeit ab. Er hob seine Klinge an ihren Hals. Keuchend ging sie rückwärts. Er folgte ihr mit der kalten Klinge und noch kälteren Augen, bis sie gegen Brombeersträucher gedrückt wurde und sie nirgendwo mehr hinkonnte.

„Dieses Mal entkommt Ihr nicht, Ihr mordende Schlampe", knurrte er.

Mit der Spitze des Schwertes schnitt er sie am Kinn und drohte, sie jeden Augenblick zu töten.

„Ich habe ihn nicht ermordet", sagte sie und schluckte. „Ihr müsst mir glauben. Jemand anderes ..."

Seine Faust erwischte sie an der Schläfe und sie fiel seitwärts, wobei die Äste ihr Gesicht zerkratzen und sie schwarze Flecken vor den Augen sah.

„Erspart mir Eure Lügen!", rief er. „Mein Bruder ist tot und wurde im Schlaf ermordet."

Er ergriff ihren Arm und zog sie grob an sich heran. Sie stolperte und er schob sie weiter in Richtung Gasthof.

„Dummes Weib", knurrte er. „Roger war der Sohn eines Königs. Ihr werdet für diese Sache hängen."

Stimmte das? Würde man sie für den Mord an Roger schuldig sprechen? Ihr verfluchtes Temperament. Sie hatte erst letzte Nacht gedroht, den Mann zu töten, aber sie hätte es niemals getan. Wussten sie das nicht? Wie könnte irgendjemand glauben, dass der *Laird* von Gavin einen Mann im Schlaf erdolchen würde?

Aber sie konnte ihnen nicht sagen, dass die Frau des Gastwirtes für Rogers Tod verantwortlich war. Die alte Frau hatte Cambria einen Gefallen getan. Sie konnte sie für diese Freundlichkeit nicht verraten.

Aber wenn sie es nicht tat, war sie dem Tode geweiht. Owen war einer der de Ware Ritter und sie war nur eine Schottin, die bereits versucht hatte, ihren Lord töten. Verflucht, sie würde gehängt werden.

Aber vielleicht, wagte sie zu glauben, könnte Lord Holden es sich nicht leisten, sie hinrichten zu lassen. Um des neuen Bündnisses Willen. Vielleicht würde er sie nicht sofort hängen lassen. Vielleicht war die Zeit auf ihrer Seite. Trotzdem schluckte sie, als sie sich die Schlinge um ihren Hals vorstellte.

Als sie zu dem Gasthof zurückkehrten, war der Tag fast angebrochen. Ihr Arm schmerzte von Owens grausamen Griff. Er weckte den ganzen Gasthof mit seinem Gebrüll, bis die de Ware Ritter angeschlagen und halbbekleidet nach draußen kamen, um zu hören, was er zu sagen hatte.

„Sie ist eine Mörderin!", rief er und seine Stimme brach vor Trauer. „Mein Bruder liegt tot in seinem Zimmer! Diese Hexe hat ihn im Schlaf getötet und dann versucht zu flüchten!"

Sie schrie vor Schmerz, als Owen ihr heftig den Arm verdrehte.

Die Ritter sahen erstaunt aus. Der schwarzhaarige

Riese kochte vor Zorn. Er rannte vor und legte eine große Hand um ihren Hals. Er war nur zwei Zoll von ihrem Gesicht entfernt und so nahe, dass sie zwei graue Haare in seinem schwarzen Bart sehen konnte. Er sprach, als wenn er auf zähem Fleisch kauen würde und er hatte seine Faust geballt und durchbohrte sie mit seinen kohlrabenschwarzen Augen.

„Ihr verfluchtes Weib. Schade nur, dass mein Vetter Euch lebend haben möchte oder ich würde Euch mit meinen eigenen Händen töten! Seid vorsichtig, wenn Ihr wieder zurück in Sicherheit seid, denn ich werde nicht weit von Euch entfernt sein."

Er schloss seine Hand fester um ihren Hals. Sie hatte schwarze Flecken vor Augen und spürte, dass ihr Herz Probleme hatte Blut durch ihre Adern zu pumpen. Ihre Finger kratzten fieberhaft an seinen. Dann ließ er sie plötzlich los und sie fiel hustend auf den Boden.

Als sie es wagte hochzublicken, sah sie Myles und seine grauen Augen waren voller Enttäuschung und Mitleid.

„Sie ist gefährlich! Sie muss gefesselt werden!", schrie Owen und strich sich mit den Fingern durch sein fettiges Haar.

Sie zitterte immer noch, als der Riese mit dem schwarzen Bart Seile um ihre Handgelenke wickelte, sie nach draußen trug und mit dem Bauch nach unten auf Rogers Pferd legte. So machte man es mit unehrenhaften Rittern. Sie schluckte die aufsteigende Galle hinunter, als die Ritter Rogers Leiche neben sie auf das Pferd legten.

In Ungnade kehrte Cambria zurück zur Burg Bowden.

Holden war bereits schlecht gelaunt. Er warf seinen Helm auf den Boden und stieß mit der Spitze seines Stiefels in den Staub des Übungsplatzes. Seine Bemühungen, diese Schotten für den Kampf auszubilden waren vergeblich. Sie widerstanden all seinen Versuchen, ihre wilde Technik zu verbessern und beharrten darauf, ziellos mit ihren Waffen loszuschlagen, statt genaue Treffer zu erzielen.

Sein Frust wurde noch von der Tatsache verstärkt, dass einer von ihnen, zudem noch ein Kind, ihn überlistet hatte. Nay, es war eine Frau gewesen, berichtigte er und erinnerte sich lebhaft an ihre weichen Kurven. Er war doppelt erbost darüber, dass sie eine solche Wirkung auf ihn hatte und er hatte in den letzten paar Tagen viel Zeit auf dem Übungsplatz verbracht und seinen Zorn an seinen Rittern ausgelassen.

Er rieb sich seine müden Augen mit den Handballen.

Verdammter Roger! Der Hund hätte inzwischen die Fährte des Mädchens aufnehmen müssen. Warum brauchten sie so lang? Vielleicht hätte er sie selber jagen sollen.

Bis jetzt war noch keiner vom Gavin-Clan wegen ihres *Lairds* gekommen, aber sie würden es sicherlich noch tun. Wie würde er ihnen erklären, dass er sie verloren hatte?

Abgelenkt von seinen Gedanken und dem primitiven Kampf, der vor ihm stattfand, starrte Holden den Boten mit leerem Blick an, bis er die Worte schließlich registrierte.

„Was?", explodierte er und stoppte den lächerlichen Kampf vor ihm.

Der Bote begann die Worte zu wiederholen. „Sir Owen, Sir Guy und Sir Myles sind zurückgekehrt. Sie haben das Gavin-Mädchen, aber Sir Roger ist tot und wurde von ihr ermordet ..."

Kochend vor Zorn unterbrach er den Jungen: „Lasst sie sofort zu mir in die Halle bringen!"

Wenige Augenblicke später kamen Owen, Myles und Guy und zogen die Gefangene zum Podium in der großen Halle. Holden war immer noch geschwitzt und zerzaust vom Übungsfeld. Als sie eintraten, hörte er auf, auf und ab zu gehen. Owen warf das Mädchen bösartig auf ihre Knie. Holden sah, dass sie einen Schmerzensschrei unterdrückte, als sie auf den Steinboden fiel, aber er stählte sich gegen die Gnade, die er von Natur aus anwandte. Schließlich war die Frau vor ihm eine Mörderin. Nicht nur das, aber sie hatte ein Familienmitglied des Königs ermordet. Glücklicherweise hatte König Edward nur geringe Zuneigung für den Bastard seines Großvaters gefühlt, aber trotzdem war königliches Blut vergossen worden.

„Was ist passiert?", fragte er.

Sie redeten alle auf einmal und er hob die Hand, um für Ruhe zu sorgen. „Owen?"

„Die Schlampe hat meinen Bruder getötet, Mylord, während dieser schlief."

„Das ist eine Lüge!", rief das Mädchen, „ich würde niemals ..."

„Ruhe!" Holden war sich sicher, dass sein Gesicht nur die Hälfte des von ihm gefühlten Zornes zeigte. „Würdet Ihr dem alle beipflichten?"

Er blickte vorsichtig von einem zum anderen. Owen streckte herausfordernd sein Kinn vor. Sir Guy schaute finster und nickte mit der Sicherheit eines Scharfrichters. Myles blickte auf das Mädchen und öffnete den Mund, als wenn er etwas sagen wollte, schaute dann aber schnell weg und nickte zustimmend.

Holden wandte ihnen den Rücken zu. Mit den Fingern

klemmte er seine Nase ein. Lieber Gott, was sollte er jetzt machen? „Mein Beileid, Sir Owen. Ihr könnt gern einen meiner Diener mit der Nachricht zu Eurer Mutter schicken."

Owen murmelte eine Bestätigung.

„Jetzt geht alle ... alle, außer dem Mädchen."

Die Ritter verließen die Halle und schlossen die schwere Tür mit einem dumpfen Knall.

Holden ging lange auf und ab, bevor er sich sicher war, dass er sich höflich äußern könnte. Schließlich wandte er sich um und schaute an seiner Nase entlang zu dem blutrünstigen Weib und bellte: „Ihr habt einen meiner Ritter getötet – noch dazu einen Sohn des Königs." Seine Stimme wurde lauter und barscher. „Ihr habt versucht, *mich* zu töten, einen Lord." Seine Worte echoten in der Halle. „Und Ihr kommt unbeschadet zurück, nachdem Ihr aus meinem Gefängnis entflohen seid!" Jetzt schrie er in einem Tonfall, den er normalerweise für die schwierigsten seiner Männer reservierte und den er noch nie bei einer Frau angewandt hatte. „Ihr könnt von Glück sagen, dass Ihr lebt! Sagt mir, welche Rache könnte so süß sein, dass sie Euch dreimal das Leben kosten könnte?"

Sie sagte nichts, aber ihr trotziger Blick wankte. Vielleicht merkte sie endlich, wie unsicher ihr Leben war.

Ungemein frustriert wischte er sich den Staub von der Stirn mit beiden Händen und lief wieder auf und ab. Wenn sie doch nur ein Mann wäre, dachte er irritiert, dann könnten sie einfach ihre Schwerter ziehen und die Sache hinter sich bringen.

„Als ich ein Junge war", murmelte er, „sagte man mir, dass meine Mutter bei meiner Geburt gestorben wäre. An jenem Tag schwor ich, dass ich in meinem ganzen Leben keiner Frau etwas zuleide tun würde, aber Ihr stellt mich auf eine harte Probe." Er fluchte erneut und schlug sich mit der Faust in die Hand. „Rogers Familie wird Euren Tod wollen. König Edward wird ihn vielleicht sogar verlangen! Seid Ihr Euch dessen bewusst?", bedrängte er sie.

Das Mädchen starrte beharrlich an ihm vorbei. „Ich habe ihn nicht getötet."

Er warf die Hände hoch. „Erspart mir Eure Lügen. Ihr beleidigt meine Intelligenz."

„Aber ich habe ihn nicht getötet."

Verdammt, die Frau war wirklich stur. „Drei meiner Männer können Eure Schuld bezeugen."

Sie hob ihr Kinn. „Es ist mir einerlei, wenn ganz England meine Schuld bezeugt. Ich habe Euren Mann nicht getötet."

Frustriert kniff er die Augen zusammen und fluchte leise. Dann schaute er sie mit festem Blick an.

Sie schaute immer noch in die Ferne an ihm vorbei, als wenn diese Unterhaltung sie überhaupt nichts anging. Aber als er genauer hinsah, erkannte er, dass sie zitterte. Ihr falscher Mut war eine Maske für die Angst in ihren Augen und doch hatte ihr Gesichtsausdruck etwas schmerzhaft vertrautes, etwas, das ihn in seine eigene Jugend versetzte.

Auch er hatte einst ein so ein mutiges Gesicht gehabt, während er auf die Peitsche gewartet hatte, weil er einen der Jagdhunde seines Onkels getötet hatte. Er hatte den Hund gelehrt, einen Stock zu holen und ihn mit Fleischstückchen aus der Küche belohnt. Wie konnte ein kleiner Junge wissen, dass der Hund an einem Hühnchen Knochen ersticken würde? Trotzdem war er bestraft worden und er hatte seine Strafe stoisch entgegengenommen, obwohl es nicht seine Art war, eine unschuldige Kreatur zu töten …

Ebenso wie es nicht *ihre* Art war, einen Mord zu begehen.

Trotz der Bestätigung der anderen von Owens Anklage, trotz eines offensichtlichen Motivs und scheinbar der Gelegenheit, das Verbrechen zu verüben war er sicher, dass sie es nicht getan hatte. Das Zittern ihres erhobenen Kinns und das unsichere Flackern in ihren feuchten Augen sagten ihm die Wahrheit. Aye, das wagemutige Weib hatte einen Hang zur Gewalt und sie würde wahrscheinlich alles auf zwei Beinen mit dem Schwert herausfordern. Tatsächlich hatte sie vielleicht Sir Roger in Notwehr getötet, aber sie war nicht zu einem kaltblütigen Mord fähig.

Seine Männer waren sich jedoch sicher, dass sie die Tat begangen hatte und bis er nicht wusste, was wirklich passiert war, würde er ihnen glauben müssen. Er brauchte Zeit, um die Wahrheit auszugraben und seine Männer zu beruhigen und dann war da noch der ganze Gavin-Clan, der mit angehaltenem Atem auf Nachrichten von ihrem *Laird* wartete.

„Hört mir gut zu, Mylady", sagte er. „Für den Augenblick werde ich Euer Leben verschonen, aber Ihr müsst Euch mir ein für alle Mal unterwerfen und Eure Rache widerrufen."

Das Mädchen richtete sich auf und starrte zu einem Punkt in der Ferne über seinem Kopf. „Ich werde mich niemals den Mördern meines Vaters unterwerfen. Auch ich ... habe einen Schwur geleistet."

Das Blut gefror in seinen Adern. War sie völlig verrückt? Stolz war ja schön und gut, aber das hier ... er schenkte ihr ihr Leben auf einem Silbertablett. Wie konnte sie es wagen, es ihm ins Gesicht zurück zu werfen? Seine Stimme wurde gefährlich leise. „Dann werdet Ihr Euren Schwur vielleicht bereuen, so wie ich den meinen."

Sie versuchte sich ihm zu widersetzen, als er vom Podium herunter trat und sie auf ihre Füße zog, aber fürwahr, sie war weniger Mühe für ihn als ein Kätzchen. Er warf sie über eine Schulter und ignorierte ihr Kreischen und dann stieg er die Treppe in der Ecke der Halle empor.

Das Weib sollte verdammt sein und er wünschte sich, dass sie aufhören würde, sich zu widersetzen. Er spürte ihre Hüftknochen an seiner Schulter und ihre weichen Brüste auf seinem Rücken. Außerdem dienten ihre Schläge nur dazu, dass sie sich selbst noch mehr Verletzungen zufügte, als ihre Füße gegen die engen Steinmauern schlugen.

Er kämpfte sich die letzte Wendeltreppe hoch zur Turmzelle. Nachdem er die dicke Tür aufgetreten hatte, stellte er sie mit einem solchen Knall auf die Füße, dass ihre Knochen klapperten.

„Ihr werdet nicht wieder fliehen." Er hob einen Finger vor ihr in die Luft, als wenn er mit einem Kind sprechen würde. „Und ich werde eine Wache unter dem Fenster postieren, damit Ihr der Versuchung widerstehen könnt."

„Was habt Ihr mit mir vor?", fragte sie giftig.

Er schenkte ihr ein teuflisches Lächeln. „Ich lasse Euch ein wenig darüber nachdenken. Ich bin nur ein Mann und ich versichere Euch, dass die Strafe der Tat angemessen sein wird."

„Aber ich habe doch nichts getan", beharrte sie und ihre Augen funkelten wie die des Teufels.

„Mylady", antwortete er und er schaute ungläubig, „Ihr habt in der letzten Woche mehr dafür getan, jegliche Hoffnung auf Frieden zu zerstören, als Euer Vater in seinem Leben getan hat, um ihn zu sichern."

Er konnte sehen, dass seine Worte wie ein Dolch waren, der in ihrem Herzen gedreht wurde, aber er war von der Sturheit des Mädchens und der gefährlichen Lage, in die sie ihn gebracht hatte, erzürnt. *Dafür* sollte sie wenigstens ein wenig leiden.

Das Feuer wich aus den Augen des Weibes und niedergeschlagen ließ sie sich auf die Strohmatratze sinken. Verdammt, fast verspürte er ein wenig Reue angesichts seiner barschen Worte. Aber er konnte nicht zulassen, dass Mitleid seinen Gerechtigkeitssinn störte. Er würde irgendwie sowohl Rogers Familie als auch die Gavins beruhigen müssen, ohne die zerbrechliche Harmonie zwischen ihren Leuten zu gefährden. Er überlegte, ob so etwas überhaupt möglich war.

„Für den Augenblick seid Ihr hier sicherer", informierte er sie, „und ich möchte Euch dort haben, wo ich nicht dauernd hinter mich blicken muss. Unsere Zeit der Abrechnung kommt später."

Bevor sie seine Entschlossenheit mit ihren schönen, wässrigen Augen völlig aufweichte, wandte er sich um, ließ sie zurück und verfluchte seine Schwäche angesichts der Tränen von Frauen. Warum musste das gerade jetzt passieren, überlegte er, gerade jetzt, wo er im Begriff war, die Gunst des Königs zu gewinnen?

Cambria stand auf und ging zu der verschlossenen Tür. Sie wischte ihre Tränen ab und lehnte ihre Stirn an das grobe Holz. Jenseits dieser Tür gab es Männer, die glaubten, dass sie eines kaltblütigen Mordes fähig war, Männer, die sich danach sehnten, ihr ihre eigene Gerechtigkeit zuteilwerden zu lassen für Verbrechen, die sie nicht begangen hatte.

De Ware hatte Recht. Hier war sie sicherer. Das bedeutete natürlich nicht, dass sie keinen Fluchtversuch unternehmen würde. Das war schließlich ihre Pflicht als der Gavin.

Als die ersten Sonnenstrahlen endlich in ihre Turmzelle schienen, war Cambria dankbar für die wenige Wärme, die sie abgaben. Es schien, als wäre mitten im April in der Nacht der Winter zurückgekommen. Winzige Kristalle hingen an den grauen Steinen ihrer Kammer und ihr Kinn schmerzte, weil sie in der Kälte die Zähne zusammengebissen hatte. Ihre Finger und Zehen waren steif und die dünne Decke isolierte ihren Körper kaum gegen den kalten Nebel draußen.

Cambria setzte sich langsam auf der Matratze auf. Draußen waren Schritte zu hören. Sie blieben vor der Tür stehen. Ein Schlüssel wurde gedreht, aber ihr war zu kalt, als dass sie sich hätte bewegen können.

Eine hübsche Dienerin trat mit einem Tablett ein und schloss die Tür. „Ich bin Gwen, Mylady. Ich bringe Euch etwas zu essen", sagte sie und schaute neugierig.

Cambria richtete sich noch ein wenig mehr auf und blickte zu dem dampfenden Topf mit Haferbrei. Ihr Magen knurrte. Sie nahm der Dienerin das Tablett ab und stellte es auf ihren Schoß. Mit einem argwöhnischen Blick auf Gwen steckte sie einen kleinen Löffel voll in den Mund und schluckte es. Der Brei hatte Klumpen, aber zumindest war er warm und nahrhaft.

Eifrig aß sie den Haferbrei und Cambria beobachtete die Dienerin mit Interesse. Vielleicht könnte sie doch wieder fliehen. Die Dienerin war zierlich und wahrscheinlich nicht stärker als ein Spatz, wenn Cambria sie überraschen konnte ...

Vorsichtig senkte sie den Blick und ahmte die zarte Stimme ihrer Mutter nach.

„Bitte, Gwen", flehte sie. „Ihr müsst mir helfen."

Bei ihren Worten fühlte sich die Dienerin offensichtlich unbehaglich. Das Mädchen begann, ihre Hände zu wringen.

Cambria unterdrückte ein Lächeln.

„Ich fürchte, dass ich hier sterben werde", fuhr sie fort. „Es ist so kalt hier."

Das Mädchen schaute sie mitleidig an. „Ihr dürft nicht aus dem Turm flüchten, Mylady", sagte sie leise.

„Oh nay, darum könnte ich Euch nicht bitten", versicherte ihr Cambria, wobei sie zitterte, „aber könntet Ihr mir nicht wärmere Kleidung bringen? Das Gewand einer Dienerin, irgendetwas."

Unentschlossen biss das Mädchen sich auf die Lippen und flüsterte dann: „Aye, Mylady, angesichts der kalten Nächte, aber der Lord darf Euch damit nicht erwischen. Er hat befohlen, dass Ihr außer den Mahlzeiten nichts weiter bekommt."

Cambria zwang sich zu einem lieblichen dankbaren Lächeln und ergriff sogar die Hand der Dienerin.

Das Mädchen errötete. „Ich werde sehen, was ich tun kann, Mylady." Sie zog ihre Hand weg und verließ eilig das Zimmer.

Trotz der Kälte musste Cambria schnell handeln. Sie schlang den restlichen Haferbrei hinunter und prüfte die Stärke ihrer Waffe - den Haferbrei-Topf aus Ton. Sie schaute zweimal aus dem Fenster um die Position von Holdens Männern zu überprüfen.

Eine Viertelstunde später hörte sie wieder Schritte. Sie

verspürte ein Gefühl der Reue angesichts dessen, was sie im Begriff war, Gwen anzutun und eilig betete sie, dass das Mädchen den Schlag überleben würde, aber sie war verzweifelt. Wenn sie die Dienerin vorerst beiseite geschafft hatte und neue Kleidung bekam, könnte Cambria vielleicht flüchten.

Der Schlüssel wurde gedreht.

Cambria hob den leeren Topf hoch über ihren Kopf und wartete, dass die Dienerin eintrat, aber die Tür wurde mit einem Druck geöffnet, den sie nicht erwartet hatte. Erschrocken zögerte sie einen Augenblick zu lange, bevor sie das schwere Gefäß nach unten senkte.

Zu ihrem Entsetzen war es nicht der Arm der Dienerin, der ihren Körper gegen die Wand drängte, so dass sie den Topf fallen ließ, sondern der des erzürnten Holden de Ware.

# KAPITEL 5

**G**wen eilte hinter ihm herein und keuchte, als ihr bewusst wurde, dass der zerbrochene Topf für sie gedacht war.

Mit einem Knurren ergriff der Wolf Cambria grob um die Taille und zog sie an Gwen vorbei, der der Mund vor Erstaunen offen stand. Er zog sie die Stufen hinunter wie ein stures Kind. Sie kämpfte gegen ihn, aber indem sie sich wehrte, schob sich ihr Gewand immer höher an ihrem Bein. Seine großen Hände brannten auf ihrer kühlen Haut wie heißes Eisen. Er drückte sie fest gegen seine Brust, die so unnachgiebig wie ein Baum war und ihr Widerstand sorgte nur dafür, dass er sie noch fester an seinen mächtigen Körper zog.

Zu ihrem Erstaunen blieb Lord Holden im Flur stehen und trat die Tür zu einem eingerichteten Zimmer auf und dann warf er sie mitten auf ein großes Bett mit Gardinen, wo sie alle viere von sich streckte. Bevor sie sich erholen konnte, nahm er eine eiserne Fessel von seinem Gürtel und kettete eines ihrer Handgelenke an den Bettpfosten. Dann trat er schwer atmend zurück und überzeugte sich, dass sie sicher angekettet war.

„Ihr werdet nicht noch einmal flüchten!", rief er und schlug die Tür hinter sich zu. Cambrias Zorn war stärker als ihre Angst. Sie hatte genug von der Demütigung, dass sie wie ein Wäschesack hin und her getragen wurde. Ihr platzte der Kragen.

„Ich werde nicht Euer Vasall!", rief sie und kämpfte sich auf ihre Knie, wobei sie sämtliche Vorsicht in der Hitze des Gefechts in den Wind schlug. „Ich werde nicht untätig danebenstehen, während Ihr meine Leute abschlachtet und mein Zuhause einnehmt! Ich werde Euch niemals den Lehenseid schwören, Ihr jämmerlicher Mistkerl! Es gibt keine Folter, die ich nicht für meinen Clan aushalten würde und keines Eurer Gefängnisse wird mich zurückhalten!"

Lord Holden schaute ungläubig angesichts ihrer Kühnheit. „Und Ihr wollt Euren Vater als den *Laird* von Gavin ersetzen." Eine Locke seines Haares fiel ihm ins Gesicht, während er sie schimpfte und jeden ihrer Fehler mit einem erhobenen Zeigefinger unterstrich. „Ihr könnt noch nicht einmal Euer Temperament im Zaum halten! Ihr überschätzt Eure Geschicklichkeit mit dem Schwert! Und Ihr habt keinerlei Vernunft!" Er schnippte seine Finger in ihre Richtung. „Schachmatt, Mylady! Dies ist die Burg des Feindes. Hier habt Ihr keine Macht. Euer Leben liegt in meiner Hand!"

Sie durchbohrte ihn mit ihrem Blick und zog heftig an ihrer Fessel. „Ich bin Euch schon einmal entwischt. Ich schwöre, dass ich meine Rache bekomme!"

„Erinnert Euch bitte", fauchte er, „ihr habt Euch bereits gerächt. Roger Fitzroi war mein Ritter."

„Ich habe Eurem Ritter nicht das Leben genommen", zischte sie, „obwohl ich zugeben muss: Wenn ich einen

Dolch gehabt hätte, hätte ich die Tat selbst vollbracht; er war ein verfluchter Sohn einer ..."

„Er war der Sohn eines Königs!", bellte er. „Ihr billigt seinen Mord und doch erwartet Ihr, dass ich Euch für unschuldig halte", fuhr er sarkastisch fort. „Es war auch niemals Eure Absicht, mich auf dem Feld vor der Burg zu verletzen, als Ihr nach mir geschlagen habt, nachdem ich meine Waffen niedergelegt hatte."

Bei der Bemerkung errötete sie. Sie wusste, dass es für ihr Verhalten an jenem Tag keine Entschuldigung gab, aber eher würde sie verdammt sein, als das zuzugeben. „Ich hatte den Mut, mich einem Gegner zu stellen, der doppelt so groß war wie ich. Wie viele von Euren Rittern können das behaupten?"

„Keiner meiner Ritter ist so dumm", schimpfte er. „Das war kein Mut. Das war Torheit."

Verdammt, sie hasste es, wie er ihre Worte vertrete und sie dann gegen sie verwendete. Frustriert schleuderte sie ihm Schimpfwörter entgegen. „Ihr seid die bösartige Ausgeburt des Teufels! Ich hoffe, dass Euer schwarzes Herz aus Euch herausgerissen wird und dass der stinkende Rest Eures Körpers an einem hässlichen Turm aufgehängt wird! Ihr seid der letzte Dreck, Ihr dreckiges, schurkisches, schlammfressendes Ungeheuer."

Irgendwann mitten in ihrer farbenfrohen Tirade hörte Holden auf zuzuhören. Plötzlich wurde ihm die Lächerlichkeit der Situation bewusst. Er, der Lord dieser Burg, stand hier mit dem hübschesten Weib, das er jemals gesehen hatte, an sein Bett gekettet und er tauschte Beleidigungen mit ihr aus.

Er betrachtete sie mit anderen Augen, während sie vergeblich tobte. Ihre kastanienbraunen Locken fielen ihr über die Schultern wie ein Wasserfall und entblößten und verbargen abwechselnd bei jedem Fluch ihre mit Leinen bedeckten Brüste. Ihre Wangen hatten die Farbe eines reifen Pfirsichs und ihre Augen funkelten wie zwei helle Kristalle. Sie war sich ihrer eigenen Schönheit gar nicht bewusst und ahnte nicht, wie bezaubernd sie in ihrem gegenwärtigen Zustand aussah, während sie dort süß mitten auf seinem Bett saß wie eine verführerische Süßigkeit, die darauf wartete ausgewickelt und gegessen zu werden. Bei Gott, sie war wirklich verwirrend. Er konnte sich überhaupt nicht mehr erinnern, warum er wütend auf sie war.

„... und ich verspreche Euch, dass meine Rache langsam und schmerzvoll und gnadenlos sein wird!", beendete sie ihren Fluch, weil ihr wahrscheinlich keiner mehr einfiel und daher warf sie ihm jetzt nur noch einen eisigen Blick zu.

Er antwortete nicht mehr mit der Bosheit von zuvor, sondern mit einer Stimme, die sich anfühlte, als wenn er Honig geschluckt hätte.

„Rache?", fragte er und bewegte sich zu ihr hin wie sein Namensvetter, der Wolf. „Welche Rache wollt Ihr nehmen, Lady, wenn Ihr an mein Bett gefesselt seid?" Seine Augen musterten ihren Körper und was er als nächstes sagte, war nur zur Hälfte eine Lüge. „Ach, fürwahr, selbst jetzt nehmt Ihr Eure Rache."

Vielleicht hatte sie seine Worte nicht verstanden, aber der Hunger in seinem Blick brachte sie dazu, dass sie die Federkissen vom Bett warf und ihre freie Hand schützend vor sich hielt und zum ersten Mal sah er echte und nackte Angst in ihren Augen.

Er kniff die Augen zusammen. Er hatte die

Schwachstelle in der Rüstung des Weibes entdeckt. Gewalt machte ihr keine Angst – sie hatte gelernt, sie anzunehmen, aber Lüsternheit verstand sie nicht und man hatte immer Angst vor dem, was man nicht verstand. Vielleicht hatte er also doch eine Waffe, die er gegen sie verwenden konnte.

Aber jetzt nicht. Es ging um zu viel. Mit einem reumütigen Lächeln und einer riesigen Anstrengung zwang er sich, sich zurückzuziehen, bis sie sich sichtbar entspannte. Das war das Schwierigste, was er jemals in seinem Leben getan hatte.

„Hört mir gut zu, Mylady. Ihr seid machtlos, aber Ihr seid hier auch sicher. Solltet Ihr noch einmal flüchten, gibt es viele Männer, die nicht zögern würden, Euch Eure hübsche Kehle durchzuschneiden." Er fügte hinzu: „Und ich bin mir nicht sicher, ob sie im Unrecht wären."

„Ihr glaubt, dass ich ihn getötet habe." Dies war keine Frage.

„Ihr habt wohl kaum bewiesen, dass Ihr unfähig seid, die Tat begangen zu haben."

Nachdenklich runzelte sie die Stirn. „Was werdet Ihr mit mir machen?"

„Für den Augenblick werdet Ihr hier bleiben."

Ihre Augen weiteten sich. „Ihr könnt mich nicht an das Bett gekettet lassen wie eine ..."

Er grinste über ihre beleidigte Tugendhaftigkeit und hob eine Augenbraue in ihre Richtung, wobei er ihren Zorn noch weiter anfeuerte. „Ihr habt einen Ort zum Schlafen. Ich werde Euch Eure Mahlzeiten bringen lassen und neben dem Bett steht ein Nachttopf. Ihr habt alles, was Ihr braucht."

„Habt Ihr keinen ... Anstand?", stammelte sie. „Ich bin eine Dame."

„Keine Dame flucht wie Ihr und keine Dame begeht einen Mord."

„Ich fluche nicht, Ihr verfluchter Mistkerl und ich habe in meinem ganzen Leben noch keinen Mann getötet!", fauchte sie. „Wie könnt Ihr es wagen, mich zu entehren, indem Ihr mich hier festhaltet. Ihr wisst genau, was die Leute sagen werden."

„Was werden sie denn sagen?"

Aufgebracht atmete sie aus. „Sie werden sagen, dass Ihr mich hier festhaltet, um ..." Sie errötete. Es stand ihr außerordentlich gut. „Dass wir ..."

„Liebhaber sind?"

Ihr Gesicht wurde knallrot.

„Sie halten Euch bereits für eine Mörderin", sagte er. „Was sollte es Euch ausmachen, wenn sie Euch zudem noch für eine Hure halten?"

Das Weib zog an der Kette, als wenn sie ihm die Augen auskratzen wollte. Er schüttelte den Kopf über ihre vergeblichen Anstrengungen.

„Ich habe zu tun", erklärte er ihr. „Ich lasse Euch Brot und Wein bringen. Seid dieses Mal anständig zu Gwen. Sie ist eine treue Dienerin. Ich würde sie nur widerwillig für ihre Hilfe bei Eurer Flucht schlagen müssen."

Sie wurde blass bei seinen Worten und er unterdrückte ein Lächeln. Seine Drohung war lächerlich. Er hatte noch nie im Leben seine Hand gegen eine Frau erhoben. Er zog einen Schlüsselbund aus seiner Tasche und hielt ihn hoch wie einen Knochen vor einem Hund.

„Ich habe den Schlüssel für Eure Fesseln und ich gebe ihn niemals her." Sie zog ein langes Gesicht, als er ihre einzige Hoffnung wieder in die Tasche steckte. „Ihr werdet hier allein sein – niemand wird dieses Zimmer ohne meine

Erlaubnis betreten." Er verschränkte die Arme über seiner Brust. „Es wird unterhaltsam sein zu sehen, wie Ihr Eure Flucht dieses Mal plant."

Sie blickte ihn finster an und er nickte ihr zum Abschied zu und verließ das Zimmer.

Cambria begann natürlich sofort über ihre Fluchtmöglichkeiten nachzudenken. Unglücklicherweise war Freiheit unwahrscheinlich, da de Ware den Schlüssel hatte. Wie lange würde er sie hier festhalten? Er hatte gesagt, dass er einen Schwur brechen würde, wenn er sie tötete, aber würden seine Ritter nicht Genugtuung fordern? Irgendjemand würde für das Leben von Roger Fitzroi bezahlen müssen. Sie knetete die Felldecke in ihrer Faust. Niemand würde die Wahrheit glauben, aber Lord Holden hielt sie trotzdem am Leben.

Vielleicht erwartete er, dass sie ein Geständnis ablegte. Schließlich würde ein Schuldgeständnis ihr Schicksal besiegeln und er wäre ohne Schuld. Sie schaute auf das dicke Eisenband an ihrem Handgelenk. Vielleicht wollte er durch Beschämung ein Geständnis von ihr erreichen.

Das würde natürlich nicht funktionieren. Sie hatte schon vor langer Zeit gelernt, ihren eigenen Stolz hinter die Bedürfnisse ihres Clans zu stellen. Trotzdem hoffte sie, dass keiner ihrer Männer sie in dieser kompromittierenden Lage finden würde. Außerdem betete sie, dass sie Lord Holden am heutigen Tag nicht noch einmal sehen müsste.

Am Ende des Tages sah es so aus, als wenn eines ihrer Gebiete erhört worden war. Gwen hatte ihren Teller geholt, der noch halbvoll mit Eintopf war. Der Mond war bereits aufgegangen und immer noch war der Wolf nicht zurückgekommen.

Er war wahrscheinlich in das Bett einer Hure

geschlüpft. Angeekelt warf sie sich auf die Seite und knuffte das Kissen zurecht. Dann zog sie die warmen Felle über sich und blickte in die verlöschende Glut des Feuers, das sie nicht erreichen konnte, um darin herum zu stochern. Langsam schlief sie ein.

Fröhlich zwitscherte ein Spatz vor ihrem Fenster. Cambria schaute finster und vergrub sich noch tiefer in die Felldecke als Protest gegen den kommenden Morgen. Sie seufzte angesichts der wunderbaren Wärme, die sie in dem großen Bett umgab. Es war fast, als wäre sie wieder ein kleines Mädchen in der behaglichen Umarmung ihrer Mutter.

Der Gedanke ließ sie sofort aufwachen, sie setzte sich aufrecht und befreite sich von den Armen, die sie umgaben.

Der Wolf!

Ihre Bewegungen waren orientierungslos und vor Panik kroch sie rückwärts auf dem Bett und fiel prompt heraus, wobei sie mit einem Knall auf dem Po landete.

Holden stützte sich auf seine Ellbogen und mit zerzaustem Haar schaute er schläfrig auf sie herab und war völlig verwirrt.

„Ihr …" Ihre Stimme war heiser und sie spürte, wie sie errötete. „Was macht Ihr hier?"

Er seufzte. „Schlafen; zumindest habe ich das bis eben."

„In *meinem* Bett?", keuchte sie.

Er schaute sich um. „Dies ist *mein* Bett."

„Ich habe in *Eurem* Bett geschlafen?", stammelte sie.

Er zuckte mit den Schultern und lächelte sie schläfrig an. „Das ist schon in Ordnung. Ich verzeihe Euch." Er legte seinen Kopf wieder auf das Kissen und schloss die Augen.

„Es ist nicht das erste Mal, dass ich wach geworden bin und eine Frau in mein Bett gekrochen ist."

Ihr blieb der Mund offenstehen. Der Mann war unerträglich.

„Bei Gott, ich wollte eigentlich, dass Ihr die Nacht auf dem Fußboden verbringt", fuhr er gähnend fort, „aber Ihr wart eingeschlafen und ich habe es nicht übers Herz gebracht, Euch aus dem Bett zu werfen. Aber das habt Ihr ja jetzt selbst gemacht."

„Wie könnt Ihr es wagen, mit mir zu schlafen!", fauchte sie.

„Ja, wie kann ich es wagen?", sagte er mit einem schiefen Grinsen. „Mein Ruf wird ruiniert sein. Ich versichere Euch, dass ich normalerweise nicht schlafe, wenn eine Frau in meinem Bett liegt."

Sie keuchte.

„Seid Ihr enttäuscht? Ich könnte es wiedergutmachen", bot er an und rieb sich seine schläfrigen Augen.

Sie warf ihm einen beleidigenden Blick zu. „Ich bin nur enttäuscht, dass ich Euch nicht schon vorher wahrgenommen habe. Ich hätte Euch in Eurem Schlaf gequält."

Sein Blick wanderte langsam über ihren Körper, als wenn er dabei ihre Gewänder wegschmelzen würde. „Ach, kleine Wildkatze, Ihr *habt* mich sehr wohl gequält."

Sie spürte, wie sich ihr Mund entspannte. So hatte sie noch nie jemand angeschaut. Noch nie hatte jemand solche Dinge zu ihr gesagt und seine Stimme zusammen mit seiner schamlosen Miene überrumpelte sie völlig.

„Nennt mich nicht so", stammelte sie unbehaglich.

„Wie soll ich Euch nennen? Ihr habt mir niemals Euren Namen gesagt", erinnerte er sie und setzte sich auf.

Ihr Blick blieb etwas zu lange auf den starken Konturen seiner breiten Brust hängen. Es war nur Neugierde, sagte sie sich und nur wegen der blassen Narbe, die quer über seinen Bauch verlief, konnte sie den Blick nicht abwenden. Einige Locken dunkler Haare betonten die Muskulatur neben der Narbe und bildeten eine Linie, die sich nach unten über seinen Bauch zog und dankenswerterweise unter der Decke verschwand. Sie blickte wieder hoch.

Der Mistkerl lächelte sie mit einem erzürnenden und nur allzu scharfsinnigen Lächeln an, das dafür sorgte, dass sie sich vor sich selbst ekelte.

Verdammt, sie war keine lüsterne Dienerin. Sie war hier auf einer Mission. Wenn er wissen wollte, wer sie war, würde sie ihm das sagen.

„Ich bin der Gavin, Cambria, Tochter des Angus. Ich bin eine adlige Frau und ich bestehe auf mein eigenes Bett. Ich werde das Bett nicht mit Euch teilen und ich bin auch keine Dienerin, die Euch von Eurer Lüsternheit befreit ..."

„Mich von meiner ...", sagte er schmunzelnd. „Mit Euch? Ich versichere Euch, ich brauche keine unwillige Geliebte, Cambria."

Seine halbnackte Gegenwart schien den Raum zu füllen, als er vom Bett aufstand und die Decke um seine Taille wickelte. Er begann auf und ab zu laufen und das sinnliche Anspannen seiner Rückenmuskulatur machte es noch schlimmer. Ihre Augen fühlten sich überfordert an, wie bei einem Schmetterling, der ein ganzes Feld voller Gänseblümchen für sich alleine hat und verrückt hin und her flattert.

„Damit wir uns richtig verstehen, Cambria. Ihr seid meine Gefangene. Ihr dürft auf nichts bestehen. Ihr werdet schlafen, wo ich es befehle. Ihr werdet essen, was ich Euch gebe und ihr werdet die Kleidung tragen, die ich Euch erlaube." Seine Stimme wurde immer leiser. „Und sollte ich es wollen, dass ich meine Lüsternheit tatsächlich zwischen Euren Oberschenkeln erleichtern will, meine liebe Cambria, dann werdet Ihr die Beine spreizen."

Seine Worte ernüchterten sie schneller als ein harter Schlag. Vor Entsetzen fiel ihr das Kinn herunter und erschrocken hob sie den Kopf, aber bevor sie eine scharfe Antwort geben konnte, fuhr er fort.

„Ihr scheint zu vergessen, Cambria, dass mein Schwert an Eurer Kehle liegt. Ich werde Euch nur allzu gern immer wieder an diese Tatsache erinnern."

Sie wünschte sich, dass er aufhören würde, sie immer wieder mit ihrem Namen anzusprechen. Es hatte eine äußerst verstörende Wirkung auf sie.

Ohne Warnung wickelte er die Decke ab und ließ sie auf den Boden fallen.

Entsetzt von seiner Schamlosigkeit wandte sie schnell den Blick ab. Er war doch ein aufdringlicher Mistkerl. Zweifellos hatte er die lange Narbe auf seinem Oberschenkel bei einer hitzigen Prügelei erhalten.

„Auf jeden Fall", fuhr er fort, ignorierte ihr Unbehagen und zog seine Beinlinge an. „Ihr werdet das Bett für Euch haben, da ich für ein paar Tage weg sein werde. Scheinbar gibt es immer noch abtrünnige Schotten, die durch das Land ziehen und es darauf abgesehen haben, es mit der ganzen englischen Armee aufzunehmen." Er schüttelte den Kopf. „Der Stolz Eurer Leute wird ihr Untergang sein."

Bei dem hämischen Klang seiner Stimme hob sie trotzig ihr Kinn und fixierte ihren Blick auf die Wand. „Es ist ihr Stolz, der sie am Leben erhält."

Zu ihrer Überraschung nickte er zustimmend.

„Vielleicht", sagte er nachdenklich, „es gibt Augenblicke, wenn Stolz blind macht. Eure Schotten sind Fanatiker geworden und Fanatiker sind gefährlich, insbesondere für sich selbst."

Ihr fiel kein passendes Argument ein und daher mied sie seinen Blick. Während er sich anzog, strich sie den Stoff ihres eigenen Gewandes glatt, kämmte ihr zerzaustes Haar mit den Fingern und saß dann sittsam auf dem Bettrand.

„Ihr müsst die Kette losmachen", beschloss sie plötzlich, als er schicklich war oder zumindest so schicklich, wie es bei ihm möglich war.

„Wirklich?" Er blinzelte.

„Ihr habt gesagt, dass Ihr den einzigen Schlüssel für die Fessel habt", fing sie recht unschuldig an.

„Aye." Er verschränkte die Arme über der Brust.

„Wenn Ihr zufällig von dieser Bande Schotten auf Eurem kleinen Feldzug getötet werdet, wer wird mich dann befreien, damit ich auf Eurem Grab tanzen kann?"

Lange starrte er sie schweigend an. Dann verzog sich sein Mund zu einem schiefen Lächeln. „Mylady Cambria, Eure Zunge ist so giftig wie die einer Schlange."

Sie hatte keine Antwort, die seine Meinung nicht auch noch bestätigt hätte und daher beschäftigte sie sich damit, die Rüstung, die auf dem Bett ausgebreitet lag, zu mustern. Sie runzelte die Stirn und untersuchte einen Fehler an seinem Kettenhemd. Es hatte offensichtlich schon so manche Schlacht überstanden. Es war stumpf geworden und mehrere Eisenringe hatten Beulen von Schwertschlägen davongetragen.

„Die Verbindungen entlang der Rippen müssen repariert werden", murmelte sie und vergaß einen Augenblick lang, dass er der Feind war, da ihr die

Behauptung aus reiner Gewohnheit herausgerutscht war.

Er schaute hoch, aber nicht auf das Kettenhemd, sondern zu ihr.

Sie zeigte auf die Stelle. „Euer Kettenhemd ... ist dort beschädigt und weist eine Lücke auf."

Er kniff die Augen zusammen, schenkte ihren Worten aber nicht viel Beachtung. „Sagt mir, wie kommt es, dass eine Dame etwas über Waffen und Schwertkampf lernt?"

„Mein Vater hat es mich gelehrt." Es fiel ihr immer noch schwer, das Wort auszusprechen. Sie konnte nicht glauben, dass er weg war.

„Warum?"

„Weil ich der Gavin bin."

„Ihr seid eine Frau."

„Ich kann ein Schwert schwingen", antwortete sie stolz.

„Ihr seid recht wendig und schnell", gab er zu und zog eine gefütterte Jacke an, „aber es fehlt Euch an Kraft und ihr habt nicht begriffen, was Ritterlichkeit bedeutet. Ihr könnt nicht weiterhin unbewaffnete Gegner angreifen. Hat Euer Vater Euch das nicht gelehrt?"

Sie spürte, wie sie errötete. „Ich kenne die Regeln der Ritterlichkeit."

„Ach so, Ihr hattet nur beschlossen, sie zu ignorieren."

Schnell änderte sie das Thema. „Ihr müsst die Fesseln entfernen, bevor Ihr geht."

Er zog seine weichen Lederstiefel an und hielt nachdenklich inne. „Erwartet Ihr, dass ich darauf vertrauen kann, dass Ihr hierbleibt?"

„Das wagt Ihr mich zu fragen, nachdem Ihr das Vertrauen meines Vaters verraten habt?"

„Euer Vater hat mein Vertrauen verraten", beharrte er.

„Mein Vater hat sich immer nur um seine Leute und

sein Land gekümmert und es war ihm einerlei, wer auf dem Thron saß." Sie durchbohrte ihn mit einem eisigen Blick. „Er wollte Eure verfluchten Dokumente unterschreiben!"

„Er hat sie niemals unterschrieben. Er hat meine Männer angegriffen."

„Das kann nicht sein!"

„Wart Ihr dabei?", fragte er und sein Blick forderte sie heraus.

Das Schweigen zog sich in die Länge, während ihre Zweifel den Raum erfüllten. Sie hatte sich schon tausendmal verflucht, dass sie geschlafen hatte, während ihr Vater abgeschlachtet wurde.

„Nay", gab sie schließlich leise zu.

Nachdem er das geklärt hatte, wandte er ihr den Rücken zu und zog sein schweres Kettenhemd an. Er zog es über seine Schultern und richtete es von vorne nach hinten.

Dann seufzte er laut und wandte sich zu ihr. „Ich habe keinen Grund, Euch zu vertrauen", murmelte er.

Trotzdem nahm er den Schlüsselbund aus seiner Ledertasche und klimperte damit an seiner Handfläche.

„Euer Clan ist Euch wichtig, nicht wahr?"

Sie hob ihr Kinn wieder so stolz wie eine Königin. „Er bedeutet mir alles."

„Schwört Ihr also auf Eurer Ehre Euren Clansleuten gegenüber, dass Ihr keinen Fluchtversuch von dieser Burg unternehmen werdet, während ich weg bin?"

Er sprach die Worte sehr nachdenklich aus. Es gefiel ihr nicht, ein solches Versprechen abzugeben, aber welche Wahl hatte sie denn? Sie konnte nicht wie eine Konkubine an sein Bett gekettet bleiben. Langsam nickte sie zustimmend. „Ich schwöre es."

Er beugte sich über sie um an dem Schloss arbeiten,

wobei er sich mit einem Knie auf dem Bett neben ihr abstützte. Einer seiner Finger schlüpfte unter das Band und strich gegen die zarte Haut auf der Innenseite ihres Handgelenks. Sie schluckte schwer. Seine Finger waren trotz der Narben von verschiedenen Kämpfen lang und geschickt und so gar nicht wie die brutalen Pfoten, die sie erwartet hatte. Sein maskuliner Duft – der Eisengeruch seiner Rüstung, der Duft des Leders, ein Hauch irgendeines Gewürzes, Waldmeister oder Zimt – schien sie zu umgeben. Sein Haar fiel ihm lockig über den Nacken und seine Lippen spannten sich leicht an, als er die verschiedenen Schlüssel ausprobierte. Er atmete gleichmäßig und ruhig und er war nah genug, dass sie die Bartstoppeln auf seiner Wange sehen konnte. Er hatte lange dichte Wimpern und obwohl sie gesenkt waren, erinnerte sie sich, dass seine Augen die Farbe der Tannen in den Highlands hatten – tief und weise und geheimnisvoll. Komisch, dachte sie, dass sie die grauen Flecken darin noch nicht entdeckt hatte, aber ...

Scheiße, er starrte sie an. Verwirrt senkte sie den Blick und dann bemerkte sie, dass ihre Fesseln bereits geöffnet waren. Sie räusperte sich und rieb ihr Handgelenk.

Er bewegte sich weg von ihr, aber die Luft um sie herum war immer noch geladen. Angesichts des Gefühls schloss sie die Augen. Verflucht, dies war der Mann, der für den Tod ihres Vaters verantwortlich war.

„Ich danke Euch", sagte sie eisig.

Er zuckte fast unmerklich zusammen. Dann ging er mit einem schroffen Nicken, um die Tür zu öffnen und rief nach dem Knappen draußen im Flur, damit dieser ihm mit der Rüstung helfen sollte.

„Ihr dürft in der Burg umhergehen", informierte er sie, „aber geht nicht jenseits der Burgmauer. Ich werde Befehl gegeben, dass Euch nichts zuleide getan werden darf, aber an Eurer Stelle, würde ich nicht die Aufmerksamkeit der Ritter erregen, die Grund haben, Euch zu verachten."

Er brauchte sie nicht zu warnen. Sie erinnerte sich noch lebhaft an die dunkle Drohung von Sir Guy.

Als der Knappe fertig war, sah sein Herr in der Tat prächtig aus. Das Kettenhemd passte über seine muskulösen Arme wie die schuppige Haut eines Drachen. Sein großartiger waldgrüner Wappenrock, der mit dem wilden schwarzen Wolf von de Ware geschmückt war, umgab seine Hüften, wo er mit einem schwarzen Ledergürtel befestigt war. Die glänzende Panzerplatte ließ seine bereits breiten Schultern noch imposanter aussehen.

Der Knappe reichte seinem Lord den Helm und verabschiedete sich dann. Lord Holden wandte sich zu ihr und zog seine Handschuhe dabei an.

„Ich werde in ein paar Tagen zurück sein und wenn Ihr dann nicht hier seid, *Laird* von Gavin", sagte er unheilvoll, „betet, dass ich Euch niemals finde."

Als er weg war und die Tür hinter sich schloss, atmete Cambria den Atem, den sie angehalten hatte, endlich aus. Sie stand da und streckte ihre Arme wie ein Falke, der von seinen Fesseln erlöst worden war. Sie war jetzt frei.

Warum fühlte sie sich dann trotzdem wie von dem Mann eingesperrt?

Sie zitterte und schaute sich um. Dieses Zimmer war fraglos seine Domäne oder zumindest hatte er es zu dieser gemacht, angefangen mit den dunkelroten Damastvorhängen um das Bett und den dunkelblauen Federkissen darauf bis hin zu dem aufwändigen orientalischen Teppich und dem ordentlichen Schreibset mit Feder und Pergament auf dem Tisch. Selbst sein Duft hing in dem Raum. Er war vielleicht weg, aber dieser Raum gehörte immer noch ihm ebenso sehr wie der Teppich oder der Tisch oder die Kerzenständer. Ganz gleich wie großzügig er erschien, dass er ihr ihre Freiheit gewährt hatte, so hatte er sicherlich Anweisungen hinterlassen, dass sie ebenso wie der Rest seines Eigentums genau beobachtet werden sollte.

Schließlich wanderte sie hinüber zu dem Bogenfenster. Unten bestiegen Holden und neun seiner Männer ihre Pferde, um in Richtung der blumenübersäten Hügel zu reiten. Sie betete, dass sie nicht auf Gavin-Männer stoßen würden. Robbie und Graham waren noch so jung und eher wie Kinder neben diesen Eindringlingen. Die Ritter bildeten eine beeindruckende Truppe mit Lord Holden als Anführer, obwohl sie Engländer waren.

Holden musste ihren Blick gespürt haben, denn er wandte sich um und grüßte sie, bevor sie in den Wald ritten. Schnell trat sie zurück vom Fenster und schloss die Läden, bevor er sehen konnte, dass sie errötete

Einen Augenblick später kam Gwen ängstlich mit Brot und mit Wasser verdünntem Wein. Sie wollte Cambria nicht direkt anschauen. Cambria stellte sich vor, dass sie wahrscheinlich immer noch wegen des Angriffs am Tag zuvor beleidigt war. Ihre gekränkte Miene sorgte dafür, dass Cambria ihre bisherigen Handlungen bereute und daher brach sie das Brot und reichte der Dienerin ein Stück als Friedensangebot.

Während sie aßen, erkundigte sich Cambria beiläufig nach de Ware. Schließlich lautete die erste Regel im Krieg, dass man seinen Feind kennen musste. Sie hatte versprochen, dass sie keinen Fluchtversuch unternehmen würde. Sie hatte nichts darüber gesagt, dass sie keinen Fluchtversuch *planen* würde.

„Der Lord hat ganz Bowden unter seine Fittiche genommen", erzählte ihr Gwen und das Thema schien ihr zu gefallen. „Wir waren halb verhungert, als er kam, aber jetzt sind die Vorratskammern voll. Sie nennen ihn den Wolf, aber ich habe noch nie einen freundlicheren Herrn gehabt."

Diese Nachricht erfreute Cambria überhaupt nicht. Lord Holden hatte offensichtlich geblufft, als er sagte, dass er Gwen schlagen würde. Verdammt, sie wollte hören, dass er ein bösartiges Ungeheuer war, der sich am Blut Unschuldiger labte. Wenn er tatsächlich so freundlich war, könnte sie dann seine Handlungen auf Blackhaugh rechtfertigen? War es möglich, wie der Rest des Gavin-Clans zu glauben schien, dass es nicht Holden de Ware war, der sich gegen ihren Vater verschworen hatte? Sie brach ein weiteres Stück des schweren braunen Brotes ab und knabberte daran, wobei sie über diese Möglichkeit nachdachte.

„Warum wird er der Wolf genannt?"

Gwen verzog nachdenklich ihr Gesicht und antwortete: „Ich nehme an, weil er sehr mutig und listig auf dem Schlachtfeld ist. Laut sämtlichen Erzählungen hat er noch nie eine Schlacht verloren", fügte sie stolz hinzu und setzte sich ein wenig aufrechter hin.

„Nicht eine einzige."

Sie stellte sich vor, dass es einfach wäre, einen solchen Rekord aufzustellen, wenn er seine Feinde immer so überraschte, wie er es auf Blackhaugh getan hatte. Dann erinnerte sie sich, wie er sie geschimpft hatte, weil sie die Regeln der Ritterlichkeit nicht befolgt hatte. Der Mann sollte verflucht sein! Was war er – ein Schlächter oder ein Heiliger? Holden de Ware wurde langsam zu einer frustrierenden Reihe von Gegensätzen.

„Was hat der Wolf mit den Rittern gemacht, die ihm auf Bowden gegenüberstanden?", fragte sie und war sicher, dass seine Grausamkeit jetzt offenbart werden würde.

Gwen zuckte mit den Schultern. „Es stellten sich ihm keine entgegen."

„Niemand stellte seine Autorität infrage?", fragte sie. „Sie haben ihn einfach nehmen lassen, was er wollte?"

„Wozu, Mylady", antwortete Gwen, „wenn er noch nie eine Schlacht verloren hat, würde nur ein Narr ihn herausfordern." Dann wurde ihr plötzlich klar, was sie gesagt hatte und sie keuchte und stammelte: „Ich ... ich meine ..."

„Noch hat er die Gavins nicht erobert", behauptete sie und kniff ihre Augen zusammen. Sie ging zum Fenster ihres Gefängnisses, öffnete einen Fensterladen und schaute hinaus, wobei sie sich eine Zeit vorstellte, wenn sie die Siegerin und nicht die Gefangene wäre.

Als Gwen sah, dass Cambria mit ihren eigenen Gedanken beschäftigt war, ergriff sie die Gelegenheit, eine Entschuldigung zu murmeln und das Zimmer zu verlassen, bevor sie noch etwas Unbedachtes sagte.

„Die Asche ist noch warm", berichtete Sir Stephen, wobei er an der Feuerstelle hockte und die grauen Reste zwischen seinen Fingern rieb.

Holden runzelte die Stirn. Er starrte auf seinen Mann, ohne ihn zu hören. Ein Paradox beschäftigte sein Hirn mit der Beharrlichkeit eines Flohs. Cambria Gavin, ob sie nun eine Mörderin war oder nicht, war nichtsdestotrotz der Feind und sie war so lästig wie eine Distel unter dem Sattel. Könnte das, was er ihr gegenüber fühlte, möglicherweise

Verlangen genannt werden? Aber quälte es ihn nicht wie Verlangen?

„Mylord", sagte Stephen und schaute ihn finster an.

Holden blinzelte. Verdammt, er hatte Probleme sich auf seine gegenwärtige Aufgabe zu konzentrieren und Stephens Gesichtsausdruck nach zu urteilen war seine Zerstreutheit sehr offensichtlich.

„Aye", antwortete er.

Es war das verdammte kleine Ding. Zum ersten Mal in seinem Leben stand er einem Feind gegenüber, bei dem er nicht wusste, wie er gegen ihn kämpfen sollte. Er hatte noch nie eine Frau kennengelernt, mit der er nicht fertig werden konnte. Sie waren normalerweise solch angenehme, fügsame und leicht zu erfreuende Wesen, die für seinen Schutz dankbar waren und noch dankbarer für seine Zuneigung. Was war mit diesem Weib los? Ein Teil von ihm wollte die blutrünstige Schottin verprügeln und der andere Teil ...

Der andere Teil wollte sich ich von dem nächsten willigen Weib, das ihm über den Weg lief, befriedigen lassen. Die Schottin hatte schließlich keine Macht über ihn, nicht mehr als jede andere hübsche Frau. Warum konnte er sie also nicht aus seinen Gedanken verbannen?

„Die Asche, Mylord", wiederholte Stephen irritiert, „ist noch warm."

Holden biss die Zähne zusammen und zwang sich, sich auf seine Aufgabe konzentrieren. Er wollte verdammt sein, wenn er sich von der kleinen Elfin auf diese Entfernung verhexen ließ.

„Wie lange ist es her, glaubt Ihr, Stephen?"

„Nicht mehr als eine Stunde."

„Dann sind wir also in der Nähe."

„Wenn das tatsächlich die Abtrünnigen sind, denen wir folgen", warf Sir Henry ein.

„Aye, das sind sie", antwortete Sir Myles, während er im Staub kniete. Hat einer von ihnen nicht rotes Haar?"

„Aye", antwortete Stephen.

Myles nahm ein einzelnes rotes Haar zwischen Daumen und Zeigefinger und hielt es hoch, damit alle es sehen konnten.

„Ihr habt das Auge eines Falken, Myles", lobte Holden. „Gute Arbeit. Wir teilen uns hier auf. Zu Fuß können sie nicht weit gekommen sein." Er bestieg Ariel und strich ihr über den Hals. „Stephen und Henry, Ihr kommt mit mir. Myles, Owen und John, Ihr reitet nach Osten. Der Rest reitet nach Norden. Wir treffen uns hier wieder vor Einbruch der Dunkelheit. Bis dahin haben wir so Gott will die Abtrünnigen gefangen genommen."

Eine knappe Stunde später schreckte ein Rascheln in den Büschen vor ihnen Holden aus seinen sorgenvollen Gedanken hoch und die drei Pferde erstarrten sofort in Reaktion auf die schweigenden Befehle ihrer Herren. Langsam stiegen die Männer ab und nur das Quietschen ihrer Sattel und das Ziehen ihrer Schwerter war zu hören. Heimlich schlichen sie sich vor. Holden schaute nach vorn zu der Stelle, wo das Geräusch hergekommen war, aber dann hörte er, wie ein Ast in dem Busch links hinter ihnen zerbrach und ein weiteres Rascheln von Blättern zur rechten Seite.

Er hatte nur Zeit für einen Gedanken – sie waren geradewegs in eine Falle gelaufen – und dann spürte er schon den scharfen Schmerz, als ein Schwert sein fehlerhaftes Kettenhemd durchbohrte und tief in seiner Brust versank.

Cambria beobachtete, wie der Tag grau und öde wurde. Regenschauer standen bevor, aber der graue Himmel hielt den Regen zurück wie ein Geizkragen sein Geld. Da die Ritter sich in der Burg befanden, spürte sie nur ein geringes Verlangen, die Sicherheit von Holdens Zimmer zu verlassen. Daher wurde sie so rastlos wie das Wetter. Als es endlich heftig anfing zu regnen, kam ihr der Gedanke, ob Holden und seine Männer wohl Zuflucht vor dem Sturm gefunden hatten.

Sie war wie ein Löwe im Käfig auf und ab gegangen, war schrecklich gelangweilt und daher freute sie sich über Gwens Ankunft mit Apfelkuchen und Wein am frühen Nachmittag.

Die Dienerin erwies sich als gute Gesellschaft. Nachrichten von ihr zu bekommen war, wie wenn man den Korken von einem Bierfass entfernte. Sie hatte noch nie eine Dienerin getroffen, die so eifrig über alle möglichen Themen sprach und da einer von Holden Männern Gwen den Hof machte, hatte sie sehr viele Informationen. So erfuhr Cambria, dass Holden einer von drei Söhnen war, nämlich der mittlere. Sein älterer Bruder Duncan und er hatten die gleiche Mutter, aber der junge Garth stammte aus der zweiten Ehe des Vaters. Holden diente zweifellos in Edwards Armee in der Hoffnung, Land für sich zu gewinnen. Dies war eine der wenigen Möglichkeiten, dass ein jüngerer Sohn zu Land kommen und selbst Lord werden konnte. Trotzdem ärgerte es sie, dass eines der Anwesen, das er für sich beanspruchte, das Land der Gavins zwar.

Cambria war dann gezwungen, Gwens Geschwätz über die berüchtigten Liebeleien des Lords zuzuhören. Es gab nur wenige Dienerinnen, bei denen er noch nicht gelegen hatte und der de Ware Haushalt wurde immer größer, um eine Vielzahl von Kindern mit grünen Augen und von niederer Geburt, auf deren Ausbildung Holden bestand, aufzunehmen. Gwen ließ keine Details über Holdens angeblich berühmte Männlichkeit aus und als es Zeit zum Abendessen war, war Cambria völlig irritiert vom Geschwätz des Mädchens. Als wäre das nicht genug, als finale Beleidigung für Cambria, informierte Gwen sie kokett, dass sie ihren eigenen Liebhaber, Holdens Kerkermeister um Mitternacht im Kerker treffen wollte.

Cambria verdrehte die Augen. Sie konnte nicht verstehen, wie jemand so viel Aufmerksamkeit auf Herzensangelegenheiten oder eher Lendenangelegenheiten legen konnte, wenn Schlachten zu schlagen und Mäuler zu stopfen waren.

Bei Einbruch der Dunkelheit war sie angewidert von Gwens Geschwätz und ihr Gefängnis leid und da sie nicht schlafen konnte, beschloss Cambria, sich aus dem Zimmer zu wagen.

Vielleicht könnte sie ja etwas Geeignetes zu lesen finden in der Bibliothek von Bowden. Irritiert bemerkte sie, dass sie von zwei wenig diskreten Knappen verfolgt wurde, die Lord Holden zweifellos auf sie angesetzt hatte.

Auf Zehenspitzen ging sie mit einer bebilderten Geschichte von Rom die Treppe hinunter in die große Halle und ärgerte sich, dass der Platz am Feuer bereits besetzt war. Der bedrohliche Sir Guy saß zurückgelehnt auf einem geschnitzten Stuhl, seine Füße waren auf einem Schemel abgelegt und seine Finger lagen friedlich auf seinem großen Bauch.

Bevor sie sich wieder die Treppe hinaufschleichen konnte, öffnete er seine schwarzen Augen. „Ich habe geschworen, Euch nichts zuleide zu tun", knurrte er.

Von wegen nichts zuleide tun, dachte sie zweifelnd. An ihrem Hals waren immer noch die blauen Flecken von den großen Fingern des Mannes zu sehen. „Ich kann auch woanders lesen. Ich brauche nur …"

„Lesen?", unterbrach er sie mit plötzlichem Interesse.

„Aye."

„Was habt Ihr da?" Er nickte in Richtung Buch.

Sie wollte nichts mehr als sich aus dieser unangenehmen Situation zu befreien und daher erzählte sie ihm: „Es ist eine Erzählung der Geschichte Roms."

Argwöhnisch kniff er die Augen zusammen. „Ihr wolltet es doch nicht stehlen?"

„Natürlich nicht", sagte sie verkrampft.

„Bringt es mir hierher", befahl er und sie dachte, dass er zwar unter Eid stand, ihr nichts zuleide zu tun, ihn das aber sicherlich nicht davon abhielt, sie mit seinem dunklen Blick und seiner bedrohlichen Gegenwart herumzukommandieren. Sie unterdrückte einen Fluch und ging einen Schritt auf ihn zu. Plötzlich schien er größer zu sein, als sie sich erinnerte.

„Wie habt Ihr gelernt zu lesen?", knurrte er.

„Mein Vater hat es mich gelehrt."

Er grinste. „Schwerter und Bücher?" Er schnaubte und nickte wieder in Richtung Buch. „Was steht da?"

Erstaunt stellte sie fest, dass Sir Guy nicht lesen konnte. Und sie konnte es. Dieser Gedanke machte sie sehr stolz.

Aber sie war schließlich gelangweilt und in der großen Halle brannte das hellste Feuer, bei dem man etwas sehen konnte. Außerdem nahm sie an, dass es kein großes Verbrechen sein konnte, dem Feind etwas vorzulesen. Sie zog einen Stuhl neben seinen und zuckte bei dem Schaben auf den Steinen zusammen. Als sie sich gesetzt hatte, öffnete sie das Buch und zeigte auf die Wörter, als sie begann, diese aufzusagen.

Der Engländer hörte fasziniert zu und schon bald verschwand ihre Unbehaglichkeit. Trotz seiner groben Erscheinung verhielt sich Guy wie ein kleiner Junge, der von einem neuen Spielzeug fasziniert war. Sie waren so vertieft, dass das laute Klopfen an der Außentür sie aufschreckte.

Ein eisiger Wind blies durch die Tür und sorgte dafür, dass das Feuer wild flackerte. Cambria sprang auf. Es gab ein wildes Durcheinander, als mehrere regendurchnässte de Ware Ritter in die Halle stolperten.

Einer der Krieger rief: „Kocht Wasser und bringt Leinen!"

Dann schlug der Wind die Tür zu und verhinderte, dass das melancholische Heulen des Sturms nach innen drang. Zwei Ritter kämpften sich zum Feuer vor und trugen etwas Schweres auf einer Decke, die zwischen zwei Lanzen hing. Cambria keuchte, als sie die stille, blasse Gestalt auf der provisorischen Trage erkannte.

Es war Holden und überall war Blut.

# KAPITEL 6

Sir Guy wandte sich mit einem wütenden Blick zu ihr, als wäre sie für das, was passiert war, persönlich verantwortlich.

Ein Diener holte einen Eimer Wasser, ein anderer brachte Tücher für Verbände und ein dritter holte den Arzt aus seinem Bett. Erst, nachdem die Trage vorsichtig auf dem Boden abgestellt worden war, bemerkte Cambria drei Männer in Ketten, die etwas abseits knieten und von zwei von Holdens Rittern bewacht wurden. Sie waren blutig und in Lumpen und es dauerte einen Augenblick, bis Cambria klar wurde wer sie waren.

Robbies feuerrotes Haar sah stumpf aus unter einer Kruste Dreck, aber sein Temperament brannte so heiß wie immer in seinen zornigen blauen Augen. Neben Robbie kniete sein jüngerer Bruder Graham, der erst vierzehn Jahre alt war und in seinem Schmerz und seiner Angst plötzlich viel älter aussah. Der dritte war ihr älterer Vetter Jamie. Zum ersten Mal sah sie ihn ohne ein Lächeln auf seinem Gesicht.

Auf Guys Befehl hin zogen die beiden Ritter die Gefangenen auf ihre Füße und brachten sie zum Kerker.

Wenn ihre Clans-Männer sie überhaupt bemerkt hatten, ließen sie sich dies nicht anmerken oder vielleicht waren sie vor blankem Entsetzen blind geworden.

Tief betrübt zog sie sich von der schrecklichen Szene zurück und schlich sich die Treppe hinauf. Als sie die Oase von Lord Holdens Zimmer erreicht hatte, begann sie auf und ab zu laufen.

Gott, was sollte sie nur tun? Holdens Männer waren so beschützerisch, was ihn betraf. Wenn die Überläufer von Blackhaugh für die Wunden des Lords verantwortlich waren, fürchtete sie, dass sie nicht mehr lange leben würden. Irgendwie musste sie ihnen helfen. Aye, sie hatten Blackhaugh im Stich gelassen und sich mit den schottischen Rebellen verbündet, aber sie waren immer noch Gavins und sie schuldete ihren Clans-Männern Schutz.

Sie betrachtete die Sachen im Zimmer – *seine* Sachen wie beispielsweise der Wandteppich mit dem Bild einer Wildschweinjagd, die Tinte und das Pergament auf dem Tisch, ein Kamm aus Walknochen und ein Paar Stiefel aus weichem Hirschleder. Ein verzweifelter Plan entwickelte sich in ihrem Kopf.

Sie hatte geschworen, keinen Fluchtversuch zu unternehmen, während Lord Holden abwesend war und ein Schwur im Namen ihres Clans war heilig, aber jetzt war er nicht mehr abwesend. Also galt ihr Schwur nicht mehr. Zumindest redete sie sich das ein, obwohl der Gedanke, dass sie nah dran war ihr Wort zu brechen, einen bitteren Geschmack in ihrem Mund hinterließ.

Schon bald würden die Männer den Lord in sein Zimmer bringen. Sie nutzte die Zeit um sich zu verstecken und verbarg sich hinter dem langen Wandteppich.

Als die Ritter schließlich de Wares bewusstlosen

Körper hereintrugen, waren sie so besorgt über den Zustand ihres Lords, dass sie sie gar nicht bemerkten. Sie schien in dem Aufruhr völlig vergessen worden zu sein.

Sie hörte Holden stöhnen, als die Männer seinen Körper auf das Bett legten. Komischerweise stockte ihr dabei das Herz. Er atmete kaum, als sie sein Kettenhemd öffneten und es ihm auszogen. Aus der leisen Unterhaltung zwischen den de Ware Männern und dem Arzt erfuhr sie, dass sie von einem halben Dutzend Rebellen in eine Falle gelockt worden waren, nachdem diese irgendwie ihren Standort erfahren hatten. Sie sprachen von einem Spion. Der Lord hatte eine Schwertwunde unterhalb seiner Rippen. Einer der drei schottischen Gefangenen war für die Tat verantwortlich. Es war eine saubere Wunde und die Blutung war gestillt worden, aber er hatte viel Blut verloren und der Transport durch den heftigen Sturm hatte ihn geschwächt.

Ein Diener zündete ein Feuer im Kamin und alle außer dem Arzt verließen das Zimmer, um dem verwundeten Mann Ruhe zu gönnen. Während der Arzt seine Arzneimittel durchsah, konnte Cambria einen Blick auf Lord Holden werfen.

Sein Haar klebte in feuchten Locken an seiner Stirn, die bleich und verstört aussah. Seine Nasenflügel zitterten bei jedem Atemzug und der kupferartige Geruch von Blut hing in dem Zimmer, während sich der Arzt über ihn beugte, um die Wunde zu untersuchen. In ihr regte sich Mitleid bei dem Anblick der Wunde an einem so kräftigen Krieger, aber sie versuchte das Gefühl zu unterdrücken. Sein Unglück war schließlich ihr Glück.

Sie wartete geduldig, während der Arzt seine Behandlung an dem Lord durchführte und zuckte zusammen, als er die hässliche Wunde nähte, wobei sie Holdens schwaches Stöhnen und erleichtertes Aufatmen kurz vor Mitternacht ausblendete. Dann begab sich der Arzt endlich auf seinem provisorischen Bett zur Ruhe und begann zu schnarchen.

Lange vor Tagesanbruch schlich Cambria sich aus ihrem Versteck. Schnell flocht sie ihre offenen Haare am schwachen Licht des Feuers zu einem Zopf und mit einem letzten Blick auf den immer noch schlafenden Lord verließ sie das Zimmer und schlich leise wie eine Maus durch die Burg.

Still wie ein Schatten wartete sie vor dem Zimmer, das Gwen mit anderen Dienerinnen teilte. Die Zeit schien still zu stehen, während sie auf den Zeitpunkt wartete, wenn die Dienerin es immer mit ihrem Liebhaber, dem Kerkermeister, trieb.

Endlich verließ Gwen das Zimmer. Cambria folgte ihr mit einiger Entfernung und hielt sich im Schatten auf den nach unten führenden Gängen, bis sie hörte, wie die Dienerin einen jungen Mann ansprach. Sie tuschelten zusammen und dann hörte Cambria, wie die Stimmen schwächer wurden.

Vorsichtig ging sie weiter vor, bis sie zu der Stelle kam, wo die Liebenden sich getroffen hatten. Zu ihrer Freude hingen die Schlüssel des Kerkermeisters immer noch an einem Haken an der Wand. Sie nahm sie und dämpfte ihr Klirren in den Falten ihres Gewands. Dann schaute sie durch das Guckloch in die erste Zelle.

Die Wände waren feucht und stanken. Drinnen war es dunkel, aber sie konnte trotzdem drei Gestalten ausmachen, die in der hintersten Ecke der Zelle zusammenkauerten. Als sie leise pfiff, standen die drei sofort auf.

„Cambria? Was macht Ihr hier?"

„Psst. De Wares Männer sind überall."

Wie ist es Zufall wollte, passte erst der letzte der sieben Schlüssel. Bei dem quietschenden Geräusch, als sie den Schlüssel im Schloss drehte, erstarrten alle vier, aber Gwen schien die Wache gut zu beschäftigen. Danach war ihr Weg problemlos. Sie schafften den Weg durch die Flure, ohne dass jemand sie sah. Die meisten Bewohner der Burg schliefen noch.

Cambria betrat das Zimmer des Lords zuerst allein, um sicherzustellen, dass Holden noch schlief. Sie weckte den Arzt und schickte den Mann weg, indem sie ihm eine Lüge über eine Lebensmittelvergiftung auftischte. Als er weg war, gab sie ihren Männern ein Zeichen, einer nach dem anderen einzutreten.

Als sie in dem Zimmer allein waren, fluchte Robbie und zog den Dolch aus Holdens abgelegtem Gürtel. Er ging auf den Lord zu und hob das Messer um ihn töten.

Cambria keuchte und ergriff ihn am Handgelenk, wobei sie den Kopf entschlossen schüttelte. „Nay!", zischte sie.

Robbie versuchte sich loszureißen und sah sie mit verkniffenen Augen fragend an, aber sie hielt ihn beharrlich fest.

„Versteht Ihr denn nicht? Er ist unsere Möglichkeit zur Flucht!", flüsterte sie. „Wir kommen nicht durch die Burgmauer ohne eine Geisel." Robbie, der Junge, der sie gelehrt hatte einen Falken zu zähmen, hätte fast einen Mann kaltblütig getötet.

Sie atmete tief durch und stellte sich gerade hin. „Wir nehmen ihn mit nach Blackhaugh. Wir holen uns zurück, was uns gehört."

Robbies Blick war verschwommen. „Blackhaugh gehört

uns nicht mehr?", fragte er bedeutungsschwer und schaute zu den anderen beiden Rebellen.

„Mein Vater ist tot. Blackhaugh gehört mir", sagte sie mit ernster Stimme, „und Ihr werdet immer Gavins sein."

Robbie starrte sie an, während er die Worte verdaute, die ihr Vater niemals in seinem Leben gesagt hätte und dann nickte er zustimmend. Die vier bewaffneten sich mit den Waffen, die im Zimmer vorhanden waren und wurden dann still, während sie sich mental auf das vorbereiteten, was sie vorhatten.

In dem Augenblick, als sie Holden von dem Bett zerrten, brach ein riesiger Tumult aus.

Er stöhnte vor Schmerzen, sodass Cambria fast ihre Meinung änderte. Jenseits der Tür hörte sie Schritte auf der Treppe. Als Sir Guy in der Tür stand, reagierte Robbie schnell und drückte einen Dolch an Lord Holdens Kehle. Dieser hing in den Armen der anderen beiden Schotten.

„Wir haben Euren Lord!", rief Cambria dem halb angekleideten Männern an der Tür zu und war überrascht über die Festigkeit ihrer Stimme unter diesen Umständen. „Wenn Ihr wollt, dass er diesen Tag überlebt, dann hört mir gut zu."

Sir Guy bebte vor Zorn und verursachte starke Spannung in dem Zimmer. Einen Augenblick lang schien es ihr, dass das schmale Stück Stahl an Holdens Kehle eine zu schwache Verteidigung gegen diesen Zorn wäre, aber Guy bewegte sich nicht in ihre Richtung.

„Wir wollen nur nach Blackhaugh zurückkehren", fuhr sie fort. „Euer Lord wird bei uns in Sicherheit sein, solange wir uns frei bewegen dürfen, aber wenn irgendein Mann versucht, uns zu folgen, ist sein Leben verwirkt."

Sie konnte sehen, dass es Sir Guy äußerste

Zurückhaltung kostete sie vorbei zu lassen. In seinen schwarzen Augen brannte reiner Hass, während die Burgbewohner einer nach dem anderen vor den Entführern zurückwichen.

Der Weg nach unten war schwierig und langsam. Bei jedem Schritt stöhnte Holden vor Schmerzen, obwohl er seine Augen nicht einmal öffnete. Seine Wunde fing wieder an zu bluten und als sie die große Halle erreichten, begannen einige der jungen Dienerinnen vor Trauer über ihren geliebten Lord zu schluchzen und rannten davon. Der Arzt kam mit einem Arm voll Leinentücher.

„Ihr müsst den Verband wechseln", erklärte er besorgt. „Haltet die Wunde sauber. Es besteht die Gefahr eines Fiebers."

Sie nickte und sprach dann zu Sir Guy: „Stellt drei Pferde für uns bereit mit Vorräten und einer Trage." Als Guy den Befehl an seinen Knappen weitergegeben hatte, fügte sie mit bösartiger Befriedigung hinzu: „Und holt das Schwert meines Vaters."

Owen wurde knallrot und stammelte einen Widerspruch, aber Sir Guy knuffte ihn, dass er ihrer Forderung nachkam.

Einige angespannte Minuten später bei Tagesanbruch saßen Cambria und ihre kleine Truppe auf. Lord Holden saß im Sattel vor Robbie, der ihm das Messer an die Kehle hielt. Ihre Flucht gelang unbehindert. Sie hatte ihren Schwur nicht wirklich gebrochen oder zumindest versuchte sie sich davon zu überzeugen, aber sie hatte immer noch ein schlechtes Gewissen.

Hinter ihnen setzte Sir Guy bereits einen neuen Verwalter ein und organisierte eine Truppe, welche den Flüchtenden mit einiger Entfernung folgen sollte. Das Weib musste verrückt sein, dachte er, wenn sie glaubte, dass er sie mit ihrem Lord entkommen lassen würde.

Erst nach mehreren Stunden eines harten Ritts durch wilde, felsige Landschaft und Wälder, die so dicht waren, dass sie kein Licht durchließen, hielt Cambria es für sicher genug, dass die Pferde sich ausruhen und sie sich um die Geisel kümmern konnte. Sie hielten an einem kleinen Bach an, um die Pferde zu tränken und sie sich an dem frischen Gras laben zu lassen. Cambria half Robbie Holden vom Pferd zu holen und ihn auf die Tage zu legen.

Sofern dies überhaupt möglich war, war Holden noch blasser geworden. Der Verband war mit Blut durchtränkt. Seine Augen lagen tief und hatten dunkle Ringe und sein Kopf fiel immer wieder nach hinten. Cambria biss sich auf die Lippe. Sie dürfte ihn jetzt nicht verlieren.

„Wir brauchen ihn nicht mehr", sagte Robbie mit einem Schnauben und seine blauen Augen waren eiskalt. „Sie werden uns nicht folgen."

„Nay!", protestierte sie und war sowohl von ihrer eigenen Leidenschaft als auch von Robbies neuer Herzlosigkeit erschrocken. Sie blinzelte ihm zu. Das Leben unter den Rebellen hatte den Jungen verändert und aus dem freundlichen jungen Mann, den sie immer bewundert hatte, war ein harter zynischer Mann geworden. Mit einem schmerzhaften Ruck wurde ihr klar, dass er seine Unschuld und damit jeglichen Sinn für Menschlichkeit verloren hatte.

„Wir brauchen ihn, um Zutritt zu Blackhaugh zu bekommen", erklärte sie und ihre Stimme war erschöpft vor Ernüchterung. „Sein Bruder hält die Burg und wir wissen nicht, wie viele Engländer sich dort jetzt aufhalten."

„Wahrscheinlich wird er die Reise nicht überleben", argumentierte Robbie.

Entsetzen überkam sie. Was, wenn die Reise ihn umbrachte?

„Ich werde ihn am Leben halten", sagte sie und ihre Worte waren zur Hälfte ein Versprechen und zur Hälfte ein Gebet.

Sie holte die Leinentücher und befeuchtete sie in einer Quelle, die aus dem Moos hervorsprudelte. Vorsichtig tupfte sie Holdens Stirn ab und kniete sich, um seinen Verband zu wechseln. Das Blut war zum Teil getrocknet und daher klebte das Leinen an seiner Haut, und sie musste die Ränder des Tuchs vorsichtig lösen. Holden musste gedacht haben, dass sie eine unaussprechlich grausame Folter an ihm ausübte, weil er jedes Mal, wenn sie ihn berührte, stöhnte, aber dankenswerterweise war er zu hilflos, sich gegen ihre notwendige Behandlung zu sträuben.

Als sie vorsichtig den neuen Verband anlegte, konnte sie nicht umhin, seine Brust, die voller Narben war, beim Atmen zu betrachten und Hitze stieg in ihr auf. Er hatte den Körper eines Kriegers - straff und breit und voller Muskeln. Dunkle lockige Haare bildeten einen subtilen Pfad über seinen harten Bauch. An seinem Hals sah sie den regelmäßigen Rhythmus seines Herzschlages, den ihr eigenes Herz nachahmte.

Schnell wandte sie ihren Blick ab. Seine Nähe hatte eine seltsame Wirkung auf sie, als wenn sein Fieber ansteckend wäre. Das Gefühl war sowohl befremdlich als auch zwingend. Eilig deckte sie ihn zu und machte sich dann daran, die benutzten Verbände zu waschen und sie auf Steine zum Trocknen zu legen.

Die Dämmerung brach schnell über sie herein und Cambria beschloss, dass sie dort an Ort und Stelle bleiben sollten, anstatt das Risiko einzugehen und in der Dunkelheit zu reiten. Sie stimmte zu, dass es besser wäre Holden zu fesseln, sodass er nicht flüchten könnte, obwohl sie insgeheim dachte, dass es unnötig und grausam war. Jamie band Holdens Knöchel an die Trage und seine Handgelenke an einem jungen Baum fest.

Cambria übernahm die erste Wache und war sicher, dass jedes Rascheln in den Büschen entweder von Sir Guy oder einem hungrigen Wolf stammte und sie war sich nicht sicher, wem sie lieber begegnen wollte. Selbst nachdem Robbie sie abgelöst hatte, konnte sie nicht gut schlafen. Auch ihr Gefangener schien die ganze Nacht mit unsichtbaren Geistern zu kämpfen.

Sie wachte früh auf und rieb sich ihre müden Augen. Auf ihre Ellbogen gestützt betrachtete sie das kleine Lager. Ihr Blick fiel sofort auf Lord Holden. Was sie sah, ließ sie vor Scham und Zorn zusammenzucken.

Der arme Kerl hatte die Decken weggeschlagen und auf seiner Hose war ein nasser Fleck.

Sie strich sich das Haar aus ihrem Gesicht, stand auf und ging zu ihm hin. Er hatte die Stirn vor Schmerzen gerunzelt und seine Wangen waren die einzigen Stellen mit Farbe in seinem ansonsten blassen Gesicht. Sie streckte die Hand aus, um sein stoppeliges Kinn zu berühren, zog dann ihre Hand aber plötzlich angesichts der Hitze zurück. Seine Haut war trocken und seine Lippen vertrocknet.

Der junge Graham erregte dann ihre Aufmerksamkeit, als er die Lichtung mit einem Arm voll Anmachholz betrat. Er blickte zuerst zu ihr und dann zu Lord Holden und forderte sie mit einem Blick heraus, der besagte, dass er nicht die Absicht hatte, sich um den Komfort des Gefangenen zu kümmern.

Sie fluchte leise vor sich hin, tauchte ein sauberes Tuch in die Quelle und hielt es tropfend an Holdens Lippen. Eifrig wie ein Säugling saugte er an dem nassen Tuch und lechzte sogar im Schlaf nach der wenigen Feuchtigkeit. Immer wieder machte sie das Tuch nass und ließ ihn langsam seinen Durst stillen. Sie löste seine Fesseln und bemerkte, dass seine Handgelenke von den fiebrigen Bewegungen in der Nacht aufgeschürft waren.

„Glaubt Ihr, dass das weise ist?", fragte Robbie, der mit einigen Kaninchen, die er gefangen hatte und Jamie auf den Fersen zurückkam.

„Bei Gott!", fauchte sie. „Der arme Kerl kann noch nicht einmal aufstehen, um sich zu erleichtern! Habt Ihr jeglichen Sinn für Menschlichkeit verloren, Robbie?"

Robbies Augen wurden kalt. „Er ist der Feind, Cambria."

„Ihr würdet noch nicht einmal einen Hund in seiner eigenen Pisse liegen lassen", keifte sie.

Robbie starrte sie nur streitsüchtig an.

„Jamie", rief sie und konnte ihren Zorn kaum im Zaum halten, „zieh ihm die Hose aus und wasche sie. Die Decke reicht für den Augenblick."

Jamie gehorchte nicht sofort, sondern schaute zu Robbie, um dessen Zustimmung zu erhalten, was Cambria wiederum wütend machte. Als Robbie nickte, zog Jamie eine angeekelte Grimasse, aber er befolgte ihre Anweisung.

Sie stapfte los durch den Wald, bevor sie die Fassung verlor. Sie sollten verflucht sein! Sie war jetzt der *Laird*. Wie konnten sie es wagen, ihre Befehle infrage zu stellen? Dies roch nach Hochverrat. Ihr Vater hatte Recht gehabt. Sie hätte sie niemals wieder in den Clan aufnehmen sollen. Sie würden sich ebenso schnell gegen sie stellen, wie sie sich gegen *Laird* Angus gestellt hatten.

Aber im Augenblick brauchte sie sie. Sie würde eben vorsichtig vorgehen müssen und sie beschwichtigen, bis sie bei ihren Verbündeten auf Blackhaugh ankam.

Als sie wieder in das Lager zurückkehrte, hatte sie ihre Gefühle unter Kontrolle und Holden war züchtig bedeckt. Sie legte das obere Ende der Decke beiseite, um seine Wunde zu inspizieren. Wieder musste sie den Leinenverband mit Wasser lösen. Dieses Mal hatte sich eine schlimme rote Schwellung um den Schnitt gebildet. Ihr Herz sank und sie erkannte das Anzeichen für eine Entzündung, aber sie hatte weder die Zeit noch die Kenntnisse, um im Augenblick etwas dagegen zu tun. Vorsichtig legte sie einen neuen Verband an und wusch den alten und obwohl sie eigentlich anderer Meinung war, erklärte sie ihn für reisefähig.

Als sie wieder rasteten, kam endlich die Sonne ein wenig hervor. Nach ihrer Berechnung würden sie am nächsten Morgen auf Blackhaugh eintreffen. Das Wetter hatte bislang einigermaßen mitgespielt und Regen und Sonnenschein wechselten sich ab.

Ihrem Gefangenen jedoch ging es gar nicht gut. Er war zu schwach, das Essen zu sich zu nehmen, das sie mitgenommen hatten. Cambria brachte ihn dazu, einige wenige Bissen in Wein eingeweichtes Brot zu schlucken. Aus der Wunde stieg ein fauler Geruch auf. Verdammt, sie hätte den Arzt entführen sollen. Sie wusste nichts über die Heilkunst.

Sie würde etwas unternehmen müssen. Sie konnte ihn nicht einfach sterben lassen. Sie atmete tief durch und drückte vorsichtig auf die Ränder der Wunde. Eine gelbe Flüssigkeit sickerte heraus und Holden wurde so lebendig wie ein Küchenjunge, der sich verbrannt hat. Er schrie und schlug heftig mit seinen Gliedmaßen, wobei er sie mehr als einmal mit der Faust an ihrer Wange, an ihrem Ohr und an ihrer Schulter erwischte.

„Bei Gott!", schimpfte Jamie und machte sich bereit, ihre Geisel zu verprügeln.

„Es ist schon in Ordnung", stöhnte sie und rieb sich ihre Wange, wo sich sicherlich bereits ein Bluterguss bildete. „Er weiß nicht, was er tut. Haltet ihn ruhig, Jungs. Er wird das, was ich tun muss, nicht mögen."

Die Männer befolgten ihre Anweisung, konnten den Engländer aber nur mit großer Mühe ruhig halten. Sie schluckte die Übelkeit, die in ihr aufstieg, hinunter und drückte so viel von der Entzündung heraus, wie sie konnte, während Holden wild um sich schlug. Dann legte sie ihm erschöpft einen neuen Verband an. Nur wenig anmutig setzte sie sich auf ihren Hintern und starrte den Mann an, für den sie sich so viel Mühe machte.

Es war schwer zu glauben, dass sie tatsächlich die Wunde ihres Feindes verband, aber als sie auf das Schwert an ihrem Sattel blickte, wusste sie, dass ihr Vater stolz auf sie gewesen wäre. Sie hatte seine Waffe zurückgeholt und war jetzt auf dem Weg, Blackhaugh wieder in ihren Besitz zu bringen und sein Mörder war ihr ausgeliefert.

Warum verspürte sie dann diese tiefsitzende Scham, wenn sie ihren Gefangenen ansah, wie er sich quälte und gegen unbekannte Dämonen kämpfte? Verdammt, sie sollte keinerlei Reue für diesen Attentäter fühlen. Er war in ihr Leben gekommen und hatte alles zerstört. Aber sie konnte ihm nicht ins Gesicht sehen, ohne Mitleid zu fühlen.

Bei Einbruch der Nacht an einem Flüsschen, das durch das Land der Gavins floss, hatte dieses Mitleid Cambria zu einem Nervenbündel gemacht. Holden ging es nicht besser.

Tatsächlich war das Gegenteil der Fall und es ging ihm schlechter.

Robbie war losgeritten, um Verstärkung von den Blackhaugh Abtrünnigen, die sich in den Hügeln in der Nähe versteckten, zu holen und gerade erinnerte sie Jamie erneut, dass der Engländer ihnen tot nichts nützte, als Holden sich verkrampfte.

Graham stolperte rückwärts von der Trage und bekreuzigte sich: „Er ist vom Teufel besessen!"

Jamie warnte: „Aye, er ist am Ende."

Angst durchfuhr sie wie ein Dolch. „Nay!", widersprach sie barsch und warf den anderen einen verzweifelten Blick zu. Sie schluckte den Kloß in ihrem Hals hinunter. „Nay! Er darf nicht sterben! Ich brauche ihn!"

Sie schaute sich um und suchte vergeblich nach irgendeiner Inspiration von dem düsteren Wald. Seine englische Haut sollte verflucht sein! Sie wollte verflucht sein, wenn sie ihn hier und jetzt nach all ihren Bemühungen sterben lassen würde.

Irgendein Urinstinkt brachte sie dazu, die Decken von Holden wegzureißen und sein nackter Körper bebte im silbrigen Mondlicht und er war so heiß wie frisch geschmiedetes Eisen. Sie musste ihn kühlen. Jetzt sofort.

Wenn sie ihn zum Wasser transportieren könnte ...

Die anderen schauten mit halbherzigem Protest zu, während sie mit einer aus der Not geborenen Kraft unter seine Arme griff und seinen schweren zitternden Körper über den Waldboden hin zum Fluss zog.

Das kalte Wasser stach wie Nadeln an ihren Knöchel, als sie ihn mit sich in den Fluss zog. Zuerst kreischte sie angesichts des Schocks, watete aber weiter, bis sein Körper zum größten Teil unter Wasser war. Die eisigen Wellen wickelten sich um ihren Körper, als wenn sie sie an Ort und Stelle gefrieren wollten und schon bald zitterte sie unkontrolliert.

Aber Holdens Zittern ließ langsam nach und hörte dann ganz auf. Sein Körper kühlte sich ab. Er würde überleben.

Cambria selbst brach plötzlich vor Erleichterung zusammen und weinte, wobei sie versuchte ihre Tränen vor ihren Clans-Männern zu verbergen, während sie den Wolf wieder aus dem Wasser ans Ufer zog.

Sie zitterte vor Kälte und blickte herab auf den Mann, der sich hilflos an sie schmiegte und sie stieß einen sich verunglimpfenden Fluch aus und zwang sich die traurige Wahrheit zuzugeben.

Sie war kein Killer. Sie hatte die Fähigkeiten, die Ritterlichkeit und den Geist eines Soldaten, aber sie war nicht kaltblütig genug um ein Killer zu sein. Ihr Feind lag hilflos in ihrer Hand und doch konnte sie ihn nicht sterben lassen. Sie konnte sich schon fast vorstellen, wie ihr Vater seine Zunge klackte und den Kopf über ihr weiches Herz schüttelte.

Kraftlos schob sie Holden von sich herunter. Jamie und Graham halfen ihr, ihn zurück zu seiner Trage zu bringen. Sie trocknete ihn und wickelte ihn wieder in die Decke.

„Ihr habt dem Mistkerl das Leben gerettet", sagte Jamie erstaunt.

„Aye", stimmte sie zitternd zu und ihr Mund verzog sich zu einem ironischen Lächeln. Sie war erschöpft. Bis morgen früh würden ihre Röcke zu Eiszapfen gefroren sein, aber sie hatte ihm das Leben gerettet. „Möge der Herr geben, dass er die Nacht überlebt", sagte sie und fügte leise hinzu, „das ist er mir schuldig.

Der seltsame Ruf eines Vogels weckte Cambria. Als Jamie das Geräusch nachahmte, wurde ihr klar, dass es ein Signal war. Kurz danach kehrte Robbie zurück ins Lager und verkündete, dass Verstärkung auf dem Weg sei und er prahlte mit der Tatsache, dass eine Truppe englischer Ritter von der Burg Bowden von Schotten gefangen genommen worden war.

„Gut." Sie hatte so eine Ahnung, dass der treue Sir Guy ihre Warnung ignoriert hatte. „Jetzt haben wir mehr Geiseln, mit denen wir verhandeln können."

Pläne wurden geschmiedet, dass man sich am Vormittag auf dem Feld unterhalb von Blackhaugh treffen würde. Robbie, Jamie und Graham machten sich auf den Weg zu den Rebellen im Wald und ließen Cambria als Wache für den Gefangenen zurück.

Bei der aufgehenden Sonne kniff sie die Augen zusammen und strich sich mit einer schmutzigen Hand durch ihr Haar und ging dann, um nach dem Engländer zu sehen. Hoffnungsvoll schaute sie hinab auf den schlafenden Ritter und bemerkte, dass sein Gesicht endlich friedlich und unbesorgt aussah und seine Atmung langsam und gleichmäßig war. Das Fieber war endlich gebrochen. Gott sei Dank würde er überleben.

Sie band ihn von dem Baum los, fesselte seine Handgelenke aber vor ihm aneinander. Sie waren jetzt allein und sie konnte es sich nicht leisten ein Risiko einzugehen.

Als sie das Ritual des Verbandwechsels begann, spürte Cambria plötzlich, dass er sie anstarrte. Langsam schaute sie hoch, bis sich ihre Blicke begegneten. Ihr Herz machte einen Satz. In seinem Blick waren immer noch Schmerzen, aber er war nicht mehr leer.

Mit Mühe öffnete er den Mund und krächzte ein einziges Wort. „Wasser."

Sie tauchte ein sauberes Tuch in den Fluss und hielt es an seine Lippen. Er kaute ein paarmal darauf herum und wandte sich dann angeekelt ab.

„Mehr", sagte er.

Sie warf das Tuch weg, vermischte dann ein wenig Wasser mit Wein in ihrem Schlauch aus Ziegenleder und hockte sich hinter ihn. Ihr Herz schlug aufgeregt, als sie seinen Kopf stützte, während sie ihm zu trinken gab. Er stöhnte bei der Bewegung und versuchte zu schlucken.

„Langsam", sagte sie.

Er hielt den Schlauch mit seinen gefesselten Händen und ignorierte ihre Worte.

„Langsam!"

Sie kämpften um den Schlauch, aber schließlich kam sein geschwächter Körper nicht gegen sie an und er war gezwungen, sich mit den wenigen Schlucken, die sie ihm erlaubte, zufrieden zu geben.

Nachdem er getrunken hatte, starrte er sie mit gefühllosen Augen weiter an und bei seinem Blick fühlte sie sich seltsamerweise schuldig.

„Was ist passiert?", fragte er.

„Ihr wurdet verwundet", antwortete sie, senkte den Blick und machte sich an seiner Decke zu schaffen. „Ihr habt Glück, dass Ihr noch am Leben seid. Ein Schwert ist durch den Fehler in Eurem Kettenhemd gedrungen, vor dem ich Euch gewarnt habe."

Nach dieser Rüge schwieg er einen Augenblick. „Wo sind wir?"

„In der Nähe von Blackhaugh", erklärte sie stolz und erwartete einen Wutanfall von ihm. „Ich werde meine Burg wieder zurückholen. Die Abtrünnigen kämpfen an meiner Seite und wir haben Euch als Geisel."

Holden schloss seine Augen und hatte überraschend wenig zu sagen. „Ihr vertraut den Männern, die Euch im Stich gelassen haben?"

Verdammt. Er hörte sich genau an wie ihr Vater. Wie konnte er es wagen, ihr Urteilsvermögen in Frage zu stellen?

„Garth wird Euch Blackhaugh kampflos übergeben", gab er zu. „Aber Ihr werdet es nicht lange halten können."

„Das könnt Ihr nicht wissen!", zischte sie. Sie wollte es ja nicht zugeben, aber seine Worte hörten sich unheimlich prophetisch an.

Holden sagte weiter nichts und Cambria war zwar nachtragend, aber nicht grausam und sie bot ihm ein wenig Käse und Brot an. Er aß langsam, da sein Mund zweifellos immer noch trocken von dem Fieber war.

„Lasst mich einen Augenblick allein", bat er plötzlich.

„Euch allein lassen? Seid Ihr verrückt? Ihr würdet schneller flüchten als ein freigelassener Hase."

„In Ordnung; ich dachte nur, dass es Euch vielleicht beleidigen würde, wenn Ihr meine Versuche mich zu erleichtern beobachten müsstet."

Sie errötete und das amüsierte ihn wahrscheinlich. Sie ließ ihm seine Privatsphäre und als sie zurückkam, machte sie genug Krach, um sicherzustellen, dass er sie kommen hörte und er lag schon wieder brav auf seiner Trage und hatte die Augen geschlossen.

Kurz danach kamen die anderen – etwa ein Dutzend schottischer Abtrünniger, die erregt und blutrünstig waren. Sie hatten die Gefangenen von Bowden mit Sir Guy an ihrer Spitze dabei. Er hatte einen Schnitt an seiner Wange und seine Augen glühten vor Zorn.

Selbst als Gefangener stand ihm die Mordlust in seinem dunklen Blick und flößte ihr Angst ein.

Sie schluckte und schaute weg. Als sie die blutrünstigen Gesichter ihrer Landsleute betrachtete, sah sie, dass Holden Recht gehabt hatte hinsichtlich der möglichen Gefahr, dass sie Fanatiker werden könnten. Aber für einen Rückzieher war es jetzt zu spät. Die Räder der Vergeltung waren in Bewegung gesetzt worden.

# KAPITEL 7

Garth de Ware strich sich nervös über seinen Oberlippenbart. Er hätte gar nicht kommen oder sich jemals der Truppe seines Bruders anschließen sollen. Außerdem hätte er nicht auf Holden hören sollen, der sich weigerte zu akzeptieren, dass sein kleiner Halbbruder sich der Kirche statt des Schlachtfelds verschrieben hatte. Aber nein, Holden hatte darauf bestanden, dass er ein letztes großes Abenteuer erleben sollte, bevor er sich entschied Mönch zu werden. Garth hatte ihm geglaubt.

Und siehe da, was war passiert?

Es stimmte, dass alles zuerst überraschend gut funktioniert hatte. Die Schotten schienen Garths Sinn für Gerechtigkeit zu schätzen. Er achtete darauf, dass er sie mit Respekt behandelte. Er war sogar eine Freundschaft mit dem Verwalter Malcolm eingegangen. Er hatte angefangen zu glauben, dass er die Verantwortung für eine Domäne tragen könnte.

Bis jetzt. Nun war überzeugt, dass er Recht gehabt hatte, seine Unternehmungen bislang auf das Kloster zu beschränken.

Vor der Burg hielt Cambria Gavin seinem Bruder einen Dolch an die Kehle. Von Garths Aussichtspunkt auf der Mauer sah Holden, der von zwei Männern gestützt werden musste, so schwach aus wie eine Frau. Ein Dutzend wild aussehender Schotten hielten außerdem eine Hand voll von Holden besten Rittern als Geiseln und sie stellten unverschämte Forderungen. Garth sollte sich zusammen mit den anderen Engländern auf der Burg diesem Mädchen ergeben.

Neben ihm fluchte Malcolm leise. Garth schüttelte den Kopf. Wie war das Mädchen entkommen? Wie hatte sie es geschafft, dass eine ganze Truppe von Kriegern ihr folgte? Und wie hatte sie Holden, seinen mutigen, mächtigen und unbesiegten Bruder in ihre Gewalt gebracht? Er schlug mit der Faust auf eine Zinne. Bei Gott, sein Bruder war in der Gewalt einer Frau. Es war abscheulich.

Er wusste mit Sicherheit, dass Holden der Entscheidung nicht zustimmen würde, die er im Begriff war zu treffen, aber er musste so handeln. Zugegebenermaßen hatte Garth nicht die Härte, für die die älteren de Wares berühmt berüchtigt waren. Er hatte Mitleid mit Holden angesichts seiner Hilflosigkeit. Er betete nur, dass sein Bruder ihm irgendwie seine Schwäche verzeihen würde.

Widerwillig erlaubte er den Schotten Zutritt zur Burg.

Holden wurde auf einer Trage gebracht und Garth kämpfte gegen den fast unwiderstehlichen Instinkt zu seinem Bruder zu laufen. Oh Gott, er war so blass wie Pergament. Vielleicht lag er im Sterben.

„Holden", hauchte er und seine Stimme brach.

„Er wird wieder gesund", sagte das schottische Mädchen recht optimistisch.

Dann schaute er zu ihr – zu dem selbstgefälligen Gavin-

Biest, das es gewagt hatte, den Wolf zu wecken – und das de Ware Blut in ihm begann zu kochen. Verdammtes *Ihr sollt nicht töten* – er musste sich zusammenreißen, dass er nicht sein Schwert zog und dem Weib den Kopf abschlug.

Er streckte sich zu voller Größe, wobei er sich unbewusst wie Holden verhielt. Dann sprach er sie direkt mit unnachgiebiger Stimme an: „Was habt Ihr mit ihm gemacht?"

Das Mädchen blinzelte und war einen Augenblick lang von seinem veränderten Verhalten offensichtlich überrascht.

„Ich habe ihm das Leben gerettet", antwortete sie und rieb sich über den blauen Fleck auf ihrer Wange, „trotz seiner Entschlossenheit, sich meiner Fürsorge zu entziehen."

„Und was habt Ihr vor?", fragte er. Aus dem Augenwinkel sah er, wie es seinen Männern in den Fingern juckte, ihre aufgegebenen Waffen gegen diese Barbaren wieder aufzunehmen.

„Ihr werdet entweder den Lehenseid als Ritter vor mir leisten", erklärte sie ihm, „oder Ihr geht nach unten in den Kerker."

Garth machte sich nicht die Mühe, sich mit seinen Rittern zu beraten. Kühn streckte er die Arme nach vorn, um sich Fesseln anlegen zu lassen und seine Männer ahmten die Geste nach. Sie würden alle lieber in einer feuchten Zelle sterben als sich einem schottischen Mädchen zu unterwerfen.

Cambria schürzte die Lippen. Sture Engländer. Sie hätte diese starken Arme für die anstehende Schlacht gut gebrauchen können, aber sie wusste genau, dass sie an ihrer Stelle ebenso gehandelt hätte. Mit einem frustrierten Seufzen befahl sie, dass die Männer nach unten gebracht werden sollten.

Holden fesselte sie jedoch an das Bett im Zimmer ihres Vaters, das neben ihrem lag. Dort könnte sie seinen Verband wechseln und sich um seine Mahlzeiten kümmern. Er war eine zu wertvolle Geisel, als dass man ihn in den Kerker werfen könnte, wo er einer Krankheit zum Opfer fallen könnte. Er war wahrscheinlich einer von Edwards Günstlingen. Es wäre dumm, den Zorn des englischen Königs zu erregen, indem man einen seiner geliebten Vasallen schlecht behandelte.

Das war die Erklärung, die sie den Schotten gab, aber sie war weit von der Wahrheit entfernt. In Wahrheit konnte sie Holden nicht sterben lassen. Ob es daran lag, dass sie so viel durchgemacht hatte, um ihn zu retten oder an ihrer Bewunderung seines Mutes oder nur, weil ihr Herz raste, wenn sie seinem Blick begegnete. Sie wusste, dass sie es nicht zulassen konnte, dass ihm etwas zu Leide getan wurde. Sie betete nur, dass wenn der englische König kam um um das Leben des Wolfes verhandeln, er nicht merken würde, dass sie nur leere Drohungen ausstieß.

Selbst nach einer Woche fühlte sich Cambria nicht, als wenn sie nach Hause gekommen wäre. Blackhaugh hatte sich während ihrer Abwesenheit unwiderruflich verändert. Zu ihrem Leidwesen hatten die Gavins sich schnell daran gewöhnt, unter englischer Herrschaft leben. Sogar Malcolm war wegen ihrer Handlungen verärgert und weigerte sich mit ihr zu sprechen und er beantwortete ihre Fragen nur mit einem einsilbigen und offiziellen: „Aye, Mylady" oder „nay, Mylady". Er hatte kein Interesse, etwas über ihre wagemutige Flucht zu hören und er betrachtete sie mit barscher Missbilligung – ein Gefühl, das viele im Clan teilten. Sie spürte ihren kühlen Widerwillen wegen ihrer Einmischung, als wäre sie ein Außenstehender. Es fühlte sich an, als wenn ihr Clan außerhalb ihrer Kontrolle auseinandergestoben wäre wie die Samen des Geißbartes in einem englischen Wind.

Sie rieb sich die Augen und setzte sich auf den Bettrand, wobei sie ihre Faust in den Schmerz in ihrem Nacken legte. Sie war erschöpft. Es war ja nicht, als wenn sie nicht als Führungskraft ausgebildet worden wäre. Sie wusste, was ihre Pflichten als *Laird* waren. Der Clan war wie eine Familie von Kindern, hatte ihr Vater ihr erzählt. Kinder, die zu ihrem *Laird* wegen Führung, Disziplin und Gerechtigkeit blickten, aber im Augenblick erschien diese Verantwortung überwältigend zu sein.

Ein plötzliches Klopfen an ihrer Tür zwang sie, ihre müden Schultern wiederaufzurichten.

„Herein", rief sie.

Ein Diener stürzte in das Zimmer. „Mylady, Ihr müsst kommen. Auf dem Übungsfeld ist eine Schlägerei im Gang!"

„Wer?", fragte sie und stand auf.

„Robbie", fing der Diener an, „er hat gesagt ..."

„Was?"

Der Junge schaute sich argwöhnisch um, um sicherzustellen, dass sie allein waren. „Er hat gesagt, dass Ihr mit dem Engländer kuschelt, dass Ihr ..."

„Dass ich was?", fragte sie und spürte, wie der Zorn in ihr aufstieg.

„Dass ihr ... ihn von vorne bis hinten bedient wie eine ..."

Das Wort war offensichtlich zu geschmacklos, als dass der Diener es wiederholen wollte.

Hitze stieg in Cambria auf und sie nahm das Schwert ihres Vaters von der Wand und stürmte aus dem Zimmer.

Auf dem Übungsplatz war Chaos ausgebrochen. Die Männer kämpften gegeneinander und ihre Schwerter verursachten die eine oder andere Wunde und Blut spritzte auf die glänzenden Rüstungen. Sie schrien einander Beleidigungen zu, Stroh und Staub wirbelte bei ihrem Kampf auf. Ohne zu zögern warf sie sich dazwischen und konfrontierte Robbie mit gezogenem Schwert. Einer nach dem anderen hörte auf zu kämpfen.

„Was für ein böses Gerücht wolltet Ihr in die Welt setzen, Robbie?", fragte sie.

Robbie war sprachlos und offensichtlich überrascht von der Nähe ihres Schwertes.

Sir Douglas, der Mann, gegen den er kämpfte, hatte dieses Problem nicht. „Ich werde Euch verteidigen, Mylady, habt keine Angst", rief er und war bereit für sie gegen Robbies Vorwürfe einzutreten.

„Mich gegen was verteidigen?", fragte sie nach und hatte ihren Blick auf Robbie gerichtet.

Douglas wollte nicht antworten.

Aber Robbie fand seine Stimme wieder. „Ihr haltet Euch diesen englischen Mistkerl als Schoßhund, während sich ganz Schottland auf Krieg vorbereitet!", bellte er.

Mit einer schnellen Bewegung schlug sie sein Schwert beiseite, wobei sie ihn auf dem falschen Fuß erwischte und sie hob ihre eigene Klinge an seine Brust. „Ich halte ihn als Geisel", sagte sie mit trügerisch leiser Stimme. „Habt Ihr eine Ahnung, was Edward uns antut, wenn wir auch nur ein Haar auf seinem Kopf krümmen?"

„Soll Edward doch kommen!", rief Robbie und versuchte sich die Unterstützung der anderen zu sichern. „Wir werden ihm die Macht der Löwen des Nordens zeigen!"

In einem kurzen lichten Augenblick wurde Cambria klar, was ihr Vater die ganze Zeit gewusst hatte – Schottland war zu schwach, diesen Krieg auf dem Schlachtfeld zu gewinnen. Robbie und die anderen waren so sehr von ihrem Eifer geblendet, dass sie die Möglichkeit einer Niederlage gar nicht in Betracht zogen. Der Gavin – die Menschen und das Land – nur diese zählten und nicht die Politik im weit entfernten London. Plötzlich spürte sie, dass Stolz und der Schutz dieser Werte wichtiger war als alles andere.

„Ich werde es nicht zulassen, dass die Gavins für Eure Sache abgeschlachtet werden", erklärte sie.

„Werdet Ihr dann also auf der Seite der Engländer ... gegen uns ... gegen mich kämpfen?", fragte Robbie ungläubig.

„Ich werde Blackhaugh niemals im Stich lassen. Und Ihr? Schon wieder?", fragte sie und hob eine Augenbraue.

Er wurde knallrot. „Ich habe nicht ..."

„Ihr habt meinen Vater verlassen, als er Euch gebraucht hat!", rief sie.

Ohne Warnung kam der Schmerz der grausamen Tragödie um den Tod ihres Vaters, den sie bislang unterdrückt hatte, ans Tageslicht. Der Schmerz war so heftig und angesichts ihrer Leidenschaft weiteten sich Robbies Augen, während sie ihr Schwert nur wenige Zoll von seinem Herz entfernt hielt.

„Ihr habt ihn im Stich gelassen als er für den Gavin starb und doch habe ich Euch wieder auf Blackhaugh aufgenommen. Ich habe Euch aus den Händen des Feindes befreit und dies ist ..."

„Und jetzt liefert Ihr mich dem Feind wieder aus? Nay, Cam! Ich werde nicht unter der Herrschaft Edwards leben ..."

„Dann geht!" Sie zeigte barsch die Richtung mit ihrem Schwert an. „Verlasst Blackhaugh und nehmt die mit, die Euch unterstützen! Aber passt auf, dass Ihr nicht noch einmal zurückkommt, denn wenn Ihr es tut, werde ich dem Rat meines Vaters folgen und Euch als Verräter benennen!"

Robbie nahm sein Schwert wieder auf und schaute sie finster an. „Männer!", rief er. „Wir sind hier nicht mehr willkommen. Wir wollen uns mit den echten Schotten in ihrem edlen Krieg verbünden!"

Obwohl kein Mann es wagte zu antworten, folgten alle Abtrünnigen Robbie, als er den Übungsplatz verließ.

Als sie weg waren, blieben nur noch eine Hand voll Männer. Cambria hielt eine Ansprache vor den wenigen Getreuen mit einem Kloß in ihrem Hals und einer Zuversicht, die sie nicht spürte.

„Mein Vater verstand, dass wenn alles andere verloren ist, nur die Menschen und das Land überleben. Herrscher werden gestürzt und Schlachten geschlagen, aber die Menschen und das Land bleiben bestehen. Ich will für Blackhaugh kämpfen, aber nicht indem ich Krieg führe. Lord Holden de Ware ist eine wertvolle Geisel. Wir werden ihn so lange wie nötig behalten um sicherzustellen, dass wir dieses Land im Namen des Gavin behalten, so wie es mein Vater vorgehabt hatte."

Die Ritter nickten zustimmend und einer nach dem andern kniete sich vor sie um seinen Lehenseid zu erneuern. Diese Geste bewegte sie und mit verzweifelter

Hoffnung nahm sie jeden Schwur an und betete, dass sie die Männer nicht zu ihrem Tod verdammte.

Eine Stunde später beobachtete Cambria, wie Robbie und die ihn unterstützenden Gavin-Männer aus ihrem Leben in die Dunkelheit des Waldes verschwanden. Tief traurig runzelte sie die Stirn als sie daran dachte, dass sie die Männer wahrscheinlich nie wiedersehen würde – Männer, mit denen sie aufgewachsen war, Gavins, die ihren Clan-Namen im Namen Schottlands aufgegeben hatten.

In dieser Nacht würde sie schlecht schlafen angesichts der Tatsache, dass die Rebellen weg waren und die Burg so schlecht verteidigt wurde. Es war schon fast Mitternacht, als sie die Treppe zu ihrem Zimmer erklomm und einen kurzen Umweg machte, um nach ihrem Gefangenen zu sehen.

Das Feuer flackerte leicht in der Stille des Zimmers und neben dem tiefen, gleichmäßigen Atmen des verwundeten Mannes auf dem Bett war nur das leise Knistern des Feuers zu hören.

„Ihr sollt verflucht sein, Robbie", sagte sie und stocherte in der Glut im Kamin. Sie stellte den Feuerhaken beiseite und seufzte, während sie Holdens schlafende Gestalt betrachtete. „Und Euer schwaches englisches Blut soll auch verdammt sein."

Trotz all der Fürsorge, die sie und der Arzt von Blackhaugh der Geisel hatten zukommen lassen, indem sie seinen Verband täglich wechselten, ihm die Stirn abtupften und ihn mit kräftigen Eintöpfen fütterten – und trotz der scheinbaren Heilung seiner Wunde, schien es ihm nicht besser zu gehen.

Vielleicht hatte sein schwindender Lebenswille dafür gesorgt, dass er kaum wach war. Dies machte ihr große

Sorgen. Sie sagte sich, dass der Grund dafür war, dass sein verschlechterter Zustand ihre Hoffnung zerstören würde, ihn als Geisel benutzen zu können, aber in ihrem Herzen wusste sie, dass es viel mehr war als das.

Sie hatte ihm das Leben gerettet und das hatte eine Verbindung zwischen ihnen geschmiedet. Jetzt fühlte sie sich für ihn verantwortlich, aber wie könnte sie ihr Gefühl für diesen Mann, der ihr geschworener Feind und der Mörder ihres Vaters war, rechtfertigen? Jedes Mal, wenn sie an ihn dachte, musste sie schneller atmen. Dies lag nicht nur an seiner herrlichen, breiten Kriegerbrust, den sinnlichen Bewegungen seiner Lippen, wenn er im Schlaf sprach und der Kraft seiner muskulösen Arme, die auf dem Bett ausgestreckt lagen, sondern vor allem an seinem Charakter – der Loyalität und dem Vertrauen und der Wertschätzung, die er allen um ihn herum, sowohl seinen Männern als auch ihrem Clan, entgegenbrachte.

Der Konflikt zerrte an ihrem Herz. Durch eine grausame Laune des Schicksals hatte sich ihre Bewunderung für ihren Feind als ihre Achilles Ferse herausgestellt. Es fiel ihr immer schwerer das Bild ihres sterbenden Vaters mit dem edlen, tragischen Gesicht auf dem Kissen auf diesem Bett zu verbinden.

Sie setzte sich an den Fuß des Bettes und starrte in das Feuer.

Was sollte sie tun? Die Rebellen hatten sie erneut im Stich gelassen. Malcolm weigerte sich mit ihr zu sprechen. Der englische Lord überlebte vielleicht nicht und nicht nur versetzte dieser Gedanke ihr einen Stich ins Herz, sondern dies bedeutete auch, dass der Zorn des Königs sich über ihren Clan ergießen würde. Noch nie hatte sie die Weisheit ihres Vaters so sehr gebraucht.

Sie saß dort sehr nachdenklich und faltete die Finger in ihrem Schoß und war so mit sich selbst beschäftigt, dass sie gar nicht merkte, dass der Mann hinter ihr aufgewacht war und sie schweigend mit zusammen gekniffenen Augen anstarrte.

Holden spürte das Seil um seine Handgelenke. Sofort brauste er auf, bis sein Verstand ihn daran erinnerte, in welcher Lage er sich befand. Er blieb ruhig.

Am Fuß des Bettes saß seine Fängerin. Sie wirkte so klein, verletzbar und vom Licht des Feuers beleuchtet sah sie so aus als hätte sie den Verrat an ihm nicht begehen können. Er erinnerte sich nur an wenige Ausschnitte ihrer Reise – der grobe Transport auf der Trage, ihre vorsichtige Behandlung seiner Wunde und das kühle Wasser, das schließlich das Feuer in seinem Körper gelöscht hatte. Dieser liebliche Feind, der sich so rührend um ihn gekümmert hatte wie eine Nonne, faszinierte ihn, aber er wusste, dass er alles in seiner Macht stehende tun musste, um von ihr zu fliehen.

Während er sie beobachtete, fingen die Schultern der jungen Frau an zu beben und sie senkte ihren Kopf. Verflucht, sie weinte. Das Geräusch ihrer leisen Schluchzer zerrte an seinem Herz.

Es war natürlich verständlich, dass sie weinte. Mit einem Schicksalsschlag hatte die Dame ihren Vater, ihren Clan und ihr Land verloren, aber sie hatte die Hände nicht in den Schoß gelegt und nichts getan. Sie hatte zurückgekämpft, hatte ihn herausgefordert, seinen Rittern getrotzt und ihr Leben riskiert um ihre Leute zu retten. Sie war eine außerordentliche Frau, welche die Last ihres Clans wie eine Rüstung still auf ihren Schultern trug und ihrer Trauer nur hinter verschlossenen Türen freien Lauf ließ.

Schade, dass sie der Feind war.

Ein Klopfen an der Tür unterbrach seine Gedanken und Cambrias Tränen. Er schloss die Augen als sie aufstand und eine Antwort murmelte. Als er sie wieder öffnete war sie weg.

Vor Morgengrauen wurde Cambria von einem unheimlichen Gebrüll geweckt. Ihr Gefangener. Sie nahm ihren Dolch und eine Fackel und eilte den Flur entlang durch die Tür an sein Bett.

Holden schien Visionen zu haben. Er schlug wie verrückt von einer Seite auf die andere, um einem Feind in seiner Einbildung zu entkommen und er schrie vor Entsetzen.

„Schneidet mich los! Es kommt! Es kommt um mich zu holen! Im Namen Gottes, schneidet mich los!"

Er zog wild an den Seilen um seine Handgelenke und sie versuchte ihn mit leisen Worten zu beruhigen, aber er zog immer noch an seinen Fesseln. Bei Gott, seine Schreie würden die ganze Burg wecken! Sie musste etwas unternehmen. Ein mitleidiges Stöhnen entwich ihr, als sie die Fackel in eine Halterung steckte. Dann schnitt sie seine Fesseln schnell mit ihrem Dolch durch.

In dem Augenblick, als sie das letzte Seil durchgeschnitten hatte, wurden seine schwachen Finger plötzlich recht kräftig. Er drückte ihr Handgelenk, bis sie ihren Dolch fallen ließ. Bevor sie wusste, was passierte, hatte er das Messer in einer Hand und seine andere Hand hatte sich in ihrem Haar verheddert.

Seine Kraft war offensichtlich zurückgekehrt. Er drehte ihren Körper, sodass sie schutzlos unter ihm lag. Die Spitze seiner Klinge drückte gegen ihre Halsschlagader. Sie keuchte vor Schmerz und Überraschung und Scham, während seine grünen Augen siegreich funkelten.

„Ihr habt mich getäuscht", flüsterte sie erschrocken. Zu denken, dass sie wegen seiner Gesundheit besorgt gewesen war! Der Kerl war so stark wie ein Ochse.

„Gebt mir nicht die Schuld für Eure Torheit, Mylady", antwortete er ruhig. „Wo sind Garth und die anderen?"

Sie kniff die Augen zusammen. „Ich würde eher sterben als es Euch zu erzählen." Dann schaute sie ihn zweifelnd an. „Außerdem werdet Ihr mich nicht töten."

Zorn flackerte kurz in seinen Augen auf. „Das glaubt Ihr nach all den Problemen, die Ihr mir gemacht habt?"

Sie zuckte zusammen, als sein Griff fester wurde. „Ihr braucht mich lebendig, um … um zu flüchten."

„Lebendig, aber nicht unbedingt unberührt."

Holden ließ seinen Blick anzüglich über ihre verführerische Gestalt schweifen und wollte sie absichtlich verunsichern. Er kannte jetzt ihren Schwachpunkt und obwohl es gegen seine Grundsätze ging, die Schwächen einer Frau auszunutzen, hatte sich diese Frau in keinster Weise als schwach erwiesen. Er musste sie gründlich entwaffnen.

Ihre Augen weiteten sich, als er den Dolch quälend langsam an der Vorderseite ihres Unterkleides zwischen ihren blassen Brüsten und an ihren Rippen und ihrem Unterleib vorbei zu ihrem weiblichen Hügel führte. Sie atmete zischend ein, als er die flache Seite der kalten Klinge plötzlich und intim zwischen ihre entblößten Oberschenkel drückte.

Trotz seines aufsteigenden Verlangens sprach er gleichmäßig und sein Blick brannte wie eine stetige

Flamme in ihren nervös umherschweifen Augen. „Ich habe noch einen Dolch, den ich hier gerne ziehen würde." Er ließ seine Worte sacken. „Und wo genau ist Garth jetzt?"

Dieses Mal zögerte sie nicht. „Im Kerker."

Er zog den Dolch weg von ihr und setzte sich dann auf, wobei er ein Knie leicht auf ihre Brust setzte, um sie unten zu halten. Er spürte kurz einen scharfen Schmerz, als er seinen Wappenrock vom Haken an der Wand nahm und ihn über seinen Kopf zog. Er hatte seine Muskulatur schon seit einigen Tagen trainiert. Obwohl er Schwäche vorgetäuscht hatte, spürte er von seiner Verletzung nur noch einen dumpfen Schmerz und ein gelegentliches Ziehen. In ein oder zwei Tagen würde sein Körper wieder seine frühere Stärke erreicht haben.

„Wir gehen jetzt", sagte er, legte ihr die Klinge wieder an die Kehle und brachte sie dazu aufzustehen. Er drehte ihr den Arm nach hinten und schob sie zur Tür. Sie fühlte sich in seinem Griff so zart an wie der Flügel eines Spatzen, aber er wusste es besser. Dieser Spatz war schon weit mit ihm geflogen.

Einmal versuchte sie um Hilfe zu rufen, als sie langsam die Treppe hinuntergingen. Aber sein Dolch reagierte so schnell auf ihr Einatmen, dass der Ton unterdrückt wurde, bevor er überhaupt begonnen wurde.

In der Halle befand sich nur eine müde Dienerin, die bei ihrer Arbeit hin und her lief und sie nicht beachtete, als sie an der Wand entlang zum Treppenabgang in den Kerker schlichen. Er zwang sie, die nassen, glitschigen Treppen mit nackten Füßen hinunter zu gehen und sie stützte sich auf ihn, weil sie Angst hatte, dass er auf dem unebenen Boden stolpern könnte und sie mit seiner Klinge aufspießen würde. Aber er war sicher auf den Beinen und schaffte es, sie beide aufrecht zu halten und nicht ein Tropfen ihres Blutes wurde vergossen.

Unten saß der Kerkermeister von Blackhaugh und döste auf einem Schemel. Als er sie hörte, schoss er auf die Füße und blickte verdutzt von einem zum anderen.

„Die Schlüssel", sagte Holden und nickte zur Wand.

„Die Schlüssel", wiederholte der Kerkermeister und kratzte sich verwirrt am Kopf angesichts Cambrias finsteren Blickes.

Der Bedienstete, der mit offenem Mund dastand, zögerte und dachte über die Konsequenzen nach, wenn er einem der Herrschaften nicht gehorchte. Schließlich überschattete Holdens Zorn offensichtlich den des Gavin-*Lairds*. Schulterzuckend holte der Kerkermeister den Schlüsselring von der Wand.

Holden nickte in Richtung einer langen Reihe von Zellen. „Befreit meinen Bruder und seine Männer."

Der Kerkermeister atmete zischend durch und tat, was ihm befohlen worden war. „Aye, Mylord."

Garth und seine Ritter kamen aus ihrem engen Quartier mit einem erfreuten Grinsen auf den Gesichtern. Sie schienen unter ihrem kurzen Aufenthalt im Kerker nicht sonderlich gelitten zu haben und schauten Cambria unverhohlen triumphierend an.

„Geht es Euch gut?", fragte ihn Garth und die Heldenverehrung war offensichtlich in seinen Augen. „Ich dachte, Ihr wärt ... ich wusste, dass sie keine Chance gegen Euch hätten."

Cambria wandte sich in stillem Protest bei der Beleidigung. Holden erneuerte seinen Griff an ihrem Arm und drückte den Stahl fest an ihren Hals zur Erinnerung.

„Die Waffenkammer", wies er seinen Bruder an.

Garth führte sie dorthin. Die Waffenkammer war mit Breitschwertern, Dolchen und verschiedenen anderen Waffen bestückt und während sich die de Ware Ritter großzügig bedienten, hielt Holden eine Ansprache an sie.

„Wir ziehen nicht in die Schlacht, sondern wollen Frieden stiften", sagte er. „Die Gavins werden uns nichts tun, während wir ihren *Laird* in unserer Gewalt haben. Benutzt die Waffen nur zur Verteidigung."

Er hielt einen Augenblick inne und nahm Cambrias Kinn zwischen seinen Daumen und Zeigefinger. „Ich habe einen Vorschlag für die Schotten, der vielleicht sicherstellt, dass es kein Blutvergießen mehr gibt."

In ihrem harten Blick war Trotz zu sehen und ihre zarten Nasenflügel flatterten vor Entrüstung. Sie errötete und ihre Lippen waren so fest zusammengepresst, dass sie eine unnachgiebige Linie bildeten. Er schaute sie neugierig an und überlegte einen Augenblick lang, ob das was er tat, wirklich weise war. Dann ließ er ihr Kinn los und atmete entschlossen durch.

Dieses Mal sah die Dienerin sie, als sie die Halle betraten und als sie bemerkte, dass ihre Herrin von einer ganzen Truppe schwer bewaffneter Männer gefangen genommen worden war, ließ sie den Wasserkessel fallen und rannte jammernd aus dem Zimmer. Wenige Augenblicke später war die Halle voller Gavin-Ritter, die gerade erst aufgestanden waren und nur wenige Waffen trugen. Es waren weniger als ein Dutzend.

Holden flüsterte Cambria zu. „Sind das alle Männer, die noch da sind?"

„Aye", fauchte sie.

Hörte er Trostlosigkeit in ihrer Stimme?

Er nahm sich Zeit und musterte den Wert eines jeden

der Gavin-Männer sorgfältig, bevor er sprach. „Ihr", sagte er zu dem finster dreinblickenden alten, grauhaarigen Herrn, der vorne stand. „Ihr *müsst* der Verwalter sein."

Mit finsterem Blick und eine Hand an seinem Schwertgriff trat der Mann vor. „Das bin ich."

Cambria schaute Holden scharf an und er beantwortete ihre stille Frage und murmelte. „Es ist offensichtlich. Er ist derjenige, der mich am ehesten töten will."

Er musterte den Verwalter genau. Der mürrische alte Bär sah aus wie ein Mann, der sein Wort hielt. Seine Loyalität seinem *Laird* gegenüber stand außer Frage.

„Sir ...?"

"Malcolm", war die barsche Antwort.

„Sir Malcolm", befahl er. „Kommt mit mir und Ihr auch, Garth." Zu den anderen sagte er: „Versucht keinen Hinterhalt und dann werde ich Eurer Dame auch nichts zuleide tun. Ich möchte nur mit ihr allein sprechen."

Unbehaglich schauten sich die Schotten an und Malcolm erklärte. „Privat sprechen. Das hat Euer Mann zu Angus Gavin gesagt, kurz bevor er unseren guten *Laird* getötet hat."

Holden blickte finster. „Mein Mann? Roger Fitzroi?" Obwohl diese Offenbarung an sich Roger nicht verurteilte, warf sie doch einen Schatten auf die Geschichte, die Roger erzählt hatte. Er nickte zustimmend. „Dann wollen wir in gutem Glauben unsere Waffen ablegen."

Garth legte sein Schwert beiseite und Holden ließ den Dolch fallen, legte dafür aber einen Arm um Cambrias Hals. Seine Botschaft war deutlich. Er könnte sie genauso leicht mit bloßen Händen töten. Natürlich würde er einer Frau niemals etwas zuleide tun, aber die Männer von Blackhaugh wussten das ja nicht.

Malcolm schaute seine Ritter an, um sich ihrer Zusammenarbeit zu versichern und legte sein Schwert ab. Dann zog er sich mit den anderen in das angrenzende Zimmer zurück.

Dort lockerte Holden seinen Griff an Cambria ein wenig.

„Erstens, Sir Malcolm, ich vermute, dass in der Tat ein Verbrechen vorliegt, dass Euer guter *Laird* ermordet wurde", erklärte er im Vertrauen. „Roger Fitzroi hat des Öfteren seine Autorität überschritten. Dafür bitte ich ergebenst um Verzeihung."

Malcolm hielt seinen Blick über lange Zeit und nickte dann. „Mylord, ich glaube, ich habe die ganze Zeit gewusst, dass die de Wares auf einen solchen Verrat nicht zurückgreifen würden."

Cambria wandte ihren Kopf überrascht zu dem Verwalter. „Was wollt Ihr ...?"

Holden bremste sie mit einem warnenden Druck seines Unterarms. „Zweitens hoffe ich, dass Ihr versteht, Sir, dass es nicht meine Gewohnheit ist, Frauen als Geiseln anzunehmen. Ich würde sie viel lieber freilassen und schwören lassen, keinen Verrat zu begehen, aber ihr Wort hat sich als wertlos herausgestellt."

„Ich habe noch nie mein Wort gebrochen!", stritt Cambria.

Zweifelnd hob er eine Augenbraue.

Sie wandte ihren Blick ab. „Ich habe keinen Fluchtversuch unternommen, als Ihr abwesend wart."

Er starrte auf ihren Kopf in grimmiger Amüsiertheit. „Ich werde daran denken müssen, dass ich die Worte für Eure Versprechen sorgfältig wähle. Dann schwört, dass Ihr keine Täuschung unternehmt und ich werde Euch loslassen."

Cambria schwieg stur.

„Kommt schon, Mädchen", lockte Malcolm. „Wir wollen das Blutvergießen jetzt beenden und zuhören, was der Engländer zu sagen hat."

Cambria wollte nicht hören, was Holden zu sagen hatte. Es waren sowieso nur Lügen, aber sie nahm an, dass sie den arroganten Mistkerl nicht davon abhalten könnte zu sprechen.

„In Ordnung", sagte sie missmutig.

Er ließ sie sofort los. Sie zuckte zusammen und rieb sich über die eingebildete Verletzung an ihrem Hals. Dann begann der Wolf in dem kleinen Zimmer auf und ab zu gehen, wobei er konzentriert nachdachte und hin und wieder mit der Hand auf den Eichentisch klopfte.

„Es gab schon viel zu viel Blutvergießen", sagte er. „Die Armee der Rebellen wird größer, aber Edwards Armee ist ihr bei weitem zahlenmäßig, an Geschick und Organisation überlegen. Die Engländer *werden* gewinnen."

Er wandte sich ab und zuckte zusammen, als ein Schmerzensstich durch seine Rippen ging, aber er winkte Garths Fürsorge ab. „Ihr müsst Euch für eine Seite entscheiden. Ganz gleich, welche Fehler in der Vergangenheit gemacht wurden, Ihr müsst Euch jetzt für eine Seite entscheiden. Ich kann Blackhaugh für unsere Leute erhalten, Eure und meine, aber nur mit Eurer Zusammenarbeit. Keiner von uns kann es sich leisten, in diesem Schachspiel die Türme hin und her zu schieben bis Edward oder die rebellischen Schotten kommen. Wir müssen uns jetzt auf den Krieg vorbereiten."

Garth hing an jedem Wort seines Bruders. Malcolm nickte langsam zustimmend. Nur Cambria starrte ihn ungläubig an. Das waren alles Lügen. Wie konnte Malcolm sich von Holdens hinterlistiger englischer Zunge vereinnahmen lassen?

Holden fuhr fort und sprach sie an. „Wenn England die Rebellion niedergeschlagen hat, Cambria, werdet Ihr englischem Gesetz unterstehen. Unter englischem Gesetz darf eine schottische Frau kein Eigentum besitzen. Scheinbar wusste Euer Vater dies nicht oder er wäre einen solch nutzlosen Handel niemals eingegangen. Im Wesentlichen hat er Euch machtlos zurückgelassen."

„Was?" Sie schaute ihn mit zusammen gekniffenen Augen an. „Das stimmt nicht."

Malcolm seufzte. „Er hat Recht, Mädchen. *Laird* Angus hatte ... Euer Vater hatte gehofft ... er hatte gedacht, dass Ihr eines Tages ... dass Ihr heiraten würdet, bevor ..."

„Nay." Ihr Herz zerrte sich vor Schmerz zusammen. Sie hatte ihrem Vater immer wieder gesagt, dass sie keine Absicht hatte zu heiraten. Hatte er wirklich geglaubt, dass sie ihre Meinung ändern würde?

Malcolm ergriff sie an der Schulter. „Er hatte angenommen, dass Ihr und Robbie ... aber dann ist Robbie weggegangen und ..."

„Robbie?" Sicher nicht Robbie. Er war wie ein Bruder. Sie schüttelte den Kopf. Das konnte nicht wahr sein. Das Land war seit hunderten von Jahren im Besitz ihrer Familie und konnte ihr nicht einfach genommen werden.

„Es tut mir leid", sagte Lord Holden. „Aber ganz gleich, welche Seite gewinnt, Blackhaugh wird nicht mehr in Eurer Hand bleiben. Die Engländer werden es nicht erlauben und die Schotten ..."

„Haben sich schon jetzt gegen mich gewandt", beendete sie seinen Satz bitter und zog ihre Schulter aus Malcolms Griff.

Sie schloss die Augen angesichts des Kummers. Ihre Hoffnungen wurden eine nach der anderen von diesem herrischen Eindringling zerstört. Schon bald würde sie gar nichts mehr haben.

Holden sprach leise: „Ich weiß nur von einer Möglichkeit, wie weiteres Blutvergießen verhindert werden kann, wie Frieden zwischen unseren Leuten garantiert werden kann und es für Euch möglich wäre Blackhaugh zu behalten."

Er wartete, bis sie seinen Blick zögerlich erwiderte.

„Werdet meine Frau."

# KAPITEL 8

**D**as Schweigen als Reaktion auf seinen Vorschlag wurde so bedeutungsschwer, dass es schon fast komisch war. Holden nahm an, dass es für die anderen ein Schock war, aber er hatte viel über die Idee nachgedacht, während er in den letzten paar Tagen im Bett lag. Für ihn war dies eine brillante Lösung.

Das Opfer wäre nicht so groß. Obwohl er schon bei vielen Weibern gelegen hatte, betrachtete sich Holden im Gegensatz zu seinem Bruder Duncan nicht als ein Romantiker. Dieser verfolgte Frauen, als wären sie sein heiliger Gral. Holden war ein erfolgreicher Krieger und hatte diesen Erfolg seiner umsichtigen Planung und seiner praktischen Art zu verdanken. Er hatte nicht die Absicht seine militärische Laufbahn aufzugeben, aber jetzt war er selbst ein Lord. Es war an der Zeit, dass er heiratete und eheliche Nachkommen bekam.

Seiner Meinung nach hatte er eine gesunde Einstellung zum Thema Ehe. Eine Ehefrau war weder eine Last noch ein Segen. Eine gute Ehefrau könnte so wertvoll wie ein guter Knappe sein. Sie repräsentierte den Mann, wenn er in den

Krieg zog, sorgte sie für das reibungslose Funktionieren seiner Burg und schenkte ihm Kinder.

Das könnte Cambria mit Sicherheit tun. Tatsächlich könnte sie sich als recht hilfreich erweisen, weil sie sich mit der schottischen Lebensweise besser auskannte als er. Ihre Verbindung wäre die perfekte Lösung für Frieden zwischen ihren Leuten.

König Edward würde der Ehe wahrscheinlich zustimmen, solange die Einzelheiten von Roger Fitzrois Tod vage blieben. Der König hatte Holden hinsichtlich der benötigten Taktik für ein Bündnis im Grenzland freie Hand gelassen und vertraute auf Holdens gutes Urteilsvermögen.

Natürlich hatte der wichtigste Grund für Holden Entscheidung nichts mit gutem Urteilsvermögen zu tun. Sie basierte weder auf Strategie noch praktischem Denken oder Ehre.

Er wollte Cambria einfach. In jeder Beziehung. Er wollte seinen Namen, seinen Tisch, sein Bett und seine Zukunft mit ihr teilen. Er wollte jeden Morgen neben der schottischen Fee aufwachen, die durch seine Träume geisterte.

Oh, sie würde gegen ihn kämpfen. Sie würde sich ihm die ganze Zeit widersetzen. Aber bis jetzt hatte er es immer geschafft ein Weib zu zähmen, wenn er sie einmal zwischen den Laken hatte. Und er beabsichtigte sie dort schon bald und sehr oft zu haben. Seine Lenden regten sich schon allein bei dem Gedanken. Er glaubte, dass er das anstehende Spiel so sehr genießen würde wie ein Lanzenstechen gegen einen würdigen Gegner.

Endlich unterbrach Garth das lange Schweigen und war entsetzt über Cambrias mangelnde Reaktion auf das mehr als großzügige Angebot. „Es muss noch einen anderen Weg geben", meinte er leise. „Jede andere Frau würde Euch willkommen heißen, Holden, und dankbar sein." Er warf Cambria einen scharfen Blick zu.

Cambria schaute so ungläubig, dass Holden fast laut lachen musste. Er war noch nie von einer Frau abgewiesen worden und es war ein seltsames Gefühl.

„Kommt jetzt, Garth", meinte er. „Wir wollen die Dame nicht bedrängen. Die Entscheidung liegt bei ihr."

„Ihr Mistkerl!", explodierte Cambria schließlich und ließ Malcolm und Garth zusammenzucken. „Glaubt Ihr, dass ich mich von einem verdammten Engländer heiraten lasse und bei ihm liegen würde? Eher würde ich sterben als ..."

„Cambria!", warf Malcolm ein und ergriff sie an der Schulter. „Hört mir zu!"

Lord Holdens Angebot hatte Vatergefühle in Malcolm geweckt. Er hatte sich jetzt schon seit Tagen über Cambria geärgert. Die rätselhafte Nachricht, die der Knappe ihm übergeben hatte, als sie waghalsig alleine weggegangen war um sich an Lord Holden zu rächen, hatte ihn verrückt gemacht vor Sorge.

Er war zu alt, um sich bei jedem ihrer Abenteuer zu sorgen. Er hatte bereits seinen besten Freund verloren. Er wollte nicht auch noch Angus Tochter verlieren. Er hatte um eine Lösung gebetet und sah sie jetzt in Lord Holdens Angebot. Er konnte sie bereits im Hochzeitskleid neben diesem gutaussehenden Lord stehen sehen, wie sie ihr Eheversprechen abgab und schwor, dass sie die Burg in den Händen der Gavins halten und sie an die vielen Kinder, die sie haben würden, vererben würde. Er konnte sich sogar vorstellen, wie Angus aus dem Himmel auf sie herab lächelte.

Er wollte verflucht sein, wenn er es zulassen würde, dass das sture Weib Spielchen mit der Zukunft des Clans um ihrer Eitelkeit willen spielte.

„Cambria", sagte er barsch, „Euer Vater wäre enttäuscht. Er hätte niemals sein Leben weggeworfen, wenn Blackhaugh auf dem Spiel gestanden hätte. Er hätte alles gegeben um sicherzustellen, dass ihr den Titel bekommt. Wollt Ihr das nun wegwerfen und um Eures Stolzes willen wäre sein Tod vergebens gewesen?"

Cambria legte ihre Hände an ihren Kopf. Ihre Gedanken schwirrten wie ein Spinnrad. Sie konnte kaum glauben, dass ein Mann ihres Clans sich gegen sie wandte und sie überlegte, mit welchem Gift die de Wares Malcolms Kopf infiziert hatten.

Der Gedanke an eine Ehe gefiel ihr so sehr wie Fesseln einem Falken. Malcolm wusste das. Der ganze Clan wusste es. Die Braut eines Mannes und dazu noch eines Feindes zu sein war entsetzlich. Sie war eher darauf vorbereitet vom Wolf hingerichtet zu werden als ihn zu heiraten.

Aber ein kleiner Teil in ihr wusste, dass dies die einzige vernünftige Lösung war. Es war die Art von Sache, die der *Laird* der Gavin getan hätte, indem er sich für das Wohl des Clans opferte. Sie spürte, wie ihr Widerstand schwand und ihre Möglichkeiten sich unweigerlich auf die eine reduzierten, die Lord Holden präsentiert hatte.

Sie sammelte sich und wandte sich schließlich zu Holden. „Was wollt Ihr damit erreichen? Ich bin kein Schwachkopf, de Ware. Das Schicksal meines ganzen Clans hängt von der Entscheidung ab, die ich hier treffe. Ich kann sehen, wie *sie* Vorteile von diesem Bündnis haben, aber was sind *Eure* Motive? Was habt Ihr vor? Wollt Ihr meinen Leuten falsches Vertrauen vorgaukeln und sie dann wie

Schafe abschlachten? Oder wollt Ihr mich in unserer Hochzeitsnacht ermorden und Blackhaugh an Euch reißen?"

„Ich könnte Blackhaugh schon jetzt übernehmen und Euch für den Mord an Sir Roger vor Gericht stellen", sagte er ruhig und gönnte ihr eine Pause. „Nay, meine Motive sind recht einfach – ich brauche eine Burg, Vorräte und loyale Soldaten für diese Schlacht und dieses ist die schnellste und effektivste Art und Weise, das zu erreichen."

„Ich verstehe."

Zumindest war er ehrlich, dachte sie. Brutal ehrlich. Obwohl sie es nur tief in ihrem Innersten zugeben wollte, ärgerten sie seine leichtfertigen Worte. Einen solchen Heiratsantrag hatte sie nicht erwartet. Bislang hatte ihr noch niemand den Hof gemacht, aber sie hatte sich immer vorgestellt, dass wenn die Zeit dafür kam, ein freundlicher, netter Schotte kommen und um ihre Hand anhalten würde. Sie würde natürlich ablehnen und er würde lernen müssen, sich damit zu begnügen, hinter ihr zu stehen, während sie den Clan regierte und er würde sie unterstützen, sie bewundern und so ergeben wie ein guter Hund sein.

Das war ihr Traum vor dem Tod ihres Vaters gewesen. Jetzt war dieser Traum weggeweht worden wie die Blätter in einem Wintersturm. Dieser Mann hatte nicht die Absicht hinter ihr zu stehen. Tatsächlich würde er wahrscheinlich darauf bestehen, sich *über* sie zu stellen.

Sie erschauderte vor Widerwillen, wenn sie nur daran dachte, aber welche andere Möglichkeit hatte sie? Langsam ging sie vor ihm auf und ab und wog ihre begrenzten Wahlmöglichkeiten ab, wobei sie sein Angebot einzig und allein als politischen Vorschlag betrachtete. Dann blieb sie stehen und hob eine Augenbraue. Wenn es nur eine politische Angelegenheit war ...

„In Ordnung", beschloss sie schließlich, „ich werde Euch heiraten, aber nur unter bestimmten Bedingungen."

„Ihr seid wohl kaum in einer Position, dass Ihr Bedingungen stellen könntet", erinnerte er sie und verschränkte seine Arme über der Brust.

Ihr Blick fiel auf den gestrafften Stoff seines Wappenrocks und in ihrem Kopf stieg ein Bild seiner perfekt geformten Brust, seinen mächtigen Schultern und dem festen Bauch darunter auf. Ihr Herz schlug schneller. Dies würde schwierig werden.

„Es wird zu meinen Bedingungen geschehen", brachte sie heraus, „oder überhaupt nicht."

Er musterte sie mit einem Blick, der ihre Gewänder, ihre Gedanken und ihre Seele zu durchdringen schien. „An welche Bedingungen habt Ihr gedacht?"

Sie konnte seinem Blick nicht begegnen. „Ich werde Euch heiraten, sofern die Ehe nicht vollzogen wird."

Malcolm und Garth keuchten gleichzeitig.

„Was?", explodierte Holden mit einem Lachen und streckte die Arme aus. „Ihr würdet vor Gott gegebene Versprechen ins Lächerliche ziehen? Ihr würdet mir meine ehelichen Rechte verwehren? Das wäre keine Ehe, Mylady – das wäre eine Farce!"

„Das sind meine Bedingungen", bestätigte sie, obwohl Malcolm sich beschämt abwendete. „Ihr braucht nur aye oder nay zu sagen."

„Nay", antwortete Holden.

Garth sah erfreut aus.

Sie verschluckte sich fast vor Überraschung. „Wie bitte?"

Sie wusste, dass kein Mann sich über Keuschheit freuen würde, aber sie hätte niemals geglaubt, dass er auf diesem

Aspekt ihrer Ehe bestehen würde. Es war doch schließlich nur ein Bündnis um ihrer beider Länder willen. „Zieht Ihr Euer Angebot dann zurück?"

„Nay", sagte er und strich sich nachdenklich über das Kinn. „Aber der Vertrag sollte folgendermaßen lauten: Die Ehe wird erst vollzogen, wenn die Braut dem zustimmt."

Sie schaute zu Garth, der plötzlich einen Hustenanfall bekommen hatte. Skeptisch dachte sie über Holdens Worte nach und trommelte mit den Fingern auf dem Tisch. „Habt Ihr vor mich zu schlagen bis sich zustimme?"

„Das wird nicht nötig sein", sagte er mit einer irritierenden Selbstsicherheit.

„Ihr scherzt", spottete sie und zwang sich, ihre Finger still zu halten. „Ihr wisst, dass ich niemals freiwillig in Euer Bett kommen werde."

Garth schien an seinem Husten zu ersticken.

„Ihr werdet in mein Bett kommen. Das ist der Ort, wo eine Ehefrau schläft", informierte Holden sie. „Aber während Ihr dort seid, werde ich meine ehelichen Rechte erst einfordern, wenn Ihr zustimmt und das schwöre ich vor Eurem Verwalter."

Malcolm schaute Holden so fasziniert an, als wenn er Cambria gerade den Mond versprochen hätte. Sie grinste. Wie gutgläubig Holden doch war. Offensichtlich hatte er keine Ahnung, was für einen starken Willen sie besaß.

„Abgemacht", stimmte sie zu.

Der Ehevertrag wurde aufgesetzt und unterschrieben. Die Siegel aus Wachs waren noch warm, als Holden Cambrias Arm ergriff und zu ihr allein sprach.

„Ich werde keine Untreue von Euch dulden."

Sie lächelte ihn überheblich an. „Ich kann Euch

versichern, dass ich kein Interesse an Euch oder einem anderen Mann in meinem Bett habe."

Er schmunzelte und verließ dann die Halle. Verwirrt starrte sie ihm hinterher.

Das Feuer mitten in der Halle knisterte und Funken flogen, während die drei Freunde sich leise unterhielten. Holden hatte Schmerzen an seiner Wunde und diese Unterhaltung war nicht dazu geeignet, seinen Schmerz zu lindern.

„Seid Ihr verrückt, Holden?", fauchte Sir Guy. „Was wird der König sagen? Was wird Euer Vater sagen?"

Er schlug seinem Mann auf die Schulter. „Ich kann Euch versichern, Guy, Edward wird es genial finden. Schließlich habe ich ihm eine Burg im Grenzgebiet gewonnen. Und mein Vater?" Er verzog den Mund zu einem reumütigen Grinsen. „Ich bin sicher, dass er zufrieden sein wird, dass ich nicht mehr auf seiner Burg Schwert schwingend herumlaufe. Nay. Am meisten fürchte ich den Zorn meiner Mutter, weil sie die Hochzeit nicht planen darf."

Guy schüttelte den Kopf. „Ich sage immer noch, dass es der reine Wahnsinn ist", knurrte er. „Das Weib ist gefährlich. Sie hat den letzten Mann ermordet, der Hand an sie ..."

Holden blickte ihn finster an und schaute dann zu Myles, der von einem Fuß auf den anderen trat. Die drei waren jetzt allein, aber immer noch schienen Holdens Männer zu zögern offen zu sprechen.

„Der letzte Mann, der was?", fragte er.

„Pah!", schnaubte Guy. „Seht Ihr denn nicht, wie das aussieht? Als wenn Ihr ... Euch den Schotten unterwerft."

„Vetter, *diese* Schotten sind unsere Verbündeten."

„Wie könnt Ihr das sagen, wenn das Weib", Guy zählte ihre Sünden an seinen Fingern ab, „Euch Geisel genommen hat, versucht hat Euch zu töten und Sir Roger ermordet hat ..."

Holden biss sich auf die Lippe, damit er nicht die Fassung verlor. „Sie hat mich Geisel genommen, weil das ein brillanter Plan war. Ich hätte es ebenso gemacht. Sie versuchte, mich zu töten, weil sie glaubte, dass ich den hinterhältigen Mord an ihrem Vater befohlen hatte. Und was den Mord an Sir Roger betrifft, hege ich einige Zweifel daran."

Myles blickte schuldbewusst hoch.

„Vielleicht könnt Ihr meine Zweifel zerstreuen?", schlug Holden vor.

Guy und Myles tauschten Blicke aus, zögerten jedoch zu sprechen, aber schließlich nickte Guy zustimmend.

Myles räusperte sich nervös. „Sir Guy hat die ganze Angelegenheit verpasst, Mylord. Er war betrunken und schnarchte auf dem Tisch. Ihn trifft keine Schuld."

Guy errötete beschämt, weil er seine Pflichten mehr als vernachlässigt hatte.

„Schuld für was?" Holden richtete sich auf und sein Interesse war nun geweckt.

„Und ich", stammelte Myles, „ich habe versucht ihn aufzuhalten, aber er hat den Hund auf mich gehetzt."

„Guy?"

„Nay, Roger," Myles schluckte. „Roger dachte, dass er ... wir alle ... er ist mit ihr nach oben gegangen und ..."

Sir Guy unterbrach ihn. „Roger hat sie vergewaltigt, Mylord."

Holden verspürte einen Stich in seinem Herz.

„Ich habe wirklich versucht ihn aufzuhalten", plapperte Myles. „Owen war völlig betrunken und sie führten sicherlich nichts Böses im Schilde."

„Er hat sie vergewaltigt?", fragte Holden mit ruhiger Stimme, die im Gegensatz zu dem Aufruhr stand, den er spürte. Kein Wunder, dass Cambria diese Bedingung in ihrem Ehevertrag gewollt hatte. Sie war schon einmal von einem englischen Ritter geschändet worden.

Guy murmelte: „Vielleicht hatte sie einen guten Grund, ihn zu töten – das weiß ich nicht – aber ich vermute, dass der König nicht sehr angetan davon sein wird, dass die Mörderin seines Familienmitglieds die nächste Lady de Ware wird."

„Und die Gavins werden nicht sehr erfreut sein, wenn wir ihren *Laird* hinrichten", fauchte Holden.

„Aye", stimmte Sir Guy zu und spuckte in das Feuer. „Es ist ein Dilemma, Mylord. Bei Gott, es wäre besser gewesen, wenn das Mädchen zu Beginn mit ihrem Vater getötet worden wäre."

Er konnte fast den Satz nicht zu Ende sprechen, weil Holden ihm so schnell an den Hals ging. Guy stand der Mund auf wie bei einem Fisch am Haken und Holden verstärkte seinen Griff und schaute ihn dabei finster an.

„Sagt so etwas nie wieder", flüsterte Holden. „Sie wird meine Frau und ob Ihr sie nun für einen Engel oder eine Hure haltet, Ihr werdet mit Respekt über sie sprechen. Versteht Ihr das?"

Guy nickte und röchelte.

Holden ließ ihn los und stolperte verwirrt rückwärts. Er starrte auf seine Hände und konnte nicht glauben, was sie getan hatten. Er knurrte eine Entschuldigung und marschierte dann aus der Halle in den Burghof.

Guy strich sich über den Hals um sicherzustellen, dass er noch ganz war.

Myles starrte mit offenem Mund hinter Holden her. „Bei den Knochen der Heiligen, was ist denn los mit ihm?"

Guy schüttelte den Kopf voller Widerwillen. „Er ist verliebt in sie", erklärte er Myles. „Ich würde mein Schwert darauf verwetten."

„Verliebt in sie?", echote Myles und konnte Holdens Zornausbruch immer noch nicht fassen.

„Nur Liebe könnte ihn so blind machen", knurrte Guy und strich sich über den Bart. „Ich hoffe nur, dass er seine acht Zoll in der Hochzeitsnacht in ihr stecken hat und nicht andersherum."

Katie klackte mit ihrer Zunge. Das Mädchen weigerte sich das Samtgewand anzuziehen, das sie in ihr Zimmer gebracht hatte. Es war so schade. Der Surcot war dunkelgrün und am Halsausschnitt und an den Ärmeln mit komplizierten goldenen Krenelierungen besetzt. Der Stoff war weich und von einer seltenen Qualität und Farbe, aber Cambria hatte das Gewand beiseite geworfen wie ein Stück schmutziges Leinen.

„Ich gehe nicht zu meinem Liebhaber", beharrte Cambria. „Ich möchte ihn nicht erfreuen, sondern die Sache nur hinter mich bringen."

Katie wrang ihre Hände und flehte ihre Herrin an. „Mylady, ich weiß sehr wohl, dass er Engländer und ein Feind ist, aber er meint es gut und scheint ein ehrenvoller Mann zu sein." Sie senkte ihre Stimme verschwörerisch. „Er sieht auch recht gut aus, Mylady. Ihr werdet wunderschöne Kinder machen."

Cambria erschauderte dramatisch. „Es ist mir einerlei, wenn er aussieht wie ein Adonis und ein Verhalten wie ein Heiliger an den Tag legt", erwiderte sie. „Ich beabsichtige meinen Protest klar und deutlich zu machen. Ich werde mich nicht anziehen, als würde ich zu einem fröhlichen Ereignis gehen. Eher kleide ich mich für meine Hinrichtung!"

Katie seufzte schwer. Es gab so viel, was Cambria nicht wusste. „Mädchen, es wird *heute Nacht* so viel besser laufen, wenn Ihr ihn heute *bei Tag* erfreut, wenn Ihr wisst, was ich meine", murmelte sie vertraulich.

Cambria lächelte selbstgefällig. „Das habe ich geregelt, Katie. Der Hochzeit habe ich zugestimmt, aber dem Beiliegen nicht."

„Oh, aye, das hat Malcolm erzählt." Sie lachte, als sie über das männliche Ungeheuer von einem Mann nachdachte, das Cambria im Begriff war zu heiraten. „Glaubt Ihr, dass er dem zustimmt?"

„Er hat dem *bereits* im Ehevertrag zugestimmt."

„Ach Cambria", keuchte Katie und schüttelte den Kopf, „was habt Ihr Euch nur eingebrockt? Er ist ein kluger Mann. Ich wette, dass das Versprechen länger auf dem Pergament als in der Praxis hält."

Bei dieser Bemerkung runzelte Cambria die Stirn und Katie hob kapitulierend ihre Hände. Vielleicht würde sie Malcolm vorbeischicken, dass er das Mädchen zur Vernunft brachte.

Auf den Stufen der Kirche waren Kornblumen, Immergrün und Schlüsselblümchen verstreut und eine bunte Unterhaltung war zu hören. Adlige wie auch Bauern trugen ihre besten Gewänder, die vom feinsten burgunderroten Samt bis hin zu einem einigermaßen sauberen Schafsfell reichten. Alle sprachen durcheinander und spekulierten über das seltsame Ereignis. Mit jeder Minute wuchs die Erwartung.

Es war kaum ein Tag, der für eine Hochzeit geeignet war. Man hatte nur wenig Zeit gehabt, sich auf die Zeremonie oder das anschließende Fest vorzubereiten und der graue Himmel sah aus, als würde es gleich regnen. Der Priester kratzte sich in seinem wollenen Gewand und sah aus, als hätte man ihn gerade aus dem Bett gezerrt.

Es wurde allmählich still, als Lord Holden sich von Blackhaugh aus auf seinem Pferd näherte und aus dem Nebel erschien wie ein mythischer Held. Er hatte gebadet und einen prächtigen schwarzen Surcot aus Samt angezogen, der zu dem Geschirr seines Pferdes passte. Komplizierte Stickerei in Silber war in das Siegel des Wolfes von de Ware eingearbeitet und die dunkle Farbe des Hintergrunds ließ Holdens Augen in einem noch strahlenderen Grün als sonst erscheinen. Sein frisch gewaschenes Haar fiel ihm in mahagonifarbenen Wellen über seine breiten Schultern und viele der anwesenden Frauen hätten gern ihren Platz im Himmel für die Gelegenheit aufgegeben, diesen Kopf in ihrem Schoß zu halten. Alle waren neidisch auf Cambria Gavin, als Lord Holden sein Pferd vor der Kirche anhielt und abstieg. Seine Haltung zeugte von seiner adligen Herkunft, trotz der leichten Neigung beim Gehen, die seiner Verwundung geschuldet war.

Als Cambria schließlich angaloppierte und die unglückseligen Wenigen wegscheuchte, die zu nahe an ihrem Weg standen, keuchten die Ritter, die Diener und alle außer Holden hörbar, da sie von ihrer Erscheinung entsetzt waren. Guy und Garth sahen aus, als wollten sie sie verprügeln. Dies galt auch für den Verwalter Malcolm. Aber zu ihrer Enttäuschung reagierte Holden überhaupt nicht auf die Tatsache, dass sie von Kopf bis Fuß in ihre Rüstung gekleidet war.

Sie stieg ab und ging auf ihn zu, wobei bei jedem Schritt das Metall deutlich in der Stille klirrte. Aber er begegnete ihr mit Höflichkeit und nahm ihre Hand, obwohl sie einen Handschuh trug, als wenn sie eine zarte Blüte wäre.

Es ärgerte sie, dass er ruhig und unbeeindruckt von ihrer trotzigen Haltung war. Sicherlich war er wütend auf sie wegen ihrer Kleidungswahl, aber er blinzelte noch nicht einmal. Es war fast, als hätte er erwartet, dass sie so etwas tun würde und da er keine Reaktion zeigte, bereute sie ihr rebellisches Verhalten schon fast, insbesondere, da der Priester sie mit offenem Mund anstarrte.

Holden räusperte sich und der Priester begann holprig mit der Zeremonie. Cambria stammelte sich durch das Ritual und wiederholte die Worte, die sie nur zögerlich sagen wollte, während Holdens Stimme klar und deutlich und mit Überzeugung zu hören war.

Während der Priester weiter brummte, fing sie an sich völlig ungepflegt neben Holden zu fühlen, als sie seine feinen Gewänder, sein frisch rasiertes Kinn und den wunderbaren Duft seiner Haut bemerkte. Das Ganze war ein jämmerlicher Kontrast zu ihrem ungewaschenen Gesicht und ihrer angelaufenen Rüstung.

Als das Ritual draußen beendet war, hielt der Priester die Tür zur Kirche auf, sodass alle an der Hochzeitsmesse teilnehmen konnten. Kerzen aus Bienenwachs beleuchteten das bunte Glas der Bogenfenster und ihr Licht tanzte fröhlich auf den Wänden im krassen Gegensatz zu

Cambrias Stimmung. Ihre Schritte mit den metallenen Schuhen kratzten hart auf den heiligen Steinen, als sie sich dem Altar näherten.

Die Zeremonie schien eine endlose Qual zu sein. Als die Riten endlich abgeschlossen waren, fühlte Cambria sich wie eine Närrin. Holden hatte ihr mehrfach auf die Füße helfen müssen in ihrer Rüstung, weil häufiges Knien während des Gottesdienstes erforderlich war und obwohl er dies ohne Kommentar machte, war sie sicher, dass er innerlich über ihre Dummheit lachte. Ihre Knie schmerzten und sie sagte die Texte in der Messe mit zusammen gebissenen Zähnen auf. Am meisten ärgerte sie, dass Holden die Zeremonie scheinbar durchlebte, als wäre es etwas, was er jeden Tag in seinem Leben tat.

Holden wusste, dass Cambria für ihre Dummheit litt. Er stellte sich vor, dass ihr Schmerz Strafe genug war für ihren Versuch ihn zu demütigen. Er würde sicherstellen müssen, dass Guy, Garth und Malcolm nicht versuchen würden, sie noch mehr zu bestrafen. Sie sahen schon jetzt so aus, als würden sie sie am liebsten langsam über einem offenen Feuer rösten.

Er konnte bereits das Lustige an der Situation sehen und er stellte sich die Geschichten vor, die sie seinen Kindern – ihren Kindern, verbesserte er sich, erzählen würden, während er ihr schönes stures Profil betrachtete.

Oh, aye, sie würden Kinder haben. Sie hatte offensichtlich keine Ahnung, wie überzeugend er sein konnte. Die alberne Klausel, auf die sie in ihrem Ehevertrag bestanden hatte, würde ihn nicht davon abhalten, sie zu verführen. Die Klausel würde ihr nur ein falsches Gefühl der Immunität gegen seine Verführung vermitteln.

Er betrachtete ihren weichen Hals und die

empfindliche Stelle unter ihrem Ohr. Das arme Mädchen wusste nicht, dass die Verführungskunst eines seiner größten Talente war. Holdens Fähigkeiten waren ein Lieblingsthema bei den Unterhaltungen der Damen und seine Männer neckten ihn oft wegen seiner verblüffenden Künste im Umgang mit dem schönen Geschlecht. Er war wahrlich ein Meister und er hatte keinen Zweifel, dass auch dieses unwillige Weib schließlich auf seine Berührung reagieren würde. Wenn sie das tat, dachte er, während er sich auf ihren sinnlichen Mund konzentrierte, würde sie dies mit einer Leidenschaft tun, die so wild war wie ihr Gemüt.

Er wurde wieder zum gegenwärtigen Geschehen zurückgebracht, als der Priester die letzten Worte sprach und ihre Verbindung segnete. Holden nahm den silbernen de Ware Siegelring aus seiner Tasche, für den er viel Geld bezahlt hatte, damit er schnell fertig wurde und er wandte sich zu seiner Braut. Er schlüpfte den Ring auf seine Fingerspitze, nahm ihre Hand und drehte die Handfläche nach oben, sodass er ihren Handschuh öffnen konnte.

Es war mucksmäuschenstill, als ungefähr hundert Leute die Luft anhielten, als er den Kettenhandschuh abnahm. Die Menge vermutete, dass er den Handschuh als Herausforderung auf den Boden werfen würde, aber er steckte ihn nur unter seinen Arm und schlüpfte den Ring von seinem Finger auf ihren. Er passte perfekt.

Der Priester atmete zitternd aus und erteilte ihnen dann die Erlaubnis sich zu küssen, um ihre Verbindung zu besiegeln. Holden gab dem aufgeregten Priester den Handschuh und wandte sich dann zielstrebig zu seiner neuen Frau.

Sie sah ihn misstrauisch an.

Langsam schob er die Bundhaube des Kettenhemds von ihrem Kopf und entblößte Locken, die in dem goldenen Licht glänzten. Er blickte in ihre feuchten Augen mit einer Intensität, die sie bis ins Innerste erbeben lassen sollte. Dann streckte er eine Hand unter die weichen Locken auf einer Seite ihres Kopfes und legte die andere auf ihren Rücken und zog sie fest an sich. Als er ihren Kopf zurückneigte, strich er mit einem Finger heimlich und träge unter ihrem Ohr entlang, wobei sie scharf einatmete. Der Kuss, den er ihr gab, war vergleichsweise lieblich und keusch, aber die Berührung seiner Hände auf ihrer Haut und die Art und Weise, wie sein Körper mit ihrem verschmolz, waren in keinster Weise unschuldig.

Cambria fühlte sich wie ein Opfer des Wolfes. Nur einen kurzen Augenblick zuvor hatte sie sich gefreut, dass diese Farce von einer Hochzeit fast zu Ende war. Jetzt spürte sie, wie sie bei Holdens Berührung völlig die Kontrolle verlor. Seine Finger waren unerwartet zärtlich wie das Streicheln eines Falkners und obwohl sie eine gefütterte Jacke unter ihrem Kettenhemd trug, spürte sie den beharrlichen Druck seiner Hüften an ihrem Bauch. Seine Lippen waren warm und ermutigend auf ihrem zitternden Mund und sein Atem war angenehm süß.

Einen Augenblick lang geriet sie in Panik und verlor ihr Gleichgewicht. Zu ihrem Leidwesen musste Holden sie festhalten, als ihre Beine drohten unter seinem Angriff nachzugeben.

Als der Kuss vorbei war, hörte sie, wie die Burgbewohner jubelten. Sie schaffte es mit eigener Kraft neben Holden nach draußen zu gehen, aber sie konnte es nicht ertragen, ihr knallrotes Gesicht zu heben.

„Ist alles in Ordnung?", fragte er mit ehrlich gemeinter Sorge.

„Aye", krächzte sie und schlug seine Arme weg.

„Es ist wirklich zum Besten", sagte er und ließ sie los. „Schon bald werden unsere Leute Freundlichkeiten austauschen, über die Ernte sprechen und Bier zusammen trinken", fügte er mit einem beruhigenden Grinsen hinzu.

„Zweifellos."

Aber ihr Verstand beschäftigte sich überhaupt nicht mit der Wirkung ihrer Ehe auf die Burgbewohner. Sie erholte sich immer noch von den Nachwirkungen seines Kusses.

In der großen Halle wurden schnell Schilf und Mädesüß ausgebreitet, wertvolle Kerzen wurden hervorgeholt und der Koch servierte die Gerichte, die so kurzfristig für das Fest möglich waren.

Im Gegensatz zu der Hochzeitszeremonie, die Cambria endlos erschien, ging das Essen viel zu schnell vorbei. Aufgrund der kurzfristigen Zeremonie und der Notwendigkeit sich auf den Krieg vorzubereiten hatte Lord Holden darauf bestanden, dass traditionelle tagelange Fest abzusagen und stattdessen ein einziges Festmahl zu veranstalten. Die Burgbewohner schienen sich jedoch vorgenommen zu haben in einer Nacht so betrunken wie in fünf Nächten zu werden und sie widmeten sich ihrem Bier mit ungezügeltem Enthusiasmus.

Dienerinnen trugen Platten mit geröstetem Fleisch und Schüsseln mit dampfendem Eintopf hin und her, füllten die Kelche und entzogen sich den eifrigen Annäherungen der Ritter mit ihren wandernden Händen. Ein Lautenspieler musizierte vorne in der Halle, aber bei dem Krach in dem Raum war er kaum zu hören. Hunde schnappten nach Knochen zu Füßen ihrer Herren und Kinder leckten sich ihre fettigen Finger trotz der rügenden Ohrfeigen ihrer Mütter.

Cambria hatte nur wenig Appetit. Trotz der Versicherung des Ehevertrags zwischen ihnen hatte sie Angst davor das Bett mit dem englischen Lord zu teilen. Das seltsame sehnsüchtige Gefühl, dass er mit einem einzigen Kuss in ihr erregt hatte, hatte ihr große Angst gemacht und sie hatte nicht den Wunsch, ihre Fassung erneut zu verlieren.

Sie brachte den Braten, den Ruayn Käse und die gedämpften Äpfel nicht herunter und knabberte an einer Kruste feinen Weißbrots. Sie war es Leid von Gratulanten hin und her geschoben zu werden und der Krach und das Gelächter fingen an sie zu irritieren. In ihrer Nervosität achtete sie nicht darauf, wie oft ihr Becher gefüllt wurde. Erst als sie aufstand, bemerkte sie plötzlich, dass es ihr schwerfiel, ihre Augen zu fokussieren und dass sie wahrscheinlich ein wenig zu viel Wein getrunken hatte.

Drei Becher später bemerkte Holden es auch. Cambria wankte ein wenig beim Gehen und sie lächelte ihn tatsächlich an, als er auf sie zukam.

„Meine Braut", warnte er sie leise und amüsierte sich über ihre Trunkenheit. „Ihr werdet Euch in einen Rausch trinken."

Er nahm ihr den Becher trotz ihrer Einwände, dass sie genau das tun wollte, ab.

„Wir wollen das Fest verlassen", flüsterte er ihr ins Ohr.

Sie zitterte einmal und kämpfte damit, ihren Blick zu fokussieren.

„Geht nach oben", sagte er. „Ich komme bald nach."

Sie murmelte etwas zum Abschied und ging durch die Menge. Er überlegte, ob sie den Weg zu ihrem

Schlafzimmer finden würde. Es machte wahrscheinlich nichts aus, dachte er und seufzte im Stillen. Sie würde ihn heute Nacht nicht zwischen diese wunderschönen Oberschenkel lassen.

Er stand auf und verkündete: „Ich bin müde von meiner Wunde, liebe Leute, und daher möchte ich auf die üblichen Hochzeitsnachttraditionen verzichten. Meine Braut und ich werden uns jetzt zurückziehen, aber wir möchten, dass das Fest weitergeht. Ich warne Euch. Ich werde nicht erfreut sein, wenn morgen noch einer auf den eigenen Beinen stehen kann."

Die Burgbewohner lachten gut gelaunt. Selbst die stursten Schotten mussten widerwillig eine gewisse Bewunderung für Lord Holdens Höflichkeit und Wärme zugeben.

Nur Sir Owen, der an der Wand in einer hinteren Ecke lehnte, beobachtete die Vorgänge mit einem vor Hass verzogenen Mund. Holden de Ware hatte seine Pläne durchkreuzt und keine Fröhlichkeit und noch nicht einmal die Gesellschaft seiner Lieblingshure konnten seine bittere Stimmung vertreiben.

Holden hatte nur noch eine Sache im Kopf und blieb nur kurz stehen um Guy zu beruhigen, dass er sich nicht von seiner Braut im Schlaf töten lassen würde. Dann trank er seinen Wein aus und gab Cambria ein wenig Zeit, es sich in ihrem Zimmer bequem zu machen.

Schließlich blickte er ungeduldig zur Tür zum Treppenaufgang, stellte seinen leeren Becher ab und ging hinauf begleitet von anzüglichen Rufen. Er wünschte allen eine gute Nacht, als er die Zimmertür hinter sich schloss.

Cambria saß angespannt auf dem Bettrand mit einer Verletzbarkeit in ihrem Blick, die er zuerst nicht verstand.

Sie sollte verflucht sein, denn sie trug immer noch ihre Rüstung.

Obwohl es ihn ärgerte, sprach er ruhig. „Cambria, ich bin ein Ehrenmann. Ich beabsichtige unsere Vereinbarung einzuhalten. Ihr braucht in unserem Bett keine Rüstung tragen."

Gedemütigt biss sie sich auf ihre Lippe. „Malcolm ist wütend auf mich. Er hat sich geweigert, mir zu helfen, die Rüstung abzulegen und ich finde keinen Knappen, der nüchtern genug ist, es richtig zu machen." Sie bekam einen Schluckauf.

Er biss sich auf die Lippe um ein Lächeln zu unterdrücken. Verdammt, sie war ein fesselndes kleines Ding. Er ging am Kamin vorbei auf sie zu.

„Wie habt Ihr es geschafft, sie anzulegen?", fragte er.

„Ich habe dem Knappen gesagt, dass ich entweder meine Rüstung oder gar nichts tragen würde."

Er lächelte anzüglich. „Na, ich wünschte, ich hätte Eure Rüstung gestohlen."

Er war sicher, dass sie nicht so laut gekeucht hätte, wäre sie nicht so betrunken gewesen.

„Vielleicht sollte ich Euch in Eurer Rüstung schlafen lassen", sagte er mit gespielter Strenge. „Es wäre eine passende Strafe für Eure Erscheinung bei unserer Hochzeit heute."

Er konnte sehen, dass Cambria sich nicht sicher war, ob er scherzte oder nicht, aber sie saß so aufrecht wie eine Lanze und war entschlossen ihre Würde trotz ihrer Trunkenheit zu behalten.

Schmunzelnd ergriff er sie schließlich am Arm und fing an die Schnallen zu öffnen, welche die Rüstungsteile zusammenhielten.

„Ich habe den Dienst eines Knappen nicht mehr ausgeführt, seit ich ein Junge war", vertraute er ihr an, „und ich habe ihn noch nie für eine Frau geleistet."

Stück um Stück nahm er die Rüstung von ihren Schultern, ihren Ellbogen und den Knien.

Cambria hatte sich noch nie in ihrem Leben so entspannt gefühlt, aber sie war auch noch nie so betrunken gewesen. Als der Engländer die vordere Platte abnahm, wurde sie sich seiner Nähe äußerst bewusst.

Sie seufzte. Alles an Holden strahlte Männlichkeit aus und doch fühlte sich seine Berührung so zärtlich wie ein Fell auf ihr an. Seine Augen, die sich auf ihre Aufgabe konzentrierten, waren in einem klareren Grün, als sie sich erinnerte. Selbst der Geruch seines Haares war himmlisch. Sie neigte sich zu ihm und atmete den berauschenden Duft ein. Bei Gott, der Wein schien ihr ihre Kraft geraubt zu haben. Sie konnte sich kaum bewegen. Es schien völlig normal zu sein, dass er sie auszog.

Holden bemerkte die Wirkung, die er auf seine Braut hatte. Sie war gefährlich anziehend, wie sie sich leichtfertig an ihn lehnte und ihr die Augen vom Alkohol und der Erregung fast zufielen, aber er war entschlossen, ihre Vereinbarung genau einzuhalten. Er würde dafür sorgen, dass sie erst ihr Herz aufgab, bevor er ihren Körper nahm.

Als letztes nahm er ihr das Kettenhemd und den Gambeson ab und ließ sie allein, damit sie ihre Unterwäsche unter der Felldecke ausziehen konnte. Er musste seine Qualen schließlich nicht noch verlängern. Er war sich ihrer neugierigen Blicke voll bewusst und zog sich langsam im Kerzenschein aus.

Cambria kannte seinen Körper. Sie hatte seine Verbände viele Male gewechselt, aber zu dem Zeitpunkt war er verletzt gewesen und jetzt war er durchaus nicht hilflos. Seine Haut schien vor Männlichkeit zu glühen. Sie wandte sich ab, als er seine Unterwäsche auszog und obwohl es keine Überraschung für sie hätte sein sollen, war sie schockiert, als er plötzlich in das Bett neben sie stieg.

Dann sprach er und sein warmer Atem strich über ihr Ohr und seine tiefe Stimme rief primitive Begierde in ihr hervor. „Habt keine Angst, Cambria. Ich halte meine Versprechen. Ich werde Euch nicht gegen Euren Willen nehmen." Er schob eine Locke ihres Haares weg von ihrer Wange und sie erzitterte. „Ich bitte Euch heute Nacht nur um eine Sache."

„Aye?", flüsterte sie und war von der Heiserkeit ihrer Stimme fasziniert.

„Einen Kuss."

Sie wusste, dass es nur eine geringe Forderung war, eine einfache Sache der Höflichkeit. Die Kriegerin in ihr sagte, dass sie sich seiner Berührung verweigern sollte, aber die Frau in ihr wollte es jenseits jeder Vernunft. Bevor eine Schlacht zwischen den beiden entbrennen konnte, schloss sie die Augen und hob ihre Lippen für den Kuss.

Ein langer stiller Augenblick folgte. Als sie die Augen wieder öffnete, starrte Holden mit einem seltsamen Halblächeln auf sie herab.

„Nay, meine Liebe", ermahnte er sie. „Ich möchte einen Kuss von *Euch*."

Der Gedanke, selbst einen fast Fremden zu küssen war undenkbar. Hin und wieder hatte sie ihrem Vater oder Malcolm ein Küsschen auf die Wange gegeben, aber der Kuss einer Geliebten? Sie wusste kaum, wie sie anfangen sollte. Er blickte sie immer noch mit diesen tiefen smaragdfarbenen Augen an und wartete gespannt. Sie überlegte, wie es sich wohl anfühlen würde, diese Lippen noch einmal zu küssen.

Er lehnte sich zurück im Bett und sein dunkles Haar fiel aus seinem gebräunten, gemeißelten Gesicht und sein lüsterner Blick ließ sie nicht los und sie gab ihrer Neugierde nach. Vorsichtig lehnte sie sich über ihn und drückte ihre schüchternen Lippen auf seine.

Holden erwiderte den Kurs zärtlich, wobei er ihre Lippen vorsichtig zwischen seine zog und ihre Erregung kontrollierte. Als er merkte, dass sie schneller atmete, zog er zurück, wenn auch mit allergrößter Anstrengung seinerseits und ließ sie nach mehr suchend zurück. Aber anstatt ihren Appetit zu stillen, lächelte er sie nur süß an und ignorierte auch seinen eigenen Hunger und wandte sich dann von ihr ab um zu schlafen. Es dauerte lange, bis Cambria die Augen schließen konnte. Sie fühlte sich so stachelig wie ein Igel. Sie fummelte an dem schweren Silberring herum, der fremd an ihrem Finger aussah. Dies war die Ehe, die sie gewollt hatte, ein politisches Bündnis, keusch und einfach. Aber die Wirklichkeit war irgendwie leer und es würde einige Zeit dauern, bis sie sich den Grund für diese Leere eingestehen würde.

# KAPITEL 9

Ein frühmorgendlicher Nebel musste durch das Bogenfenster gekommen und in Cambrias Kopf gekrochen sein und er forderte sie nun gnadenlos auf, den Tag wie immer vor dem Morgengrauen zu beginnen. Ihr Mund war staubtrocken und sie drückte ihre Fäuste fest an ihre Schläfen und schaute zu dem Mann, der im Dämmerlicht neben ihr schlief.

Er war Lord Holden de Ware, ihr vor Gott angetrauter Ehemann. Sie schüttelte den Kopf. Es war faszinierend wie unschuldig ein Mann erscheinen konnte, während er schlafend da lag. Er zeigte keine Spur von dem finsteren Blick, den er sofort aufsetzen konnte oder dem höhnischen Grinsen, das er normalerweise an den Tag legte, sondern nur die süße Ruhe, wie wenn ein Kind schlief. Sie musste sich daran erinnern, dass dieser Mann sie praktisch gezwungen hatte, ihn gegen ihren Willen zu heiraten und dass seine Motive weniger als ehrenvoll waren.

Sie war entschlossen ihn zu verachten, stand aus dem Paradies seines Bettes auf und trat in die Arme des kalten und grauen Morgens. Still zog sie ihre Unterwäsche, ihr Gambeson und ihre Hose an. Sie wollte verflucht sein, wenn diese Ehe irgendetwas ändern würde. Sie weigerte sich, besänftigt oder gezähmt zu werden. Wie gewohnt schlängelte sie sich in ihr Kettenhemd und legte ihr Breitschwert an, wobei sie die Rüstungsplatten auf der Kiste zurückließ, wo Holden sie gestapelt hatte. Sie griff nach ihren Handschuhen und ihrem Schild und schlüpfte leise aus der Tür.

Als Holden eine Stunde später bei Sonnenaufgang erwachte, reagierte er auf Cambrias Verschwinden erst einmal mit Zorn. Das Weib musste irgendwie in der Nacht geflüchtet sein, beschloss er. Sie bevorzugte wohl die Gefahren des Waldes zu denen eines Wolfsbaus. Er zwang sich zur Ruhe und überlegte, wo sie wohl sein könnte. Er zog einen Samtmantel über und ging nach unten, um nach seiner Braut zu suchen.

Gemäß seiner Anweisung lagen überall in der großen Halle schlafende Körper verstreut zusammen mit dem Müll und den Resten des Festmahls. Vorsichtig bahnte er sich seinen Weg durch die Schlafenden. Aus der Küche hörte er das Klappern von Töpfen und ging in die Richtung.

Katie kam herausgelaufen und versuchte Malcolms Klaps auf ihren Hintern zu entgehen und Holden jagte ihr einen Riesenschrecken ein.

„Oh, Mylord!", keuchte sie und errötete. „Warum seid Ihr schon auf und ... ich meine ..."

„Ich habe irgendwie meine Frau verloren", gab er zu.

„Ach so!", antwortete Katie mit einer Hand an ihrem Herz. „Mylord, sie geht fast jeden Morgen zum ..."

„In den Garten", warf Malcolm ein.

Katie blieb angesichts der eklatanten Lüge ihres Mannes der Mund offenstehen.

Holden runzelte sofort die Stirn. Malcolm war ein schlechter Lügner. „In den Garten?"

„Na ja", zögerte Malcolm, „zu irgendeinem Feld."

Holden richtete sich zu voller Größe auf. „Wo ist meine Frau?"

Malcolm verschränkte die Arme über der Brust und starrte auf einen Punkt auf Holdens Kinn, das oberhalb seines Blickfelds lag. „Ich habe ihr gesagt, dass sie nicht nach unten gehen soll. Ihr Platz ist jetzt an Eurer Seite, das weiß ich. Ich habe angenommen, dass sie hierbleiben würde ..."

„Ihr habt angenommen, dass sie schön brav hierbleiben würde?" Er schaute den Verwalter ungläubig an. „Selbst ich kenne sie besser als das."

Malcolm errötete vor Scham. „Ich zeige Euch, wo sie ist."

„Aber schnell! Sie ist außerhalb der Burgmauern nicht sicher."


„Ich zerschneide Euch wie einen englischen Braten!"

Holden und Malcolm hörten Cambrias vulgäre Drohungen lange bevor sie ihr Schwert funkeln sahen, wie es in einem Bogen nach unten durch die Luft geschlagen wurde. Holden beobachtete sie von den Bäumen aus, wie sie sich drehte und wieder auf ihren unsichtbaren Feind einschlug. Er näherte sich heimlich und war wütend über ihre Unverfrorenheit, dass sie hier alleine hergekommen war und gleichzeitig erleichtert, dass sie scheinbar in Sicherheit war. Von wegen im Garten. Er zeigte Malcolm an, dass er zurück zur Burg gehen könnte. Er hatte passende Worte, die nur für Cambria bestimmt waren.

Nachdem Malcolm gegangen war, beobachtete er seine kriegerische Ehefrau einige Minuten lang. Sie trug keinen

Helm und ihr Haar tanzte locker um ihre Schultern, während sie sich drehte und nach vorn sprang.

Das Mädchen war schnell. Ihre Bewegungen hatten eine lyrische Qualität, aber abgesehen von ihrer Flinkheit zeichnete sie nur wenig als Kämpferin aus. Sie war leichtsinnig aggressiv. Ihre sorglose Verteidigung sorgte dafür, dass sie in den paar Minuten, in denen er zusah, immer wieder für einen Angriff gegen sie ohne Deckung war und ein Feind hätte sie leicht ein Dutzend Mal töten können.

Als sie näher an sein Versteck kam und er genug gesehen hatte, trat er plötzlich von hinter einer hohen Kastanie hervor.

„Ich habe mir keine Frau genommen!", rief er. „Ich habe einen fahrenden Ritter gewonnen!"

Cambria drehte sich überrascht um und durchbohrte ihn fast.

„Legt Euer Schwert weg!", sagte er scharf. „Es ist Euer Ehemann."

Für seinen Geschmack tat sie dies nicht schnell genug und angestachelt von ihrer Zögerlichkeit zog er sein eigenes Schwert und schlug ihres beiseite.

„Wem plant Ihr die Kehle durchzuschneiden, meine blutrünstige Dame?"

Sie blickte ihn finster an. „Jedem, der von hinten auf mich zukommt", sagte sie bedeutungsschwer.

Er verzog den Mund zu einem leichten Lächeln und wurde dann ernst. „Es sind noch Abtrünnige in der Gegend. Es ist nicht sicher, allein hierher zu kommen."

Stolz schüttelte sie den Kopf. „Ich kann mich selbst verteidigen."

„Das sehe ich", sagte er und zeigte mit einer

Handbewegung auf die Luft um sie herum. „Euer Feind scheint geflohen zu sein."

„Ich *kann* mich selbst verteidigen."

Er starrte sie an. Irgendjemand hatte Cambria offensichtlich falsche Vorstellungen über ihre Fähigkeiten vermittelt. Sie war viel zu selbstsicher, was gefährlich bei einem Ritter war. Sie brauchte eine Lektion in Demut.

„Kommt Kriegerfrau. Ich wette mit Euch", sagte er.

Sie betrachtete ihn argwöhnisch.

Er warf sein Schwert auf den Boden und zog einen kleinen Dolch aus seinem Gürtel. „Ich wette, Ihr könnt Euch nicht gegen mich verteidigen."

„Gegen das?"

Er nickte.

Sie musterte ihn. „Ihr habt keine Rüstung und keinen Schild."

„Trotzdem", sagte er und verbeugte sich.

Sie schürzte ihre Lippen, aber ihre Augen flackerten eifrig.

„Kommt", zeigte er an. „Ich gebe Euch drei Chancen und ich wette mit Euch um ... einen Kuss. Wenn ich gewinne, müsst Ihr mir einen Kuss geben."

Cambria grinste: „Und wenn ich gewinne?"

Er lächelte. „Dann müsst ihr es nicht."

Cambria runzelte trotzig die Stirn. „Wenn ich gewinne, muss ich Euch nie wieder küssen."

Er zuckte mit den Schultern. „In Ordnung. Abgemacht."

Cambria stellte sich breitbeinig hin und hielt ihr Schwert vor sich. Schnell und mit gutem Gleichgewicht und Zielgenauigkeit griff sie ihn an, aber sie hatte ihren Schild gesenkt und er benutzte diesen Vorteil, um dem Schlag aus dem Weg zu gehen und ihr näher zu kommen, wobei er die Spitze seines Dolches an ihren Hals legte.

„Einmal", rief er.

Cambria zuckte beschämt zusammen. Wie hatte der Teufel den Vorteil so schnell nutzen können? Vielleicht hatte er nur Glück gehabt. Wütend zog sie sich zurück.

„Ihr solltet Euch einfach besser verteidigen", schlug er vor. „Schlechte Laune ist Euer schlimmster Feind. Kontrollverlust ist ein üblicher Fehler bei Neulingen."

Das erzürnte sie. Wie konnte er es wagen, sie einen Neuling zu nennen? Sie führte ein Schwert seit sie fünf Jahre alt war. Sie würde diesem frechen Ritter das Ausmaß ihrer Fähigkeiten zeigen. Ihre Geschwindigkeit und ihre Beweglichkeit hatten ihren Vater immer fasziniert. Sie wusste, dass sie unerwartet unter seinen Arm schlüpfen und ihn auf dem falschen Fuß erwischen konnte. Sie hob ihr Schwert und beugte zur Vorbereitung ihre Knie.

Mit einem vorgetäuschten Stich lockte er sie zum Angriff. Sie täuschte mit ihrem Schild und kam von unten mit ihrem Schwert mit einer Bewegung, die ihre Gegner normalerweise überraschte, aber er schien es nicht zu bemerken. Sein Dolch flatterte um sie wie eine zornige Wespe, die sich überlegte, wo sie zustechen sollte. Sie schlug ein Dutzend Mal danach, berührte ihn aber noch nicht einmal. Verärgert senkte sie ihren Schild und schlug wagemutig nach seinem Kopf.

Ein harter Schlag mit dem Schaft seines Dolches schlug das Schwert aus ihrem Griff und er legte seine Klinge an ihre Kehle.

„Nummer zwei", flüsterte er.

Cambria kochte jetzt vor Zorn. Konnte sie gegen einen Mann verlieren, der nur mit einem Dolch bewaffnet war? Sie holte sich ihr Schwert zurück und machte sich wieder bereit. „Kommt", fauchte sie. „Nun kommt schon!"

Holden schüttelte seinen Kopf, hob aber wieder seinen Dolch. Sie wartete darauf, dass er anfing. Als er es tat, kam er so plötzlich, dass sie gar keine Zeit hatte, ihren Schild zu heben. Der Dolch zerriss den Saum ihres Wappenrocks, berührte dann die Schnalle an ihrem Gürtel und die Locken ihres Haares und bedrohte sie am ganzen Körper.

„Benutzt Euren Schild!", befahl er.

Seine Kritik erzürnte sie. Sie fing an wild nach ihm zu schlagen, aber zu ihrem Ärger traf sie ihn nicht einmal, sondern nur die Luft.

Um die Schmach noch zu vergrößern warf er den Dolch in seine linke Hand und wehrte ihren Angriff mit der Geschicklichkeit eines Jongleurs ab.

Holden hätte weitermachen können, aber er freute sich auf seinen Preis. Er verstärkte seine Bemühungen und griff sie von allen Seiten mit der flachen Seite seine Klinge an. Während sie abgelenkt war, entriss er ihr das Schwert mit einer einfachen Bewegung und nahm ihr dann ihren Schild weg.

Cambria stand mit offenem Mund da und starrte auf ihre Hände und überlegte, warum diese leer waren.

„Nummer drei", sagte er und steckte seinen Dolch wieder in den Gürtel.

Sie starrte ihn an und er erkannte diesen Blick. Er hatte ihn schon bei den Jungen, die auf den Übungsplatz kamen und ihn bewunderten, gesehen. Später würden sie ihren Freunden übertriebene Geschichten über den großartigen Wolf de Ware und seinen mächtigen Schwertarm erzählen. Aber er hätte niemals gedacht, dass er eine solche Ehrfurcht in Cambrias Augen sehen würde. Es ließ sein Herz schneller schlagen.

Lange Zeit schaute sie ihn nur ehrfürchtig an. Dann

sagte sie: „Es stimmt, nicht wahr? Ihr habt noch nie verloren. Ihr habt noch nie einen ebenbürtigen Kämpfer getroffen."

„Ganz im Gegenteil, Madame. Ich glaube, ich habe endlich einen ebenbürtigen Gegner getroffen."

Sein Blut war bereits von ihrem Kampf erhitzt und eine solche nackte Bewunderung von seinem Feind, von *diesem* Feind zu sehen spornte sein Verlangen an.

„Mylady", sagte er fast flüsternd, „achtet darauf, wie Ihr mich anseht, dass ich nicht die Grenzen unserer Wette vergesse."

Cambria blinzelte. Hatte sie ihn angestarrt? Schnell wandte sie den Blick ab, aber es war zu spät, um die Wahrheit zu verbergen. Nervös leckte sie sich über ihre Lippen. Sie musste ihre Wette noch bezahlen.

Er stand zu nahe bei ihr. Sie hörte ihn atmen. Musste er sie so anschauen und so mit ihr sprechen? Seine Augen waren so grün wie ein See und seine Stimme war wie einfaches Bier – rau und berauschend.

Sie wappnete sich, dass sie ihre Wette mit so viel Würde und so wenig Aufhebens wie möglich bezahlte. Sie zwang sich ihn anzuschauen und war entschlossen, seinem Blick diesmal standzuhalten.

Das war ein großer Fehler. Ihre Atmung wurde unregelmäßig, ihr wurde warm und sie wurde von ihm angezogen wie Wasser von einem Feuer. Er kam so nahe, dass sie die Hitze, die sein Körper ausstrahlte, spürte und dass sie die Ränder seiner Zähne erkennen konnte.

Einen Augenblick lang war Holden von dem Funken an Verlangen in ihren Augen abgelenkt. Er sollte um ihrer beider willen Wasser auf den Funken sprühen und ihn löschen, solange er noch harmlos war, aber er spürte, wie seine eigene Leidenschaft anstieg und er zögerte, sie aufzuhalten.

Cambria zitterte. Sie erinnerte sich an den Geschmack seines Mundes, dessen Wärme und Lieblichkeit. Dieser Mund war ihr Niedergang. Bevor sie darüber nachdachte, welch schrecklichen Fehler sie beging, hob sie ihren Kopf und kam nah genug um seinen Atem auf ihrem Gesicht zu spüren und gab ihm, was sie ihm schuldig war.

Holden erwiderte ihren Kuss zuerst vorsichtig und dann mit größerer Sicherheit. Ihre Haut war weich und nachgiebig und sie schmeckte wie wilder Honig.

Cambria fühlte sich mit einem seltsamen Hunger zu ihm hingezogen und seine Lippen machten seltsame Dinge mit ihr – neckten sie, lockten sie und labten sich dann gierig an ihr, als wenn er ihre Seele vereinnahmen wollte. Sie ergriff ihn an den Schultern und klammerte sich mit einem Eifer an ihn, den sie noch nie zuvor erlebt hatte und ihr eigenes Bedürfnis faszinierte und ängstigte sie. Sie war im Begriff die Kontrolle zu verlieren. Leidenschaft umgab sie wie ein Strudel, der sie aus ihrem sicheren Hafen in die Tiefe zog und sie wollte es, wollte seinen Kuss und seine Berührung.

Sie öffnete den Mund und ließ seine Zungenspitze herein, die eine Feuerspur auf ihrer Zunge hinterließ. Sie zitterte und überlegte, wie sich seine Lippen wohl an ihrem Hals, ihrer Schulter oder ihrer Brust anfühlen würden. Sie überlegte, wie sie sich wohl noch tiefer an der geheimen Stelle anfühlen würden, die selbst jetzt anschwoll und gierig war ...

Nay! Mit einem panischen Schrei schob sie ihn von sich weg und stolperte rückwärts. Sie wurde knallrot. Verflucht, was machte sie nur? Was machte er nur mit ihr? Er war ein Engländer, um Gottes willen.

Trotzdem kribbelten ihre Lippen von seinem Kuss.

Der Unhold hatte sie schon einmal an sein Bett gefesselt ...

Aber seine Augen waren dunkel und warm wie Kohle.

Er hielt sie als Geisel und hatte sie praktisch in die Ehe gezwungen.

Aber seine Hände waren wie Seide auf Fleisch.

Nay, verdammt! Er war verantwortlich für den Tod ihres Vaters!

Sie zog ihre Faust zurück und schlug sie fest in sein Gesicht.

Der Schlag erwischte Holden an seiner Wange. Er schlug seinen Kopf weg und machte ihn einen Augenblick lang schwindelig. Als Holden seine sieben Sinne wieder beieinander hatte um ihr hinterher zu rufen, war sie schon auf halbem Weg zur Burg und hielt sich tränenüberströmt ihre pochende Hand.

Holden ließ seinen Frust an der Stechpuppe auf dem Übungsfeld aus, wobei er sie völlig zerfetzte.

Er hätte es besser wissen sollen. Cambria war in keinster Weise bereit, die Waffen zu streichen. Bei Gott, was war bloß los mit ihm? Aufgrund seines erstaunlichen Mangels an Kontrolle fühlte er sich töricht. Seit er ein Junge war, hatte er sich nicht so unfähig gefühlt, das Ungeheuer in seiner Hose zu beherrschen.

Und wie sie ihn geschlagen hatte! Keine tadelnde Ohrfeige, an die er sich in seiner Jugend gewöhnt hatte, wenn er sich zu viele Freiheiten genommen hatte, sondern ein harter Faustschlag. Verflucht! Wie würde er einen blauen Fleck auf seiner Wange einen Tag nach seiner Hochzeit erklären?

Er galoppierte mit Ariel über das Feld und trieb seine Lanze so heftig in die Stechpuppe, dass sie sich wie ein Kinderspielzeug drehte und zerbrach.

In der Ruhe ihres Privatgemachs zitterte Cambria, als sie Holdens Gewaltausbruch auf dem Übungsplatz beobachtete. Hatte sie es tatsächlich gewagt, ihn zu schlagen – diesen wilden Krieger, der einen Ritter nach dem anderen auf dem Feld besiegte?

Sie musste unwillkürlich schlucken, als er sein Pferd drehte und die beiden über das Feld donnerten wie eine Einheit. Wie sehr er doch wie sein Pferd war – schlank, fest und mächtig. Sie erinnerte sich, wie gefährlich sich diese Arme um sie gefühlt hatten. Bei der lebhaften Erinnerung schlug ihr Herz schneller.

Während sie zuschaute schwang er einen stumpfen Streitkolben mit solcher Kraft nach vorn, dass sein Gegner von den Gavins rückwärts von seinem Pferd flog und mit einem tödlichen Knall auf der Erde landete. Sie keuchte und grub ihre Finger in den kalten Stein der Fensterbank. Hatte der Wolf einen ihrer Männer getötet? Der Junge lag so still da wie ein Teich im Winter.

Bevor sein Pferd überhaupt zum Stehen kam, sprang Holden herunter. Er ließ den Streitkolben fallen, riss den Helm vom Kopf, eilte zu dem Jungen und fiel neben ihm auf die Knie. Cambria schaute zu, wie er vorsichtig die Schultern des Jungen anhob und seinen Helm abnahm. Das entspannte Gesicht des Jungen war so blass wie Sahne. Vor Entsetzen legte sie die Hand über ihren Mund.

Die Gavin-Männer sammelten sich um ihn und schauten sorgenvoll. Holden ignorierte sie und konzentrierte sich stattdessen auf den Jungen in seinen Armen. Er tätschelte die Wange des Jungen und sagte etwas zu ihm, was sie nicht hören konnte. Während er kraftlos über Holdens Knie lag, erhob sich ein unheilvolles Murmeln, das so angespannt wie ein Bogen war. Cambria hielt die Luft an.

Dann keuchte der Junge und atmete mit einem lauten Röcheln tief ein, das bis zu Cambrias Fenster zu hören war. Die Männer schmunzelten erleichtert und Holden zerzauste dem Jungen das Haar, als wäre er sein Lieblingsneffe. Ihr war schlecht vor Sorge und Erleichterung und Widerwillen angesichts des tödlichen Spiels der Männer und Cambria wandte sich vom Fenster ab und lehnte sich gegen die kühle Wand.

Als sie sich soweit erholt hatte, dass sie wieder zuschauen konnte, übte Holden zu Fuß mit ihren Rittern, leitete sie bei ihren Schwertschlägen an, ermutigte sie und verhinderte ihre Angriffe mit überkreuzten Klingen. Er stellte sie in zwei Reihen auf, eine Armlänge voneinander entfernt und auf Holdens Befehl hin traten sie gemeinsam vor. Sie kniff die Augen zusammen. Noch nie hatte ihre Truppe so geordnet und so prächtig gewirkt.

Jetzt warf der Wolf sein Schwert beiseite, nahm seinen Helm ab und stellte sich ihnen mit nur einem Schild bewaffnet entgegen. Sie richtete sich auf und spürte ein seltsames Kribbeln in ihrem Nacken. Was für ein arrogantes Spiel war das?

Sechs von ihnen griffen auf einmal an und ihre Augen weiteten sich. War der Mann verrückt? Noch vor wenigen Wochen hätten sie ihn den Feind genannt. Jetzt wich er ihrem Angriff allein mit nichts als einem mit Leder überzogenen Stück Holz zum Schutz aus und sein nackter Hals war ein Ziel für ihre Klingen.

Besorgt griff sie sich an ihren Hals. Sie war nah genug beim Wolf gewesen um den Puls an seinem Hals zu sehen. Er war vielleicht ein unbesiegbarer Krieger, aber er war ebenso sterblich wie jeder andere Mann.

Warum sollte er sich so verletzbar machen?

Zögerlich kam ihr die Antwort darauf.

Er war ein Ehrenmann. Nur wahre Ehre würde einen Mann etwas so Törichtes tun lassen. Er glaubte an Ritterlichkeit. Er erwartete sie von den Männern, gegen die er kämpfte, selbst von den Schotten.

Sie blickte an einer Ritze in der Wand. Wenn Ehre so selbstverständlich für ihn war, wie hätte er ein Teil des Verrats und Mords an ihrem Vater sein können?

Die Antwort war klar. Er war kein Teil davon gewesen.

Der Wolf würde eine Burg nicht mit Hinterhalten nehmen – er würde sie mit Gewalt stürmen. Der Wolf würde nicht intrigieren, um ein Bündnis zu gewinnen – er würde es befehlen. Mehr als alles andere hatte sie angefangen zu spüren, dass der Wolf niemals ...

Sie verschloss ihr Herz gegen die Wahrheit und wollte ihm die Schuld geben, weil sie an ihrem Hass festhalten musste wie ein Ritter an seinem Schwert, aber schon jetzt spürte sie, wie er ihr nach und nach entglitt.

Holden hatte ihren Vater nicht getötet.

Cambria schloss die Augen. In einer Ecke ihres Kopfes löste sich eine Last und sie war nicht mehr so hin- und hergerissen zwischen Vergeltung und ... und dem anderen Gefühl, das an ihrem Herzen zerrte wie ein junger Hund an seiner Leine – dieses Gefühl, das sie nicht ganz definieren konnte, das ihren Hals trocken werden ließ, wenn er in der Nähe war und das dafür sorgte, dass sie kaum atmen konnte, wenn seine Lippen ihre berührten. Bei der Erinnerung an das Gefühl seiner starken Hände schlug ihr Herz schneller. Sie konnte es nicht benennen. Dieses Gefühl, das ohne das Gift der Vergeltung neu und wundersam erschien.

Aber tief in ihrer Seele regte sich vielleicht Stolz,

während sie nach unten zu ihrem mutigen Ehemann blickte, der es irgendwie geschafft hatte, alle ihre Ritter wie Kegel umzuwerfen.

Sie war so in ihrem Traum gefangen, dass sie gar nicht hörte, wie Katie das Zimmer betrat.

„Ach hier seid Ihr", trällerte die Dienerin.

Cambria trat schuldbewusst vom Fenster und war sich ihres erröteten Gesichts nur allzu bewusst.

„Mädchen", fing Katie an. „Was ist bloß ...?" Die Dienerin ging zum Fenster und schaute nach unten, wobei sich ihr Mund zu einem Lächeln verzog. „Euer Lord ist ein guter Kämpfer."

Cambria zuckte mit den Schultern.

„Und ich wette, dass Ihr vielleicht noch mal über den Handel nachdenkt, den ihr eingegangen seid."

Aufgeregt wandte Cambria sich zu ihr, wobei ihre lilafarbenen Röcke um sie herum wirbelten wie Rosen im Sturm. „Wie könnt Ihr es wagen, über solche Dinge zu sprechen!"

Katie schien von ihrem Tonfall unbeirrt. „Ich habe mich um Euch gekümmert, als Ihr noch ein Baby wart. Ihr seid jetzt vielleicht die Frau eines Lords, aber ich kann mich erinnern, dass Ihr wie alle anderen in die Hose gemacht habt. Der Tag, an dem ich Euch nicht mehr meine Meinung sagen darf, ist der Tag, an dem ich von hier weggehe."

Cambria fühlte sich entsprechend gerügt und biss sich auf die Lippe.

„Ach, Mädchen, warum quält Ihr Euch so? Er ist ein guter Mann und sieht gut aus. Ich habe Gerüchte gehört, dass die de Ware Brüder mehr als fähig im Bett ..."

„Er ist ein Engländer!", erinnerte Cambria sowohl Katie als auch sich selbst, aber die Worte hörten sich seltsam flach und bedeutungslos aus ihrem Mund an. „Ich werde es nicht zulassen, dass er mich anrührt." Sie verschloss die Augen gegen die deutliche Erinnerung an ihren Kuss an diesem Morgen.

„Malcolm ist fast sicher, dass Euer Lord keinen Anteil an dem Verrat an Eurem Vater hatte", vertraute Katie ihr an und zog ein Tuch aus der Tasche ihres Surcots. „Ich wette, dass Ihr das auch wissen würdet, wenn Ihr auf Euer Herz hörtet. Vielleicht war ein anderer seiner Männer ein Verräter, aber nicht der Lord selbst. Er ist ein Ehrenmann. Er würde niemals zu einem solchen Verrat greifen. Ihr habt die Loyalität gesehen, die er sogar in unseren eigenen Leuten inspiriert hat."

*Das* hatte Cambria gesehen. Die Gavin-Ritter hatten noch nie so gut gekämpft, wie unter der gewissenhaften Anleitung des Lords.

„Aber das ist jetzt wohl einerlei", seufzte Katie und wischte den Staub mit ihrem Lappen vom Tisch. „In zwei Tagen zieht er in die Schlacht."

Cambrias Herz setzte einmal aus. „Die Schlacht?"

Katie nickte. „Er hat Vorräte für vier Dutzend Soldaten befohlen."

„Wo gehen sie hin?"

„Ach, das weiß ich nicht. Nur, dass der Lord mich um die Vorbereitungen gebeten hat."

Cambria schwirrte der Kopf, als Katie das Zimmer verließ. Entlang der Grenze gab es zahlreiche Konflikte wie beispielsweise Rinderdiebstähle und Ähnliches, aber diese Truppe war zu groß für einen einfachen Grenzdisput. Nay, hierbei musste es sich um den Krieg zwischen den Schotten und den Engländern handeln.

Sie trat vor, um ein letztes Mal hinunter zu ihrem

Ehemann zu schauen. Er befand sich in einem heftigen Übungskampf mit Sir Guy. Funken flogen, wo ihre Schwerter aufeinandertrafen und sie erschauderte, als sie daran dachte, wie Robbie, Graham und Jamie auf Krieger wie den Wolf auf dem Schlachtfeld trafen.

Es dauerte nicht lange, bis bekannt wurde, dass König Edward Holden persönlich zum Kampf gerufen hatte. Cambria hörte, wie die Diener in der Küche darüber sprachen. Das bedeutete, dass es sich um eine Entscheidungsschlacht handelte. Sie fürchtete sich davor, was das Ergebnis für Blackhaugh und ihren Clan bedeuten würde.

Sie lauschte heimlich im Flur neben dem Quartier der Ritter und erfuhr, dass die Männer nach Norden reiten würden, um den König zu treffen. Als die Ritter aus dem Zimmer kamen und sich auf den Weg zum Übungsfeld machten, versteckte sich Cambria im Treppenhaus. Schließlich, als sie dachte, dass alle weg wären, kam sie aus ihrem Versteck hervor.

Owen ging so nahe an ihr vorbei, dass sie seine Bewegung spürte, wobei er ohne sie zu sehen zielstrebig zu seinem Quartier ging und sein Schwert dort auf dem Schleifstein schärfen wollte.

Sie atmete die Luft, die sie angehalten hatte aus und musterte ihn durch einen Spalt in der Tür.

Er war nicht allein. Aus einer dunklen Ecke im Zimmer kam eine englische Dienerin. Braunes Haar verdeckte ihr Gesicht, als sie an Owens Seite schlenderte und sich an ihn klammerte, wobei sie mit ihren Händen über seine Brust strich, während er arbeitete. Cambria drückte sich zurück gegen die Wand.

Das Mädchen jammerte: „Ich will nicht, dass Ihr in den Krieg zieht."

„Macht Euch keine Sorgen um mich, Aggie. Ich passe auf meinen Hintern auf."

„Ich möchte auf Euren Hintern aufpassen!", sagte sie frech.

„Das glaube ich Euch aufs Wort, Aggie", Owen kicherte.

Cambria schaute sie noch einmal an. Sie versuchte einen guten Blick auf Aggie zu erhalten, aber das Mädchen hatte Cambria ihren Rücken zugewendet.

„Warum kann ich nicht auch gehen, mein Liebster?", flehte sie und bewegte ihre Hände an die Vorderseite von Owens Körper, wobei sie über die Schwellung, die sich unterhalb der Taille seines Surcots bildete, streichelte.

Cambria war sowohl von der geschmacklosen Vorstellung angeekelt, wie auch von der Tatsache, dass sie dabei zuschaute wie ein böses Kind, aber sie hatte Angst sich zu bewegen und entdeckt zu werden.

„Ach Aggie", stöhnte Owen, brachte den Schleifstein zum Stillstand und nahm ihre Hände von seinem Körper. „Wir werden hierfür Zeit haben, wenn ich zurück bin und dann werden wir heiraten." Er drehte eine Locke ihres strähnigen Haars um seinen Finger. „Diese Burg wird dann uns gehören."

„Aber wie, Owen? Ich dachte Ihr hättet gesagt, dass die schottische Schlampe sich aus der Schlaufe des Henkers befreit hätte."

Die Haare in Cambrias Nacken richteten sich auf.

„Psst", beruhigte Owen sie. „Macht Euch keine Sorgen. Ich habe einen Plan."

„Was für ein Plan?"

„Holden de Ware wird die Schlacht nicht überleben."

Aggie keuchte und kicherte dann verschwörerisch und kuschelte sich dann an Owen.

„Ohne ihn", fuhr Owen fort, „ist sie machtlos."

„Und dann werdet Ihr sie töten?", fragte Aggie mit krankhaftem Eifer.

„Das wird nicht nötig sein. Ich bin überzeugt, dass König Edward meiner Meinung sein wird. Mein Bruder sollte Blackhaugh in Besitz nehmen. Dieses Hindernis habe ich selbst aus dem Weg geräumt, aber alle glauben, dass die Schottin ihn getötet hat. Dafür wird sie gehängt werden und ich, meine Liebe, werde die Burg erben."

Aggie krähte vor Glück. Cambria wurde schlecht.

Owens Stimme wurde bitter. „All diese Jahre der Unterdrückung –aye, Roger, natürlich Roger, wie Ihr wollt, Roger und immer musste ich zuhören, wie mein Bruder mit seiner adligen Herkunft prahlte, seine Sünden auf mich schob und mir die wenige Zuneigung unserer lieben Mutter weg schnappte – jetzt sind sie alle tot." Zufrieden seufzte er. „Und schon bald werde ich der Lord von Blackhaugh sein."

„Erklärt mir noch mal den Teil über mich, Owen", flehte Aggie.

„Ihr, meine Liebe, werdet Lady Agnes und ihr werdet Smaragde am Hals tragen und Schwan am Tisch auf dem Podium speisen. Wenn ihr wollt, könnt ihr Euch sogar eine adlige Frau als Zofe nehmen."

Aggie seufzte vor Glück. „Ich werde die Stunden zählen, bis Ihr zurückkommt."

Owen grinste sie an, legte sein Schwert ab und zog Aggie an sich, wobei er sie liebevoll drückte, bevor er seine Hand in den Ausschnitt ihres Kleides auf so vulgäre Art und Weise steckte, dass Cambria schließlich entschloss wegzugehen, ganz gleich wie hoch das Risiko war.

Sie musste Holden finden. Sie musste ihn warnen.

Trotz des Flecks, der bunt auf seiner Wange prangte und

ihn an die Unfreundlichkeit seiner Frau von zuvor erinnerte, hatte Holden mit Cambria nicht kurz angebunden sein wollen. Er musste sich nur noch um hundert andere Dinge kümmern.

Morgen würden sie sich auf den Weg machen, um Edwards Truppen zu treffen und scheinbar war nicht genug Zeit für die Vorbereitungen. Sein persönlicher Pfeilmacher würde die ganze Nacht durcharbeiten müssen, damit sie ausreichend gute Pfeile hätten, einer seiner Ritter hatte sich am Bein verletzt und an zwei der Karren mussten die Räder repariert werden. Daneben erschienen ihm Cambrias Sorgen als unwesentlich.

„Ich bin immer vorsichtig in der Schlacht", sagte er und prüfte jeden langen Bogen, den er auf den Wagen mit den Waffen legte.

Die Geschäftigkeit hier auf dem Burghof mit übenden Rittern, Dienern, die packten und verschiedenen Tieren übertönte ihre Unterhaltung, aber Cambria sah immer noch nervös aus.

„Passt auf, dass Euch niemand von hinten angreift", beharrte sie.

„John!", rief er und warf dem Mann einen Pfeil zu. „Dieser hier ist nutzlos. Die Recurve ist gespalten."

Cambria flüsterte: „Ich habe gerade eben belauscht, wie Owen zugegeben hat, dass er für den Mord an Roger verantwortlich ist und jetzt will er Euch töten, um Blackhaugh zu erben."

„Owen?", er seufzte. Warum musste sie ihre Unschuld jetzt beteuern? „Cambria, Ihr braucht Euch für Eure Rolle bei Rogers Tod nicht entschuldigen. Das liegt in der Vergangenheit und ich erachte das Ganze als seligen Unfall. Thomas! Seid vorsichtig damit!"

Cambria ergriff ihn am Arm. „Hört mir zu! Er hat schon einen Mann getötet, seinen eigenen Bruder und ist davongekommen. Er könnte dasselbe mit Euch machen."

Er verdrehte die Augen. „Cambria, ich weiß, was in dem Gasthaus passiert ist und warum Ihr Roger getötet habt ..."

„Ihr wisst überhaupt nichts!", platzte sie heraus. „Ich habe Roger nicht getötet! Ich sage Euch, dass Owen es getan hat und dass er wieder töten wird."

„Cambria, ich kämpfe und töte Männer seit Ihr ein kleines Mädchen wart. Ihr werdet ganz einfach meinen Instinkten vertrauen müssen." Er bemerkte, dass sie stur auf die Zähne biss. „Habt Ihr gesehen, dass die Bierfässer verpackt wurden?"

Cambria antwortete nicht. Sie war am Ende mit ihrer Geduld. Sie drehte sich auf dem Absatz um und marschierte davon, wobei sie vor sich hin fluchte. Der Teufel sollte Holden wegen seiner blinden Dummheit holen. Vielleicht sollte sie es einfach zulassen, dass das Schicksal seinen Lauf nahm. Der verdammte Narr. Er würde von seinem eigenen Mann getötet werden und er war zu stur, um irgendetwas dagegen zu tun.

Irgendwie musste sie ihn überzeugen, aber nicht jetzt, wo er von gespaltenen Recurven und Vorratshaltung für die Schlacht abgelenkt war. Nay, sie würde warten bis zum Einbruch der Nacht, wenn er nicht mehr seinen Pflichten nachgehen musste. Sie würde warten, bis sie alleine waren.

Der Mond stand bereits hoch und das Feuer im Kamin war heruntergebrannt, als Holden endlich in ihr Zimmer kam. Cambria hatte das Schilf durch ihr auf und ab gehen zerfleddert und ihre Nägel abgebissen. Sie hatte ihre Rede für ihn geübt und jede Waffe in ihrem verbalen Arsenal geschärft, aber als er eintrat und erschöpft mit der Hand durch sein Haar strich, war der Fleck auf seiner Wange ein sichtbarer Beweis für ihre frühere Diplomatie und die zuvor geübte Rede war vergessen.

Plötzlich schaute er hoch, als wenn er erstaunt wäre, dass sie noch wach war und in dem Augenblick sah man die ganze Unsicherheit, die er wegen der Schlacht spürte in seinem Gesicht. In diesem einen kurzen Augenblick sehnte sie sich danach ihn zu trösten und die Sorgenfalten auf seiner Stirn glatt zu streichen, aber so schnell wie sie erschienen waren verschwanden die Falten auf seinem Gesicht auch wieder und er begrüßte sie mit einer Maske der Selbstsicherheit, die er für alle seine Ritter trug.

„Noch wach?" Er schnallte seinen Schwertgurt ab und ließ ihn neben das Bett fallen. „Wenigstens einer von uns sollte ein wenig schlafen."

„Ich konnte es nicht."

Er nickte und in dem blassen Licht des Mondes sah der Fleck auf seiner Wange, der von ihr verursacht worden war, wie ein Schatten aus. Schuldbewusst senkte sie den Blick.

„Es tut mir leid, dass ich Euch geschlagen habe", platzte sie heraus. Die Worte hörten sich seltsam für sie an. Sie glaubte nicht, dass sie sich jemals zuvor bei jemandem entschuldigt hatte.

Er wartete, dass sie ihn anschaute und nickte dann mit einem schiefen Lächeln. „Wenn ich von der Schlacht zurückkehre, müssen wir wohl den Kodex der Ritterlichkeit noch einmal durcharbeiten."

Falls Ihr zurückkommt, dachte sie und ihr Herz zog sich zusammen. Sie verschlang ihre Finger in ihrem Gewand, während er anfing sich auszuziehen. Sie hatte sich selbst geschworen, dass sie nicht die Fassung verlieren würde, dass sie sich vernünftig und ruhig mit ihm unterhalten würde, aber sie fühlte sich alles andere als ruhig, als er seine Kleidung Stück um Stück ablegte.

„Ich muss mit Euch sprechen." Ihre Stimme hörte sich brüchig an, wie der Wind in trockenen Blättern.

Er zog sein Kettenhemd aus und der Mond zeichnete die Konturen seiner nackten Brust nach. Er hatte den starken und festen Körper eines Kämpfers, aber die letzte Narbe direkt unterhalb seiner Rippen erinnerte sie, dass er aus Fleisch war und so verletzbar wie jeder andere Mann.

„Geht es wieder um Owen?"

„Ihr müsst mir glauben", sagte sie und eilte vor, um sein Kettenhemd abzunehmen, „er will Euch töten."

Er hakte seine Daumen an seiner Hose ein. „Wie hunderte von Highlandern. Cambria, Ihr müsst verstehen ..."

„Ich verstehe es nicht!" Sie atmete tief durch. Schon jetzt drohte sie die Fassung zu verlieren. „Ich verstehe, dass wenn Ihr sterbt, mein Clan schutzlos ist. Warum lasst Ihr Owen nicht einfach zurück?"

Sein Blick ging von ihr zu dem schmalen Fenster, wo er in die Nacht hinaus starrte. Er ballte seine Hände zu Fäusten und löste sie wieder und als er sprach, war seine Stimme ernst. „Ich schulde Euch die Wahrheit. Die schottischen Truppen sind äußerst zahlreich. Wenn wir diese Schlacht gewinnen wollen, brauchen wir jeden einzelnen Mann."

Dann schaute er wieder zu ihr und der Funken der Unsicherheit, den sie kurz in seinen Augen sah, machte ihr Angst. Zweifelte er daran, dass die Engländer gewinnen würden?

„Außerdem", sagte er mit einem reumütigen Lächeln,

„wenn ich jeden Ritter, der mir jemals gedroht hat, zurücklassen würde, hätte ich keine Truppe."

Frustriert warf sie sein Kettenhemd auf das Bett und sagte barsch: „Nehmt mich mit."

„Wie bitte?" Er schmunzelte und runzelte gleichzeitig die Stirn.

Sie legte ihre Handflächen flach auf seine Brust. „Nehmt mich mit. Ich achte auf Euren Rücken."

Er nahm ihren Kopf in seine Hände. „Ich kann Euch nicht in die Schlacht mitnehmen, Cambria. Es ist kein Ort für eine Frau."

„Ich bleibe hinter der Kampflinie. Ich bin recht gut mit dem Bogen. Wenn Owen irgendetwas versucht ..."

„Cambria." Er küsste sie auf die Stirn und sein Mund fühlte sich warm und so gar nicht wieder Mund eines Krieges an. „Es reicht, dass ich meine Männer riskiere. Ich werde nicht auch noch meine Frau riskieren."

„Aber ..."

„Ich schwöre Euch, dass ich aufpassen werde", versprach er. „Ich beschütze, was mir gehört und ich werde nichts tun, was Euren Clan in Gefahr bringen könnte."

Aber als sie spürte, wie sein Herz unter ihrer Handfläche schlug und ihr klar wurde, dass dieses Herz mit einem einzigen Stich einer Klinge zum Stillstand gebracht werden könnte, dachte sie weniger an ihren Clan als an ihren Ehemann, den sie nun angefangen hatte zu bewundern.

Das Geräusch von Holdens leisem Schnarchen wiegte Cambria in den Schlaf, aber zum Ende der Nacht drangen dunkle Bilder in ihre Träume und sie schlief unruhig.

Überall waren Leichen zu sehen: Blutig, gebrochen und verdreht. Sich windende Körper wie ein riesiger Ozean bis hin zu den Hügeln in der Ferne. Malcolm, Robbie, Graham. Ihr Clan. Sie watete durch sie hindurch und sie griffen nach ihr und flehten, schrien und verfluchten sie, bis sie vor Entsetzen die Hände über die Ohren legte.

Vor ihr lag der, den sie suchte, der Wolf. Sein graues Fell, das von Silber durchzogen war, lag jetzt mit Blut verklebt und sein dunkles Gesicht war vor Schmerz verzerrt, wobei er lange scharfe Zähne hatte. Er konnte kaum atmen und als sie neben ihm kniete, bebten seine Nasenlöcher und er wandte sich zu ihr. Und sie erkannte, dass es seine Augen waren – Holdens Augen, die grün mit grauen Flecken waren und sie mit einem hoffnungsvollen Flackern ansahen und dann brachen, als er starb.

Kummer zerrte an ihrem Herz. Er war weg. Der Wolf war weg. Sie hatte ihn und die Gavins im Stich gelassen und jetzt war sie ganz allein.

Ob es dieser entsetzliche Traum war oder das Geräusch, als Holden aufstand, das sie weckte, wusste sie nicht genau. Sie gab vor zu schlafen, obwohl ihr Herz heftig in ihrer Brust schlug und sie beobachtete ihn mit halb geschlossenen Augen, während er sich im ersten Tageslicht ankleidete. Er zuckte einmal wegen seiner Wunde zusammen als er das Kettenhemd über den Kopf zog und sie dabei an seine Sterblichkeit erinnerte. Er darf nicht sterben, dachte sie. Sie würde es nicht zulassen.

Einen Augenblick später flüsterte Holden ihr einen Abschiedsgruß zu und küsste sie vorsichtig auf die Stirn. Dann verließ er das Zimmer.

Als die Tür ins Schloss fiel, sprang Cambria hellwach aus dem Bett. Ihr Herz raste. Sie zog ein verwaschenes Leinenkleid und einen Umhang aus grober brauner Wolle aus ihrer Kleidertruhe. Schnell zog sie diese an und schob ihr Haar unter die große Kapuze ihres Umhangs. Sie zog ihre ältesten Lederschuhe über und steckte ihren Dolch in den Gürtel. Sie würde ihren Langbogen und die Pfeile bei den anderen Waffen verstecken müssen. Vorerst verbarg sie sie unter einer großen Decke.

Lord Holden beabsichtigte seinen Bruder Garth und Malcolm als Verwalter für Blackhaugh zurückzulassen. Cambria nahm sich die Zeit, eine Nachricht für Malcolm zu schreiben und ihm darin zu versichern, dass sie sicher und bei ihrem Ehemann war und zum Wohle des Clans handelte. Sie wusste, dass der arme Verwalter keine Ruhe haben würde bis sie wieder nach Hause zurückkehrte, aber trotzdem legte sie die Nachricht auf ihr Bett.

Als sie ihre Hand auf das Kissen legte, bemerkte sie, dass sie immer noch ihren Ehering trug. Bauern besaßen solche Dinge nicht. Sie sollte ihn abnehmen und in ihr Kästchen mit Wertsachen legen, aber das schien ihr irgendwie ein Sakrileg sein und so drehte sie den Kopf des Wolfes nach innen und zog ihren Ärmel weit über ihre Hand.

Vorsichtig verließ sie ihr Zimmer und ging die Treppe hinunter. Sie schlenderte durch die große Halle und mit ihrer Bauernkleidung fiel sie bei der großen Geschäftigkeit in keiner Weise auf.

Ritter in voller Rüstung stolzierten königlich an eiligen Dienern vorbei und brüllten Befehle hinsichtlich der Beladung der Wagen draußen. Kinder rannten Hunden hinterher und wurden dafür geschimpft. Cambria wurde weiter hinaus gedrängt auf den Burghof zu den Proviantwagen und heimlich legte sie ihren Bogen und die Pfeile in einen hinein. Dann hielt sie lang genug bei den Ställen an, um ihre Arme, Beine und ihr Gesicht schmutzig zu machen.

„Ihr da! ", rief jemand und erschrocken wandte sie sich um, wobei sie sich gerade noch rechtzeitig daran erinnerte ihren Kopf zu senken.

Es war der junge Sir Myles.

„Holt mir Brot und Wein", sagte er. Offensichtlich hatte er sie nicht erkannt. Für ihn war sie nur ein untätiger Junge, der seinen Befehl ausführen konnte. „Bringt es mir in die Waffenkammer."

Der junge Kerl ließ es klingen, als wäre es eine Ehre und Cambria musste sich auf die Zunge beißen, dass sie keine Widerworte von sich gab. Stattdessen nickte sie demütig, Myles rieb sich die Hände und marschierte selbstsicher davon.

Sie schlenderte in die Küche und senkte ihren Kopf, als Katie mit einem Arm voll Brot und Haferkuchen an ihr vorbeieilte. Heimlich nahm sie ein frisches Brot vom Tisch und schenkte einen Becher Wein für Sir Myles ein.

Als sie die Tür zum Quartier der Ritter mit ihrem Fuß aufstieß, wäre sie vor Panik fast erstarrt. Sie hörte die tiefe Stimme ihres Ehemanns, der eine Ansprache vor ungefähr einem Dutzend Ritter hielt. Sir Myles war einer von ihnen und als er sein Frühstück bemerkte, winkte er sie ungeduldig herbei.

Holden hörte mitten im Satz auf zu sprechen. Cambria hielt die Luft an, aber ihr Mann schien sie nicht zu erkennen, als er sie neugierig anschaute. Als sie Myles das Brot und den Wein gebracht hatte, sprach er weiter. Schnell entschuldigte sie sich und eilte zur Tür hinaus.

Danach war sie damit beschäftigt, Wagen mit Essen, Kochtöpfen, Decken, Kräutern und Leinen für Verbände zu beladen. Innerhalb einer Stunde stellten sich die gut bewaffneten und eifrigen Ritter in Fünferreihen vor den

Proviantwagen auf und warteten auf den Befehl ihres Lords.

Holden hielt keine Rede mehr, sondern blickte nur sehnsüchtig zum Fenster seines Schlafzimmers und dieser Blick zerrte an Cambrias Herz. Dann drehte er sein Pferd und nahm seinen Platz an der Spitze der Truppe ein.

„Vorwärts", befahl er. Die Reise hatte begonnen.

# KAPITEL 10

Cambria ruhte sich im Schatten eines alten Kastanienbaums aus und wischte sich zum hundertsten Mal mit ihrem schmutzigen wollenen Ärmel über die Stirn. In den letzten paar Tagen war es unheimlich warm geworden, aber um ihre Identität weiterhin zu verbergen musste sie den schrecklichen warmen Umhang tragen. Von den schlechtsitzenden Schuhen und der Geschwindigkeit, auf die Holden bestand, hatte sie Blasen an den Füßen bekommen. Sie konnte ihren eigenen tarnenden Gestank aus Stalldreck und nasser Wolle kaum mehr aushalten, aber das Schlimmste war, dass es schien, als hätte sie die Reise vergebens unternommen.

Sir Owen verhielt sich so verdammt ungezwungen, dass sie fast glaubte, dass sie sich die Unterhaltung im Quartier der Ritter nur vorgestellt oder falsch verstanden hatte. Es sah aus, als wenn sie den ganzen Aufwand umsonst betrieben hätte. Aber jetzt war es zu spät, um umzukehren. Sie hatte sich jetzt für die Reise entschieden – für jede schweißtreibende, staubige und quälende Meile.

Die de Ware Männer machten die Reise besonders übelkeitserregend, indem sie die stickige Luft mit

Prahlereien von ihrer Kühnheit auf dem Schlachtfeld und im Bett erfüllten. Zu ihrem Entsetzen stellte sie fest, dass sogar ihre eigenen Gavin-Ritter daran teilnahmen. Gemäß allen Erzählungen konnte natürlich keiner den de Ware Brüdern das Wasser reichen. Als ihr das Geschwätz zu anzüglich wurde, ließ sie sich nach hinten zu den Dienerinnen fallen. Dort konnte sie sich zumindest damit amüsieren, die gleichen Geschichten aus Sicht der Frauen zu hören und diese waren fraglos authentischer und weniger heroisch.

Sie bauten das Lager auf, als die Sonne schon tief am wolkenlosen Himmel stand. Ein Bach in der Nähe floss in ein tiefes von Ulmen beschattetes Gewässer und Cambria schlich sich davon, um ein kurzes erfrischendes Bad zu nehmen. Danach hatte sie keine andere Wahl, als denselben staubigen Surcot wieder anzuziehen und ihr nasses Haar klebte unter der Kapuze an ihrem Hals. Aber zumindest hatte sie es geschafft und den Gestank des Stalls abgewaschen.

Bei ihrer Rückkehr zum Lager machte sie sich daran, wilden Lauch für den abendlichen Eintopf auszugraben. Ein geschwätziges, junges, englisches Mädchen mit ungepflegtem blondem Haar und hinterhältigem Blick begleitete sie. Cambria achtete gar nicht auf das Geschwätz des Mädchens, bis sie den Namen Holden de Ware nannte.

„Was habt Ihr gesagt?", fragte Cambria und täuschte Gleichgültigkeit vor.

„Ich habe gesagt, wie lange es wohl dauern wird, bis der Lord eine von uns aussucht um sein Bett zu wärmen."

„Eine von uns?"

„Aye", sagte das Mädchen mit einem frechen Zwinkern. „Annie glaubt, dass sie es sein wird und Margaret läuft ihm schon die ganze Zeit vor der Nase herum wie eine Henne in einem Stall voller Hähne, aber ich glaube …"

„Ist der neue Lord nicht frisch verheiratet?", fragte Cambria mit ruhiger Stimme und zerquetschte den Lauch in ihrer Faust.

„Oh aye", offenbarte das Mädchen flüsternd, „mit einer *Eiskönigin* heißt es, die ihn noch nicht einmal zwischen ihre Beine lässt." Sie kicherte. „Könnt Ihr Euch vorstellen, dass jemand nicht das Bett eines de Ware teilen will?"

Cambria blinzelte. Sie richtete sich auf. Sie bezeichneten sie also als *Eiskönigin*.

Schlimmer noch, kannte jeder das Beischlaf-Arrangement zwischen Lord Holden und ihr?

„Also, wenn er mir gehörte", fuhr das Mädchen verträumt fort und strich über die langen Blätter ihres Lauchs, „würde ich ihm gestatten, mich jederzeit auf den Rücken zu legen und ich würde spüren, wie seine starken Beine um mich …"

„Genug!", befahl Cambria scharf.

Das Mädchen erschrak angesichts der Autorität in Cambrias Stimme.

„Ich denke, dass das genug Lauch ist", fuhr Cambria ruhiger fort und war von ihrer heftigen Reaktion überrascht.

„Oh aye", antwortete das Mädchen unbehaglich und kratzte sich am Kopf. „Ich denke schon." Sie schüttelte die Erde von den letzten paar Stangen Lauch und steckte alle in ihr hoch gerafftes Kleid.

Die Worte der Dienerin verfolgten Cambria den ganzen Nachmittag und beim Abendessen konnte sie nur an ihrem Essen knabbern, während sie Holden über das Feuer hinweg beobachtete.

Man sah sofort, dass alle Dienerinnen ihn umschwärmten. Die goldene Flamme glühte auf seinem Gesicht und unterstrich die feinen Knochen seiner Wangen sowie sein energisches Kinn und das Licht des Vollmonds ließ sein Haar silbern glänzen. Er hatte eine Hand auf seinem gebeugten Knie liegen und die andere hielt einen Becher Wein und während er trank, rutschte der Ärmel nach oben und legte die angespannten Muskeln seines Unterarms frei. Seine Augen lagen tief und er schaute nachdenklich, wobei er keinen seiner Gedanken offenbarte, während er in das Feuer starrte. Er öffnete den Mund um seinen Wein zu trinken und Cambria erinnerte sich an die Art und Weise, wie sich seine Lippen geöffnet hatten, um ihre Leidenschaft zu trinken.

Eine erstaunliche Welle des Verlangens durchfuhr sie.

Abrupt wandte sie ihm den Rücken zu, um ihre Fassung wieder zu erlangen und aufgeregt drehte sie an ihrem Ehering. Sie fluchte leise. Wie lange würde es dauern, überlegte sie, bis er eine wählte, um „sein Bett zu wärmen"? Die Frauen flatterten bereits um ihn herum, wie Fliegen um ein Stück Fleisch. Sie konnten kaum ihre Hände und Augen von ihm lassen. Die Dienerinnen kamen ihm so nah wie möglich, um seinen Becher wieder zu füllen oder ihm einen weiteren Teller anzubieten und kicherten wie Närrinnen und gaben kokette Schmeicheleien von sich. Er nahm alles diplomatisch an und zeigte weder einer besondere Gunst, noch wies er ihre Aufmerksamkeiten ab. Trotzdem ärgerte sie die vulgäre Darstellung.

Sie wusste, dass es ihr nichts ausmachen sollte. Es war schließlich allseits bekannt, das englische Lords vögelten mit wem sie wollten und wann sie wollten, ob sie verheiratet waren oder nicht. Männlichkeit wurde höher bewertet als Treue. Außerdem war ihre und Holdens Ehe nur ein politisches Bündnis.

Zum Ende des Abendessens war sie so angespannt wie ein überzogenes Katapult und sie war zwischen Selbstmitleid und Widerwillen hin- und her gerissen. Sie wartete ängstlich auf Nachricht, dass irgendein Weib zum Zelt des Lords gerufen wurde, aber schließlich zog sich Holden allein in sein Zelt zurück. Zumindest für heute Nacht konnte sie ruhig schlafen.

Sie war gerade im Begriff auf der dünnen Wolldecke einzuschlafen, als eine alte Dienerin zu ihr kam. Die ältere Frau benachrichtigte sie, dass sie zu Lord Holdens Zelt kommen sollte. Cambria war sich sicher, dass es sich um einen Fehler handeln musste, da sie sich den Adligen gegenüber wie unsichtbar verhalten hatte, aber die alte Frau bestand darauf, dass der Lord nach *ihr*, dem Weib in dem Umhang, gerufen hatte.

Den ganzen Weg bis dahin klapperten ihre Zähne. Vielleicht war es nur die kühle Nachtluft oder vielleicht ließ der Gedanke, dass sie Holden gegenübertreten würde, sie erschaudern. Hatte er ihre Identität entdeckt? Oder hatte er sie in einer ironischen Laune des Schicksals als Nachtisch für sein Abendessen gewählt?

Sie zog den Umhang um ihr Gesicht. Die Dienerin zog die Zeltklappe beiseite und bat sie einzutreten.

Drinnen war das Zelt dunkel. Sie zögerte und überlegte, in welcher Ecke seines Baus sich der Wolf versteckte. Bevor die alte Frau ging, zündete sie eine hohe Kerze auf einem Ständer neben dem Bett mit ihrem Feuerstein an und tauchte das Innere in ein goldenes Licht. Es schien leer zu sein.

Cambria blieb einige Augenblicke ruhig stehen und wartete, dass ihre Augen sich an das Kerzenlicht anpassten.

Das Zelt war bescheiden möbliert. Ein alter türkischer Teppich lag auf der fest gestampften Erde. Es gab einen einzigen geschnitzten Stuhl und eine große abgeschlossene Truhe für Kleidung und Wertsachen. Die Hälfte des Platzes wurde von dem mit dicken Fellen bedeckten Bett eingenommen.

Vor Angst drohte sie die Fassung zu verlieren und kämpfte damit, keine Regung im Gesicht zu zeigen. Ihr schwirrte der Kopf mit hunderten unterschiedlichen Antworten, die sie geben könnte, falls Holden sie wegen ihrer Gegenwart befragte, aber keine davon war auch nur im Entferntesten überzeugend.

Vor dem Pavillon hielt Holden im Mondlicht inne. Er atmete tief durch wie ein Lanzenreiter, der sich auf einen Angriff vorbereitet. Was würde er zu ihr sagen? Was würde er tun? Noch wichtiger, warum war sie hier?

Wenn er sie nur schon früher entdeckt hätte. Als er sicher gewesen war, dass Cambria sich auf der Burg befand, hatte er sich auf nichts als die Schlacht vor ihm konzentriert und die Dienerinnen gemieden, die um seine Zuneigung buhlten. Er wünschte sich jetzt, dass er die Dienerin in dem Umhang nicht ignoriert hätte.

Er hatte sie schließlich am Feuer heute Abend entdeckt. Ein schneller Blick auf ihr energisches Kinn in dem flackernden Feuer hatte dafür gesorgt, dass er sich fast an seinem Wein verschluckte und als er sie beobachtete, überlegte er, wie er so blind hatte sein können.

Es gab Dinge an Cambria, die kein Umhang verbergen konnte. Zum einen hatte sie einen äußerst unverkennbaren Gang, der so gar nicht feminin aussah, sondern eher der eines Kriegers war und dann waren da die starken, sinnlichen, vertrauten Kurven und flachen Stellen ihres Körpers, die sie zeigte, wenn sie ihre Ärmel hochschob oder ihre Röcke hob, um über eine Baumwurzel zu steigen oder wenn sie sich beugte, um den Eintopf zu servieren oder sich weit in einen Karren nach einem Becher streckte.

Aber nun, da er sie entdeckt hatte, musste er sich fragen, warum sie gekommen war.

Er wollte glauben, dass sie ihm gefolgt war, wie sie es angedroht hatte um ihn vor Owen zu beschützen. Er wollte glauben, dass ihre Sorge um ihn sie in ihrer Entscheidung motiviert hatte, sich seinen Befehlen zu widersetzen.

Aber die traurige Wahrheit war, dass er sich ihrer Zuneigung nicht ganz sicher sein konnte. Außer ihrer widerwilligen Bewunderung für seine ritterliche Kühnheit und dem unterdrückten Funken Verlangen, den er bei Frauen hervorrief, hatte er keinen richtigen Beweis für Cambrias Gefühle für ihn.

Dieses Bündnis mit den Clans im Grenzgebiet war zu neu, die Schlacht des Königs zu kritisch, als dass er die wenn auch schmerzliche und unwahrscheinliche Möglichkeit übersehen durfte, dass Cambria ihn vielleicht verraten könnte. Er wusste, dass sie Verbindung zu den Rebellen hatte, da sie ja die drei, die ihn für seinen Geschmack ein wenig zu organisiert angegriffen hatten, befreit hatte. Sie hatte wahrscheinlich Mitgefühl mit der Lage der Rebellen. Schließlich waren alle Schotten Romantiker, wenn es sich um hoffnungslose Fälle handelte. Und sie versuchte von sich abzulenken, indem sie den Verdacht auf einen seiner eigenen Männer lenkte, nämlich auf Sir Owen, der zufälligerweise zu jenen gehörte, die vielleicht ihren Vater getötet hatten.

Verflucht, für die Sicherheit seiner Männer musste er herausfinden, auf wessen Seite Cambria stand. Er konnte es sich nicht leisten, ihr Zeit zu geben, eine Revolte in den niederen Rängen anzuzetteln oder die schottischen Rebellen hinsichtlich ihrer Ankunft zu warnen.

Er seufzte tief und rieb sich die Hände. Er wusste, was zu tun war. Er musste sie befragen. Obwohl er die Aufgabe verabscheute, konnte er unwilligen Personen sehr gut Informationen entlocken. Er wusste, wie viel Gewalt er wo anwenden musste um fast jeden Gefangenen dazu zu bringen, zu singen wie eine Nachtigall.

Aber selbst, während er noch darüber nachdachte, schüttelte er den Kopf. Er könnte die Hand nicht gegen Cambria erheben. So etwas war undenkbar. Außerdem wusste er, dass die Androhung von Gewalt völlig nutzlos war, wenn man bedachte, wie stolz die kleine schottische Kriegerin war. Sie war mehr als willens für ihren Clan zu sterben.

Nay, er würde einen anderen Ansatz finden müssen, um eine Schwachstelle in ihrer Rüstung zu finden. Er schaute hinauf in den dunklen Himmel, als wenn dort die Antwort liegen würde. Er spürte eine leichte Brise im Nacken, bei der sich seine Haare aufstellten und dann wusste er es.

Er würde ihre eigene Verletzbarkeit benutzen– ihre eigene Weiblichkeit mit der unerforschten Leidenschaft, die unter der Oberfläche ihres kühlen Äußeren lag und schon so lange verleugnet wurde, dass sie gar nicht mehr wusste, dass sie existierte. Er würde sie benutzen, um die Wahrheit aus ihr heraus zu holen.

Er rieb sich mit den Knöcheln seiner Hand über den Mund, während er über die Aufgabe vor ihm nachdachte. Er hielt einen Knappen, der vorbeiging mit einer

Handbewegung an und bat den Jungen leise, einen Krug Wein und zwei Becher zu bringen. Er beschloss, dass seine Frau im Begriff war einen Meister der Verführung zu erleben.

Cambria hörte das Rascheln am Zelteingang, hielt die Luft an und verbarg ihr Gesicht. Als Holden eintrat ging er ohne Gruß an ihr vorbei. Tatsächlich glaubte Cambria, dass er sie vielleicht gar nicht gesehen hatte. Still und leise atmete sie die angehaltene Luft aus.

Ohne hoch zu schauen, schenkte er etwas Wein in zwei Becher.

„Ist Euch unter der Kapuze nicht warm?", fragte er.

Sie wagte es nicht zu antworten. Er könnte ihre Stimme erkennen, aber als die Stille immer länger wurde fing sie an zu glauben, dass sein Blick das schummerige Licht und ihre Kapuze bis hin in ihre Seele durchbohren könnte. Sie nahm den Becher, den er ihr reichte, mit zittrigen Fingern, wandte sich ab und nippte an dem Wein

Einen Augenblick später leerte er seinen eigenen Becher in einem Zug.

„Ihr seid schüchtern", bemerkte er. „Habt Ihr noch nie zuvor bei einem Mann gelegen?"

Sie trank den starken Wein zu schnell und bekam einen Hustenanfall. Holden streckte die Hand aus und schlug ihr ein paar Mal auf den Rücken, was in keinster Weise half.

„Nay", krächzte sie.

Holden verzog das Gesicht. Wie leicht es ihr fiel zu lügen, dachte er reumütig. Gemäß Guy und Myles hatte Roger in dem Gasthaus bei ihr gelegen. Er betete zu Gott, dass sie nicht auch über ihre Loyalitäten lügen würde.

„Dann wird es mir ein Vergnügen sein, Euch in die Riten der Leidenschaft einzuführen", sagte er.

„Aber ich möchte nicht ..."

„Psst", beruhigte er sie, „ich bin Euer Lord. Ihr seid mein Vasall. Ich habe Euch nicht gefragt, was Ihr wollt. Ich will heute Abend bei einer Frau liegen und ich habe Euch gewählt."

Cambria schluckte schwer. Er war auf jeden Fall recht sachlich hinsichtlich des ganzen Martyriums und er verschwendete keine Zeit. Sie fühlte sich, als würde sie am Rand eines Wasserfalls sitzen und war im Begriff hinuntergestoßen zu werden. Eine Flut von Emotionen durchfuhr sie – Angst, Empörung, Verbitterung – so schnell, dass sie kaum Zeit hatte zum Nachdenken.

Holden stellte seinen Becher auf der Truhe ab. Dann beugte er sich zur Seite und blies die Kerze aus, wobei das Zelt nur noch vom Mondlicht erhellt wurde.

Cambria widerstand dem Drang durch die Zelttür in die Nacht hinaus zu schlüpfen. Dann schimpfte sie sich für ihre Feigheit. Sie war jetzt auf dem Schlachtfeld. Ohne Erklärung wegzulaufen würde die Konfrontation nur hinausschieben.

Sie stellte sich aufrecht hin. Ihre Augen hatten sich noch nicht an das wenige Licht gewöhnt, als sie hörte, dass er nah um sie herumging. Sie konnte ihn nicht sehen, aber sie konnte spüren, wie sein Blick sich in sie hinein brannte und sie konnte das Gefühl nicht abschütteln, dass sie im Begriff war, verschlungen zu werden.

Er trat hinter sie und sein Atem an ihrem Ohr war so plötzlich, dass sie überrascht keuchte und ihren Becher fallen ließ. Der Rotwein wurde auf dem Teppich verschüttet und von ihm aufgesogen. Langsam zog er die Kapuze von ihrem Kopf und legte die Finger einer Hand in ihr Haar. Den anderen Arm legte er besitzergreifend über ihr Schlüsselbein und ihre Schultern. Seine Stimme war trügerisch sanft.

„Wisst Ihr was jetzt kommt?"

Sie schwieg, obwohl die Alarmglocken in ihrem Kopf läuteten. Ohne Warnung hielt er sie fester und ballte seine Finger zur Faust in ihrem Haar. Er tat ihr nicht weh, sondern hielt sie nur in seinem Griff gefangen. Trotzdem wehrte sie sich und ihre Finger zogen an den angespannten Muskeln seines Unterarms.

„Ich werde Euch küssen", flüsterte er. „Ihr seid schon zuvor geküsst worden, nicht wahr?"

Sie antwortete nicht. Ihr schlug das Herz bis zum Hals.

„Außerdem werde ich Euch berühren – Eure Lippen, Euren Hals, Eure Brüste – auf eine Art und Weise, wie Euch noch nie jemand berührt hat."

Mit diesem Versprechen zwang er sie die Berührung zu ertragen, bei der er mit der Zungenspitze an ihrem Hals entlang strich. Ein Blitz durchfuhr sie wie eine Klinge. Sie erschauderte und stöhnte ungewollt.

Er küsste sie mehrfach am Hals und sie kämpfte gegen das berauschende Gefühl. Er atmete gegen ihre Schläfe und massierte ihren Hinterkopf.

„Ihr seid so warm ... und weich ..." Er betonte jedes ihre Attribute, indem er mit seiner Zunge an den verschiedenen Vertiefungen ihres Ohres entlang strich. „Weich ... und süß ... und schön."

In sinnlicher Qual wand sie sich an ihm. Dann hörte er auf und unwillkürlich zitterte sie.

„Macht das nicht", keuchte sie und versuchte zur Besinnung zu kommen.

Sie hätte entrüstet sein sollen. Schließlich war ihr Ehemann ihr mit einer anderen untreu. Jedoch war diese andere keine andere als sie selbst. Es war alles zu verwirrend, insbesondere da er sie mit seinen Zärtlichkeiten unter ihrem Ohr fast verrückt machte.

„Gebt mir Eure Lippen", murmelte er an ihrer Wange. „Ich möchte einen Kuss."

Ihr Herz setzte vor Angst aus, weil er ihren Kuss erkennen könnte, aber bevor sie sich wegducken konnte, neigte er ihren Kopf zu seinem und strich ihr kühn mit seiner Zunge über die Lippen. Als sie überrascht ihren Mund öffnete, legte er seine Lippen auf ihre.

So war sie noch nie geküsst worden. Das ängstliche Küsschen, das sie ihm gegeben hatte, war nichts im Vergleich hierzu. Er saugte vorsichtig an jeder Lippe und nippte an ihnen, als wenn er sie schmecken wollte. Dann vertiefte er den Kuss, trank ihr die Seele aus dem Leib und schüttete sie dann wieder in sie hinein. Selbst die Leidenschaft ihres Hochzeitskusses verblasste gegen diese reine erotische Paarung ihrer Lippen, als seine Zunge sich träge zwischen ihre Lippen bewegte und sie einfach auseinanderschob.

Sie fühlte sich, als wäre sie verzaubert. Ihre Gliedmaßen erstarrten in ihrer abwehrenden Haltung, aber ihr Mund handelte mit einem eigenen Willen. Sein Kuss erforderte eine Antwort und sie gab sie, während ihre Lippen die seinen mit einem uralten Hunger suchten.

„Langsam, meine kleine Nymphe", neckte er, obwohl Anstrengung in seiner Stimme zu hören war. „Wir haben die ganze Nacht. Es wird ein größeres Vergnügen für Euch, wenn wir uns Zeit nehmen."

Mit großem Geschick, das zweifellos der Übung geschuldet war, öffnete er ihren Umhang und löste schnell die Schnüre an der Vorderseite ihres Kleides. Die kalte

Nachtluft an ihrer nackten Haut erschrak sie einen Augenblick lang. Dann, bevor sie seine Absicht erkannte, schlüpfte er eine Hand unter ihr Kleid und zeichnete den Umriss ihrer Brüste mit geübtem Finger nach. Sie schluckte.

Holden stöhnte. Ihre Haut fühlte sich unter seinen Fingern an wie Seide. Er war ein Narr gewesen, dass er diesem verdammten Ehevertrag zugestimmt hatte. Mit dem Daumen strich er über den Stoff, der ihre harte Brustwarze bedeckte und sie atmete scharf ein. Er versuchte es, konnte aber die Gier seines eigenen Fleisches nicht ignorieren.

„Hört auf. Ihr dürft nicht …", begann Cambria mit seltsam heiserer Stimme und versuchte autoritär zu klingen, wobei sie kläglich versagte.

„Psst." Er streichelte sie wieder und nahm ihr Zittern mit seinem eigenen Körper auf. Er konnte spüren, wie ihre Entschlossenheit zu schwinden begann. Schon bald wäre sie biegsam wie geschmolzenes Eisen in der Schmiede und ihm gefügig. Das hieß, wenn sein eigener Widerstand bestehen blieb, dachte er reumütig, als eine Welle des Verlangens in seinen Unterleib fuhr.

Als er mit der Hand ihre andere Brust berührte, stöhnte sie leise an seiner Wange. Er platzierte winzige Küsschen entlang ihres Kinns und streichelte und neckte sie weiter mit seinen Fingern. Er spürte ihre unmittelbar bevorstehende Kapitulation und drückte ihren Rücken gegen seinen Körper, wobei er die Zähne zusammenbiss, als ihr Po gegen die pulsierende Säule seiner Männlichkeit drückte. Er trat einen Schritt zurück und zog sie mit sich hinunter auf seinen Stuhl, wobei er sie auf seine Knie setzte.

„Jetzt", sagte er und versuchte ruhig zu bleiben, während er den Ehering an ihrem Finger richtig herumdrehte, „werdet Ihr mir erzählen, Frau, warum Ihr hier seid."

# KAPITEL 11

ambria brauchte einen Augenblick, bis ihr in dem lüsternen Nebel in dem sie taumelte, klar wurde, was er gesagt hatte. Selbst dann fiel ihr keine geeignete Antwort ein.

„Was?", flüsterte sie. „Ihr wisst es? Woher wisst Ihr es?"

Er antwortete mit mehr rohem Verlangen in der Stimme, als er beabsichtigt hatte. „Habt Ihr geglaubt, ich hätte mir nicht jeden Zoll von Euch eingeprägt, während ich Euch im Schlaf neben mir beobachtet habe?"

Cambrias Kopf wurde wieder etwas klarer. Sie atmete tief durch. Ein Teil von ihr wollte vor Erleichterung zusammenbrechen – Holden war doch nicht untreu gewesen – aber das Gefühl wurde schon bald von etwas viel Stärkeren unter einem Erdrutsch begraben.

„Ihr habt zugelassen, dass ich mich zum Narren gemacht habe", sagte sie, als die Wahrheit zu ihr durchdrang. Dann entzündete sich ihr Zorn schneller als ein Funke auf einem Reetdach. „Ihr habt mich in diesem verflucht heißen Umhang leiden lassen, mich gezwungen, Eure Ritter von vorne bis hinten zu bedienen, wenn ... Ihr habt mich in Euer Zelt zitiert wie eine ordinäre ..."

„Das reicht!" Er bremste sie, indem er sie schüttelte und bemerkte erst zu spät, dass er mit ihrer Verführung nicht hätte aufhören sollen. Er hatte sie in der Hand gehabt. Jetzt entglitt sie ihm wieder. „Tatsache ist, dass Ihr angezogen wie eine Bäuerin hier seid und ich möchte wissen warum."

Cambria kochte vor Zorn und kämpfte gegen seinen erneuten Griff. Sie fühlte sich zutiefst gedemütigt. Sie wünschte sich zu Gott, dass sie nie gekommen wäre. Sie hätte ihn einfach in seinen Tod ziehen lassen sollen.

„Ich muss mich nicht dafür rechtfertigen, ob ich komme oder gehe!", fauchte sie. „Ich bin der *Laird* des Gavin!"

„Ihr seid vielleicht der *Laird*", entgegnete er mit fester Stimme, „aber Ihr habt mich geheiratet und jetzt bin ich Euer übergeordneter Lord."

Sie schlug auf ihn ein. „Bin ich jetzt eine Gefangene?"

„Aye, bis Ihr meine Frage beantwortet und mir sagt, warum Ihr hier seid."

Sie schloss ihren Mund und blickte ihn verächtlich an, obwohl dieser Blick in der Dunkelheit verschwendet war. Sie wollte verflucht sein, wenn sie ihm erzählte, warum sie gekommen war. Er würde nur über ihre unangebrachte Sorge lachen.

Holden flüsterte an ihrer Wange. „Vielleicht seid Ihr gekommen, weil Ihr meine Küsse vermisst habt."

Bevor sie mit einer schneidenden Bemerkung antworten konnte, nahm Holden ihr Kinn fest in eine Hand und drückte seine Lippen hart gegen ihre. Wie vorherzusehen war kreischte sie vor Entrüstung und schlug nach ihm wie eine Wildkatze, aber als er sie plötzlich losließ, war sie gezwungen, sich an ihm festzuhalten, damit sie nicht von seinem Schoß fiel.

„Lasst mich gehen!", zischte sie, selbst als sie sich noch an ihm festhielt, um das Gleichgewicht zu halten.

„Erst, wenn Ihr mir antwortet."

Sie weigerte sich.

„Warum seid Ihr mir gefolgt, Cambria?" In seiner Stimme war eine Drohung zu hören, während er mit einem Finger über ihren Hals und gefährlich nahe an ihre Brust strich.

„Wir hatten eine Abmachung, *Ehemann*", protestierte sie und schlug seine wandernde Hand weg, „oder ist Euer Wort wertlos?"

„Ich habe mein Wort noch nie gebrochen", sagte er ruhig und hielt sie am Handgelenk fest. „Seid versichert, dass ich nicht die Absicht habe bei Euch zu liegen."

Holden wünschte, dass sein Körper das auch glauben würde. Er brauchte all seine Disziplin, um seine sehr lebendige Leidenschaft zu verbergen. Er zuckte zusammen, als Cambria sich gegen seine Lenden wand, nahm ihr anderes Handgelenk und drückte ihre Arme mit seinen Händen nach unten.

So schnell wie ein Falke sich auf seine Beute stürzt ergriff er sie dann an ihrem Haar, zog ihren Kopf zurück und drückt seinen gierigen Mund an ihren Hals.

Einen verrückten Augenblick lang, als sie seine Zähne auf ihrer zarten Haut spürte, dachte Cambria, dass er sie beißen wollte. Dann bewegte sich sein Mund nach oben und sie winselte vor Entsetzen, als er sich ihrem empfindlichen Ohr näherte.

„Dies ist eine Schlacht, die Ihr nicht gewinnen könnt, Cambria", hauchte er leise. „Auf diesem Schlachtfeld habe ich weit mehr Erfahrung. Früher oder später werdet Ihr kapitulieren."

Cambria zitterte. Gott möge ihr beistehen, aber er hatte Recht. Seine Stimme war voller honigsüßer Verführung und bei seiner Berührung wurde ihr schon heiß.

Sie hätte niemals in sein Zelt kommen sollen. Sie musste hier weg. Sie war jedoch wie eine Fliege in seinem Netz gefangen, konnte sich nur auf seinem Schoß winden und sie errötete bei dem Gedanken, was sie an ihrem Ohr spüren würde, wenn er sie dort küsste.

Er hielt ihren Kopf ruhig, als seine Zunge begann ihr Ohr zärtlich zu baden und sofort flogen sämtliche Gedanken an Flucht wie Ahornsamen im Wind davon. Sie konnte weder ihr Stöhnen vor süßem Schmerz aufhalten, noch Widerstand leisten, als er sie losließ um seine Finger in den Ausschnitt ihres Kleides zwischen ihren Busen zu stecken.

Er nahm eine ihrer Brüste unter dem Stoff in die Hand, drückte sie zärtlich und kreiste mit dem Daumen um ihre Brustwarze. Sie protestierte schwach und er brachte ihren Protest zum Schweigen mit Worten der Ermutigung, des Lobs und Worten, die ihr den Atem raubten.

„Ich möchte Euch dort küssen", flüsterte er.

Ihr wurde heiß, als das Blut in ihren Adern rauschte. So etwas hatte noch nie jemand zu ihr gesagt. Es war undenkbar. Sie bebte und stellte sich den subtilen Druck seiner Lippen und seiner Zunge auf ihrer Brust vor. Ein Strahl des Verlangens, der so scharf war wie ein Pfeil, schoss durch sie hindurch. Sie bot nur wenig Widerstand, als er sie gegen seinen Arm zurückbeugte und mit der anderen Hand ihr Kleid wegzog.

Sie spürte das Kitzeln seines dichten Haares auf ihrer Brust, einen Augenblick bevor sein Mund sich über ihre Brustwarze legte. Zuerst zupfte er vorsichtig, dann zog er sie fest zwischen seine Lippen, bis sie seine Kraft bis in ihre Zehen spürte. Nichts hätte sie auf die Ekstase seiner Zunge vorbereiten können, als diese ihr Fleisch befeuchtete und ihre Willenskraft aus ihr heraus zu saugen schien. Zu ihrem Entsetzen stöhnte sie tatsächlich als Beschwerde, als er aufhörte, um wieder zu sprechen. Sie war erschüttert, als sie entdeckte, dass sie ihre eigenen verzweifelten Finger in seinem Haar verheddert hatte.

„Sagt mir, Cambria", murmelte er und schnüffelte an ihrem Hals, „warum seid Ihr mir gefolgt? Wollt Ihr mich an die Rebellen verraten?"

Cambria erstarrte. Blitzschnell wurde ihr alles klar. Plötzlich wusste sie was er tat. Der Mistkerl folterte sie um Informationen zu erhalten. Er war nicht als ihr Ehemann heute Abend hier. Er war ein Soldat auf einer Mission.

Sie fühlte sich, als wenn sie einen Schlag in die Magengrube bekommen hätte. Ihr eigener Ehemann vertraute ihr nicht.

Sie verfluchte sich, dass sie geglaubt hatte, dass er möglicherweise vor Lust nach ihr überwältigt wäre und sie knurrte vor Zorn wie ein gefangenes Tier und schlug um sich. Obwohl der Schmerz seiner Folter süß gewesen war, diente sie offensichtlich nur dazu, ihr eine Beichte zu entlocken. Das würde sie ihm nicht verzeihen. Jetzt würde sie ihm *niemals* offenbaren, warum sie gekommen war. Wegen ihr könnte er in der Hölle schmoren. Irgendwie musste sie sich gegen seine Verführungskunst wappnen. Irgendwie musste sie ihm widerstehen und die Kontrolle über ihren Körper behalten.

Diese Kontrolle überdauerte ein Dutzend Herzschläge, nachdem Holden entschlossen den Arm nach unten gestreckt und eines ihrer Beine über sein eigenes gelegt hatte und ihr Kleid über ihren gespreizten Knien langsam nach oben schob.

Cambria wusste, dass sie in Gefahr war. Sie begann erneut zu kämpfen und versuchte ihre Beine zusammen zu drücken, aber Holden hielt sie auseinander. Als er sie mit dem Rücken fest an sich zog, war sie eher wegen des Schrecks über den eisenharten Beweis seines Verlangens unter ihr außer Gefecht gesetzt, als von seinen um sie geschlungenen Armen.

Holden spürte wie sie erstarrte. Er hatte gehofft, dass sie die Wirkung, die sie auf ihn hatte, nicht bemerken würde. Ein erregter Mann könnte einer Frau nur allzu einfach ausgeliefert sein. Oh Gott, dachte er, während er mit seinen Fingern über die Innenseite ihres Oberschenkels strich und dem weichen Haar zwischen ihren Beinen immer näherkam, vielleicht würde er diesen Kampf doch nicht gewinnen. Es fühlte sich an, als wären die Nähte seiner Hose im Begriff zu platzen.

„Warum?", murmelte er heiser. „Warum seid Ihr gekommen?"

Cambria wölbte sich von seiner verführerischen Berührung weg und schloss Mund und Augen, während seine Hand nur wenige Zoll über ihren weiblichen Locken schwebte.

„Antwortet mir."

Cambrias Stolz schrie sie an, dass sie widerstehen sollte. Sie öffnete den Mund um zu protestieren, aber als er seine warme Hand auf ihre Hüften legte, entfuhren ihr Worte, die sie so nicht beabsichtigt hatte. „Oh Gott", stöhnte sie und verachtete ihren eigenen schwachen Willen. „Hört Ihr auf, wenn ich es Euch sage?"

Holden biss sich auf die Lippe. Sie war so heiß, nass und

verführerisch, dass er überlegte, wer mehr gefoltert wurde. Es fiel ihm schwer zu sprechen. „Sagt es mir", antwortete er und hielt seine Hand fest an sie gedrückt.

„Wie ich Euch gesagt habe, bin ich gekommen um Euren Rücken zu schützen", flüsterte sie eilig um losgelassen zu werden.

Er ließ sie nicht los. „Es gab eine Zeit, da habt Ihr mir einen Dolch im Rücken gewünscht", erinnerte er sie und löste den Druck ein wenig. „Seid Ihr sicher, dass Ihr nicht gekommen seid um den Rebellen zu helfen?"

Sie runzelte die Stirn und war nur zum Teil in der Lage, einen vernünftigen Gedanken zu fassen. Wie konnte er das glauben? Sie war *Laird* ihres Clans. Warum würde sie den Rebellen helfen? „Das ist eine dumme Frage."

„Beantwortet sie."

Sie zögerte, aber als Holden einen Augenblick lang einen Finger in die Falten ihrer Weiblichkeit tauchte, unterdrückte sie einen Schrei und konnte nicht schnell genug antworten. „Ich bin nicht gekommen um den Rebellen zu helfen!" Sie wünschte sich fast, dass sie ihn verraten hätte und bei Gott, sie wünschte sich, dass er sie dort nicht berühren würde.

„Ihr seid gekommen, um mich zu beschützen?"

„Ja, verdammt noch mal!" Verflucht, warum nahm er seine Hand nicht weg?

Holden schwieg lange Zeit und verdaute, was Cambria gesagt hatte. Wenn sie so sehr auf Owens Schuld und seinen Drohungen beharrte, wenn sie sich so sicher war, dass sie ihr wertvolles Blackhaugh verlassen hatte um ihrem Ehemann in die Schlacht zu folgen, könnte es sein, dass ihre Ängste der Wahrheit entsprachen? Er musste herausfinden, was bei ihrer Gefangennahme passiert war.

„Erzählt mir alles über die Nacht in dem Gasthaus."

„Zuvor hattet Ihr mir nicht zugehört", sagte sie mit finsterem Gesicht. „Warum wollt Ihr jetzt zuhören? Warum sollte ich meine Zeit verschwenden?"

Er legte seine Finger wieder über ihr lockiges Nest. Verdammt, sie war wirklich eine sture Frau. „Weil, wenn Ihr es nicht tut, ich Euch wunderbare, schreckliche Dinge antun werde bis Ihr mich um meine Streicheleien anfleht. Das wollt Ihr doch nicht oder?" Gott, was redete er da nur? Dies war das seltsamste Verhör, das er jemals durchgeführt hatte.

Cambria zweifelte nicht an seiner Drohung. Sie hatte bereits einen Geschmack seiner Kriegsführung erhalten. „In Ordnung. Lasst mich gehen", schmollte sie.

Holden zog ihren Rock wieder über ihre Knie und half ihr auf die Beine, wobei er eines ihrer Handgelenke weiter festhielt, damit sie nicht fliehen würde.

Sie erzählte ihm, was sie wusste und ließ natürlich die Einzelheiten, die sie belasten oder beschämen oder sie schlecht aussehen lassen könnten, aus. Und dieses Mal hörte er zu. Zumindest nahm sie an, dass er zuhörte. In der Dunkelheit hätte er bei ihrer Erzählung auch einnicken können, ohne dass sie es merkte.

Als sie fertig war, sprach Holden leise wie die Ruhe vor dem Sturm. „Guy und Myles haben eine andere Geschichte erzählt. Sie haben gehört, dass Ihr gedroht habt, Roger zu töten."

Unbehaglich räusperte sie sich. „Roger töten?", krächzte sie. „Ich vermute, dass ich *vielleicht* gesagt habe ..."

Auf das zornige Knurren von Lord Holden was sie unvorbereitet und noch wesentlich unvorbereiteter auf seine nächste Handlung. In einem Moment stand sie neben ihm und im nächsten hatte er sie hochgehoben und auf ihren Rücken auf das mit Fellen bedeckte Bett geworfen. Seine Handflächen drückten ihre Schultern hart in die Matratze.

„Ihr kleine Lügnerin", sagte er. „Ich werde die Wahrheit und zwar die ganze Wahrheit von Euch bekommen, selbst wenn ich Euch die halbe Nacht quälen muss!"

Holden war jetzt zornig auf sie, erzürnt von ihrer trügerischen Zunge und von ihrem Verrat verletzt. Er griff nach dem Ausschnitt ihres Kleides und zerriss den Stoff, wobei er sie für seinen Angriff entblößte. Er würde ihr natürlich nicht weh tun – er ließ es niemals zu, dass er die Fassung verlor – aber er würde die Tatsachen aus ihr herausbekommen und wenn es das letzte war, was er jemals tat.

Cambria spürte Holdens Zorn, während sie unter ihm um sich schlug. Was war bloß los mit ihm? Sie hatte ihm die Wahrheit über das Gasthaus erzählt – zumindest den größten Teil davon. Was wollte er denn noch? Sie fühlte sich jetzt vollkommen verletzbar, während sie dort halbnackt lag und ihr Herz raste.

Sie schlug mit den Fäusten nach ihm. Einige ihrer Schläge landeten auf festem Fleisch, bevor seine Arme sich um ihre Handgelenke schlängelten. Dann setzte er sein erhebliches Gewicht auf ihre Hüften und sie war auf dem Bett festgesetzt. Verflucht, er saß auf ihr wie auf einem Pferd.

Seine nächste Handlung erstaunte sie. Ganz langsam hob er eine ihrer Fäuste und öffnete sie mit seinen starken Fingern. Er biss ihr leicht in die Handfläche und ließ seine Zunge über sie streichen, bis er die Haut zwischen ihren Fingern leckte. Sie keuchte bei dem Gefühl, das sie durchströmte, während er mit den Zähnen entlang der Länge jeder ihrer Finger schrammte.

„Ihr habt gedroht ihn zu töten, nicht wahr?" Seine Stimme war gefährlich leise.

Holdens Körper wurde schnell gefährlich hart. Er benutzte seine ganze Konzentrationskraft um das lüsterne weibliche Fleisch zu ignorieren, das so warm gegen seine Lenden drückte, während Cambria sich unter ihm wand. Mit einer Hand legte er ihre Handgelenke zusammen über ihren Kopf, damit die andere frei wurde das zu tun, was er wollte. Er traute ihren scharfen Zähnen nicht und griff fest nach ihrem Kinn und drehte ihren Kopf zur Seite.

Cambria erstarrte, als sie seinen warmen Atem auf ihrer Wange spürte. Ohne Warnung tauchte seine Zunge dann in ihre Ohrmuschel. Sie wäre fast an die Decke gesprungen.

„Habt Ihr gedroht Roger zu töten?"

„Aye!", zischte sie und war zornig über die Art und Weise, wie ihr Körper reagierte und sich tatsächlich nach seiner Berührung sehnte. Bei Gott, sie würde ihm irgendwas erzählen, wenn sie danach nur die Kontrolle zurückerlangte.

„Gut", sagte er selbstgefällig. „Jetzt erzählt Ihr mir die Wahrheit."

Sie versuchte ihren Kopf frei zu schütteln, aber frech leckte er ihre Augenlider mit seiner Zungenspitze, als sie ihren Kopf auf die andere Seite drehte.

„Myles und Guy haben mir erzählt, dass sie Geräusche aus dem Zimmer gehört hätten", hauchte Holden und ließ sie vor Erwartung zusammenzucken. „Geräusche von schweren Objekten, die gegen die Wand flogen."

Cambria biss so fest die Zähne zusammen, dass sie

dachte, dass sie brechen würden. Sie wünschte, dass sie jetzt ein schweres Objekt hätte.

„Habt Ihr mit etwas nach Roger geworfen?"

Seine Worte kitzelten ihren Nacken, aber als sie sich gegen das wappnete, von dem sie wusste, dass es kommen würde, verriet ihr Körper sie immer noch und wand sich in süßem Schmerz, als sein Mund sich über ihr Ohr legte.

„Nay!", schluchzte sie.

„Nay? Ihr habt nichts geworfen?"

„Aye!", sagte sie wild. „Aye, Ich habe alles geworfen was ich finden konnte – einen Kerzenständer, einen Topf –"

„Einen Dolch?", fragte er vorsichtig und ließ ihr Kinn los. „Hmm?"

Er bewegte die Finger seiner freien Hand entlang ihres Schlüsselbeins, dann tiefer und strich mit der Handfläche über die Spitze einer Brustwarze. Bei der eifrigen Reaktion ihres Körpers zuckte sie zusammen. Er senkte seinen Kopf auf die andere Brust, leckte über die Brustwarze und blies seinen kühlen Atem darauf, dass sie sofort hart wurde. Sie stöhnte.

„Verdammt, was wollt Ihr von mir?"

Er schloss die Augen fest zu. Er wusste, was er von ihr wollte. Ihre ungleichmäßige Atmung und ihr unfreiwilliges Stöhnen erregten ihn jenseits jeder Kontrolle. Aye, er wusste genau, was er wollte.

„Ich will die Wahrheit", sagte er stattdessen.

„Ich habe Euren Ritter nicht getötet."

Holdens Stimme wurde tödlich ruhig. „Hat Roger Euch berührt?"

Sie zögerte und beschloss dann, ihn absichtlich falsch zu verstehen. „Natürlich hat er mich berührt", murmelte sie. „Ich habe Euch doch erzählt, dass er mich in das Zimmer im Gasthof gezwungen hat."

„Cambria", knurrte Holden warnend.

Er strich mit der Hand über ihren Bauch. Sie versuchte sich auf ihren Bauch zu drehen, aber seine Oberschenkel hielten sie gefangen. Kühn vergrub er seine Finger in ihrem weiblichen Haar und drückte sich fest an sie. Ihre Hüften antworteten ihm und schoben sich von allein nach oben.

„Hat er Euch so berührt?"

„Fahrt zur Hölle!", stöhnte sie.

„Hat er Euch so berührt?"

Cambria wollte ihm weh tun. „Nay!", rief sie. „Seine Berührung war viel angenehmer."

Die Lüge schien keine Wirkung auf ihn zu haben. „Gott sei Dank erfreue ich Euch nicht so gut, sonst hätte ich vielleicht einen Dolch in *meiner* Brust stecken."

Dann begann er seine Finger zu bewegen und strich über die feuchten Falten ihrer Haut. Sie dachte, dass sie vor Scham sterben würde, aber sie wollte auch nicht, dass er aufhörte. Sicherlich besaß er eine geheime Macht, die Fähigkeit, sie mit der leichten Berührung einer einzigen Fingerspitze hilflos zu machen.

„Habt Ihr Roger getötet, weil er ... Euch vergewaltigt hat?", murmelte er.

„Er hat mich nicht vergewaltigt", hauchte sie, wobei sie endlich kapitulierte und unter seiner Berührung auf einem erotischen Meer schwebte. „Er hat es versucht, aber er war zu betrunken dafür." Sie seufzte und ihre Stimme wurde weich und weiblich. „Ich schwöre auf dem Grab meines Vaters, dass ich Euren Ritter nicht getötet habe."

Holden schloss die Augen und nickte erleichtert und langsam in der Dunkelheit. Sie sagte die Wahrheit. Er hörte die Resignation in ihrer Stimme.

„Glaubt Ihr, dass Owen seinen Bruder getötet hat?"

„Aye", sagte sie langsam.

„Und dass er mich töten will?"

„Aye." Sie atmete scharf ein, als Holden mit dem Daumen in Kreisbewegungen über sie strich. Lieber Gott, es fühlte sich an, als hätte sie keinen eigenen Verstand mehr. Sie wollte, dass er aufhörte, aber sie wollte auch noch etwas mehr. „Bitte", seufzte sie.

„Bitte?" Holden stockte der Atem. Er hielt inne bei seinen Bewegungen. Sicherlich war seine sture Cambria noch nicht bereit, alles aufzugeben. „Bitte hört auf oder bitte macht weiter?"

Ihr langer Augenblick der Unentschlossenheit rief ein ironisches Schmunzeln in ihm hervor, das in einem frustrierten Stöhnen endete. „Ach Frau, ich würde nichts lieber tun, als Euch hier und jetzt zu nehmen."

Eine Welle des Verlangens durchfuhr seine Lenden, als wollte sie seinen Worten noch mehr Glaubwürdigkeit verleihen. Er brauchte seine ganze Willenskraft, dass er nicht seine Hose auszog und diesen schmerzenden Teil von ihm in ihre weiche, nasse Scheide steckte.

„Aber ich bin ein Mann meines Wortes. Ich muss hören, dass Ihr zustimmt."

*Bitte Gott,* flehte er still, *erlöst mich von diesen Qualen.* Aber Gott schenkte ihm keine Beachtung und die Stille zog sich, während Cambria ihre eigenen Schlachten schlug. Es sollte nicht sein, beschloss er, zumindest nicht heute Nacht. Er zog seine Hand von ihr weg und ließ ihre Handgelenke los.

„Ich bedaure, dass ich Euch so unbefriedigt zurücklasse", sagte er mit angespannter Stimme, „aber es handelt sich um einen Eid, an den Ihr mich selbst gebunden habt."

Er überlegte, ob sie wohl halb so viele Schmerzen hatte

wie er. Er hätte schwören können, dass er von der Taille bis zu den Knien pulsierte. Weder hatte eine Frau ihn jemals so völlig erregt, noch so niedergeschmettert. Er atmete stöhnend aus, dass sein Körper von der langen Zurückhaltung erschöpft war und er verfluchte seine elende Ehre, die ihn davon abhielt, seine eigene Frau zu vögeln.

Cambria legte ihr Gesicht auf ihre Armbeuge. Sie hatte noch nie solche Qualen oder solche Verwirrung erlebt. Ihr Körper war von einer namenlosen Sehnsucht durchflutet und jede Faser ihres Wesens war wie eine Bogensehne gespannt. Der Wolf hatte sie an die Grenze eines unentdeckten Landes gebracht und jetzt ließ er sie dort allein zurück. Er hatte sie gedemütigt, sie erobert und Schande über sie gebracht. In dieser Schlacht hatte er sie gründlich besiegt wie er es versprochen hatte.

Aber sie wollte verdammt sein, wenn sie dies zugab. Lieber wollte sie die Qual unerwiderter Leidenschaft ertragen als vor ihrem Feind in einem schwachen Augenblick zu kapitulieren.

Sie biss die Zähne zusammen, drehte sich auf die Seite und rollte sich zu einem Ball auf. Es würde eine lange schlaflose Nacht werden.

Irgendwie schaffte Cambria es, sich ein wenig auszuruhen, aber ihre Ruhe war bei weitem nicht friedlich. Kurz nach Sonnenaufgang erwachte sie mit einem Keuchen. Der gleiche schreckliche dunkle Traum von Leid und Tod hatte sie im Schlaf heimgesucht. Sie fühlte sich, als würde sie an dem Gestank des Grabes ersticken. Ihr Herz schlug so heftig, als wollte es ihr aus der Brust springen.

Dann verschwand der Albtraum, der so wirklich gewesen war, wie eine kleine Rauchwolke. Einen

Augenblick lang wusste sie nicht mehr, wo sie war. Sie schüttelte den Kopf und dann kam die Erinnerung mit einem überwältigenden Strom zurück, während sie die Fetzen ihres zerrissenen Kleides einsammelte.

Sie war allein in seinem Bett und war dort von dem Unhold, der ihr Ehemann war, zurück gelassen worden. Er hatte sie gefoltert. Anders konnte man das nicht nennen. Er hatte ihre eigene Leidenschaft gegen sie verwendet, sie ohne Gnade verführt und dann verlassen, dass sie sich allein der Verachtung eines jeden im Lager stellen müsste. Sie war überrascht, dass er sie nicht einfach entjungfert und es hinter sich gebracht hatte. Er hatte den Grund dafür ja genannt. So sehr sie ihn in diesem Augenblick verachtete, musste sie doch zugeben, dass er zu seinem Wort stand. Ohne ihre Zustimmung würde er nicht bei ihr liegen.

Sie strich sich das Haar aus dem Gesicht und schaute hoffnungslos auf ihre zerstörte Kleidung. Der Mistkerl sollte verflucht sein, er hatte ihr kaum etwas zum Anziehen gelassen. Sie presste ihre Lippen zusammen und zog die Decke vom Bett und beschloss, dass sie ihm eine Lektion über schottischen Stolz erteilen würde. Sie würde sich in Felle hüllen wie ihre Vorfahren und mit erhobenem Haupt das Zelt verlassen.

Plötzlich öffnete sich die Klappe zum Zelt und Holden stand beleuchtet vom morgendlichen Sonnenlicht im Eingang. Sie wandte den Blick ab. Sie wollte bestimmt nicht Zeuge sein, wie der Wolf sich in seinem leichten Sieg von der Nacht zuvor sonnte. Er würde wahrscheinlich gar nicht aufhören sich damit zu brüsten. Er hatte gewonnen. Er hatte ihr auf faire Art und Weise und ohne Kampf ihren Willen genommen.

Schließlich siegte ihre Neugier und sie blickte finster zu

ihm hoch. Seine Miene machte sie stutzig. In seinem Gesicht war keine Selbstgefälligkeit, sondern nur so etwas wie Reue zu sehen. Tatsächlich sah er aus wie ein eigenwilliges Kind, das sich entschuldigen will, während er ihr ein Bündel mit neuer Kleidung überreichte.

„Ich würde Eure Identität lieber geheim halten", sagte er und warf die Gewänder auf das Bett, als sie die Hand nicht danach ausstreckte und fügte hinzu: „Zu Eurer Sicherheit."

Sie starrte nur schweigend und war dankbar, dass er nichts über die vorherige Nacht sagte. Angesichts ihres Schweigens räusperte er sich und nahm seinen normalen Befehlston wieder an.

„Ihr bleibt in größerer Entfernung vom Kampf, wenn er beginnt. Ich weiß nicht, welche Waffen Ihr für Euch selbst versteckt habt, aber Ihr bleibt hier. Ist das klar?"

Sie schaute ihn von der Seite an. Wie kam es, dass er sie so gut kannte? „Habt Ihr Angst, dass ich meine Waffen gegen Euch lenke?"

„Nay", versicherte er ihr und in seinen Augen flackerte ein wenig Heiterkeit, als er sich zum Gehen wandte. „Ihr hättet Euer eigenes Leben verwirkt, wenn Ihr die Hand gegen mich erheben würdet und ich glaube nicht, dass Ihr so töricht wärt, Eurem Clan ihren *Laird* zu nehmen."

Nachdem er weg war, zog sie ihr zerrissenes Kleid aus und zog das neue Gewand über ihren Kopf. Es war in blauem Färberwaid, der Farbe einer Bäuerin und klebte an jeder ihrer Kurven, aber zumindest war es ganz. Sie zog ihren Umhang an, atmete tief durch und trat aus dem Zelt.

Zu ihrer Erleichterung schienen alle zu beschäftigt zu sein, um sie zu bemerken. Diener bauten das Lager ab und die Luft war voll mit Geräuschen von scheppernden

Kochtöpfen und raschelnden Röcken, dem Klirren von Panzerplatten, dem Quietschen von Zaumzeug und Knarren der Wagen und Ausschnitten aus Unterhaltungen über die anstehende Schlacht.

Die Leichtigkeit des vorherigen Tages war verschwunden. Gemäß dem Plan des Königs würde der Krieg morgen beginnen. Die Ritter saßen auf und ritten schweigend. Nur das Knarren der rollenden Wagen und das andauernde Donnern von Pferdehufen auf dem harten Boden zeugte von ihrem Zug. Sie ritten tief in das Land der Schotten hinein und mit jeder Stunde wurde es stiller, bis bei Einbruch der Nacht das leise Schnarchen der Fußsoldaten und das nervöse Schnauben der Pferde die einzigen Geräusche waren.

Da Holden nicht schlafen konnte, polierte er im Licht der Sterne sein Schwert. Heute Nacht glänzte seine Klinge. Morgen würde sie mit schottischem Blut befleckt sein und so Gott wollte wäre er am Leben um sie wieder zu polieren.

Er hatte sich kurz mit Edward getroffen. Nachdem der König mit Holden auf seine strategische Hochzeit mit der schottischen Braut getrunken hatte, hatte er ihm seine Strategie für die Eroberung von Berwick offenbart.

Die Berichte über die Stärke des Feindes ließen Holden innehalten. Strategisch lagen alle Vorteile bei den Schotten. Sie waren den Engländern um einiges zahlenmäßig überlegen. Dies war ihr Land und bekanntermaßen kämpften Soldaten besser, wenn sie ihr eigenes Land verteidigten. Außerdem musste Holden auf Verrat in den eigenen Reihen achtgeben.

Langsam neigte Holden seinen Schwertgriff, bis es einen Streifen Mondlicht auf ein Spinnennetz wischen den Grashalmen reflektierte. Das Ding war zart und flüchtig und bestand aus einer komplizierten Webarbeit mit einem einzigen Faden.

So war Holdens Welt.

Er glaubte Cambria jetzt oder zumindest glaubte er das, was sie zu wissen glaubte. Er konnte jedoch nichts dagegen tun und konnte seinen eigenen Ritter auch nicht offen anklagen. Holden belastete den König am Vorabend einer großen Schlacht nicht mit Kleinigkeiten, die er zu einer geeigneteren Zeit selbst in Ordnung bringen konnte. Er beabsichtigte, die Dinge in Ordnung zu bringen. Im Augenblick jedoch gab es außer Cambrias Wort keinen greifbaren Beweis für Owens Verbrechen und Holden musste sich der Schuld des Mannes absolut sicher sein, bevor er Recht und Gesetz in Gang setzte. Es könnte sein, dass Owens Aktionen am heutigen Tag die Schlinge um seinen eigenen Hals fester ziehen würden. Schließlich war scharfe Beobachtung die beste Art und Weise einen Fuchs auf frischer Tat zu ertappen und sicherzustellen, dass er nie wieder töten würde.

In der Zwischenzeit musste er dafür sorgen, dass Owen dem König fernblieb. Ein Gerücht aus dem Lügenmund des Mistkerls, mit dem er Holdens neue Braut des Mordes an Roger bezichtigte und alles, wofür er auf Blackhaugh gearbeitet hatte, wäre vergebens gewesen.

Also machte Holden den Spagat wie die wachsame Spinne in der Mitte des Netzes und bewachte das empfindliche Gleichgewicht.

Als Holden sein Schwert in die Schwertscheide steckte und sein Bett aufsuchte, wobei er einen Ast an dem Kohlenfeuer entzündete, war es schon tiefe Nacht geworden. Cambria war bereits vor Stunden ins Bett gegangen und als er ihr langsames gleichmäßiges Atmen unter der Decke hörte, verspürte er einen Hauch von Trauer, dass sie nicht wach war. Er hatte sie in der letzten Nacht so herzlos behandelt und wollte es wiedergutmachen. Er hätte gern mit ihr über die anstehende Schlacht gesprochen oder zugesehen, wie sie sein Kettenhemd prüfte. Außerdem hätte er ihr gern einen keuschen Gutenachtkuss gegeben. Er lächelte reumütig. Es war gar nicht so schlecht eine Ehefrau zu haben.

Als er anfing sich auszuziehen, hörte er, wie sich ihre Atmung veränderte. Sie winselte leise und zuckte in ihrem Schlaf wie bei einem Albtraum. Er hielt den brennenden Stock nah an sie heran. Sie hatte die Stirn gerunzelt und murmelte etwas Unverständliches. Er überlegte, ob er sie wecken sollte.

Cambria sah sie immer noch, selbst als sie ihren Kopf in ihren Händen begrub. Ihre Angst tropfte durch ihre Finger und durch ihre Augen und setzte sich in ihrem Kopf fest. Unzählige Sterbende bedeckten die Hügel und flehten vor Schmerzen, wobei ihre erstarrten Gliedmaßen die Klauen des Todes willkommen hießen und ihr Blick in ihren Augen brach.

Jemand rief ihren Namen. Sie wandte sich zu der Stimme hin. Vor ihr stand ihr Vater – lebendig und atmend wie ein Paradox inmitten dieser Fläche voller Toter. Mit einem Freudenschrei trat sie vor um zu ihm zu gehen, aber bevor sie einen zweiten Schritt machen konnte, erschien ein Wolf an der Seite des *Lairds*. Er hatte Pfoten, die so groß waren wie der Kopf eines Mannes und grüne Augen so kalt wie ein See im Winter.

Ohne nachzudenken nahm sie ihren Bogen von ihrer Schulter, legte einen Pfeil ein und zielte auf das Herz des Tieres, aber ihr Vater hielt seine Hand hoch, um sie aufzuhalten und sie zögerte. In dem Augenblick schwebte eine verschleierte Gestalt wie ein riesiger Rabe zwischen sie und bevor sie rufen konnte, schlug er eine Klaue in das Herz des *Lairds*. Leise ging er zu Boden.

Der Wolf ging an die Seite des *Lairds*, schnüffelte an dem regungslosen Körper, hob dann seinen Kopf und heulte traurig. Cambria schlug die Hände an ihre Ohren und fing an unkontrolliert zu zittern. Schon bald stimmte sich ihr herzzerreißender Schrei mit dem Ruf des Wolfes ein und stieg in die Luft wie die traurige Melodie eines Dudelsacks.

Dann schüttelte sie jemand, schrie sie an und die Worte hörten sich dumpf und weit entfernt an. Der dichte Nebel ihrer Träume löste sich nur allmählich auf und sie zuckte zusammen, als das Licht einer einzigen Flamme den Rest ihres Albtraums zerstreute.

Der Wolf blickte auf sie herab und sein Gesicht war voller Sorge. Er drehte ihr Kinn zu ihm hin um ihre Aufmerksamkeit zu erhaschen.

„Was ist los, Cambria", fragte er. „Habt Ihr Schmerzen?"

Sie starrte hoch zu ihrem Ehemann und sein Gesicht wirkte bei den sich bewegenden Schatten dämonisch.

„Blut", hauchte sie. „So viel Blut. Mein Vater ...

„Psst. Alles ist gut. Ihr hattet nur ..."

„Die Schreie ..."

„Ein Traum, Cambria", flüsterte er und strich ihr eine Locke ihres Haares aus der Stirn.

„Da war ein wilder, schrecklicher Wolf ..." Sie erschauderte. Der Wolf hatte Holdens Augen und doch ...

„Psst. Ihr seid jetzt in Sicherheit."

Sie runzelte die Stirn. „Es war nicht der Wolf."

„Es war nur ein Traum."

„Nay. Nay. Es war mehr als das." Sie betrachtete seine Augen und suchte nach einem Anzeichen von Verrat, fand aber nur die Wahrheit. „Der Wolf hat meinen Vater nicht getötet. Der Wolf wollte ihn *retten*."

Holden streichelte ihr über die Stirn und seine schwieligen Finger waren seltsam tröstlich. Sie hatte Holden von Anfang an mit Schuld überhäuft, aber jetzt sah sie ihn mit ganz anderen Augen.

„Ihr wolltet ihn retten", sagte sie und die Worte waren wie ein Zauberspruch, welche die letzten dunklen Schleier um ihren Ehemann herum verstreuten. Jetzt wurde ihr ein Mann offenbart, der ihr fremd und zugleich spannend und beängstigend war.

Holden steckte die Spitze seines Schwertes in den Boden, sodass es die Form eines Kreuzes hatte. Er kniete im Staub, faltete die Hände vor sich und schaute einen Augenblick zu, während die Sonne sich über den weit entfernten Hügeln hochkämpfte. Seine Ritter waren auch schon früh auf, schärften ihre Schwerter, legten ihre Rüstung an und gingen den Schlachtplan noch einmal durch.

Holden war noch nie so zögerlich in einen Krieg gezogen.

Er hatte keine Angst. In seinem Arsenal war keine Angst zu finden. Aye, die Schotten waren in der Überzahl, aber er war zuversichtlich, dass die Engländer gewinnen würden. Die größten Sorgen machte er sich wegen der Anzahl der Opfer der Schlacht.

Im Gegensatz zu dem, was die meisten vom Wolf glaubten und so sehr er den Kampf auch liebte, so fand er doch nur wenig Gefallen am Krieg. Der Krieg tötete zu viele junge Männer, die kaum in ihre Rüstung hineingewachsen waren und zu viele alte Krieger mit starken Armen, aber schlechtem Sehvermögen. Er war das Töten leid. Zum ersten Mal in seinem Leben wurde ihm seine eigene Sterblichkeit deutlich bewusst.

Dieses Bewusstsein machte ihn stutzig. Er hatte sein eigenes Leben nie sonderlich hoch bewertet. Er war ein zweiter Sohn. Krieg war sein Beruf. Er hatte nur wenig über sein Schicksal nachgedacht, beigelegen, wann auch immer es gerade passte und gegen die Feinde anderer Männer gekämpft, wenn es ihm befohlen wurde.

Jetzt war er selbst ein Lord. Er hatte eine Ehefrau und eine vielversprechende Zukunft. Er musste diese Schlacht und alle kommenden Schlachten weder für Edward und noch nicht einmal für den berühmten Namen von de Ware überleben, sondern für das irritierende kleine schottische Ding, das er nicht aus seinen Gedanken verbannen konnte.

Verflucht, er wollte bei Cambria liegen und sie wirklich lieben. Er wollte die Weichheit und die Akzeptanz, die er letzte Nacht nach dem Traum in ihren Augen gesehen hatte, noch einmal sehen. Er war innerlich dahin geschmolzen, als sie ihn so ansah. Ihr Herz zu gewinnen hatte sich großartiger angefühlt als jeder Sieg, den er je auf dem Schlachtfeld errungen hatte.

Jetzt musste er die jämmerliche Art und Weise, wie er ihr den Hof gemacht hatte, wiedergutmachen und ihr seine ritterliche Seite zeigen und sie vorsichtig erobern, wie sie es verdient hatte. Und mit einem Eifer der ihn zittern ließ, wurde ihm klar, dass er Kinder mit ihr haben wollte. Sein Bruder Duncan würde über den Gedanken, dass der Wolf sich von einer Familie in Ketten legen lassen würde, lauthals lachen.

Aber es stimmte und er konnte nicht zulassen, dass ihm dies in Edwards Gefecht weggenommen würde.

Er schloss die Augen und betete um ein schnelles Ende der Schlacht. Dann bekreuzigte er sich und küsste den Griff seines Schwertes. Die Sonne war aufgegangen. Es war Zeit sich dem Feind zu stellen.

Cambria überprüfte den Dolch an ihrem Gürtel zum zehnten Mal. Sie nahm an, dass ihr Bogen und die Pfeile warten müssten, bis die Schlacht begonnen hatte, da sie nicht von Holden mit ihren Waffen erwischt werden wollte.

Er würde sie in Ketten legen, wenn er von ihrem Ungehorsam wüsste. Aber sie musste alles in ihrer Macht Stehende tun, um ihn zu beschützen, auch wenn es gegen seinen Willen war. Schließlich war er der Lord von Blackhaugh. Er war der Beschützer ihres Clans und außerdem war er ihr Ehemann. Als sie über seine Zärtlichkeit und den Trost nachdachte, den er ihr letzte Nacht gespendet hatte, machte ihr Herz einen Satz.

Sie hatte lange Zeit gegen ihre wachsende Bewunderung für die Stärke, Gerechtigkeit und Diplomatie des Wolfes angekämpft. Sie hatte ihre zunehmende Anziehung zu dem Mann geleugnet, der ihr mit einem koketten Zwinkern, einem schiefen Lächeln oder einem nervösen Ballen seiner Faust den Atem stocken ließ, nur weil sie ihn für schuldig für den Mord an ihrem Vater hielt. Nun, da ihr Geist diesen Schatten losgeworden war, fühlte sie sich so leicht wie eine Feder.

Es war jetzt keine Frage der Loyalität mehr. Sie würde alles in ihrer Macht Stehende tun, um das Leben von Holden de Ware zu erhalten.

Sie hatte ihn noch nie so ernst und konzentriert gesehen wie jetzt. Kein Wunder, dass der Mann noch nie eine Schlacht verloren hatte. Er verströmte und inspirierte Sicherheit in seinen Rittern und hatte sie geschickt zu einer effizienten und präzisen Kampftruppe organisiert. Sie wusste jedoch auch, dass diese Unbeirrbarkeit auch sein Niedergang sein könnte. Sein Streben nach dem Sieg in der Schlacht könnte ihn unaufmerksam hinsichtlich der Gefahren in der Truppe machen. Sie hatte ihn gewarnt, aber sie vermutete, dass er die Warnung auf die leichte Schulter genommen hatte, weil Owen immer noch frei umherging und jetzt war auch wieder der verrückte und verstörte Blick in Owens Augen zurückgekehrt und verhieß nichts Gutes.

Irgendwo vor ihnen wartete der Hügel Halidon, die letzte Erhebung vor Berwick, unschuldig und mit Tau bedeckt. Während die Truppe weiter vorrückte, überkam Cambria ein Gefühl angespannter Rastlosigkeit. Sie hatte noch nie eine richtige Schlacht gesehen, sondern nur Gefechte bei Turnieren, die zur Unterhaltung organisiert wurden und die häufigen Rinderdiebstähle waren mehr Spaß als blutig. Ihr drehte sich der Magen vor Nervosität.

Am Rand eines dichten Waldes hob Holden schließlich eine Hand, um sie anzuhalten. In der Ferne sahen sie, wie tausend Schotten das Feld überquerten.

Die Schotten hatten nicht in Berwick gewartet, dass die Eindringlinge eine Belagerung beginnen würden. Sie hatten ihre Angreifer überrascht, indem sie kühn über den Hügel Halidon marschierten um die Engländer mit Schwertern zu begrüßen.

Holden fluchte und fing dann an Befehle zu erteilen und seine Männer zum Handeln zu bewegen. Schnell stellten sie sich entlang der Anhöhe auf, mit den Bogenschützen vorn, gefolgt von den Fußsoldaten und den Rittern dahinter. Zwischen den beiden Hügeln befand sich eine Sumpfwiese. Auf dem schlüpfrigen Boden würden die Pferde nicht viel nützen.

Während die Diener sich in den Wald zurückzogen, um Tragen für die Verwundeten vorzubereiten, holte Cambria ihre Waffen und folgte den bewaffneten Männern heimlich. Sie kroch an eine Stelle zwischen den Bäumen, wo die Ochsen angebunden waren. Hier hatte sie einen klaren Blick auf das Schlachtfeld und war gleichzeitig verborgen. Von den Bäumen aus konnte sie sehen, dass die Schotten sich zu einem Schiltron in der Ferne aufstellten und der ovale Ring mit den Speeren sah undurchdringlich aus. Ihr wurde der Mund vor Angst trocken. Sie waren wirklich bei weitem in der Überzahl.

Holden klackte seinem Pferd zu und bewegte sich an die Spitze seiner Ritter. Er rückte seinen Helm zurecht, wandte sich um und wartete auf das Zeichen des Königs.

Eine unheimliche Stille legte sich über das Land. Diese wurde nur hin und wieder von dem Zwitschern eines Spatzen oder dem Summen der Insekten gestört. Ein einzelner Dudelsack setzte zu seinem traurigen Lied auf dem gegenüber liegenden Hügel an – eine Sirene, der Cambria widerstehen musste, obwohl ihr Herz von seinem vertrauten Klang angezogen wurde. Die Schotten begannen gleichmäßig vor zu marschieren und ihre karierten Tücher flatterten bunt im Wind. Die Engländer waren nicht so erpicht darauf, ihre vorteilhafte Stellung zu verlassen und blieben mit ihren Bogenschützen in der ersten Reihe an Ort und Stelle.

Der ganze Stolz von Robert Bruce und die Qualen der

langen Unterdrückung echoten in dem schwermütigen Ruf des Dudelsacks, während der Schiltron sich wie ein großes stacheliges Tier näherte. Als sie näherkamen, waren die prahlenden Stimmen der schottischen Soldaten zu hören, die sich zu mehr Geschwindigkeit und wilderer Angriffslust anspornten und immer lauter wurden, bis sie zu einem Donnern auf dem Feld wurden. Angetrieben von eifrigen Häuptlingen rannten sie direkt in den Sumpf.

Cambria keuchte ungläubig. Dies war ein törichtes Vorgehen. Das konnte jeder sehen. Die Schotten hatten sich zu leichten Zielen für die englischen Bogenschützen gemacht, die nun über die erste Linie ihres Schiltrons zielten und Pfeile auf die Männer dahinter regnen ließen. Ein Schotte nach dem andern fiel unter dem Pfeilregen, wand sich und schrie vor Schmerzen, als er getroffen wurde. Immer noch marschierte das wilde Tier ohne Unterlass vergeblich weiter vor.

Cambria wurde schlecht, als sie das unweigerliche Abschlachten ihrer Landsleute beobachtete. Nichts hätte sie auf dieses entsetzliche Spektakel vorbereiten können. In den ersten schrecklichen Augenblicken wurden hunderte guter junger Schotten getötet, während die Engländer scheinbar gar keine Opfer zu beklagen hatten.

Holden schaute finster und konnte das, was er sah, nicht begreifen. Der erste Angriff der Schotten war unverantwortlich, aber ihre zweite Strategie war reiner Wahnsinn. Die verbliebenen Rebellen fingen an den Hügel zu erklimmen, den die Engländer hielten. Sie wollten die Engländer scheinbar mit ihrem Mut ängstigen, aber letztlich rannten sie nur in die Waffen des Feindes. Ihr Wagemut widerte ihn an und das unnötige Opfer an Menschenleben entsetzte ihn.

Die Schotten, die den Pfeilhagel der Bogenschützen überlebt hatten, wurden leicht von den Fußsoldaten und Kriegern mit ihren Äxten, Streitkolben und Schwertern getötet. Tatsächlich kämpfte Holden kaum selbst, da seine Ritter die letzte Verteidigungslinie bildeten.

Die Schlacht war ein Massaker. Die stolzen Schotten weigerten sich aufzugeben. Innerhalb kürzester Zeit war nur noch weniger als die Hälfte von ihnen übrig um gegen die Engländer zu kämpfen.

Cambria vergrub ihre Fingernägel in der Baumrinde einer Tanne und war von dem schrecklichen Gemetzel so verwirrt, dass sie fast Owens heimliche Bewegung in Richtung Lord Holden übersah.

Holden und Guy waren abgestiegen und kämpften gegen zwei verzweifelte Rebellen. Guy hatte gerade einen von ihnen getötet und den anderen tödlich verwundet. Gerade als Holden dem Soldaten den Gnadentod mit seinem Breitschwert erteilen wollte, trat Owen mit gezogenem Dolch vor. In dem Augenblick trat Cambria aus ihrem Versteck zwischen den Bäumen und legte einen Pfeil in ihren Bogen.

Sie hielt die Luft an. Sie hatte noch nie einen Mann getötet, aber sie konnte nicht untätig zuschauen, wie Holden der Klinge dieses Verräters zum Opfer fiel. Als Owen seinen Arm zurückzog, um zu zustoßen, zielte sie auf sein böses Herz, zog die Sehne fest zurück und ließ den Pfeil los.

# KAPITEL 12

er schlecht befiederte Pfeil senkte sich mitten im Flug und verpasste sein Ziel um etwas weniger als einen Meter und landete in Owens Oberschenkel. Der Schuss hatte eine ziemliche Wirkung und er schrie vor Schmerz und fiel hin, wobei er sie mit zornigem Erstaunen anschaute – aber er war noch am Leben.

Sir Guys Augen weiteten sich, als er seinen gefallenen Landsmann sah. Der Pfeil war von *hinter* den Linien gekommen. Er riss den Helm vom Kopf, suchte und fand den Übeltäter – eine Bäuerin. Mit einem Knurren griff er die kleine verschleierte Frau an, schlug ihr den Bogen aus der Hand und warf sie mit dem Gesicht nach unten auf die Erde. Er hielt sie mit seinem Knie fest und zog ihren Kopf am Haar nach hinten. Die Ochsen quiekten und stampften in der Nähe und waren erregt vom Geruch der Schlacht. Er hielt seinen Dolch an den Hals der Frau und war versucht, ihr sofort die Kehle durchzuschneiden, da er viel zu erzürnt war, um überhaupt zu fragen, wessen wertloses Leben er in seinen Händen hielt.

Aber Holden rief ihn und winkte wild mit seinem Schwert. Guy zögerte und in dem Augenblick bezahlte

Holden für seine Unaufmerksamkeit hinsichtlich der Schlacht und wurde von einem jungen Schotten angegriffen, der sich herangeschlichen hatte. Guy fluchte, als das Schwert des Jungen Holden an der Schulter traf.

Das Weib unter ihm schluchzte protestierend. „Der Pfeil hat sein Ziel verfehlt! Jemand muss ihn aufhalten!"

Guy knurrte barsch. „Rebellenspionin! Gott sei Dank hat Euer Pfeil sein Ziel verfehlt! Wenn Ihr meinen Lord getötet hättet, hätte ich Euch bereits mit meiner Klinge in die Hölle befördert!"

Als er hochschaute, erkannte Guy, dass die meisten Schotten besiegt waren. Holden hatte den schwächelnden Jungen trotz seiner Wunde fast besiegt und Owen war verschwunden und kümmerte sich wahrscheinlich um seine Verletzung. Da der Krieg im Wesentlichen beendet war, konnte Guy das Schlachtfeld verlassen und sich selbst um diese Verräterin kümmern.

Er fesselte die Arme seiner Gefangenen und zog sie auf ihre Füße. Dann schob er sie grob vor sich her zu den Bäumen, wobei er seine Klinge an ihre Kehle gedrückt hielt. Sein Blut war noch von der Schlacht erhitzt, sein Zorn erregt und er ging äußerst zielstrebig vor. Es dauerte mehrere Augenblicke, bis er merkte, dass ihm seine Gefangene mit ihren kastanienbraunen Locken etwas bekannt vorkam. Er lockerte seinen Griff ein wenig, als ihm Zweifel durch den Kopf gingen.

Plötzlich ergriff er seine Gefangene an den Schultern und drehte sie zu sich um. Sie erkannte die Überraschung in seinen Augen. Er stolperte wie vor den Kopf geschlagen rückwärts.

„Mylady ...", fing er verwirrt an und reagierte instinktiv auf ihren Rang.

Cambria überlegte schnell. Vielleicht könnte sie Guys Zweifel zu ihrem Vorteil nutzen und mit seiner Unentschlossenheit spielen. Sie richtete sich zu voller Größe auf, wobei sie unglücklicherweise immer noch viel kleiner war als er.

„Wie könnt Ihr es wagen, mich anzurühren!", schimpfte sie herrisch und versuchte ihn einzuschüchtern. Mit Bedauern merkte sie, dass ihr Sieg nur von kurzer Dauer war.

Guy erholte sich schnell von dem Schock. Er schätzte die Situation zügig ein, bevor er auf sie zuging.

„Auch wenn Ihr eine Dame seid, diene ich doch in erster Linie meinem Lord", informierte er sie.

Cambria ging nicht aus Angst rückwärts, als er näherkam. Sie hatte gelernt Widerstand zu leisten und niemals aufzugeben. Außerdem lief Owen immer noch frei herum. Jemand musste ihn aufhalten. Vielleicht hatte sie noch die Möglichkeit die von ihr begonnene Aufgabe zu beenden. Sie wandte sich um und floh in Richtung Schlachtfeld.

Sie hatte nicht mit so viel Betrieb aus Richtung des Hügels Halidon gerechnet. Sie drehte ihren Kopf gerade noch rechtzeitig, um die breite ebenholzfarbene Brust von Holdens Pferd auf sich zukommen zu sehen.

Holden fluchte. Er konnte erst im letzten Augenblick anhalten, um einen Zusammenstoß zu vermeiden. Cambria rutschte auf den nassen Blättern aus und fiel unter Ariels Hufe. Er schrie das Pferd scharf an und brachte es zum Stehen, sodass das Mädchen nicht zertrampelt würde. Dann streckte er eine gepanzerte Hand nach unten um Cambria zu helfen.

Der rebellische Blick in ihren funkelnden Augen gefiel

ihm gar nicht. Jetzt nicht, dachte er genervt. Er konnte sich nicht leisten, dass der König diesen Eigensinn seiner neuen Ehefrau sah.

„Erregt nicht so viel Aufmerksamkeit", flehte er und ragte auf seinem Pferd über ihr, denn inzwischen interessierten sich auch ein paar der anderen Ritter für diese Frau, die so dreist auf dem Schlachtfeld erschienen war.

„Aufmerksamkeit?", hauchte sie und ihr Mund war rund vor Schreck und Schmerz. Im nächsten Augenblick wurde sie von ihrem aufbrausenden Temperament gerettet. „Ihr undankbarer Mistkerl!", rief sie und kam auf ihre Füße. „Ich habe Euch das Leben gerettet." Dann beging sie einen tödlichen Fehler, dass sie auf seine blutige behandschuhte Hand spukte und wegging.

Ein paar Fußsoldaten schmunzelten. Holden fluchte leise und bevor Cambria Zuflucht zwischen den Bäumen finden konnte, spornte er sein Pferd zur Verfolgung an. Mit einer Staubwolke kam er neben sie und hob sie kurzerhand hoch und legte sie dem Gesicht nach unten über seinen Schoß.

Cambria kreischte vor Zorn. Wie konnte er es wagen sie so zu demütigen? Sie wand sich zornig, um sich von ihm zu befreien, wobei sie fast ihr Gleichgewicht verlor und auf den Boden fiel. Plötzlich spürte sie den harten Stahl seiner umrüsteten Hand auf ihrem nackten Po.

„Ich sollte Euch für Euren Ungehorsam schlagen", zischte Holden so leise, dass nur sie es hören konnte. „Soll ich es öffentlich oder privat tun?"

Sie errötete, blieb aber ruhig. Sie zitterte, als der Handschuh über ihren Oberschenkel strich.

„Guy!", rief Holden.

„Mylord", antwortete Guy selbstgefällig. „Ich bedaure, dass ich es bin, der Euch den Verrat Eurer Ehefrau mitteilen muss."

Holden hob eine Augenbraue. Guy hörte sich gar nicht so an. Tatsächlich hatte Guy Cambria Gavin nicht mehr vertraut seit dem Tag, an dem sie sich mit den schottischen Rebellen verbündet und ihn als Geisel genommen hatte.

„Sie hat zugegeben, dass sie ihr Ziel verfehlt hatte, als sie Owen traf", fügte Guy hinzu. „Ich glaube, Mylord, dass sie auf Euch gezielt hat."

„Sie hat ihr Ziel verfehlt." Er nickte grimmig. „Aber ihr Pfeil war nicht für mich gedacht. Sie hat auf Owen gezielt. Ich bin mir sicher, dass sie das schwarze Herz des Mistkerls durchbohren wollte."

Guy stotterte, als wäre ihm der Wind aus den Segeln genommen worden. „Owen?"

„Aye. Er ist Euer Verräter."

„Der, welcher Euch im Wald aufgelauert hat?"

„Zweifellos. Nachdem das gescheitert ist, wollte er mich scheinbar auf dem Schlachtfeld töten."

Die anderen, die zuhörten, fingen an untereinander zu tuscheln.

„Dann hat sie geschossen um Euer Leben zu retten und nicht, um es zu nehmen?" Guy schaute so finster, als wenn er gerade einen Käfer verschluckt hätte.

„Aye", antwortete Holden so laut, dass alle es hören konnten.

Um den Namen der Gavins und der de Wares Willen musste er für Genauigkeit sorgen. Selbst jetzt wurden dem König wahrscheinlich schon Gerüchte zugetragen. Er zog Cambria hoch, dass sie vor ihm saß, während sein Pferd aus Protest gegen die viele Unruhe tänzelte.

„Meine mutige Frau hat gehandelt, um mein Leben zu retten", verkündete er. „An diesem Tag haben die Gavins wahrlich ihre Loyalität gezeigt." Die Soldaten jubelten. In dem Krach beugte er sich nach unten zu Guy und erteilte ihm einen kurzen Befehl. „Nehmt gleich noch zwei Männer und schaut, ob Ihr Owen finden könnt. Er kann mit der Wunde nicht weit gekommen sein und jemand sollte den König warnen."

Guy nickte, zog sein Messer und ging los um den Befehl auszuführen.

Holden drehte sein Pferd um zu einem ruhigeren Abschnitt des Waldes zu gelangen. Er schwieg, während sie den gewundenen Pfad entlang ritten, da er von Cambrias Ungehorsam gekränkt war und zwar nicht nur von ihrem Ungehorsam, sondern auch von ihrem Misstrauen. Glaubte sie, dass er sich gegen einen Angreifer nicht verteidigen könnte. Er zuckte zusammen, als seine neue Verletzung ihn daran erinnerte, was ein einzelner Angreifer ihn gerade gekostet hatte. Das Weib sollte verflucht sein, mit ihrem Mangel an Vertrauen entmannte sie ihn.

Er stoppte so plötzlich, dass Cambria fast gegen Ariels Hals stieß. Diese Stelle schien einsam genug, dachte er sarkastisch und war weit genug weg von den Augen und Ohren jener, die vielleicht etwas dagegen hätten, dass er seine Frau verprügelte.

Dann seufzte er. Müde schob er die Bundhaube seines Kettenhemds vom Kopf. Er machte sich etwas vor. Er würde niemals Hand an Cambria legen. Der kurze Ritt hatte sein Temperament nicht so sehr abgekühlt, aber er war in der Lage seine Gewalttätigkeit nur auf seine Fantasie zu begrenzen.

„Ich habe Euch befohlen, im Lager zu bleiben", sagte er und drehte ihr Gesicht zu sich.

„Ihr wärt jetzt tot, wenn ich es getan hätte", stritt sie und zog sich los.

Er fluchte. „Glaubt Ihr nicht, dass ich mich selbst verteidigen kann? Ich wusste, dass Owen da war. Ich habe schon hundertmal gegen ihn gekämpft. Ich kenne seine Schwächen. Ich habe den Schlag gesehen, bevor er ihn ausführen konnte. Wenn Ihr es mir überlassen hättet, hätte ich seine Klinge leicht beiseite schlagen können und er wäre nicht entkommen."

„Was? Ihr habt ihn entkommen lassen?"

Er kniff die Augen zusammen. „In meiner Sorge um Euch, Mylady", fauchte er beleidigt, „war ich verständlicherweise nicht so aufmerksam, wie ich es hätte sein sollen."

Nach einem Augenblick wütenden Schweigens knurrte sie: „Der Pfeil sollte sein Herz treffen."

„Das habt Ihr um mehr als einen Fuß verfehlt", antwortete er und hob eine Augenbraue. „Ich nehme an, dass ich dankbar sein sollte, dass ich am Leben bin."

„Am Schaft war ein Fehler. Es war die Schuld des Pfeilmachers."

Er weigerte sich, sich von ihren fadenscheinigen Entschuldigungen ablenken zu lassen. „Es ist nicht nur die Schuld Eures Pfeilmachers. Ihr wart mir ungehorsam und ..."

„Ich habe Euch das Leben gerettet!", rief sie. „Das habt Ihr selbst gesagt."

„Ihr habt mein Leben gefährdet!", brüllte er zurück. Bei dem plötzlichen Krach wurde Ariel unruhig.

Erst dann sah Cambria das Blut auf seiner Schulter, wo das Kettenhemd durchbohrt war. Als sie scharf einatmete, war er zufrieden.

„Aye, das ist der Preis, den ich dafür bezahlt habe, dass

ich mich mehr um Eure Haut als um meine gesorgt habe."
Er zuckte zusammen, als das Kettenhemd an der Wunde
rieb. „Ihr habt etwas sehr Törichtes gemacht, Cambria."

„Töricht?"

„Aye. Habt Ihr nicht darüber nachgedacht, wie es
aussehen würde, wenn Ihr zwei Brüder auf dem Gewissen
hättet?"

„Aber ich habe Roger nicht getötet."

„Es gibt keinen Beweis außer Eurem Wort, dass Ihr
Roger nicht getötet habt", sagte er offen. „Vielleicht wird es
niemals genügend Beweise geben." Müde rieb er sich mit
der Hand über das Kinn. „Versteht doch. Ihr macht es
schwierig für mich Euch zu beschützen. Ab jetzt möchte ich,
dass Ihr von Owen fernbleibt. Ich befehle es Euch."

Sie verschränkte die Arme über ihrer Brust. „Ihr macht
es schwierig für mich meinen Clan zu beschützen. Auch ich
befehle Euch, dass Ihr von Owen fernbleibt."

Er spürte, wie sein Zorn sich wie Salz im Wasser
auflöste, als sie mit ihren elfenhaften Augen zu ihm
hochstarrte. Sie war vielleicht eine sture Hexe, aber sie
handelte aus Loyalität. Einen Augenblick später verzog sich
sein Mund zu einem Lächeln. „In Ordnung."

Als er Cambria zurück zu seinem Zelt brachte, stellte er
eine Wache an den Eingang. Er ließ sie in dem Glauben,
dass er ihr nicht traute, dass sie drinnen blieb, aber in
Wahrheit sollte die Wache Störenfriede abwehren. Er
würde erst wieder ruhig schlafen können, wenn Owen
gefangen war.

Wie erwartet hatten die Gerüchte den König erreicht,
bevor er es tat und Holden musste Edwards Interesse an
der faszinierenden romantischen Geschichte über seine
schottische Frau, die ihn gegen ihre eigenen Leute

verteidigt hatte, über sich ergehen lassen. Holden brachte es nicht über das Herz, die Ungenauigkeiten der Geschichte zu berichtigen, über Cambrias gar nicht so edle Motive zu streiten oder zu erwähnen, dass sie einen Fitzroi getroffen hatte. Der König freute sich über eine Geschichte, die sich wie die Ballade eines Spielmanns anhörte und er musste versprechen die „Heldin von Halidon" am nächsten Tag zu ihm zu bringen.

Cambria lief in Holdens Zelt auf und ab. In der Stille der Einsamkeit wurde sie wieder von den Bildern von Halidon verfolgt sowie von den Albträumen, die in letzter Zeit ihren Schlaf störten. Den ganzen Nachmittag über murmelte sie Psalme vor sich hin und versuchte sich abzulenken. Sie hätte alles für ein Buch oder ein Schachspiel gegeben, selbst mit Sir Guy, um das zu vergessen was sie heute gesehen hatte.

Sie ließ sich auf das Bett fallen und schloss die Augen. Immer noch sah sie die klaffenden Wunden der bartlosen Jünglinge. Sie setzte sich wieder auf, rieb sich über die Stirn und begann, das Muster im Teppich zu untersuchen.

Er hatte die Farbe des blutigen Schlachtfelds.

Ein Diener brachte ihr ein Stück Braten zum Abendessen, aber die Hand, mit der sie ihren Speisedolch hielt, zitterte als sie ihn schneiden wollte und erinnerte sie an die Wunden von Halidon. Selbst der Rotwein in ihrem Becher ähnelte dem Blut, das sich unter den getöteten Rittern sammelte.

Als es schließlich dunkel wurde, verschwamm das Entsetzen dieses Tages gnädigerweise. Sie zündete keine Kerzen an, damit das Licht ihren Frieden nicht stören könnte und schon bald versank sie im Land der Träume.

Der Hügel von Halidon lag wieder vor ihr. Cambria bewegte ihren Mund im schweigenden Protest der Albträume, während ihre Füße unaufhaltsam zu dem Hügel hingezogen wurden. Sie schloss die Augen gegen den Anblick, aber die Vision blieb.

Der Traum war der gleiche wie zuvor, aber stärker, deutlicher und mit Details, die sie aus dem Gefecht hinzugewonnen hatte. Das Massensterben reichte soweit das Auge sehen konnte – Tausende Leichen, deren einst feine wollene Umhänge mit Schlamm befleckt waren. In der Ferne war die Totenklage der Witwen zu hören, im Gegensatz zu dem erfreuten Gelächter der englischen Ritter in der Nähe. Der kupferne Geruch frischer Wunden stieg ihr in die Nase und ihr Magen zog sich zusammen. Sie blickte auf ihre Hände. Sie waren voller Blut. Hektisch wischte sie sie vergebens an ihren Röcken ab. Die Totenklage der Witwen ging ihr bis in die Seele und das englische Gelächter wurde lauter. Sie rieb immer wieder an ihren Händen, aber das Blut ging nicht ab und die Engländer lachten und lachten ...

„Mörder!", schrie sie.

Bei Cambrias Stöhnen war Holden sofort an ihrer Seite. Er hatte sie nicht stören wollen, als er so spät ins Bett kam, aber scheinbar hatten ihre Träume das bereits getan. Das Kerzenlicht warf ein goldenes Licht um sie herum, während er ihren Arm berührte und versuchte sie zu wecken.

Ihre Augen öffneten sich weit und sie zuckte zurück, als wenn er sie verbrannt hätte. „Mord!", zischte sie entsetzt. „Was die Engländer gemacht haben, war Mord!"

Er ergriff sie an den Schultern um sie zu beruhigen, aber sie streckte die Arme weit aus und schlug ihm die

Kerze aus der Hand. Sie flackerte und ging aus und tauchte das Zelt in Dunkelheit.

Dann fing Cambria an abwechselnd zu schluchzen und zu fluchen. Sie schlug ihm hart gegen seine nackte Brust. Vorsichtig legte er seine Handfläche über ihren Mund, um ihre Schreie zu dämpfen und ließ sie auf ihn einschlagen, wobei er seine verletzte Schulter so gut er konnte schützte.

Er wusste, was in ihr vorging. Er hatte es schon bei neuen Rittern gesehen, wenn diese den Horror des Krieges zum ersten Mal erlebten. Der ganze Zorn, die Angst und Verzweiflung der Schlacht blieben im Inneren eingeschlossen, bis sie einen geeigneten Abgang fanden. Für einige waren das Übungsplätze, die Turniere und die harmlosen Duelle, die um die Ehre und die Gunst einer Dame gefochten wurden. Andere fanden Erlösung in einem Krug Bier oder den Armen einer Hure, aber Cambria fand keine Erlösung. Also ließ er es zu, dass sie ihre Angst und Hilflosigkeit an seinem Körper ausließ.

Einige Augenblicke später, als ihre Schläge nachließen und er feuchte warme Tränen auf seiner Hand spürte, beugte er sich zu ihr hinab und sprach leise und kontrolliert mit ihr.

„Es ist vorbei, Cambria", sagte er leise. „Ihre Seelen finden jetzt Frieden." Er drückte ihre Schulter. „Die Schotten kannten den Preis. Alle Männer kennen den Preis einer Schlacht. Es ist kein schöner Anblick. Manchmal ist es noch nicht einmal edel. Aber so ist der Krieg." Er umfasste ihre Hand mit seiner. An ihren Fingern waren Schwielen, die Nägel waren abgeknabbert, aber ihre Hand war viel kleiner als man erwarten würde, so wie ihr Herz viel weicher war. „Habt Ihr von der Schlacht geträumt?"

Sie nickte. Er spürte die Anspannung in ihr und ihre

mutigen Versuche, das verräterische Zucken in ihrer Brust zu unterdrücken und es zerrte an seinem Herz. Er sehnte sich danach sie in den Arm zu nehmen und die verzweifelte Wildkatze zu trösten. Sie war jedoch der Gavin. Sie war der *Laird* und *Lairds* weinten wahrscheinlich nicht. Um ihres Stolzes willen würde er ihre Tränen ignorieren.

Er streckte die Hand aus und rieb eine Locke ihres Haares zwischen seinem Daumen und einem Finger. „Erzählt mir von Eurem Vater."

Sie war so lange still, dass er schon dachte, dass sie eingeschlafen sei. Als sie schließlich sprach, war ihre Stimme ruhig und nachdenklich.

„Er war ein großartiger *Laird*. Er liebte Blackhaugh. Er liebte das Land und er liebte den Clan. Er liebte meine Mutter so sehr, dass er nach ihrem Tod keine andere Frau heiratete, obwohl ich dadurch sein einziger Erbe war. Er hat mir alles beigebracht, wie beispielsweise die Jagd und die Arbeit mit dem Adler und ...", sie schniefte, „den Schwertkampf. Er kaufte mir ein Pferd, als ich drei Jahre alt war und er hat mich so gut gelehrt, dass ich schon mit elf einen Rinderdiebstahl anführen konnte." Sie lachte leise. „Ich erinnere mich an meinen ersten Überfall. Ich war so aufgeregt und stolz, als ich mit einem Dutzend gestohlener Kühe nach Blackhaugh ritt, dass mein Vater es nicht übers Herz brachte mir zu sagen, dass sie Gavin-Rinder waren."

Er schmunzelte. „Er hat nie einen Rinderdiebstahl angeführt, aber als Junge hat er viele Streiche gespielt."

„Euer Vater muss ein großartiger Mann gewesen sein."

Sie schniefte. „Ich vermisse ihn", murmelte sie. „Ich vermisse ihn." Dann löste sie sich in Tränen auf.

Holden seufzte schwer. Er streckte eine Hand aus und streichelte die Rückseite ihres Kopfes, und mit der anderen zog er sie langsam in eine zärtliche Umarmung hoch. Er murmelte ihr Trost zu, als sie ihren Kopf an seine gute Schulter legte und sie lange Zeit hin und her wiegte.

Er war sich nicht sicher, wann die Veränderung passierte. Allmählich verwandelte sich Cambrias leises Schluchzen an seinem Hals in Küsse, die sie dort platzierte. Die Art, wie er über ihr Haar streichelte, wurde sinnlicher. Er nahm ihr Kinn in seine Hand und küsste die salzigen Tränen in ihrem Gesicht. Mit ihrem Mund berührte sie seinen mit der Zartheit eines Nebels, der die Oberfläche eines Sees küsst.

Und dann wurde Cambria kühner und nahm sein Gesicht in beide Hände und küsste ihn fest auf den Mund. Er spürte, dass dies ein Kuss der Absolution war, ein bittersüßer Versuch, den Albtraum von Halidon und den Verlust ihres Vaters auszumerzen. Ein gequältes Stöhnen entfuhr ihm.

Sein Wille war zu schwach. Wenn sie weiter machte, würde er Dinge tun, die sie am nächsten Tag bereuen würde. Er konnte sie nicht weitermachen lassen. Er konnte nicht noch eine Nacht wie die letzte durchstehen, als er die Flammen ihrer Lust entzündet und seine eigene Lust geleugnet hatte. Er machte den Küssen ein Ende, indem er ihre eifrigen Lippen mit seinen Fingern bedeckte.

Seine Geste dämpfte ihr schwelendes Verlangen in keiner Weise. Sie strich mit ihren Handflächen über seine Brust, als wenn sie einen Weg zu seinem Herzen suchen würde. Er ergriff ihre wandernden Hände und schob sie weg.

„Nay", sagte er heiser. „Ich will Euch zu sehr." Eine Welle des Verlangens schoss durch seine Lenden und lieferte Beweis für seine Worte. „Dieses Mal werde ich mich nicht aufhalten können. Es tut mir leid."

Cambria schluckte schwer. Ihr Versprechen, ihr Stolz, ihre Ehe aus politischen Gründen sollten verflucht sein, sie wollte Holden. Sie beschloss mit ihrer berühmten Gavin-Sturheit, dass sie verdammt sein wollte, wenn sie ein *Nein* als Antwort annehmen würde. Bevor sie ihre Meinung ändern konnte, fing sie an die Decke zwischen ihnen nach unten zu schieben.

Holden atmete scharf ein, als ihm klar wurde, was ihre Ouvertüre bedeutete. Er hoffte, dass sie wusste was sie da tat. Langsam drehte er sich zurück, während sie die Felldecke aus dem Weg räumte, als wenn sie Angst hätte, dass ihr Zweifel kommen könnten. Er wollte ihr keine Angst machen. Er betete, dass er die Kontrolle hätte, ihr nicht weh zu tun. Plötzlich und absurderweise fühlte er sich so unbehaglich wie ein unerfahrener Jüngling.

Cambrias Hände fanden ihn in der Dunkelheit. Sein Körper war herrlich, stolz, mager und mit Konturen, die so fehlerlos wie eine feine Klinge waren. Er zitterte, als ihr Unterarm gegen die kühne Manifestierung seines Verlangens strich, die ihr wie eine schamlose Lanze erschien. Die Bedeutung ließ sie innehalten, aber jetzt hatte sie sich verpflichtet und sie würde sich von dieser Herausforderung, die sie angezettelt hatte, nicht zurückziehen. Mit ungeschickten Fingern fing sie an, an den Schnüren ihres Kleides zu zupfen.

Holden holte seinen Dolch aus dem Schwertgürtel neben dem Bett und schnitt die Schnüre glatt durch. Das Gewand fiel ihr von den Schultern wie eine sterbende Rose und freiwillig und atemlos zog sie ihre Unterwäsche aus und entblößte ihren Körper.

Holden hielt ihr Gesicht in seinen Händen. Er küsste sie tief und hungrig und sie reagierte mit einer Wildheit, die fast seine eigene zurückgehaltene Leidenschaft entfesselte. Sie war wie weicher, warmer Samt an seinem Körper; der süße rauchige Geruch ihres Haares und das schwache Stöhnen aus ihrem Hals forderten eine Antwort von ihm. Er wusste die Antwort und sehnte sich danach sie zu geben, konnte es aber noch nicht.

„Ich habe Euch mein Wort gegeben", murmelte er an ihrer Wange. „Ich werde die Ehe erst vollziehen, wenn Ihr es wünscht."

Cambria zitterte in seinen Armen. Das Schweigen zwischen ihnen wurde so angespannt wie der lange letzte Augenblick vor dem Abschuss eines Pfeils vom Bogen.

„Ich wünsche es", flüsterte sie schließlich, „ich wünsche es sehr."

Holden wischte sich den Schweiß von oberhalb seiner Lippe ab und legte sie dann auf das Bett. Es würde schwer für ihn werden sein eigenes Verlangen zurückzuhalten, während er daran arbeitete, ihres zu befriedigen. Die Art und Weise, wie sie reagierte, könnte sie beide berauschen. Er musste daran denken, dass diese lüsterne kleine Füchsin immer noch Jungfrau war. Er würde geduldig sein müssen.

Er hielt sich über ihr, küsste ihre Augen, ihr Haar und ihre Fingerspitzen und er erschauderte, als sie unverfroren die Hände hob um seinen Körper zu erforschen. Mit einem hilflosen Stöhnen beugte er sich herab und erwischte eine wohlschmeckende Brustwarze mit seinem Mund. Sie stöhnte unter ihm und hob kühn ihre Hüfte, um seine zu berühren. Er keuchte und dämpfte das Geräusch, in dem er an ihrer Brust säugte wie ein verhungernder Mann. Seine Finger strichen über ihre Oberschenkel bis zu deren Zusammenschluss und er zupfte vorsichtig an ihrem Haar dort. Dann bewegte er sich wieder weiter nach oben zu ihrem Mund und ließ seine Zunge mit ihrer tanzen. Schließlich legte er vorsichtig seinen großen Körper über ihren und bedeckte sie vollständig.

Cambria drückte sich instinktiv nach oben gegen ihn und vergrub ihren Kopf an seinem Hals, wobei sie von dem Gefühl von seinen mächtigen Muskeln umgeben zu sein und dass sein erregter warmer Schaft gegen ihre Haut strich, überwältigt war. Seine Hände fanden ihre und formten ein zartes Bündnis.

„Langsam, kleine Elfe", flüsterte er heiser in ihr Ohr und beugte seinen Kopf um sie zwischen ihren Brüsten und tiefer bis hin zu ihrem Nabel zu küssen.

Sie erstarrte mit einem schwachen Protest und versuchte ihre Finger von seinen zu lösen. Er wollte doch sicherlich nicht ... oh Gott, sie konnte seinen Atem auf ihren weiblichen Locken spüren. Er tätschelte sie mit seinem Mund und sie schrie auf und drückte seine Finger. Dann bewegte er sich zwischen ihre Oberschenkel und als seine Zunge über ihr Fleisch strich, drehte sie ihren Kopf zur Schulter und wand sich in süßen Qualen. Immer wieder leckte seine Zunge an ihr und schmeckte den Honig aus der Wabe. Sie spürte, wie ihr Gesicht knallrot wurde, aber um nichts in der Welt wollte sie, dass er aufhörte.

Holden musste aufhören. Er war in Gefahr die Kontrolle zu verlieren. Er atmete unregelmäßig und küsste die weiche, dunkle Blume ihrer aufblühenden Weiblichkeit ein letztes Mal, bevor er sich dann küssend auf den Weg zu ihrem Mund machte.

Cambria war von ihrem eigenen angenehmen, moschusartigen Geschmack auf seinen Lippen überrascht und sie steckte ihre Zunge in seinen Mund, wobei sie über die Ränder seiner Zähne strich und an seiner Zunge leckte.

Während sie ihn erforschte, ließ er ihre Hände los und legte seine Handfläche auf die feuchten Locken zwischen ihren Beinen. Sie wand sich gegen ihn und wollte mehr und hatte Schmerzen von einem Hunger, den sie nicht verstand. Er streichelte sie mit einem feuchten Finger und drang damit immer tiefer in sie hinein, während er sie mit seinem Daumen vorsichtig streichelte. Sie bewegte ihre Hüften in einem gleichmäßigen Rhythmus gegenläufig zu seinen Bewegungen. Der Druck war beglückend und sie konnte die Schreie, die ihr über die Lippen kamen, nicht zurückhalten.

Die Geräusche, die sie von sich gab, trieben Holden fast über den Rand Verlangens. Während er ihr weiterhin mit einer Hand Freude bereitete, wischte er ihr mit der anderen zärtlich die Schweißtropfen von ihrer Stirn.

„Cambria", sagte er heiser, „ich muss Euch bei diesem ersten Mal Schmerzen bereiten. Ich möchte es nicht, aber es wird so sein. Ich verspreche Euch, dass es nur kurz sein wird und dann werdet Ihr es nie wieder aushalten müssen."

Cambria achtete nicht wirklich auf seine Worte. Sie war ein Gavin. Sie hatte keine Angst vor Schmerzen. Jeder Nerv in ihrem Körper war hellwach und schrie nach Hilfe.

„Ich bin bereit, Engländer", sagte sie mit einer Stimme, die halb flehend und halb fordernd war.

Holden verschwendete keine Zeit. Er spreizte ihre Oberschenkel und drang ganz in sie ein, wobei er stöhnte, als ihre warme Weiblichkeit ihn wie eine Decke umgab.

Cambria war von dem Brennen, das durch ihren Leib stach, erstaunt, aber sie war eine Kriegerin. Sie hatte noch nie vor Schmerzen geschrien. Das würde sie jetzt auch nicht tun. Sie biss die Zähne zusammen und während er darauf wartete, dass sie sich seinem Eindringen anpasste, wollte sie, dass das Stechen nachließ und das tat es.

Als ihre Hände sich auf seinen Schultern entspannten, fing Holden an sich zunächst sehr langsam zu bewegen und gab ihr Gelegenheit, sich an das Gefühl zu gewöhnen.

Cambria lernte schnell. Als er Schmerz verschwunden war, konnte sie nicht genug von ihm bekommen. Sie drückte sich nach oben gegen seine Hüftknochen und er drückte ihren Po und drängte sie noch höher. Sie schlang ihre langen Beine um ihn und Holden horchte angesichts ihrer willkommenen Kühnheit auf. Er hatte noch nie eine solche Wildheit bei einer Frau erlebt und sie erregte ihn jenseits jeder Kontrolle.

Sie kämpften zusammen wie zwei gleichwertige Ritter, erwiderten Schlag um Schlag, wobei sie angriffen und sich zurückzogen, nur um wieder anzugreifen. Es dauerte nicht lange und sie paarten sich in einer Ekstase aus Leidenschaft und Instinkt. Holden donnerte in sie hinein wie der Wellengang der Nordsee. Sie klammerte sich an seinen Rücken, als wenn er sie vor dem Gefühl zu ertrinken retten könnte. Bei jedem Stoß spürte sie, dass sie von den entsetzlichen Bildern von Halidon befreit wurde und sie wollte, dass er auf ewig bei ihr blieb.

Sie ritten zusammen auf der Welle der Leidenschaft und kurz bevor sie den Gipfel erreichten, blickte Cambria unmöglicherweise durch die Dunkelheit in Holdens Augen, wobei das blaue Kristallfeuer in das Grün schoss und das Grün wieder zu Blau wurde. In jenem Augenblick der Verletzbarkeit spürte sie, dass sich ihre Seelen trafen und sie wusste, dass weder Zeit noch Entfernung noch Tod sie jemals trennen könnten. Dann brach die Welle mit einem Donnern und mit einem Urschrei der Erleichterung fielen sie auf die Erde wie Schiffbrüchige auf ein verbotenes Ufer.

# KAPITEL 13

Der Schmerz war unerträglich. Owen zitterte vor fast unkontrollierbarer Panik und Angst, als er nach dem Rand des mit Flechten bedeckten Felsens griff. Mit einem Knurren fiel er dagegen und tat sich an der Schulter weh. Er lehnte sich zurück, verdrehte die Augen in Richtung Himmel und versuchte zu Atem zu kommen. Jeder Schritt war eine Qual gewesen. Bei jedem Schritt hatte er den Namen von Cambria Gavin verflucht. Als er jedoch schließlich den Wald erreichte, war er sicher, dass er seinen Verfolger abgeschüttelt hatte.

Er wollte jetzt schlafen, seine brennenden Augen schließen und in die Besinnungslosigkeit schweben, aber dann würde sie nicht bestraft werden. Sie würde weiterleben. Er sehnte sich nach Schlaf, aber noch mehr danach, sie leiden zu sehen.

Er wusste, was er tun musste, sogar während er bei dem Gedanken winselte. Mit zitternden Fingern riss er einen zwei Zoll breiten Streifen von seinem blutbefleckten Wappenrock. Er atmete tief durch, formte das Tuch zu einem Ball und schob es fest zwischen seine Zähne.

Der Pfeil hatte ihn überrascht – er war nicht vom Feind

abgeschossen worden, sondern war von hinter ihren eigenen englischen Linien gekommen. Obwohl der Schmerz ihn kampfunfähig gemacht hatte, hatte er trotzdem instinktiv nach seinem Angreifer gesucht. Es entmannte ihn fast, als er sah, dass der Missetäter eine Bäuerin war. Dann hatte er ihr Gesicht gesehen und in diesem kurzen Augenblick des Erkennens war ein Hass jenseits jeder Vernunft in ihm aufgestiegen. Nur sein verzweifelter Versuch am Leben zu bleiben hatte ihn daran gehindert zu ihr hinzugehen und der schottischen Schlampe mit bloßen Händen eine Gliedmaße nach der anderen abzureißen.

Seine Nasenlöcher flatterten bei seiner schweren Atmung. Vorläufig würde er sich zurückziehen. Er würde sich zurückziehen wie ein verletztes Tier, seine Wunden lecken und sich aufrollen, damit er gesund wurde. Später würde Zeit sein sie und ihren Liebhaber zu töten. Angesichts dieser Aussicht schmunzelte er. Er wollte sich Zeit mit ihr nehmen und dafür brauchte er Kraft.

Schweißtropfen bildeten sich auf seinem klammen Gesicht, während er erschauderte und beide Hände an den Pfeil legte, der in seinem Oberschenkel steckte. Seine Augen traten aus ihren Höhlen hervor, als er mit fast unmenschlicher Kraft daran zog. Schließlich bewegte sich die Spitze und er zog den Schaft langsam aus seinem Muskel. Das Tuch in seinem Mund dämpfte seine Schmerzensschreie, während sich die Spitze rückwärts durch sein Fleisch riss, bis sie frei war.

Die zerfetzte Wunde blutete schwer. Bei dem Blutverlust wurde er fast bewusstlos. Er riss das Tuch aus seinem Mund, um den Fluss zu stillen und war sich jetzt sicher, dass er überleben würde. Er lehnte sich gegen den Felsen und blieb beharrlich liegen, bevor ihn der langersehnte, unruhige Schlaf übermannte. Die Mittagssonne schien durch das Blätterdach und kochte ihn in seiner Rüstung.

Stunden später, als die Sonne bereits wieder im Begriff war unterzugehen, weckte ihn eine Schwertspitze. Einen Augenblick lang wusste er nicht, wo er war. Das Pochen in seinem Bein erinnerte ihn wieder.

Um ihn herum standen ein Dutzend Wilde und ihre schmutzigen Gesichter schauten mit Verachtung auf ihn herab. Es waren Schotten, die ihre verschiedenen karierten Tücher wahllos über ihre Schultern gelegt hatten und sie sahen alle aus, als wollten sie englisches Blut vergießen.

„Owen?", fragte der mit dem Schwert.

Owen erkannte den Dialekt und das rote Haar, obwohl seine Sehfähigkeit eingeschränkt war und er nicht mehr deutlich sehen konnte. Es war der Gavin-Rebell. Er würde sich schnell etwas einfallen lassen müssen. Es war jedoch schwer nachzudenken, wenn man Schmerzen hatte.

„Seid Ihr das, Robbie?", keuchte er schließlich. „Dem Herrn sei Dank!"

Die Rebellen betrachteten ihn argwöhnisch.

„Steht auf!", befahl Robbie und stieß ihn mit seinem Schwert.

Owens Stimme war ein schwaches Krächzen. „Ich wurde schwer verwundet, Robbie."

Robbie schaute prüfend auf Owens blutiges Bein. „Seit dem Anschlag auf de Wares Leben habt Ihr uns keine neuen Informationen zukommen lassen. Habt Ihr Eure Loyalitäten geändert?"

„Ich bringe immer noch Nachrichten zu den Rebellen",

log Owen. „Sie haben mich geschickt, Euch zu finden. Warum wart Ihr nicht bei Halidon?"

Robbies Augen flackerten bei der Beleidigung und er plusterte seine Brust auf. „Meine Männer waren die Augen und Ohren der Schotten. Wir waren nicht bei Halidon, weil wir mit den Engländern direkt unter ihrer Nase unterwegs waren. Wir wussten ihre Zahl und Stärke schon vor Tagen."

Owen seufzte dramatisch. „Ich fürchte, es ist zu spät."

„Zu spät?"

„Aye", berichtete er grimmig. „Inzwischen haben wir gegen die Engländer verloren."

Robbie schaute ihn ungläubig an. „Verloren? Wir waren doch bei Weitem in der Überzahl. Das ist nicht möglich."

Die Schotten griffen nach ihren Waffen, als wenn sie jetzt noch in den Krieg ziehen wollten. Owen unterdrückte ein Schmunzeln über ihren unnützen Ehrgeiz.

„Es stimmt", erzählte er ihnen kopfschüttelnd.

Robbie fluchte und trat gegen den harten Boden. Dann drehte er sich zu Owen und schaute ihn hinterhältig an. „Wie wurdet Ihr verwundet?"

Owen musste seinen Zorn nicht vortäuschen. Er antwortete mit zusammen gebissenen Zähnen. „Ein englischer Pfeil hat mich durchbohrt."

„Haben sie Euren Verrat entdeckt?", rätselte Robbie.

„Aye", antwortete er und dachte, wie lächerlich gutgläubig diese Schotten doch waren. „Wenn ich Euch nur schon früher gefunden hätte ..."

Robbie schaute auf ihn herab und Owen konnte schon fast auf seinem Gesicht erkennen, wie das Vertrauen kam und ging. Dann zeigte er auf einen seiner Männer. „Sorgt dafür, dass seine Wunde richtig versorgt wird. Wenn die

Schlacht bei Halidon verloren wurde, ist es nur eine Frage der Zeit, bevor die Engländer zurückkommen."

Owen nickte zustimmend.

„Wir müssen hier weg", sagte Robbie.

„Wenn ich etwas sagen darf", begann Owen und konnte seine Heiterkeit angesichts der Wendung der Ereignisse kaum verbergen, „ich habe einen Plan."

Er spürte den Schmerz kaum, als Robbies Männer seinen Verband wechselten und zuckte nur gelegentlich zusammen, während er den eifrigen Schotten seinen wagemutigen Plan beschrieb.

Die Wärme der Sonne, die in das Zelt strömte, weckte Cambria. Sie war schockiert, als sie merkte, dass sie schamlos über dem schlafenden Lord Holden ausgebreitet lag und ihre Beine unter der Felldecke heraushingen.

Sie holte sich ihr zerknittertes Kleid, wobei sie es Zoll um Zoll unter dem Gewicht von Holdens Hintern hervorzog und dann schlüpfte sie es über ihren Kopf und runzelte die Stirn beim Anblick der durchschnittenen Schnüre. Träge überlegte sie, wie viele ihrer Gewänder Holden zerstören würde in seiner Eile, bei ihr zu liegen. Sie errötete, als sie sich erinnerte, dass sie es gewesen war, die so ungeduldig auf das Beiliegen gewartet hatte.

Sie lehnte sich noch einmal im Bett zurück und schaute zu dem Mann, mit dem sie verheiratet war. Er lag flach auf seinem Rücken. So, wie seine Verbände aussahen hatte sich seine Schulter nicht verschlimmert und sein Gesicht war klar und ohne Fieber. Tatsächlich sah er wie ein süßer Engel im Schlaf aus.

Holden hatte ihr letzte Nacht viel mehr als Absolution gegeben. Er hatte es geschafft, dass sie sich lebendig fühlte. Sie hatte eine enorme Macht gespürt, die weit über ihre wildesten Träume hinausging und diese Hand in Hand mit einer Verletzbarkeit erlebt, die so gefährlich war, dass sie zitterte. In einem erhebenden, beängstigenden Augenblick hatte sie ihn besiegt und war besiegt worden. Hatte sie jetzt ihren Clan verraten, weil sie bei dem Feind gelegen hatte? Oder war sie siegreich aus der Sache hervorgegangen? Ihr Kopf war voller Widersprüche.

Sie musste raus und eine Weile allein sein, um ihre Gedanken in der offenen Kathedrale eines schottischen Waldes zu ordnen. Einen Augenblick lang stand sie im Schatten des Zeltes, rieb sich die Augen und richtete sich mit den Fingern die Haare. Dann schlich sie sich über den weichen Teppich. Gerade, als sie die Tür öffnete, rief Holden nach ihr.

„Geht noch nicht."

Sie hatte gehofft unbemerkt gehen zu können. Sie war noch nicht bereit, mit ihm zu sprechen oder ihm ins Auge zu sehen. Als sie sich jedoch resigniert umdrehte, schmolz ihre Zögerlichkeit wie Butter auf heißem Brot.

Holden hatte sich auf seine Ellbogen gestützt und seine herrliche breite Brust war entblößt. Feuchte Locken klebten an seinem Nacken und auf seinen Wangen war ein Schatten männlicher Bartstoppeln zu sehen. Seine Augenlider waren vom Schlaf geschwollen und sein Mund hoffnungsvoll geöffnet. Ihr blieb das Herz stehen, als sie gegen den Drang ankämpfte zu schlucken. Es war so viel einfacher gewesen ihn zu betrachten, während er schlief. Wach war er zu lebendig, zu anziehend und zu unvorhersehbar.

Holden räusperte sich. „Wir müssen miteinander reden", sagte er ernst und zog seinen abgelegten Wappenrock keusch über seinen Schoß. Es wäre nicht dienlich, wenn sie sah, welche Wirkung ihre stürmische Schönheit auf ihn hatte, während er beobachtete, wie das warme Sonnenlicht die entblößte Haut ihrer Schultern umspielte.

Ihre rauchigen Augen waren so fesselnd wie der Nebel über einem See und ihre geschwollenen Lippen verliehen ihr ein lüsternes sinnliches Aussehen. Ihr Haar war hoffnungslos verheddert, aber das erinnerte ihn nur an ihre Leidenschaft. Verdammt, dachte er, wenn er weiter in die Richtung dachte, würde er sie gleich wieder auf den Rücken legen. Irgendetwas in ihrem Verhalten sagte ihm jedoch, dass das jetzt ein Fehler wäre.

„Bitte." Er klopfte auf die Matratze neben sich.

Unentschlossenheit flackerte in ihren Augen, aber sie kam zu ihm und setzte sich steif an den Bettrand. Er lächelte ein wenig über ihre plötzliche Schüchternheit, besonders da der ganze Rücken ihres Kleides offen stand und ihren pfeilgeraden Rücken offenbarte.

„Heute Abend wird es ein Fest geben. Edward möchte die Dame kennen lernen, die ich ohne seine Zustimmung geheiratet habe."

Cambria wirbelte zu ihm herum und ihre Unbehaglichkeit war angesichts ihrer Überraschung vergessen. „Euren König treffen?"

„*Unseren* König", berichtigte er sie beiläufig. „Er möchte die Schottin kennen lernen, die ihrem englischen Ehemann in den Krieg gefolgt ist um ihn mit Pfeil und Bogen zu beschützen."

„Habt Ihr es ihm erzählt?" Plötzlich hätte sie ihren Ehemann am liebsten geschlagen.

„Er hatte die Geschichte schon längst gehört, bevor ich bei ihm war. Aber es ist einerlei. Eure Loyalität steht jetzt außer Frage."

„Aber ich habe es nicht für die Engländer getan", sagte sie unverblümt. „Ich habe es für meinen Clan getan."

Er zuckte zusammen. „Diese Tatsache lasst Ihr bei Edward am besten aus. Tatsächlich wäre es mir am liebsten, wenn Ihr so wenig wie möglich sagt."

*Das hättet Ihr wohl gern*, dachte sie rebellisch. Sie wollte dem König so einiges sagen, gegen die Ernennung von Balliol protestieren und über die Vereinigung von Schottland und England streiten, wie auch ihrem Zorn über das Massaker, das an ihrem Vater verübt wurde, Luft machen.

„In dieser Sache werdet Ihr mir gehorchen, Cambria. Es bringt nichts, wenn Ihr Euch wie ein zänkisches Weib verhaltet." Er schaute sie warnend an. „Ich habe viel riskiert, dass ich Euch ohne den Segen des Königs geheiratet habe. Ich muss zeigen, dass ich eine weise Entscheidung getroffen habe. Wenn Ihr versucht, mich mit Eurer scharfen Zunge vor Edward zu blamieren ..."

„Ich habe keine scharfe Zunge!", erwiderte sie beleidigt.

„Meine liebe Frau", sagte er lachend, „wenn sie noch schärfer wäre, bräuchtet Ihr keinen Dolch, um Euer Fleisch zu schneiden."

Sie warf ihm einen vernichtenden Blick zu. Das Letzte, was sie von ihm an diesem Morgen erwartet hätte, waren Beleidigungen.

„Denkt daran, dass jegliche Schande, die Ihr über mich bringt, auch Euren Clan entehrt", erinnerte er sie.

Sie dachte über seine Worte nach. Sie konnte sich nur schwer vorstellen, dass sie die fügsame Ehefrau spielen würde, aber wenn es den Gavin rettete, würde sie es tun. Sie ließ ihre Schultern hängen und das Feuer schwand aus ihren Augen. Der Clan musste an erster Stelle kommen.

Dann wurde ihr die Realität ihrer Situation auf einen Schlag klar. „Ich kann nicht vor den König treten", zischte sie.

Holden schaute sie grimmig an.

„Ich habe nichts anzuziehen, noch nicht einmal meine Rüstung!", rief sie. „Er wird nicht glauben, dass ich ein *Laird* bin, wenn ich wie eine Bäuerin angezogen bin. Seht mich doch an!"

Er betrachtete jeden süßen Zoll von ihr und wünschte sich ironisch, dass sie wirklich *nichts* anzuziehen hätte.

Cambria wünschte sich, dass sie ihre Rüstung mitgenommen hätte. Sie hätte sie so blank poliert, dass sie eines Königs würdig gewesen wäre, aber dieses zerrissene Kleid einer Bäuerin aus Färberwaid ...

Sie sprang vom Bett hoch und Holden ergriff sie am Arm.

„Ich danke Euch", sagte er leise und aufrichtig, „für letzte Nacht und für Euer wertvolles Geschenk."

Sein klarer eindringlicher Blick ließ ihr Herz wie ein Banner flattern. Sie senkte den Blick und murmelte etwas als Antwort, das ihn zum Lächeln brachte. Dann griff sie nach ihrem Umhang und eilte unbeholfen aus dem Zelt. Einen Augenblick später, als ihr klar wurde, dass sie ihm nicht gesagt hatte, dass es ihr ein Vergnügen gewesen war, fluchte sie leise.

Sie zog die Kapuze fest um ihren Kopf und ging zügig an den neugierigen Gesichtern vorbei auf dem ausgetretenen Weg zum nahegelegenen Bach. Sie konnte es sich nicht leisten, über letzte Nacht nachzudenken, wie sie die Kontrolle verloren hatte, wie Leidenschaft ihr Urteilsvermögen benebelt hatte und wie schon der Anblick des Wolfes ihr Herz zum Rasen brachte.

Nay, schimpfte sie sich, sie musste jetzt wie ein *Laird* denken. Das Treffen mit dem König bedurfte noch einiger Planung. Sie schwor sich, weder ihren Ehemann zu entehren noch den Zorn des Königs über den Gavin zu bringen, aber sie musste das Treffen zu ihrem Vorteil benutzen. Sie musste einen Weg finden, Edward davon abzubringen, dass er Balliol auf den schottischen Thron setzte.

In Gedanken versunken ging sie durch den üppigen Farn und an jungen Bäumen vorbei zum Bach. Als sie sich dem Ufer näherte, war sie enttäuscht, als sie die Stimmen von drei Männern hörte, die sich ruhig unterhielten. Scheinbar könnte sie nirgendwo Einsamkeit finden. Sie trat auf einen Zweig und zwei der Männer sprangen hoch und schauten sie finster an.

„Verzeiht mir", sagte sie und war von ihrer übertriebenen Reaktion amüsiert. „Ich wollte Euch keine Angst machen."

Der dritte Mann winkte sie nach vorn. Er war jung und gut aussehend mit einer Haut, die so golden wie der Sommer war. „Kommt, Mädchen", sagte er herzlich. „Es ist genug Wasser für alle da."

Seine Begleiter schienen von seiner Freundlichkeit genervt zu sein. Sie nahm an, dass es daran lag, dass sie sich schottisch anhörte und wie eine Bäuerin aussah, während sie offensichtlich englische Adlige waren. Selbst ohne ihre mit Edelsteinen besetzten Gürtel und ihrer mit Fell besetzten Kleidung erkannte sie an ihrem Verhalten und ihrer Haltung, dass sie von hohem Rang waren.

„Seid Ihr von König Edwards Truppe?", fragte sie und kniete sich am schlammigen Ufer, um ihre Hände zu waschen.

Die beiden Männer schauten sich bekümmert an.

„Aye", sagte der dritte Mann nickend. „Wir kommen von der Schlacht bei Halidon, die ein vielversprechender Sieg war."

Ihr drehte sich der Magen, aber sie lächelte weiter lieblich. „Ich würde es wohl kaum einen Sieg nennen."

Ihre Augen weiteten sich angesichts ihrer Kühnheit.

Der goldene Mann fragte vorsichtig: „Sympathisiert Ihr also mit den rebellischen Schotten?"

Sie hob ihre Hände und dachte einen Augenblick nach. „Meine *Sympathien* liegen dort, aber meine *Loyalität* gehört meinem Lord, der für Euren König kämpft."

Der Mann lächelte. „Gut gesprochen. Vielleicht wärt Ihr gut beraten, diese unorganisierten Rebellen zu bemitleiden. Auf jeden Fall wissen sie nicht, wie man kämpft. Solche Wilden werden nur gezähmt, wenn sie ihren eigenen König ernennen können."

„Aye, ihren eigenen König, aber sicherlich nicht Balliol", verkündete sie und suchte den Schatten auf. „Die Schotten respektieren ihn nicht."

„Wen würden sie denn respektieren?", fragte er mit Interesse.

Sie runzelte die Stirn. „Es müsste ein echter Schotte sein, der in dem Land geboren und aufgewachsen ist und nicht irgendeine englische Marionette."

Der Mann ignorierte die aufgeregten Proteste seiner Begleiter und fragte: „Habt Ihr keine Angst, dass Euer Lord Euch bestraft, weil Ihr so freimütig sprecht?"

Ihre Augen glitzerten. „Das würde er nicht wagen." Nach diesen Worten tauchte sie beide Hände in das Wasser und spritzte es über ihr Gesicht, wobei sie den Schlaf aus den Augen schrubbte.

Der Mann runzelte die Stirn angesichts ihrer Impulsivität und hockte sich dann hin um seine Finger in den Bach zu tauchen. „Wer ist Euer Lord, Mädchen?"

Mit einer sauberen Ecke ihres Kleides trocknete sie ihr Gesicht ab. „Holden de Ware, Sir."

Der Mann schaute plötzlich hoch zu ihr und schien ihr Gesicht genau zu mustern. Dann verzog sich sein Mund zu einem amüsierten Grinsen. „Ich habe von ihm gehört. Nennt man ihn nicht den Wolf? Es heißt, dass er noch nie eine Schlacht verloren hat."

„Aye." Sie richtete sich stolz zu voller Größe auf.

„Aber wenn Eure Sympathien bei den Schotten liegen, warum würdet Ihr Euch mit de Ware verbünden, da er sie sicherlich besiegen wird?"

„Weil ich seine Frau bin."

Während seine Begleiter sich entrüstet äußerten, da sie annahmen, dass dies eine Lüge war, schien der goldene Mann in keinster Weise überrascht und fing an zu lachen. „Und *ich*", sagte er mit einem herzlichen Lachen, stand auf und machte eine angedeutete Verbeugung, „bin der König von England."

Zorn stieg in ihr auf und sie sprach mit vernichtender Stimme. „Macht Euch nicht über mich lustig! Oder ich hetze meinen großen Wolf von einem Ehemann auf Euch und er wird Euch das Lachen aus dem Gesicht reißen!"

Die beiden Männer zuckten zurück und sahen aus, als würden sie vor Erstaunen ersticken, aber der dritte Mann schien sie äußerst unterhaltsam zu finden und wischte sich eine Lachträne aus dem Auge.

„Ich habe von dieser neuen Frau von de Ware gehört",

höhnte er. „Es heißt, dass sie so hässlich ist, dass sie sich unter einem Umhang verstecken muss."

Sie riss sich zusammen und ließ sich nicht locken. „Das könnt Ihr selbst beurteilen."

„Dass sie ihren Ehemann mit dem Dolch an der Kehle entführt hat."

„Ein Akt der Verzweiflung", versicherte sie ihm.

„Dass sie eine Rüstung zu ihrer Hochzeit getragen hat und dass sie wie ein Mann kämpft."

„Ich kann mit einem Schwert umgehen."

Die Augen des Mannes funkelten. „Vielleicht erweist Ihr mir die Ehre eines freundschaftlichen Duells. Es wäre eine erfrischende Abwechslung gegen eine Frau in einer Umgebung zu kämpfen, in der ich zumindest eine Chance hätte zu gewinnen."

Ihr Mund verzog sich amüsiert. „Wie Ihr seht, bin ich unbewaffnet."

„John", sagte der Mann und zeigte auf einen der Ritter, „leiht dem Mädchen Euer Schwert." Der Mann schnaubte und schien von dem Vorschlag entsetzt zu sein. „Nun macht schon", beharrte er gutmütig.

„Vielleicht hat er Angst, dass sein Schwert nicht zu ihm zurückwill, nachdem es meinen Griff gespürt hat."

Der Ritter namens John sah aus, als würde er vor Zorn platzen, aber sie hatte keine Angst vor ihm. Er stand im Rang offensichtlich unter dem goldenen Mann. Er zog sein Schwert und warf es ihr mit dem Griff voran mit so viel Kraft zu, dass es einen Menschen hätte umwerfen können, aber sie schaffte es das Schwert mit beiden Händen zu fangen. Sie warf ihren Umhang ab und schob ihn mit dem Fuß aus dem Weg. Zu spät erinnerte sie sich, dass ihr Kleid auf dem Rücken offen war. Später würde noch Zeit für Keuschheit sein. Im Augenblick verteidigte sie ihre Ehre.

Der Mann schlenderte vor und sie sah, dass er recht groß war und lange Gliedmaßen hatte. Jedoch war eine bessere Reichweite nicht unbedingt für einen Sieg erforderlich. Tatsächlich hätte sie mit ihrer Schnelligkeit einen klaren Vorteil gegenüber seiner Größe.

Seine Augen funkelten amüsiert und er zog eifrig sein Schwert. Es war ein edles glänzendes Schwert mit einem komplizierten Muster und Edelsteinen am Griff. Er schlug zuerst vorsichtig zu, um ihren Mut zu prüfen. Sie steckte den Schlag mühelos weg und grinste ihn ungeduldig an. Er schwang sein Schwert erneut und sie parierte seinen Angriff leicht und griff selbst an. Überrascht trat er ein paar Schritte zurück und seine Begleiter knurrten ihr Missfallen.

„Scheinbar haben Eure Freunde", sagte sie, während sie kämpfte, „kein Vertrauen in Eure Schwertkunst."

Der Mann parierte ihre Schläge. „Sie sind nur von Eurer Kunst fasziniert!"

Cambria mochte diesen Mann. Seine Ehrlichkeit war erfrischend. Er machte ihr sogar während des Kampfes Komplimente. So ängstlich und vorsichtig wie seine Schläge waren, würde er natürlich von ihrer Technik beeindruckt sein. Tatsächlich schien er kein Problem damit zu haben, dass sie mit dem Schwert kämpfte und schien sich auch nicht im Mindesten von ihren Fähigkeiten beleidigt zu fühlen, wie die meisten Männer sich unweigerlich fühlten. Obwohl sie an diesem Morgen die Einsamkeit gesucht hatte, fühlte es sich gut an, ihre verstreuten Energien auf einen greifbaren Gegner zu konzentrieren. Diese Begegnung machte recht viel Spaß, und sie schwang ihr Schwert nach unten an seinen Kopf.

Eine Viertelmeile entfernt verfluchte Holden sich in seinem Zelt, dass er Cambria allein hatte weg gehen lassen. Sir Guy war gerade enttäuscht in das Lager zurückgekehrt. Die Beute war ihm durch die Finger geschlüpft und Owen lief immer noch frei herum. Cambria hatte eine Gabe in Schwierigkeiten zu geraten. Er zog sich schnell an und durchsuchte das Lager nach seiner Frau.

Als er das Klirren von Schwertern aus dem Wald hörte, zog er sein eigenes Schwert und schlich sich durch die Bäume. Er schaute durch die herabhängenden Zweige einer Weide und sah, dass sein schlimmster Albtraum wahr geworden war. Vor seinen Augen kämpfte seine Frau mit seinem König mit klirrenden Schwertern.

# KAPITEL 14

Cambria grinste triumphierend, als ihr grinsender Gegner in Richtung Bach zurückwich. Sie kämpften erst seit ein paar Minuten und sie hatte sich bereits einen Vorteil erarbeitet. Sie hob die Klinge für das symbolische Töten.

Plötzlich wurde sie von hinten ergriffen. Ein dicker Arm legte sich um ihre Taille und mit der anderen Hand wurde ihr das Schwert genommen und über die Lichtung geworfen. Bevor sie ihren Angreifer überhaupt sehen konnte, wusste sie, dass es Holden war, da sie seinen Geruch und die vertraute Hitze seines Zornes erkannte und sie war wütend, dass er sie bei ihrer Beschäftigung störte. Sie öffnete ihren Mund um ihn zu verfluchen, als sie seine harte Hand in ihrem Haar spürte. Er drückte sie grob auf ihre Knie auf dem feuchten Waldboden und zwang sie ihren Kopf zu beugen.

„Ich bitte Euch, ihr zu verzeihen, Eure Majestät", sagte er nur allzu deutlich.

Cambrias Knochen wurden weich wie Pudding. Sie wagte es nicht sich zu bewegen. Sie wagte es nicht zu sprechen. Sie wagte es noch nicht einmal den Blick zu heben. Bei den Eiern des Satans, sie hatte gegen den König gekämpft!

Jetzt ergab alles einen Sinn. Kein Wunder, dass die Begleiter des Mannes vor Sorge fast außer sich waren. Sie erinnerte sich an alles, was sie über den rücksichtslosen englischen Monarchen jemals gehört hatte. Verflucht, sie überlegte sogar, ob sie den Tag überleben würde. Sie zerbrach sich den Kopf darüber, was sie alles zu ihm gesagt hatte. Welche Meinung hatte sie offen gegenüber dem König von England geäußert? Sie nahm ihren Mut zusammen und schaute ihn stirnrunzelnd an.

Edward wartete, während sie dort wie ein getretener Hund kauerte und brach in schallendes Gelächter aus. „Vielleicht werde ich *Euch* verzeihen, Holden, dass Ihr mein Spiel unterbrochen habt! Ich habe schon lange nicht mehr so viel Spaß gehabt!"

Während sie vor dem König kniete und ihr Herz raste, verminderte sich der Druck von Holdens Hand ein wenig und er schüttelte erstaunt den Kopf.

„Meine Frau hat mich nur einen Augenblick verlassen und ich komme hierher und finde meine Dame und meinen Lehensherren in einem tödlichen Kampf", sagte er mit gespieltem Widerwillen, „und jetzt sagt Ihr mir, dass es nur ein Spiel ist!"

Der goldene König schmunzelte. „Ihr hattet Recht, de Ware. Eure Dame ist ein seltener Juwel. Ich kann Eurer Wahl nur zustimmen."

Holden verbeugte sich. „Ich danke Euch, Eure Majestät."

„Aber wenn ich Ihr wärt", sagte Edward mit einem Funkeln in den Augen, „würde ich wohl ein wenig mehr Honig und ein bisschen weniger Senf zu meinem Wild speisen wollen!" Holden lächelte. „Oh, Ihr seid wahrlich ein Gentleman, Eure Majestät. Ich bin ein Soldat. Ich

habe schon immer einen guten Kampf geschätzt."

„Hat Eure Dame ihr Gewand in einer Eurer Schlachten verloren?", fragte der König listig.

Bei seiner Erinnerung streckte Cambria ihre Hand nach hinten, um die Ränder ihres zerrissenen Gewandes zusammen zu halten. Mit einer Handbewegung bat Edward sie sich zu erheben und zwinkerte Holden verschwörerisch zu. „Ihr solltet lernen Schnüre aufzuknoten, de Ware, sonst werdet Ihr Euren ganzen Reichtum brauchen um neue Gewänder zu kaufen."

Holden schaffte es, höflich bei seinem Scherz zu lächeln, aber er war auf die ungehorsame Füchsin konzentriert, die sich vor ihm auf ihre Füße erhob. Er war wütend auf Cambria, obwohl ihn der Duft ihres Haares unter seinem Kinn in den Wahnsinn trieb.

Als der König sie entließ, knickste Cambria brav, gab das geliehene Schwert zurück, holte ihren Umhang und verließ den Wald ohne zurückzublicken.

Wenige Augenblicke später holte Holden sie in seinem Zelt ein, wobei er die Klappe wütend zurückwarf. Er erschreckte sie und Cambria, die nur ihr ärmelloses Leinenunterkleid trug, ergriff ihr zerrissenes Gewand und hielt es beschützerisch an ihre Brust. In zwei großen Schritten war er bei ihr. Er ergriff sie fest am Oberarm und sie zuckte vor Überraschung zusammen.

„Ihr werdet nie wieder Euer Schwert gegen irgendjemand erheben", zischte er.

Sie riss ihren Arm los aus seinem Griff. „Ihr hättet mich gar nicht gesehen, wenn Ihr Euch um Eure eigenen Angelegenheiten gekümmert hättet."

„Ihr seid meine Angelegenheit!", rief er. „Wir sind verheiratet, Madame."

Frustriert rieb er sich über die Schläfen und fing an wie ein in die Enge getriebener Wolf auf und ab zu gehen. „Ich kann nicht glauben, dass Ihr es gewagt habt, den König zu konfrontieren."

„Ich wusste nicht, dass es der König ist." Sie zuckte mit den Schultern. „Er schien mir wie jeder andere Mann zu sein."

Ihre eigenen Worte ließen sie innehalten. Dann erkannte sie die Wahrheit. Edward war gar nicht das Ungeheuer, das sie sich einst vorgestellt hatte und auch nicht der Dämon, wie Robbie sie hatte glauben machen wollen. Er war nur ein Sterblicher, ein einfacher Mann, der die königlichen Gewänder trug. Sie überlegte, warum die Schotten sich so sehr gegen die Führung dieses jungen, blonden, lachenden Herrschers wehrten.

„Wenn Ihr Eure Loyalitäten kundgetan hättet", versicherte ihr Holden, „hättet Ihr herausgefunden, dass er nicht wie andere Männer ist. Er hat grenzenlose Macht." Ein Erschaudern verriet seine Gefühle. „Er hätte Euch an Ort und Stelle hinrichten lassen können!"

„Ich habe ihm von meinen Loyalitäten erzählt", sagte sie und konnte Holdens Sorge nicht verstehen. Ihr war der goldene Ritter recht harmlos erschienen und er schien sie zu mögen.

„Ihr habt Edward erzählt ..." Holden setzte sich trübselig auf seinen Stuhl, wobei sein Blick leer war und sein Mund offenstand.

„Ich wusste nicht, wer er war", erklärte sie noch einmal und zuckte mit den Schultern.

„Vielleicht war das gut so", sagte er schwach. „Wenn Ihr es gewusst hätte, hättet Ihr ihn wahrscheinlich durchbohrt."

„Ihn durchbohrt? Glaubt Ihr denn, ich hätte keine Ehre? Es war ein freundschaftlicher Kampf."

Holden schluckte unbehaglich, als er noch einmal das packende Duell im Wald vor Augen hatte. „Eure Ehre wäre sicherlich infrage gestellt worden, wenn Ihr den König verletzt oder getötet hättet", sagte er heiser.

Aber das war nicht seine wahre Angst. Er sorgte sich in keinster Weise um den König. Er hatte den Kampf beobachtet. Edward hatte ihre Schläge leicht pariert und Cambrias Angriffe nur provoziert. Die königliche Wache wäre eingeschritten, wenn sie auch nur einen Faden seines Surcots durchtrennt hätte, aber Cambria war so waghalsig und ungestüm, dass Edward ihr unabsichtlich etwas zuleide hätte tun können. Sie hätte in seine Klinge ausrutschen können. Oh Gott, er wollte gar nicht darüber nachdenken.

„Töten? In einem Freundschaftskampf würde ich noch nicht einmal jemanden verletzen", behauptete Cambria und war offensichtlich beleidigt. „Noch nicht einmal einen Engländer."

Er schaute sie lange an und war wankelmütig in seiner Unentschlossenheit und dann seufzte er resigniert. „Versprecht mir, dass ihr Euer Schwert nie wieder gegen Edward erhebt, noch nicht einmal zum Spaß. Ich glaube nicht, dass mein Herz das überleben könnte."

Ihr Mund verzog sich zu einem leichten Lächeln. „Ich schwöre es, Mylord", gab sie nach und dann war Schalkhaftigkeit in ihren Augen zu sehen. „Sollte der König mir jedoch *befehlen* ..."

„Cambria", warnte er sie, „versucht nicht, mich ganz in den Wahnsinn zu treiben. Ich bin schon fast so weit."

Sie grinste und zauberte seinen Zorn weg. Bei Gott, es war ein grausamer Scherz des Schicksals, dass Cambria ihm ebenso viele Probleme wie Freude bereiten sollte. Aber wie könnte er wütend auf sie sein, wenn sie ihn so ansah?

Für den Augenblick waren seine Ängste beruhigt und Holden sah seine Frau jetzt an, als wäre es das erste Mal. Ihr dünnes Unterkleid verbarg kaum ihre weichen, lieblichen Kurven, insbesondere wo das goldene Sonnenlicht durch das dünne Leinen schien. Sie war schön. Ihre Haut glühte von dem morgendlichen Kampf und ihre Wangen zeigten eine gesunde Röte. Ihre Augen funkelten und als sie bei seiner offensichtlichen Musterung errötete, wurde ihr Blick ganz weich. Das Beste war, dass sie ihm gehörte. Ein mächtiges Bedürfnis stieg in ihm auf und sein Körper erinnerte sich nur allzu gut an das Beiliegen der letzten Nacht.

Cambria spürte, wie ihr Atem schneller wurde, als Holdens Blick über ihren Körper wanderte. Seine Gedanken waren so durchsichtig wie Wasser. Er wollte sie. Jetzt.

Sie wusste, dass sie ihm widerstehen sollte. Es war helllichter Tag. Das ganze Lager war wach. Bedienstete eilten hin und her, Ritter bellten Befehle und Diener beschwerten sich über ihre Pflichten. Es könnte jederzeit jemand kommen. Jeder könnte sie hören, während sie sich liebten. Es war nicht schicklich.

Aber die Intensität seines Blickes ließ sie vor Freude erschaudern und erinnerte sie an das unaussprechliche Vergnügen, dass er ihr bereiten würde. Ihre Knie bebten, ihr Mund öffnete sich und ein schmerzendes Bedürfnis entwickelte sich zwischen ihren Oberschenkeln.

Ohne ein Wort kam er zu ihr. Ihre Lippen trafen sich zuerst und streichelten einander langsam, wobei die Langsamkeit die Dringlichkeit ihres Verlangens leugnete. Holdens Finger strichen durch ihr Haar, als würde er es zum ersten Mal berühren. Cambrias Hände flatterten fasziniert über jeden seiner Muskel, die durch sein Leinenhemd zu sehen waren. Sie probierten einander, als wenn sie ein seltenes Dessert aus gesponnenem Zucker schmecken würden.

Holden wusste sofort, dass er gefangen war. Er war noch nie so verliebt in eine Frau gewesen. Diese Besessenheit war gefährlich, aber sein Kopf beschäftigte sich nicht lange mit solchen Ängsten. Als ihre Hände unter sein Hemd schlüpften, konnte er keinen vernünftigen Gedanken mehr fassen. Ihre Finger waren wie Feuer, als sie entlang seines Schlüsselbeins und über seine Rippen strichen. Als ihre Hände sich weiter nach unten wagten, stöhnte er und ergriff sie an den Handgelenken, wobei er den Kopf schüttelte.

Cambria war völlig berauscht davon, wie er sich anfühlte. Sie wollte ihn überall berühren. Jede Ebene seines Körpers war anders und hatte eine wunderbare Textur. Seine Wange fühlte sich rau mit Bartstoppeln an, seine Brust war breit und fest und sein Bauch flach und leicht behaart.

Sie dachte nicht mehr an die Tageszeit und die Möglichkeit, dass sie entdeckt würden und sie trennten sich nur lang genug, um sich auszuziehen, wobei sie den Blick nicht einmal voneinander abwandten. Sie legten ihre wollenen Gewänder ab und das Leinen fiel auf den Boden wie Kirschblüten im Sommer. Schließlich standen sie zusammen nackt da im blassen Licht des Morgens nur eine Armlänge voneinander entfernt und betrachteten einander voller Verlangen.

Holden dachte, dass er noch nie einen schöner geformten Körper gesehen hatte, der geschmeidig und stark und doch so weiblich war und jeder Zoll davon wollte von ihm umarmt werden. Schon jetzt sehnte er sich danach, die Stelle zu küssen, wo ihre Schulter in ihre Brust überging und seinen Kopf an das weiche Kissen ihres Busens zu legen.

Cambria spürte eine seltsame Lethargie in sich aufsteigen. Ihre Augenlider wurden schwer und ihre Bewegungen verlangsamten sich, als wenn sie mit Opium versetzten Wein getrunken hätte. Sie atmete tief durch und ihre Knie wurden weich, als sie sah, dass der Wolf schon bereit für sie war.

Sie näherten sich einander mit fast schmerzhafter Langsamkeit. Holden fühlte sich, als wenn er platzen würde. Cambria war fast ohnmächtig vor Sehnsucht. Spannung lag in der Luft und als ihre Körper sich schließlich berührten, wurden sie unwiderruflich von den Kräften der Natur verbunden.

Cambria war von der Wärme von Holdens Haut überwältigt, als seine dicken Arme sie mit ruhiger Stärke umgaben. Sie leckte und biss zärtlich in seine Brust und war von seinem Geschmack fasziniert.

Holden war von seiner eigenen instinktiven Zärtlichkeit erstaunt, als ihre Brustwarzen über seinen Bauch strichen und ihre weichen weiblichen Locken seine Oberschenkel kitzelten. Er knetete die Muskeln ihres Pos und genoss ihre schlanken Kurven. Dann umklammerte er sie hinter ihren Oberschenkeln, hob sie mühelos hoch und legte sie auf sein Bett.

Cambria zitterte erwartungsvoll unter ihm. Reine Lust brannte in seinem Blick und sie wusste, dass das smaragdfarbene Feuer in ihren eigenen Augen reflektiert wurde, während sie ihn schamlos betrachtete.

Plötzlich und mit herrlicher Wildheit legte sich Holdens Mund auf ihren mit einem Kuss, mit dem er sie für sich beanspruchte. Als sie ihn umarmte, bildete sich ein Knurren in seinem Hals und er drückte ihre Knie gegen ihre Brust und schob sich tief in sie hinein.

Sie keuchte überrascht vor Freude, als er sie völlig ausfüllte. Besitzergreifend legte sie ihre Arme um ihn und drückte ihre Fersen in seinen Rücken, wobei sie ihn noch näher lockte.

Dann war ihre Paarung still mit Ausnahme ihrer angestrengten Atmung und dem Rascheln der Laken. Es war, als hätten sie Angst zu sprechen und den zerbrechlichen Stoff ihrer neuen Liebe mit achtlosen Worten zu zerreißen. Sie starrten einander nur an und sahen, wie eine wundersame Palette von Farbtönen ihre Blicke färbte – Lüsternheit, Hoffnung, Angst, Kapitulation – und ihre Körper wurden in dem rastlosen Rhythmus des Verlangens gefangen.

Als Cambria dachte, dass sie nicht mehr aushalten könnte, dass sie sich von seinem brennenden Blick abwenden müsste, stockte Holden der Atem und sein Gesicht glühte angesichts der Herrlichkeit seiner Erlösung. Er erschauderte mehrfach mit der Kraft eines galoppierenden Pferdes, während er triumphierend schrie. Der süße Schmerz in seinen Augen war so bewegend, dass eine pulsierende Wärme in ihr aufstieg und sie bewegte sich weiter und fand ihre eigene siegreiche Erlösung. Immer wieder schwappten Wellen des Vergnügens über sie, bis die Flut der Leidenschaft schließlich abebbte und ihre Seele reinigte.

Lange danach, als sich ihr Puls beruhigt und ihre Atmung sich verlangsamt hatte, schlüpfte er zu ihr mit seiner feuchten, warmen Haut, leckte ihre Schulter und kitzelte dabei ihren Hals mit seinem Haar.

„Ihr seid großartig", murmelte er.

Ihr Mund verzog sich zu einem zufriedenen Lächeln, aber sie hatte nicht die Kraft ihm zu antworten. Sie seufzte zufrieden, kuschelte sich tiefer in seine Arme und schlief langsam ein.

In dieser ätherischen Welt besuchte sie der goldene Herrscher erneut und schwang sein mit Edelsteinen besetztes Schwert. Wieder kämpften sie miteinander, wobei er in seinen königlichen Gewändern und sie in ihren Gavin-Wappenrock gekleidet war. Sie führte den Angriff an.

Gähnend erwachte sie in Holdens Umarmung. Sie beschloss, dass der Traum wohl ihr Schicksal aufzeigte. Das war der Grund, warum das Schicksal sie hierhergebracht hatte – zu diesem Ehemann, dieser Schlacht und diesem König. Sie würde das Instrument des Friedens sein. Sie hegte jetzt keinen Zweifel mehr.

Es war ihr Schicksal, dass sie Edward dazu brachte, dass er seine Torheit einsah.

Owen schaute hoch zu der beeindruckenden, undurchdringlichen Burgmauer. Er spürte es erneut – dieses sichere Wissen, dass Blackhaugh schon bald ihm gehören würde. Ein Dutzend zerlumpter Schotten hinter ihm waren sich natürlich nicht so sicher. Sie hielten ihre Umhänge fest um sich geschlungen und ihre Hände lagen an ihren Waffen, während sie sich nervös umschauten. Aber sie wussten ja auch nichts über die Entschlossenheit eines verzweifelten Mannes.

Owen wusste, dass der Wachsoldat, der sie von der Zinne aus gesehen hatte, jetzt durch die Gänge lief, um Holdens Bruder über ihre Gegenwart zu informieren. Owen grinste, obwohl sein Bein schmerzte, aber er achtete nicht darauf, weil er so aufgeregt über den anstehenden Schachzug war.

Sie näherten sich dem Eichentor und es öffnete sich langsam, als wenn er dies mit seiner Willenskraft geschafft hätte. Das erfreute ihn außerordentlich.

„Owen", sagte Garth zur Begrüßung.

Owen grinste freundlich, wobei seine Miene gezwungen und seltsam fremd war. Er zuckte mit den Schultern. „Ich habe einen schottischen Pfeil abbekommen."

Garth blickte kurz auf das verbundene Bein. Er war offensichtlich nicht sonderlich besorgt über Owens Verletzungen.

„Und Holden?", fragte Garth mit besorgter Miene.

Owen nickte. „Es geht ihm gut. Er hat uns geschickt um Euch mitzuteilen, dass die Schlacht erfolgreich war. Er wird schon bald zurückkommen. In der Zwischenzeit könnten wir ein Bad und etwas zu essen gebrauchen."

„Natürlich." Nachdem nun Garths Ängste beruhigt waren, erinnerte er sich an seine guten Manieren und ließ sie eintreten.

Sobald die Türen donnernd geschlossen waren, zogen die Schotten ihre Schwerter. Garth keuchte, als kalter Stahl von mehr als einem Schwert plötzlich an seine Kehle gehalten wurde.

„Ich habe Euch doch gesagt, dass es einfach sein würde", sagte Owen grinsend zu seinen Begleitern.

„Was soll das heißen?", fing Garth an, aber ein kleiner Schnitt von Robbies Schwert brachte ihn zum Schweigen.

Voller Freude rieb Owen sich die Hände. „Jetzt brauchen wir nur noch warten, dass Lord Holden de Ware in die Falle geht." Auf seinen Befehl hin schubsten die Rebellen ihr Opfer in die große Halle. „Ihr seid wohl nicht aus dem gleichen Holz geschnitzt wie Euer Bruder?", höhnte Owen. Er traf den Nagel auf den Kopf und Garth errötete vor Scham, woraufhin Owen lachend sagte: „Ihr braucht nichts erklären. Ich weiß, wie das ist."

Innerhalb einer Stunde waren Garth, Malcolm und die wenigen Krieger von Blackhaugh weggesperrt. Owen hätte sie auch alle getötet, weil er sich sicher war, dass er ihnen nie vertrauen könnte oder dass sie ihm dienten, aber er musste sich immer noch mit Robbies Männern verbünden. Trotz ihrer neuen Loyalität ihm gegenüber, nahm er an, dass sie ein Massaker ihrer ehemaligen Clans-Männer nicht gutheißen würden.

Robbie lehnte sich zurück gegen die Burgmauer und kratzte mit dem Fingernagel Fleisch aus seinen Zähnen. Der sonst so geschäftige Burghof lag jetzt in unheilvoller Stille. Hin und wieder schwebte ein Adler über der Burg oder eine Frau schlich sich ängstlich entlang der Mauer an den Rebellen vorbei. Seine Männer stolzierten umher und planten den Umsturz mit lautem Enthusiasmus und betonten ihre Prahlereien mit herzlichen Schlägen auf den Rücken.

Aber soweit Robbie sehen konnte, interessierte Owen sich nicht für die Bedürfnisse der schottischen Rebellen. Stattdessen schien er sich mit dem Schicksal von Holden und Cambria zu befassen. Das gefiel Robbie gar nicht. Mehr als einmal hatte Owen Blackhaugh als *seine* Burg bezeichnet und schlimmer noch, der Mann wurde immer besessener, was vielleicht zum Teil an dem Fieber wegen seiner offenen Wunde lag. Robbie hielt ihn für äußerst dumm, weil er sein Bein verlieren würde, wenn er sich keine Hilfe suchte. Die Art und Weise, wie Owens Augen fiebrig glänzten, hatte etwas Verstörendes, das eher auf Wahnsinn als auf Krankheit schließen ließ.

Schlussendlich beschloss Robbie, dass man nichts dagegen tun konnte. Er und seine Männer hatten den Punkt einer möglichen Rückkehr überschritten. Es gab nur noch die Flucht nach vorn. Ihre dreiste Eroberung von Blackhaugh war eine vollendete Tatsache und ob es nun richtig oder falsch war, sie würden mit dieser Tat leben müssen.

Das Lagerfeuer knisterte, als König Edward einen abgenagten Wildschweinknochen hineinwarf und einer Dienerin auftrug, einen weiteren zu holen. Holden blickte hinab auf seine halb gegessene Portion und brachte keinen weiteren Bissen hinunter. Es duftete nach gebratenem Wildschwein und etwas anderen, das den Zorn in ihm aufsteigen ließ – der Gestank einer Hofintrige.

Seine Frau war jetzt darin verwickelt und die kleine Närrin hatte nicht die geringste Ahnung, was sie da tat. Sie war wie ein kleiner Wasserkäfer, der in einem riesigen Gewässer gefangen war.

Cambria lachte erneut auf der anderen Seite des Feuers. Für seine Ohren war es ein Missklang wie das Kratzen einer verrosteten Rüstung.

Er musste zugeben, dass sie ihn zumindest mit ihrer Erscheinung nicht beschämt hatte. Im Feuerschein sah sie absolut strahlend aus. Das kleine Ding hatte einen seiner grünen Surcots aus Samt gestohlen und darüber trug sie ein geborgtes Kleid, um das sie eine seiner besten Silberketten gegurtet hatte. Er musste zugeben, dass seine Frau Erfindungsreichtum hatte, auch wenn sie recht skrupellos war.

Über seinen Becher Bier schaute er zu ihr hin, während sie kokett den König anlächelte und spielerisch am Ärmel seines Gewandes zupfte. Holden biss die Zähne zusammen und ballte seine Fäuste gegen den Drang, sie zu schnappen und mit Gewalt wegzuziehen.

Guy beugte sich zu Holden. „Eure Frau spielt mit dem Feuer", murmelte er.

„Aye."

Holdens Finger drohten den silbernen Kelch zu zerdrücken. Cambria spielte wahrhaftig ein gefährliches Spiel für eine Person, die noch nie bei Hofe gewesen war und die Intrigen und Nuancen politischer Unterhaltung nicht beherrschte. Das Weib mischte sich ein und wollte Edward mit Koketterie manipulieren und ihn zum Mitgefühl mit den Schotten bewegen. Sie hatte keine Ahnung, was sie da tat.

Natürlich sonnte sich Edward in der Aufmerksamkeit, die sie ihm entgegenbrachte. Er schien sogar über ihre nicht sonderlich vorsichtig formulierten Vorschläge nachzudenken, aber Holden kannte Edward. Wenn der König sich einmal entschieden hatte, konnte ihn nichts von seinem Vorhaben abbringen.

„Was werdet ihr tun?", fragte Guy.

Holden biss sich auf die Lippe. Er hatte keine Antwort darauf.

Guy trank einen großen Schluck Bier und stellte seinen Becher dann mit einem Knall ab. „Sie macht sich einen Namen als Verschwörerin gegen die Krone", knurrte er, „und sie wird das Haus von de Ware mit sich nach unten reißen."

Holden nickte. Genau das hatte er auch gedacht. Er trank sein Bier in einem Zug aus und stand auf, um sich dem König zu nähern. Wenn er seine sich einmischende Ehefrau schon nicht zum Schweigen bringen konnte, würde er sie einfach entfernen müssen.

Er begrüßte Edward mit einer Verbeugung und seinem charmantesten Lächeln. „Majestät, Eure Gastfreundschaft war äußerst herzlich und willkommen, aber ich fürchte, dass meine alten Kriegerknochen nun müde sind. Mit Eurer Erlaubnis würde ich mich für den Abend zurückziehen und meine Dame mitnehmen."

Cambria erstarrte, als er seine Finger demonstrativ in ihrer Schulter vergrub.

Edward schmollte. „Wollt Ihr den Funken aus unserem Feuer nehmen?", fragte er und täuschte vor beleidigt zu sein.

„Ich fürchte ja Majestät", antwortete er schlagfertig, „denn das Feuer zu Hause braucht Zuwendung."

Bei seiner offenen Bemerkung reagierte Cambria eisig, hielt aber den Mund. Sie war schlau genug, den erreichten Fortschritt beim König nicht durch einen Temperamentsausbruch zu verderben.

Edward lächelte gewinnend. „Nun, meine Liebe, Euer Wolf erwartet Euch ungeduldig. Passt auf, dass er Euch nicht verschlingt."

Die Leute um das Lagerfeuer schmunzelten höflich über die Schlagfertigkeit des Königs. Cambria senkte kokett ihren Blick, als sie aufstand und vor Edward knickste, aber als sie sich zu Holden wandte, waren hundert unausgesprochene Drohungen in ihren Augen zu sehen.

Die Spannung war wie ein unterdrückter Schrei, als sie mit eisigem Schweigen das Lagerfeuer verließen. Er hielt sie mit eisernem Griff am Ellbogen fest. Sie wehrte sich gegen die Berührung, aber zumindest war sie weise genug, nicht ihre Stimme zu erheben, während sie noch in Hörweite waren.

Er schob sie durch die Zeltöffnung. Sie schnaubte, als die Klappe ihr Gesicht berührte und als er ihren Arm losließ, drehte sie sich um und stand ihm gegenüber mit der Widerspenstigkeit einer wütenden kleinen Katze.

„Was soll das?", fragte sie und legte ihre Hände an ihre Hüften.

„Was habe *ich* ...?", fing er ungläubig an.

„Madame, das ist das letzte Mal, dass Ihr Intrigen geschmiedet habt."

„Intrigen? Ich freunde mich mit *Eurem* König an und Ihr nennt es Intrige?"

„Ihr seid ein Neuling", erklärte er ihr und seine Stimme war voller Zorn. „Eure Listen sind so offensichtlich, dass ich mich wundere, dass der König sie nicht schon schneller leid war."

Ihre Lippen bildeten ein stilles, beleidigtes O.

„Ich bringe Euch morgen nach Blackhaugh zurück", informierte er sie und tauchte seine Hände in eine Waschschüssel am Eingang.

„Ihr könnt mir nicht befehlen ..."

„Ich kann es und ich werde es!", donnerte er und sein

Zorn kam auf sie herab wie eine stürmische Wolke. „Packt heute Abend was Ihr braucht, denn wir brechen bei Morgengrauen auf."

„Nay. Ich habe Einfluss über den König und ..."

„Der einzige Einfluss, den Ihr über den König habt, Mylady, betrifft seine Meinung über die Loyalität von de Ware!" Er schrie sie nun an, aber er hatte sie zum Schweigen gebracht. Er fuhr in einem kontrollierteren Tonfall fort und trocknete dabei seine Hände an einem Leinentuch. „Jetzt packt Eure Sachen und denkt noch nicht einmal daran mir zu trotzen. Ich werde es nicht zulassen, dass Ihr den Namen von de Ware aufs Spiel setzt. Meine erste Sorge gilt meinem König und meinem Land."

Bei dieser Beichte verspürte er ein Schuldgefühl. Es stimmte nicht ganz. Wie jeder weise Lord stellte er seine Familie und Vasallen an erste Stelle, da er wusste, dass König und Land sich oft dem Spott und der öffentlichen Meinung beugten. Natürlich spielte er die Vertrauensperson, aber ein Teil von ihm war immer auf der Hut und bereit, mit den Veränderungen in der Politik zu schwimmen.

Durch die Ehe mit Cambria hatte Holden die Verantwortlichkeit für sie und ihren Clan übernommen – sie waren jetzt Teil seines Schutzkreises – aber das verdammte Weib gefährdete seine Fähigkeit diesen Schutz zu gewähren. Falls sie sich als Gefahr für den anfälligen Ruf der de Wares erwies, gefährdete sie seine und ihre eigene Familie. Wenn er es ihr vielleicht erklärte ...

Verdammt! Er schuldete ihr keine Erklärung für seine Handlungen. Er war ihr Lord und ihr Herr. Morgen würde er sie mit zwei seiner besten Ritter fortschicken und damit wäre die Sache erledigt.

„Ich schlage vor, Ihr macht Euch an die Arbeit", sagte er kühl, entkleidete sich und streckte sich auf dem Bett aus, „und dann versucht ein wenig Ruhe zu finden."

Obwohl seine Frau weiter auf- und ablief und ihre Habseligkeiten auf einen Haufen warf, dauerte es nicht lange, bis er einschlief.

Zornig warf Cambria ihre Stiefel auf den Boden. Wie konnte er es wagen, sie einfach so abzuservieren! Waren ihm der König und sein Land wichtiger? Nun, das Spielchen konnte sie auch spielen und sie würde ihn genau wissen lassen, dass für sie der Clan an erster Stelle stand. Fürwahr, angesichts der vielfältigen Verantwortung ihrem Clan gegenüber bezweifelte sie, dass sie viel Zeit für ihre ehelichen Pflichten haben würde, wenn er nach Blackhaugh zurückkehrte.

Trotzig hob sie ihr Kinn, schlüpfte aus ihrem Kleid, legte sich unter die Decke und sah der Zukunft mit neuer Entschlossenheit entgegen. Sie achtete darauf, dass kein Teil ihres Körpers den Engländer berührte, während sie nebeneinander schliefen.

Die Sonne kannte keine Gnade für Cambrias verschlafene Augen. Sie blinzelte mehrere Male, während das Pferd trabte, aber ihre Augen brannten vom Schlafmangel und dem Staub auf der Straße.

Ein Ritter trabte vor ihr und einer hinter ihr und angesichts ihres Schweigens wusste sie, dass sie nur ungern auf dieser Begleitmission unterwegs waren.

Sir Guy zeigte den Weg an und suhlte sich immer noch in der Demütigung, dass er Owen verloren hatte. Für ihn war der Auftrag eine Strafe und er ritt ernst vor ihr her und tat seine Pflicht nur widerwillig. Direkt hinter ihr war Sir Myles und er war so mürrisch wie ein Sommerregen. Dies war seine erste militärische Kampagne gewesen. Zweifellos hatte sie diese ruiniert, indem sie ihn zwang den Ort des Ruhmes zu verlassen und sie nach Hause zu begleiten.

Während sie über die staubige Straße ritten, sprachen sie nur wenig und das passte Cambria sehr gut. Sie hatte kein Verlangen, sich für ihre Handlungen zu rechtfertigen, insbesondere, da sie der Meinung war, dass diese völlig gerechtfertigt waren.

Sie war froh, dass sie mit dem König gesprochen hatte. Es war wichtig, dem englischen Herrscher die Gedanken ihrer Leute klarzumachen. Sie spürte, dass sie damit Erfolg gehabt hatte.

Sie hätte sich gar nicht mehr irren können.

Während sie stolz durch die Landschaft ritt, versuchte Holden den von ihr verursachten Schaden wieder in Ordnung bringen. Er lächelte Edward so einehmend an, wie er es angesichts der peinlichen Umstände konnte.

„Sie ist sehr offen, Eure Majestät", stimmte er zu und versuchte sich zwanglos anzuhören, während er an seinem morgendlichen Wein nippte, „aber ich versichere Euch, sie schwatzt nur über abstruse Ideen und wie Frauen nun einmal sind, bezeichnet sie sie als Fakten."

Der König nickte, sah aber nicht vollkommen überzeugt aus.

Holden hasste es, ihn anzulügen. Tatsächlich glaubte er nichts dergleichen. Cambrias Meinungen waren so berechtigt wie die eines jeden anderen auch. Es stimmte, dass es für die Schotten ein Gräuel wäre, wenn Balliol auf den Thron gesetzt würde, aber Edward dies zu erzählen, würde nichts bringen. Und jetzt musste er den König überzeugen, dass solche Ideen einfach nur Geschwätz von Seiten Cambrias waren.

„Sie konnte recht gut mit dem Schwert umgehen", meinte Edward, wobei er seine Augen nicht von seinem Becher abwandte.

„Sie hat eine kriegerische Vergangenheit", entgegnete er, „aber ich fürchte, dass ihr Vater sie nicht ausreichend in Diplomatie und Höflichkeit ausgebildet hat."

Edward schürzte nachdenklich die Lippen. „Ich vertraue also darauf, dass Ihr versuchen werdet, sie höfisches Verhalten zu lehren und ihr die Gefahren von bloßem Geschwätz und so weiter nahebringen werdet."

Holden unterdrückte ein erleichtertes Seufzen. „Aye, Euer Majestät. Ich habe sie bereits nach Hause geschickt und das ärgert sie zweifellos ungemein."

Edwards Mund verzog sich zu einem Lächeln. „Zweifellos." Er stand auf und wandte sich zum Gehen, hielt dann aber inne. „Habt Ihr Euren Verräter schon gefangen, de Ware?"

„Noch nicht", antwortete Holden kurz angebunden. „Wir glauben, dass er sich mit den schottischen Rebellen verbündet hat."

„Hmm, schlüpfriger Aal." Die Augen des Königs glitzerten mit ein wenig Hohn. „Braucht Ihr Hilfe, Wolf? Ich kann Euch einige meiner Männer zur Verfügung stellen, wenn Ihr ..."

Holden richtete sich auf. „Das wird nicht notwendig sein, Majestät."

„Wenn Ihr ihn findet, bringt ihn zu mir." Er leerte seinen Becher. „Es ist immer am besten ein Exempel an Verrätern zu statuieren." In Edwards Augen war kurz bitterer

Schmerz zu sehen und Holden überlegte, ob der König sich an den Liebhaber seiner Mutter, Roger Mortimer, erinnerte, den er vor einigen Jahren wegen Hochverrats hatte hinrichten lassen.

„Aye, Euer Majestät." Er verbeugte sich, als der König sich zum Gehen umwandte.

„Übrigens bin ich froh, dass Ihr derjenige seid, der das schottische Weib zähmt", sagte der König über seine Schulter und überraschte ihn. „Sie ist eine beherzte Stute. Ihr werdet hoffentlich ihren Geist beruhigen ohne ihn zu brechen. Viel Glück, de Ware."

Holden schaute dem König erstaunt hinterher. Manchmal konnte seine Majestät recht einsichtig sein, aber hatte Edward gerade gesagt, dass er froh war, dass Holden sie zähmen würde? Bei dem Gedanken musste er lauthals lachen. Da irrte Edward. Cambria Gavin würde niemals gezähmt werden.

Drei Tage nach Edwards Abreise blieben Holdens Männer im Lager zurück um das Land für den Fall zu kontrollieren, dass abtrünnige Schotten versuchten sich gegen die englische Besatzung aufzulehnen, aber die Zeit zog sich und Holden wurde ungeduldig. Die Untätigkeit langweilte ihn und er wurde rastlos. Sein andauerndes Hin- und Herlaufen durch das Lager nervte seine Ritter, die behaupteten, dass sie den Namen für seine Qualen besser kannten als er.

Schließlich gab er zu, dass sie es war. Es lag an dieser, weichen, erzürnten, zärtlichen, waghalsigen und schönen schottischen Hexe. Er war nicht besser als ein angespannter Ochse, der in einer Spur um den Mühlstein trottete und hilflos litt er unter der Erinnerung an sie. Sicherlich hatte sie ihn gegen sich aufgebracht und ihn halb verrückt gemacht mit ihren Intrigen und Beleidigungen, aber er hatte angefangen sich an dieses neue Schlachtfeld zu gewöhnen. Im Kopf war er bereit für den Kampf. Er vermisste seine kleine Kriegerin und auch wenn der Gedanke egoistisch war, fing er doch an es zu bereuen, dass er Cambria fortgeschickt hatte.

Während er träge Ariel bürstete und sich lebhaft vorstellte, wie er an die Seite seiner Frau zurückkehren würde, kam ein junger Bote an, der aufgeregt und außer Atem war.

„Lord Holden?", keuchte er.

Holden wandte sich um. Die Botschaft im Blick des Jungen war unmissverständlich. Einen Augenblick lang blieb ihm das Herz stehen. Jeder seiner Sinne war scharf wie ein frisch geschliffenes Messer.

„Cambria", hauchte Holden.

Es war eine Behauptung und keine Frage und der Boote schaute einen Augenblick lang verwirrt. „Aye, Mylord. Woher wusstet Ihr ..."

Entsetzen stieß seine eisige Klinge in Holdens Brust und drehte sie gnadenlos in seinem Herzen.

„Sir Owen hat sie, Mylord", erklärte ihm der Junge, „auf Blackhaugh."

„Owen ist auf Blackhaugh?"

„Er hat die Burg eingenommen. Er sagte, dass ich Euch sagen sollte ..."

Holden hörte sonst nichts mehr. Scheiße! Er hatte seine Frau in die Arme des Feindes geschickt.

„Mylord?" Der Junge schaute erwartungsvoll zu ihm hoch.

Holden biss die Zähne zusammen und wurde zu einem kaltblütigen Krieger. Sein Blick wurde wachsam, entschlossen und so leidenschaftslos wie der eines Wolfes auf der Jagd.

Der Bote trat einen Schritt zurück und bekreuzigte sich. Holden bewaffnete sich, füllte eine Tasche mit Proviant und stieg auf sein Pferd. Er hinterließ Anweisungen, dass seine Männer das Lager abbauen und sobald sie konnten folgen sollten und dann ritt er in einer Staubwolke davon.

# KAPITEL 15

Eine schwache Brise blies durch das Fenster im Turm von Blackhaugh und wehte Cambrias Locken um ihr schlimm zugerichtetes Gesicht. Sie lehnte ihren Rücken gegen den groben Stein und zitterte trotz des warmen Wetters in ihrem zerrissenen Unterkleid. Sie verfluchte ihren sturen Stolz, der sie davon abhielt das von Owen mitgebrachte Essen zu sich zu nehmen, denn dieser Stolz brachte ihr nichts als Schwäche.

Kraft hätte ihr jedoch auch nicht viel genützt. Ihre Hände waren in Eisenketten über ihrem Kopf gefesselt und sämtliche Versuche sich zu befreien hatten ihr nur Schmerzen eingebracht, wenn die Fesseln sich in ihre verletzten Handgelenke schnitten. Sie hatte schon lange aufgegeben den schweren Ring über ihrem Kopf aus der Wand lösen zu wollen.

Sie überlegte, was Owen wohl vorhatte und was jenseits der Turmmauern passierte.

Ohne Ankündigung wurde die Tür geöffnet und knallte gegen die Wand. Owen trat ein, wobei sein ungepflegtes Haar wie ein Teppich über seinen Augen hing. Er humpelte an ihr vorbei zum Fenster. Während er nach unten schaute, verzog sich sein Gesicht zu einem hässlichen Grinsen und er rieb sich die Hände wie eine hungrige Fliege. Cambria konnte nur Vermutungen anstellen hinsichtlich des Grundes für seine heitere Stimmung.

Mit dem glücklichen Seufzen einer Echse, die einen Käfer entdeckt hatte, kam Owen zu ihr. Schon fast liebevoll streichelte er ihr über die Wange. Sie erschauderte. Ihre Fesseln ließen ihr keinen Freiraum, um zuzuschlagen. Gestern hatte er ihre Beine mit schweren Ketten gefesselt, als sie ihn kräftig mit dem Fuß in den Bauch getreten hatte. Sie schaffte es ihren Kopf schnell genug zu drehen, um ihm so fest in die Hand zu beißen, dass er blutete.

Er fiel wimmernd vor Schmerzen hin und zog dann seine verletzte Hand zurück. Mit der Rückseite seiner anderen Faust schlug er ihr ins Gesicht, woraufhin sie nur noch Sterne sah. Schwach sackte sie an der Mauer zusammen und unterdrückte ein Stöhnen.

Dies war nicht ihre erste Verletzung seit ihrer unglücklichen Ankunft auf Blackhaugh. Bei ihrem verfluchten Glück war sie direkt in eine Falle gelaufen. Diese Demütigung war fast schlimmer als die Schläge, die sie von Owen hatte ertragen müssen.

Sie hatten auf sie gewartet – Robbie, Graham, Jamie und der Rest der Gavin-Rebellen – und sie hatten bereits ihre loyalen Clans-Männer eingesperrt. Nur Gott wusste, was sie mit Garth gemacht hatten.

Mit sechs Männern hatten sie Guy und Myles überwältigt und in den Kerker gebracht, während Cambria ihr Schicksal erwartete.

Zornig und tollkühn hatte sie Owen angespuckt und hatte keine Angst vor dem Mistkerl gezeigt, trotz Robbies ängstlicher Warnungen und sowohl sie, als auch die Gavin-

Rebellen zahlten einen hohen Preis für ihre Kühnheit. Robbie und seine Männer, die im Herzen immer noch Gavins waren, mussten sich Owens Willen beugen, da er ihrem *Laird* ein Messer an die Kehle hielt. Er hatte sie alle eingesperrt und sie in den Turm gebracht.

Als der Unhold müde wurde sie mit seinen Fäusten zu schlagen, hatte sie Schmerzen am ganzen Körper. Sie hatte immer noch den Geschmack von Blut in ihrem Mund.

Aber sie hatte nicht kapituliert. Selbst jetzt, da sie halb bewusstlos und ihr Magen leer war und frisches Blut über ihre Wange lief, weigerte sie sich, sich vor ihm zu ducken.

Owen saugte an seiner verwundeten Hand und spuckte das salzige Blut auf das Schilf. Er hatte jetzt bald genug von Lady Cambria de Ware und ihrer unerschütterlichen Frechheit. Sie war sicherlich die Ausgeburt des Teufels und einer Katze mit ihren Klauen und scharfen Zähnen. Es war kaum zu glauben, dass er einst sein Gemächt hatte in sie hineinschieben wollen. Jetzt dachte er nicht mehr so oft daran bei ihr zu liegen, da sie so kratzbürstig war. Wenn er die Schlampe schon nicht auf die Knie brachte, würde er zumindest sehen, wie de Ware sich vor ihm erniedrigte.

Mit einem entschlossenen Knurren streckte er die Hand nach einem Krug Wasser auf dem Tisch aus. Er schüttete den Inhalt in das Gesicht des Weibes um sie zu Bewusstsein zu bringen.

Cambria atmete scharf ein, als ihr das Wasser ins Gesicht geschüttet wurde. Sie schnaufte und keuchte, als sie es in ihrer Nase spürte und Tränen stiegen in ihr auf.

„Wacht auf, Weib!", schnauzte Owen sie an und in seinem Gesicht war sowohl Hass wie auch Erregung zu sehen. „Euer Ehemann ist angekommen."

Bei diesen Worten wurde Cambria hellwach. Holden! In

ihr kämpften Erleichterung und Entsetzen miteinander und ihr Magen drehte sich. War er allein gekommen? Würde er in die gleiche Falle laufen wie sie? Sie musste ihn warnen. Sie öffnete ihren Mund um zu schreien, aber ihr Schrei endete in einem Gurgeln, als Owen seine Finger fest um ihren Hals legte.

Er roch nach Zwiebeln aus dem Mund. „Schreit doch", zischte er, „und ich töte jeden einzelnen in Eurem Clan – Männer, Frauen und Kinder."

Sie sah dunkle Flecken vor ihren Augen, als er sie endlich losließ. Sie sackte an den Steinen zusammen und keuchte nach Luft.

Alles, nur nicht das, dachte sie. Er könnte Blackhaugh nehmen. Er könnte sie bis zur Bewusstlosigkeit schlagen, aber ihren Clan anzurühren ... sie lebte in einem andauernden Albtraum der Angst, der weitaus schlimmer war als jeder, den sie jemals in ihrem Schlaf erlebt hatte. Vor ihrem inneren Auge konnte sie ihre Vorfahren, ihre Familie und tausende von Gavins sehen – Männer, Frauen und Kinder wie Geister, die bis in alle Ewigkeit auf der Erde wandelten und ihr mit gespenstischen Augen die Schuld gaben und ihren Namen stöhnten.

Das konnte sie nicht zulassen, Sie konnte dieses Ungeheuer nicht die Gavins zerstören lassen. Sie war die Tochter ihres Vaters. Sie war der *Laird*. Sie musste ihren Clan beschützen.

Auch wenn ihr Schweigen bedeutete, dass sie ihren Ehemann verriet.

„Kooperiert", meinte Owen, „und vielleicht verschone ich Euer Leben und lasse Euch als meine persönliche Dienerin arbeiten."

Owen blickte auf sie herab und klackte mit der Zunge.

Er bezweifelte es. Das Weib war ein Haufen Dreck, ein triefender, verletzter Haufen Dreck mit einem geschwollenen Gesicht und zotteligen Haaren. Das hielt sein Gemächt allerdings nicht davon ab in seiner Hose anzuschwellen, wenn er darüber nachdachte, sie vor dem hochwohlgeborenen und mächtigen Holden de Ware einfach aus Boshaftigkeit zu vögeln.

Zufrieden atmete er aus. Endlich meinte das Schicksal es gut mit Owen, dem Bastard. Die Ankunft des Weibes auf Blackhaugh hätte nicht perfekter geplant sein können, wenn sie ihm auf einem Goldteller serviert worden wäre. Sie war mehr oder weniger allein gekommen und der Wolf war weit und breit nicht zu sehen gewesen. Sie war durch das vordere Tor und direkt in Owens Arme geritten.

Jetzt war sie die perfekte Geisel.

„Kommt, wir wollen unseren edlen Helden begrüßen", höhnte er. Er nahm die Schlüssel für ihre Fesseln vom Tisch und schwang sie spöttisch vor ihr. „Ich werde Euch jetzt die Fesseln abnehmen, aber an Eurem Hals wird ein Dolch liegen", warnte er sie. „Ich schlage vor, dass ihr Euch vorsichtig bewegt. Ich würde nur ungern die wertvolle Schlampe des Wolfes schon jetzt beschädigen."

Kichernd befreite er sie von dem Ring in der Wand und ihre Hände von den Fesseln. Mit dem Dolch an ihrer Kehle zog er sie hoch und schob sie ungeschickt zum Fenster.

Cambria schaute schwach vor Hunger und noch schwächer beim Anblick ihres Ehemannes nach unten. Er sah aus wie ein heller Engel, da die Sonne auf seine Rüstung schien und vom Helm, den er in seiner Armbeuge trug, reflektiert wurde. Jetzt, da er hier war, stieg das ganze Entsetzen der letzten paar Tage in ihr hoch und sie drohte vor Erleichterung zu schluchzen.

Aber sie konnte es sich nicht leisten, ihren Gefühlen freien Lauf zu lassen. Sie musste nachdenken.

Er war nicht allein gekommen, sondern mit einer riesigen Truppe seiner Ritter. Er war also auf eine Schlacht vorbereitet. Cambria biss sich auf die Lippe. Wenn er die Burg wagemutig angriff, würde der Wolf in der Tat siegreich auf Blackhaugh einreiten und feststellen, dass Owen alle seine Bewohner getötet hatte.

Sie musste ihn von einem Angriff abhalten. Aber wie?

Holden ballte seine Hände zu Fäusten um die Zügel und Ariel schüttelte protestierend seine Mähne. Sofort zog er den Kopf des Pferdes zurück und versuchte sich zurückzuhalten, als er Cambria in Owens Gewalt am Turmfenster sah.

Ihr Gesicht war voller blauer Flecke. An ihrer Wange und ihren Armen war Blut zu sehen. Schwere Ketten lagen um ihren Körper.

Ihm rutschte das Herz in die Hose. Neben ihm keuchten seine Männer vor Empörung. Nur mit enormer Willenskraft bekam er seinen Zorn und seine Blutrünstigkeit unter Kontrolle.

„De Ware", rief Owen, „vielen Dank, dass ich Eure Frau gebrauchen durfte. Sie hat sich als eine willkommene Abwechslung erwiesen."

Holden verzog keine Miene, während er den Mistkerl anstarrte und ihn im Geiste zum Tode verurteilte.

„Fürwahr", höhnte Owen, „vielleicht behalte ich Sie, um mein Bett zu wärmen."

Holden beruhigte sein unruhiges Pferd. Bei Gott, wenn dieser Teufel bei Cambria gelegen hatte, würde er ihn an den Eiern aufhängen.

„Was wollt Ihr, Fitzroi?", fragte er und war von der Ruhe in seiner Stimme fasziniert.

„Oh, ich habe schon, was ich will", höhnte er. Dann legte der Kerl frech eine Hand über Cambrias Schulter und schob sie in den Ausschnitt ihres Kleides, um ihre Brust zu berühren.

Holden hörte, wie seine Männer um ihn herum leise fluchten, aber er biss die Zähne zusammen und schwor im Stillen, dass er diese freche Hand abhacken würde, bevor die Sonne unterging. Ariel stampfte auf dem Boden und drückte den Zorn, den Holden spürte, damit aus.

Dann begegneten sich sein und Cambrias Blick und der Zorn kochte in ihm hoch. Jede andere Frau hätte sich beschämt abgewandt bei dem, was Owen sie zu hören zwang, aber seine Cambria stand mutig und unverzagt da, so wie Holden an jenem Tag vor langer Zeit, als er für das Töten des Hundes geschlagen wurde. Ihre Augen kommunizierten das, was sie nicht sagen konnte – dass ihr Wille stark war, dass Owen zwar ihren Körper aber nicht ihren Geist berührte und dass sie *alles* für ihren Clan ertragen würde. In dem Augenblick zerrte der Wind am Haar seiner mutigen Frau und die Sonne fiel auf sie wie der Segen eines Engels. Tränen stiegen in ihm auf und er wusste, dass er alles für *sie* ertragen würde.

Dann schickte sie ihm eine Nachricht, die sie ohne Worte und ohne Gesten kommunizierte. Er war zu weit weg von ihr für einen richtigen Austausch, aber irgendwie sprach sie zu ihm. *Lasst Owen mit mir machen, was er will,* sagte sie, *aber rettet meinen Clan.*

Er nickte ganz leicht. Er verstand ihr stilles Flehen, aber er wollte Cambria nicht aufgeben, ganz gleich, was sie erwartete. Er beabsichtigte sie alle zu retten.

Er wandte seinen Blick ab. Wenn er seine Braut retten wollte, müsste er schon bald handeln. Er wandte Ariel um und beriet sich mit seinen Männern.

„Wir müssen annehmen, dass Garth, Guy und Myles sich entweder im Kerker befinden oder tot sind." Der Gedanke erschütterte ihn bis ins Innerste. Er konnte es sich jedoch nicht leisten, lange darüber nachzudenken „Ich bin sicher, dass das auch für die Gavin-Rebellen gilt. Sicherlich würde keiner von ihnen eine solche Erniedrigung ihres *Lairds* zulassen."

Stephen ritt nach vorn. „Kann man mit ihm verhandeln? Der König weiß, dass er ein Spion für die Rebellen war. Sein Leben ist bereits verwirkt. Vielleicht gibt er auf."

„Nay!", sagte Holden barscher als beabsichtigt. „Nay, Wer weiß, was der Verräter macht. Vielleicht will er Vergeltung und tötet diejenigen, die sich noch auf der Burg befinden oder er gerät in Panik und flieht mit einer Geisel."

Obwohl keiner es aussprach, wusste jeder, wer diese Geisel sein würde.

„Belagern wir die Burg also, Mylord?", fragte Stephen.

„Und lassen unsere eigenen Leute hungern?" Holden schüttelte den Kopf. Eine Belagerung würde viel zu lange dauern. Er wollte nicht, dass Owen noch einen einzigen weiteren Tag am Leben blieb. „Nay, ich tue so, als würde ich seinen Köder schlucken und schaue, was er vorhat."

Es war weiser vorsichtig mit Owen zu sprechen und ihn glauben zu lassen, dass der Wolf handlungsunfähig war, aber zuerst musste er Cambria aus der Gefahr befreien. Er wandte Ariel um und stellte sich seinem Feind.

„Fitzroi!", rief er. „Wenn das Weib bei Euch gelegen hat, ist sie verdorbene Ware." Selbst auf diese Entfernung konnte er sehen, wie Cambria zusammenzuckte. Er hasste es ihr weh zu tun, aber es gab keine andere Möglichkeit. „Sie hat ihren Zweck bereits erfüllt. Ihr könnt die Hure behalten."

Zu Holdens Erleichterung blieben seine treuen Männer stur auf ihren Pferden sitzen. Sie kannten ihren Lord so gut, dass sie wussten, dass er niemals schlecht über eine Frau sprechen würde. Sie erkannten, was er mit seinen Worten bezwecken wollte – offensichtlich eine Täuschung.

Owen stotterte jedoch vor Überraschung. Er hatte offensichtlich einen vor Eifersucht rasenden Holden und keine Abweisung erwartet. Das Messer zuckte ganz leicht in seiner Hand und er fügte Cambria einen kleinen Schnitt am Hals zu. Holden schlug das Herz bis zum Hals, aber Cambria zuckte bei dem Schnitt nicht zusammen. Sie starrte hölzern, als wenn der Schnitt eines Messers nichts gegen die tiefe Wunde war, die Holden ihr gerade zugefügt hatte. Gott, er musste sie aus den Händen dieses Ungeheuers befreien, bevor...

„Was habt Ihr mit meinen Männern gemacht?", brüllte er. „Garth, Sir Guy und Myles?"

Owen griff das Thema so eifrig auf wie ein Kind, das die Hand nach Süßigkeiten ausstreckte. „Eure Männer? Wenn Ihr sie lebend wiedersehen wollt, de Ware", sagte er und schob seine jetzt nutzlose Gefangene beiseite, „erhebe ich eine Forderung an Euch."

Holden atmete erleichtert auf, als Cambria aus Owens Griff schlüpfte, wie eine sehr kleine Maus aus den Klauen eines Adlers.

„Welche?", fragte er.

„Rechtmäßig hätte Blackhaugh meinem Bruder gehören sollen, der Herr möge seiner Seele gnädig sein. Ich bin als nächster dran. Die Burg gehört rechtmäßig mir. Gebt sie auf", forderte Owen ihn heraus.

Holden grinste. Seine Worte waren voller Sarkasmus. „Noch etwas?"

Owen zitterte vor Zorn und Spucke flog aus seinem Mund beim Sprechen. „Verspottet mich nicht! Ich habe Verbündete hier! Gebt mir Blackhaugh freiwillig oder ich werde den König darüber informieren, dass Eure Ehefrau eine Mörderin ist und dass sie königliches Blut vergossen hat."

Holden atmete tief durch. Könnte Owen Edward davon überzeugen? Sein Verstand sagte ihm nay. Schließlich waren die de Wares schon seit vielen Generationen loyale Vasallen, aber wenn Edward den Verdacht hatte, dass Holdens Urteilsvermögen von Liebe beeinflusst wurde ... Myles und Guy, die einzigen Zeugen, die Cambria für die Ereignisse in dem Gasthaus hatte, könnten bereits tot sein. Ohne sie gab es keinen Beweis, dass sie Edwards Onkel *nicht getötet* hatte.

Holden erschauderte. In Bezug auf Rechtsangelegenheiten war Edward unbeugsam. Er hatte die Hinrichtung des Geliebten seiner Mutter, Roger Mortimer, schnell befohlen. Wenn der König Owen glaubte, würde er nicht zögern ein ebenso hartes Urteil gegen Cambria zu fällen.

Das konnte er nicht zulassen. Auch wenn er versprochen hatte den Verräter an Edward auszuliefern, konnte er Owen nicht die Gelegenheit geben, den König zu beeinflussen. Nay, er müsste dafür sorgen, dass der Mistkerl noch heute starb.

Irgendwie musste er Owen zu einem Kampf anstacheln und um das zu tun, musste er den Kerl glauben lassen, dass er durchaus eine Chance hatte zu gewinnen.

Mit einem Klacken setzte er Ariel in Bewegung und ritt auf und ab, wobei er seinen Zorn offen zeigte.

„Ihr würdet Euch gegen das Haus wenden, in dem ihr ausgebildet wurdet?"

„Ich habe keine große Zuneigung für das Haus von de Ware!", rief Owen. „Euer Vater hat mich nur aufgenommen, weil ich Rogers Bruder war!"

Mit vorgetäuschtem Frust warf Holden seinen Helm auf den Boden.

Diese Reaktion schien Owen zu befriedigen und er fing an selbstgefällig zu werden. „Ihr habt immer noch die Burg Bowden, de Ware", rief er. „Seid zufrieden damit."

„Ich werde mir das, was rechtmäßig mir gehört, nicht nehmen lassen!", donnerte Holden und streckte seine Faust in den Himmel.

Owen gluckste. „Diese Burg gehört Euch nicht rechtmäßig!"

Holden schlug mit seiner Faust in seine Handfläche. Er wollte die Burg nicht belagern und er wollte auch keine Schlacht gegen seine eigenen Vasallen führen, aber wenn er Owen dazu bringen könnte gegen echte Helden zu kämpfen ...

„Wenn ich Euch belagere, haltet Ihr keinen Monat durch. Es gibt nicht genug Vorräte auf Blackhaugh." Das war eine Lüge, aber er setze darauf, dass Owen die Vorräte der Burg nicht überprüft hatte. „Wir wollen Helden aussuchen, die stellvertretend um die Burg kämpfen. Ein Kampf bis in den Tod."

Holden wusste, dass sein Feind nicht dumm war. Owen würde niemals einen einzigen Helden gegen einen Mann von Holdens Ruf schicken, aber bei gleichen Chancen und wenn er Owen mit der Möglichkeit köderte, dass er den unbesiegbaren Wolf überwältigen könnte ...

„Der Wolf von de Ware", sagte er, „gegen zehn Eurer besten Männer!"

Owen kratzte sich am Bart und dachte über Holdens Worte nach. Verdammt! Er wünschte sich, dass er zehn heldenhafte Ritter hätte. Er hätte so gern gesehen, wie der bislang ungeschlagene Wolf in den Dreck fiel. Außerdem würde er sich den Ruf verdienen als der Mann, der Englands bösartigsten Krieger überwältigt hatte und das wäre eine ebenso effektive Verteidigung wie eine extra Ringmauer um die Burg. Aber leider hatte er noch nicht einmal einen Verbündeten übrig, der kämpfen könnte.

Wenn das, was Holden über Blackhaughs Vorräte gesagt hatte, stimmte, musste er zeitnah handeln. Er hatte weder die Ressourcen noch die Gesundheit, eine lange Belagerung zu ertragen. Sein Bein wurde immer schlimmer. Seit Tagen hatte er es geleugnet, aber er litt bereits unter Fieber. Wenn er nicht bald ärztlich versorgt wurde, würde er schnell in ein Delirium verfallen.

Vor Widerwillen spuckte er auf die Fensterbank und ihm war schlecht bei der Ironie, dass er immer noch machtlos gegen den Wolf war, obwohl er Blackhaugh und alle seine Bewohner als Geiseln genommen hatte.

In einer dunklen Ecke seines Hirns kam ihm eine Idee, die so schön verdreht und teuflisch war, dass er angesichts seiner Klugheit fast erstickte.

„In Ordnung, de Ware", rief er nach unten. „Ich nehme Eure Herausforderung an. Macht Euch bereit zu sterben."

Holden hatte keine Zeit, sich über Owens bereitwillige Zustimmung zu wundern. Der Kerl wandte sich schnell vom Fenster ab und verschwand außer Sichtweite. Dann echote ein Kreischen im Turm.

Cambria.

Holden spürte ihren Schrei wie eine Klinge, die ihm ins Herz gestoßen wurde. Wenn dieses Schwein ihr weh getan hatte ... sein Hals schnürte sich schmerzhaft zu. Er konnte den Gedanken nicht ertragen, Cambria zu verlieren.

Er liebte sie.

In seinem ganzen Leben hatte er diese Worte noch niemals sagen können. Er hatte es auch vor sich selbst kaum zugeben können, dass dieses Gefühl existierte. Er hatte nach Frauen gegiert und sie aus der Ferne angebetet, aber jetzt wusste er es. Nun war ihm mit einem fast physischen Schmerz klar, dass er das schottische Mädchen über jegliche Vernunft und jeglichen Verstand hinaus über alles liebte. Der König und das Land sollten verflucht sein, wenn er das hier überlebte und sie wieder in seinen Armen halten konnte, wollte er ihr so oft sagen, dass er sie liebte, bis sie es nicht mehr hören könnte.

Er hatte geglaubt, dass Cambria sein Eigentum war. Sie war schließlich sein Vasall und er könnte ihr Befehle erteilen wie seinen Rittern auch. Er war der Lord von Blackhaugh und ihre Welt sollte sich von Rechts wegen darauf konzentrieren, ihm zu dienen.

Aber das entsprach überhaupt nicht der Wahrheit. Sein Mund verzog sich zu einem ironischen Lächeln, während er abstieg um seinen Helm zu holen. *Seine* Welt war aus den Fugen geraten. Cambria könnte ihn an der Nase herumführen, ihn piken und ihn mit ihren ehrfurchtslosesten Tiraden angreifen. Er hatte sich jedoch noch nie lebendiger gefühlt, als wenn sie ihre weiblichen Listen an ihm ausgespielt hatte, mit ihm über die schottische Sache gestritten und ihn mit ihrem messerscharfen Verstand herausgefordert hatte, wobei sie ihn mit ihrem großartigen Körper neckte.

Die letzten paar Tage ohne sie waren die Hölle gewesen. Allein bei ihrem Anblick raste sein Herz. Jede Bewegung ihres Kopfes, jedes Funkeln in ihren Augen und jede ihrer einzigartigen Gesten fesselte ihn. Nay, schweren Herzens gab er zu, während er seinen Helm unter seinen Arm steckte, dass er nicht der Lord und Herr von Cambria Gavin war. Er war der Gefangene ihres Herzens.

Und mit der Gnade Gottes würde er Owens Männer besiegen, sie in seine Arme schließen, den Schlüssel zu seiner Seele aufgeben und sie für immer festhalten.

Die grausamen Silben echoten immer wieder durch Cambrias Herz – *verdorbene Ware, behaltet die Hure ...*

Er konnte es nicht so gemeint haben, nicht der Mann, bei dessen Küssen sie dahin geschmolzen war, der ihre Albträume in seinen Armen verscheucht hatte und vor Gott geschworen hatte, sie zu halten und zu ehren. Seine herzlosen Worte hatten sie jedoch viel schlimmer verletzt als die Schläge von Owens Fäusten.

Hatte er ihren stillen Austausch missverstanden? In dem Augenblick, als sich ihre Blicke begegneten, hätte sie schwören können, dass sie einander verstanden und dass sie zusammen Owen irgendwie überwältigen würden.

Vielleicht hatte sie sich geirrt. Bei ihrem letzten Gespräch war er so wütend auf sie gewesen. Vielleicht hatte der Wolf sie nur benutzt, um Kontrolle über Blackhaugh zu erlangen. Vielleicht hatte sie *ihren Zweck erfüllt*. Es war zu schrecklich und zu schmerzlich darüber nachzudenken.

Außerdem wartete eine größere Herausforderung auf sie.

Owen hatte ihre Fesseln aufgeschlossen und ihre Ketten zu Boden geworfen und sie durch eine Rüstung, Handschuhe und einen Surcot ersetzt.

Sie hätte fast hysterisch gelacht, als sie Owens Absicht erriet, aber im nächsten Augenblick unterdrückte der Unhold dies mit einem Knebel in ihrem Mund. Ihr stiegen die Tränen in die Augen, als er den Knebel so tief in ihren Mund schob, dass sie würgen musste. Er befestigte ihn mit einem Streifen und zog diesen so fest, dass sie Angst hatte, ihre Lippen würden gespalten werden. Darüber setzte er einen schweren Stahlhelm und Cambria kämpfte gegen die Panik, damit sie Luft bekam.

Im Schatten des Taubenschlags beobachtete Katie mit bebendem Kinn, wie der Mistkerl von einem Engländer Cambria in die Mitte des Burghofs zog. Die alte Dienerin kaute auf ihrer Faust, um die albernen Tränen unterdrücken, die dem Mädchen nicht helfen würden und sie kämpfte gegen den Drang ihrer Herrin zu Hilfe zu eilen. Sie hatte Cambria seit ihrer ungelegenen Ankunft nicht gesehen, aber angesichts des stolpernden Gangs und der hängenden Schultern wusste sie, dass sie misshandelt worden war.

Es ärgerte sie, dass sie so hilflos war. Owen hatte den Frauen erlaubt, frei in der Burg umher zu gehen, weil der Mistkerl ihre Dienste brauchte, aber er hatte gedroht, Cambria zu töten, falls eine von ihnen weglief. Dankenswerterweise hatte Katie Malcolm häufig im Kerker besuchen können, aber die Situation war nicht besser geworden. Selbst wenn sie Owen die Schlüssel zum Kerker hätte stehlen können, was unmöglich war, da er eingeschlossen im Turm schlief, traute sich niemand irgendetwas unternehmen, solange er ihren *Laird* als Geisel hielt.

Und jetzt schickte das Ungeheuer das arme Mädchen hinaus, um gegen ihren Ehemann, den Wolf, zu kämpfen, der sie wahrscheinlich im Nu besiegen würde, bevor er überhaupt wusste, mit wem er kämpfte.

Katie konnte es nicht ertragen. Sie war bereits Zeuge des Todes von Cambrias Eltern gewesen. Sie konnte nicht untätig danebenstehen, während Owen das wenige zerstörte, das noch vom Gavin-Clan übrig war.

Während Owen versuchte, das ungelenke Pferd in die Mitte des Burghofs zu manövrieren, reflektierte die Sonne auf dem stumpfen Eisenring mit den Burgschlüsseln, die an einem Lederband an seinem Gürtel hingen und an seinem Oberschenkel klirrten und sie verhöhnten. Sie biss sich auf die Lippe. Wenn sie irgendwie in die Nähe käme und das Band durchschneiden könnte ...

Ihr Herz schlug so schnell wie das eines gefangenen Spatzen, aber sie trat aus ihrem Versteck heraus und ging entschlossen zu Owen, der versuchte, das nervöse Pferd unter seine Kontrolle zu bekommen.

Ihm stand der Schweiß auf der Stirn und sein Gesicht hatte eine tödliche Blässe. Er roch nach der Entzündung in seinem Bein und nach dem Wein, den er andauernd zu sich nahm, um seine Schmerzen zu dämpfen. Er hatte nicht mehr lange zu leben und mit einer Wut, für die ihre Seele sicherlich verdammt würde, wünschte Katie sich, dass der Mann an Ort und Stelle sterben würde. Aber er humpelte nur vor und zog fest an den Zügeln des Pferdes.

Sie kam hinter ihn und ihr Herz schlug so heftig, dass sie Angst hatte, dass er es hören könnte. Sie biss sich auf die Lippe, um sie vom Zittern abzuhalten und nahm eine Sticknadel aus ihrem Beutel. Bevor sie es bereuen könnte, stach sie sie fest in die Flanke des Pferdes.

Das Pferd schrie und bockte und Katie wurde fast zertrampelt. In der Verwirrung stolperte Owen fluchend nach hinten. Bevor er wieder zu sich kommen konnte, zog Katie schnell ihren Dolch und schnitt nach vorn durch die Luft.

Das Messer berührte ihn an der Seite und verletzte kaum seine Haut und er knurrte mehr vor Zorn als vor Schmerz. Aber dann wandte er sich zu ihr um mit einem Blick, der so schwarz war wie der des Teufels. Das letzte woran sie sich erinnerte, war das Krachen seiner Faust auf ihrem Kinn und die Sterne, die sie dann vor Augen sah.

Cambria kamen vor Angst und Zorn die Tränen. Ihre arme geliebte Katie. Die alte Dienerin lag regungslos auf dem Boden und ihre Röcke waren um sie ausgebreitet.

Owen ergriff Cambria am Arm und sie versuchte sich loszureißen und wollte nichts mehr, als ihn zu Brei zu schlagen, aber sie hatte nicht die Kraft ihn fertig zu machen und sie konnte es sich nicht leisten ihn nur zu reizen. Er würde seinen Zorn an ihrem Clan auslassen, wie er es bereits bei Katie gemacht hatte.

Also warf sie einen letzten verzagten Blick auf ihre Dienerin, die sie großgezogen hatte, die liebe Frau, die sich für den *Laird* geopfert hatte.

Dann fiel ihr Blick auf ein Glitzern in den Falten von Katies Rock. Die Schlüssel der Burg lagen immer noch in der Hand der Dienerin.

„Steigt auf!", knurrte Owen.

Ein Funken Hoffnung durchstach ihre Verzweiflung. Jetzt war allerdings keine Zeit mehr und keine Gelegenheit, ihre Entdeckung zu ihrem Vorteil zu nutzen. Sie war sich noch nicht einmal sicher, ob Katie noch lebte.

„Steigt auf!"

Cambria widerstand der Versuchung stehen zu bleiben

und tat, wie ihr befohlen war. Je schneller sie aus der Burg war, desto schneller wäre ihr Clan in Sicherheit. Trotzdem waren ihre Beine so schwer wie Blei, als sie in den Sattel stieg, sowohl von der Last ihrer Verantwortung, wie auch von dem Gewicht der Rüstung, die Owen sie gezwungen hatte anzulegen.

Owen ergriff die Zügel, damit sie das Pferd nicht ansporen könnte ihn zu zertrampeln. Dann sprach er eine entsetzliche Drohung aus.

„Wenn Ihr Euch de Ware offenbart oder einen Versuch macht den Kampf zu vermeiden, könnt ihr fest davon ausgehen, dass ich den Kerker in Brand setzte. Ihr werdet dann Eure Clans-Männer vor Schmerzen schreien hören, während sie bei lebendigem Leib verbrennen."

Ihr Herz schlug wie eine Totenglocke und Cambria ritt langsam zum Tor und wahrscheinlich in ihren Tod. Holden würde niemals raten, dass sie es war. Er würde sie in wenigen Schlägen töten und nicht ahnen, dass Owen seine eigene Frau geschickt hatte um gegen ihn zu kämpfen. Erst wenn er ihren Helm abzog und ihre roten Augen sah, würde er Gewissheit haben.

Sie würde jedoch um ihres Clans Willen gegen ihn kämpfen. Sie war jetzt ein *Laird.* Ihr Leben gehörte den Gavins. Wenn sie nicht alles in ihrer Macht stehende tat um sie zu beschützen, dann war sie so wertlos wie ein zerbrochenes Schwert. Wenn es sein musste, würde sie für sie sterben. Sie betete nur, dass, wenn Holden sie tötete, die Gavins ihm verzeihen würden und dass er bleiben würde, um ihre Leute zu beschützen.

Sie tröstete sich mit dem Wissen, das es zumindest edel war bei der Verteidigung ihres Clans zu sterben. Holden würde sie töten und Blackhaugh würde ihm und den Gavins

GLYNNIS CAMPBELL

gehören, die ihn ebenso respektierten wie Malcolm und Katie und ...

Sie schluckte die Tränen hinunter, die drohten ihre Kontrolle zu untergraben und trieb das Pferd an. Es war am besten so, beschloss sie, schnell und ehrenvoll.

Holden war nicht einen Augenblick getäuscht. Er erkannte an der Größe und Haltung des Ritters genau, wer es war. Was war das hier für ein Spielchen? Seine Männer waren vielleicht übertölpelt, aber glaubte Owen wirklich, dass Holden seine eigene Frau nicht erkennen würde?

Die Ritter um ihn herum begannen zu tuscheln, als sie sich näherte und es wurde still, als sie anhielt. Ihre finsteren Blicke zeigten, dass sie mit der Ungleichheit in Größe zwischen dem imposanten Holden de Ware und Owens dünnem Helden nicht einverstanden waren.

Als Owen wieder am Turmfenster angekommen war um zuzuschauen, begrüßte Holden seinen Gegner.

Cambria antwortete nicht. Holden runzelte die Stirn. Sie wollte also nicht erkannt werden. Warum? War es möglich, dass sie sich seine rücksichtslosen Worte zu Herzen genommen hatte? Glaubte sie, dass sie benutzt worden war? War sie freiwillig gekommen um mit ihm zu kämpfen? Nay, das konnte nicht sein. Sie würde sicherlich nicht auf der Seite eines Ungeheuers wie Owen kämpfen.

„Habt ihr Euren Frieden mit Gott gemacht, Sir?", fragte er laut und schindete Zeit, so dass er Ariel nahe an sie heranbringen konnte.

Ihr Nicken war kaum bemerkbar.

Er murmelte gerade laut genug, dass sie es hören konnte. „Ich schwöre auf der Ehre von de Ware, dass ich keines der Dinge, die ich gesagt habe, ernst gemeint habe ..."

„Fangt endlich an!", rief Owen und schwenkte drohend ein Brandeisen aus dem Turmfenster.

In Panik zügelte Cambria ihr Pferd und versuchte die Entfernung zwischen ihnen zu halten. Offensichtlich wollte sie eine Unterhaltung unbedingt vermeiden. Vielleicht hatte Owen ihr oder ihrem Clan gedroht.

Er fluchte leise und wünschte sich, dass er ihr ins Auge sehen könnte und den Grund für ihr Schweigen wüsste.

Scheinbar war ein Kampf unvermeidbar. Er nahm sich Zeit, setzte seinen Helm auf und zog seine Handschuhe an. Er warf einen Blick auf seine Waffen. Er würde keine Lanze verwenden, da Cambria kein Geschick mit dieser Waffe hatte. Es wäre besser Waffen für den Nahkampf zu benutzen.

„Schwerter?", schlug er vor, während Ariel mit den Hufen über den Boden kratzte und seinen Kopf ungeduldig schüttelte.

Cambria nickte und stieg dann ab, wobei sie sich am Steigbügel festhielt um ihr Gleichgewicht zu halten, da ihre Beine unter ihr nachgaben.

Holden stieg von seinem Pferd und schindete Zeit um nachzudenken, wobei er hier und da eine Schnalle kontrollierte und die Oberfläche seines Schilds untersuchte. Cambria stand die ganze Zeit ruhig da mit einer Hand am Griff ihres Schwertes, das noch in der Schwertscheide steckte.

Er beugte seinen Schwertarm und analysierte die Situation.

Owen hatte Cambria als seinen Helden hinausgeschickt und hatte zweifellos angenommen, dass Holden sie leicht töten würde. Aber wofür? Wenn Holden seine eigene Frau ermordete, würde ihn dies zugrunde richten und in den

Augen des Gavin-Clans wäre er vernichtet und der Ruf der de Wares zerstört. Während Holden unter der Schande litt, würde Owen sich beim König einschmeicheln und einen Anspruch auf Blackhaugh erreichen können.

Wenn das Owens Ziel war, war es klar, dass er keinerlei Absicht hatte zu seinem Wort zu stehen. Weder beabsichtigte er die Gefangenen freizulassen noch die Burg aufzugeben, ganz gleich, wer den Kampf gewann.

Sicherlich war es Cambria klar, dass Owen sie in den Tod geschickt hatte. Andererseits wollte sie das vielleicht auch. Vielleicht beabsichtigte sie, sich zu opfern um den Clan zu retten.

Verflucht, er wünschte, dass Cambria mit ihm sprechen würde, sei es ein Flüstern oder ein Fluch oder irgendetwas. Er musste wissen, was sie dachte.

Da er nicht länger warten konnte, trat er vor und zog sein Schwert. Das Geräusch von Stahl auf Leder hörte sich betäubend in der bedeutungsschwangeren Stille an. Cambria zog nun auch ihr Schwert und hielt es mit beiden Händen vor sich. Einen Augenblick lang stand sie wie erstarrt da, wie ein Hirsch im Visier des Wolfes kurz vor dem Tod. Er bewegte seine Klinge langsam, um sie zu prüfen.

Sie parierte nur langsam. Was auch immer Owen ihr in ihrer in der Gefangenschaft angetan hatte, hatte sie geschwächt und das erzürnte Holden zutiefst. Wie er sich doch wünschte, dass Owen vor ihm stehen würde. Er würde ihn in Stücke hacken.

Cambria runzelte die Stirn und ärgerte sich über die jämmerliche Art und Weise, wie sie seinen Schlag pariert hatte. Ihr Arm pochte ein wenig. Die letzten paar Tage hatten sie geschwächt. Jetzt tapste sie herum wie ein neugeborenes Fohlen. Verdammt, sie musste besser kämpfen. Was, wenn Katie wie durch ein Wunder wieder zu sich kam und die Schlüssel benutzen könnte? Cambria musste sich zusammenreißen, um sich gegen Holden zu verteidigen, zumindest so lange, bis Katie ihre Clans-Männer befreien könnte. Aber wie könnte sie die Klinge gegen ihn erheben, wenn sie nicht mit dem Herzen dabei war?

*Verdorbene Ware*, dachte sie. *Behaltet die Hure.* Sie ließ sich von seinen tadelnden Worten antreiben und schlug mit neu gewonnener Energie nach ihm.

Holden wich ihrem Angriff leicht aus und lenkte ihre Klinge zur Seite. Sie würde zu schnell müde werden, bevor er Zeit hatte einen Plan zu entwickeln. Er musste sich schnell etwas einfallen lassen.

Eine kleine Bewegung auf dem Hügel der Burg Blackhaugh lenkte ihn einen Augenblick lang ab. Vielleicht hatte er es sich nur vor vorgestellt, aber ...

Er manövrierte die Schlacht so, dass er über Cambrias Kopf durch den schmalen Schlitz seines Helmes schauen konnte. Aye, da war eine Bewegung gewesen! Das große Burgtor öffnete sich langsam.

Er schlug Cambria leicht mit der flachen Seite seiner Klinge auf die Schulter und parierte dann ihren seitlichen Schlag mit seinem Schild. Er blinzelte um sicherzugehen, dass er richtig gesehen hatte und schaute noch einmal. Durch einen Spalt im Tor war ein unverkennbarer Rotschopf zu sehen. Robbie.

Zorn kochte wie Öl in ihm hoch. Scheinbar wollte Owen nicht fair kämpfen. Er schickte die Gavin-Rebellen um ihn abzuschlachten. Wusste der Narr nicht, dass die de Ware Ritter Hackfleisch aus den schottischen Jungen machen würden? Oder war das sein Plan?

Cambria stolperte nach vorn und er fing sie an seinem Schild auf, damit sie nicht hinfiel. Dann schaute er zum Tor. Cambrias Dienerin Katie öffnete das Tor weiter und eine zweite, dritte und vierte Gestalt gesellte sich zu Robbie. Es handelte sich um Garth, Guy und Myles, die unversehrt zu sein schienen. Reine Freude stieg in Holden auf. Die klugen Gavins sollten gesegnet sein – während Owen sich oben der Schadenfreude hingab, hatte jemand seine Männer befreit.

Holdens Siegesruf wurde zu einem zornigen Knurren und er griff an, um mögliche Zuschauer von den Ereignissen abzulenken. Die Befreiung der Geiseln garantierte natürlich noch nicht, dass Blackhaugh ohne Blutvergießen genommen werden konnte und er weigerte sich, das Blut unschuldiger Opfer innerhalb der Burgmauern zu vergießen. Er musste eine kleine Truppe seiner Männer losschicken, um die Burg friedlich einzunehmen, während Owen abgelenkt war.

Cambria schlug wild nach seinem Hals und er lenkte die Klinge weg. Plötzlich kam ihm die Lösung. Er musste zu Drama und Illusion greifen und schauspielern, was eher seinem Bruder Duncan lag, aber eine solche unerwartete Wendung könnte Owens Aufmerksamkeit effektiv ablenken. Er könnte dann seinen Rittern Anweisungen geben.

Cambrias Arm wurde wieder schlaff. Er musste ihre Lebensgeister neu erwecken. Seine List hing von ihrer Stärke ab.

„Cambria", sagte er leise, „ich liebe Euch mehr als mein Leben. Aber ich will, dass Ihr jetzt mit mir kämpft. Kämpft mit mir, wie Ihr noch nie zuvor in Eurem Leben gekämpft habt. Kämpft für den Gavin und ich schwöre, dass ich Euch helfe, Euren Clan zu retten."

Einen Augenblick stand sie erstaunt da. Er fürchtete, dass sie das Schwert nicht wieder heben könnte. Dann schien sie aufzuwachen, als wenn eine Last von ihren Schultern gefallen wäre. Mit neuer Kraft schlug sie nach ihm wie ein plötzlicher Sturm und ihre Klinge funkelte wie ein Blitz, während sie ihr Ziel suchte. Zum ersten Mal machte sie Boden gut und er ging einige Schritte zurück.

Cambria hatte sich auf Holdens Todesstoß vorbereitet. Sie bekam kaum genug Luft in dem engen Helm, ihre Muskulatur gehorchte ihr nicht und sie hatte weder den Willen noch die Kraft weiter zu kämpfen.

Aber als Holden zu ihr sprach, ihren Namen nannte, ihr seine Liebe gestand und versprach ihre Leute zu retten, stieg Hoffnung in ihr auf.

Die verletzlichen Worte, die zuvor so brutal erschienen waren, klangen jetzt hohl in ihrem Ohr. Natürlich. Er hatte sie nur gesagt um sie zu beschützen. Das verstand sie jetzt. Dass er sie so gleichgültig aufgegeben hatte, hatte es leichter für ihn gemacht sie Owen zu entreißen.

Jetzt wollte er, dass sie mit ihrer ganzen Macht gegen ihn kämpfte. Sie hatte keine Ahnung warum. Aber sie vertraute ihm. Was die Kriegskunst betraf, hatte sie noch nie einen Krieger mit besseren Instinkten gesehen.

Also erneuerte sie ihren Angriff und einen seltsamen Augenblick lang schien sie die Oberhand zu gewinnen. Er zog sich zurück. Im Nu verlor er seinen Stand auf dem glitschigen, taunassen Gras. Durch einen schrecklichen Fall rutschte er auf ihr ausgestrecktes Schwert.

Die Klinge durchstieß sein Kettenhemd und traf ihn oberhalb der Rippen an seiner Seite. Bei dem Gefühl wurde Cambria letztlich übel. Sie wusste nicht, wie tief sie ihn geschnitten hatte, aber als sie schnell ihre Klinge zurückzog, war diese mit Blut befleckt.

Der Schnitt tat mehr weh, als Holden erwartet hatte. Er

gab einen Schmerzensschrei von sich, der nur zur Hälfte vorgetäuscht war, aber er wusste, dass Glaubhaftigkeit von äußerster Wichtigkeit war. Der Stich war ein geringer Preis für die Sicherheit jener, die er liebte. Er stöhnte noch einmal in seinem vorgetäuschten Schmerz, stolperte und fiel. Er hörte die erstaunten Schreie von Owen, als die Pläne des Mistkerls zunichte gemacht wurden.

Schockiert wankte Cambria rückwärts. Was hatte sie getan? Sicherlich hatte ein verdrehter Knöchel Holdens sehr guten Gleichgewichtssinn nicht so vollständig ins Wanken gebracht. Er war praktisch auf ihr Schwert gefallen. Bei dem Gedanken zog sich ihr Magen gefährlich zusammen. Mit Ausnahme von Owen hatte sie noch nie jemanden ernsthaft verwundet und der Anblick, wie der Mann durch sie auf den Boden fiel, verwirrte sie. Dass ihr Opfer ihr eigener geliebter Ehemann war, ließ sie auf die Knie fallen und sie konnte ihren Blick nicht von Holdens Blut auf ihrem Schwert abwenden.

Er war so still. Sicherlich konnte sie den Wolf de Ware, der noch nie in einer Schlacht besiegt worden war, nicht getötet haben. Er lag jedoch schrecklich ruhig auf dem feuchten Boden.

Im nächsten Moment wurde ihr Blick auf Holden durch seine Ritter blockiert, die sich erstaunt und besorgt versammelten. Zwischen ihnen konnte sie Blicke auf seine leblose Gestalt erhaschen, als jemand seinen Helm löste und abnahm. Er sah benommen und schwach aus und bei jedem Atemzug zitterten seine Lippen. Bei Gott, er musste schwer verletzt sein.

Stephen konnte zuerst nicht verstehen, was Lord Holden zu ihm sagte, als er den Kopf zu ihm hinab beugte. Grimmig runzelte er die Stirn.

„Tut Owens Held nichts zu leide", wiederholte Holden. Als er Stephens Verwirrung bemerkte, sagte er deutlicher: „Owens Held. Beschützt Owens Held."

Stephen war sehr verwundert bei den Worten seines Lords. Vielleicht war Holden wegen seiner Wunde im Delirium. Er drehte den Kopf um zu Owens Krieger zu schauen, der bewegungslos auf dem Boden kniete. Dann wandte er sich zurück zu Holden, nahm den Kopf seines Lords in seine Arme und beugte sich weit genug nach unten um seine Anweisungen entgegen zu nehmen.

„Es ist nur ein Kratzer", flüsterte Holden, „aber Ihr müsst allen glauben machen, dass ich schwer verwundet und dem Tode nahe bin."

Stephen blickte auf den langsam größer werdenden Fleck auf Lord Holdens Wappenrock. Er hoffte, dass der Wolf Recht hatte.

„Die Gavins haben die Tore von innen durchbrochen", fuhr Holden fort. „Sechs von Euch sollen sich in die Burg schleichen und Fitzroi finden. Ich kämpfe, bis Ihr das Signal von der Mauer gebt." Er hielt inne, als ihn der Schmerz durchfuhr. „Dann werde ich so tun, als würde ich den Kampf verlieren. Stephen, ihr müsst Owens Helden sicher in den Wald weg vom Kampf bringen."

Stephen nickte, half dem gefallenen Lord auf die Füße, holte sein Schwert und setzte ihm den Helm wieder auf. Als Holden wieder bereit war, sich seinem Gegner zu stellen, gab Stephen die betrügerische Nachricht an die anderen weiter und weihte sie in die Pläne des Lords ein.

Holden ging einen Schritt auf Cambria zu. „Ergebt Euch, Feind!", rief er schwach. „Ich bin noch nicht fertig mit Euch."

Cambria war übel, als sie langsam aufstand, als wenn

sie einen Sack mit Sand verschluckt hätte. So hatte es nicht passieren sollen. Vor einer scheinbaren Ewigkeit hätte sie die Gelegenheit gern ergriffen, den Wolf zu durchbohren und ihn vom höchsten Turm von Blackhaugh zu hängen, aber jetzt konnte sie den Anblick seines Blutes nicht ertragen. Sein Fleisch mit ihrer Klinge zu schneiden fühlte sich an, als würde sie ein Stück aus ihrem eigenen Herzen schneiden. Sie konnte es nicht tun. Sie senkte ihr Schwert.

„Es ist nur ein Kratzer, Cambria", flüsterte er. „Den ertrage ich gern für den Gavin. Wir sind mit unserer Ehre verpflichtet zu kämpfen. Wir können den Mistkerl nicht enttäuschen."

Trotz ihres Herzschmerzes hob sie die Klinge mit bleiernen Armen und erschauderte, als sie den dunkelroten Rand darauf sah.

Holden überlegte, wie lange sie noch durchhalten würde. Er stupste sie ein paarmal mit seinem Schwert und hielt seinen Schild niedrig, sodass er ihren zögerlichen Angriff immer weiter auf das Feld hinauszog, bis Owens Blick vom Haupttor abgewandt war.

Hoch über dem Tal kicherte Owen fröhlich, während er auf die Szene hinabblickte, die sich wie ein Schauspiel vor ihm entwickelte. Dies war sogar besser, als er erwartet hatte. Schade, dass seine ursprünglichen Pläne vereitelt worden waren. Er hatte erwartet, dass Holden seine Frau töten würde, aber diese Entwicklung war recht provokant.

Wie durch ein Wunder war Cambria im Begriff ihren Ehemann zu töten. Owen betete, dass sie ihren Helm abnehmen würde, wenn er im Sterben lag, damit Holden gedemütigt ins Grab ginge. Wenn Cambria siegreich war, könnte Owen Blackhaugh rechtmäßig für sich beanspruchen und am allerbesten war, dass er das lüsterne

Weib noch dazu hätte und mit ihr tun könnte, was er wollte.

Der Gedanke ließ ihn erbeben. Wenn ihre Verletzungen abgeheilt sein würden und sie mundtot gemacht war, war das schottische Weib hübsch genug, um die Hose eines Mannes zum Platzen zu bringen. Natürlich würde er sie vor Aggie verstecken müssen, aber wenn er es wollte, könnte er die de Ware Schlampe auf ewig wegsperren, um sie zu seinem Vergnügen zu benutzen. Abwesend rieb er sich über seinen Unterleib bei dem Gedanken an eine solch berauschende Macht.

Abgelenkt von seinen Fantasien und aufgeregt von dem seltsamen Kampf unten bemerkte Owen nicht, dass sich einer nach dem anderen ein halbes Dutzend der de Ware Ritter zum Haupttor schlichen.

Cambria schluckte die bittere Galle, die in ihrem Hals aufstieg, hinunter. Irgendetwas stimmte nicht mit Holden. Diese Situation schien unmöglich. Er war der Wolf de Ware. Niemand konnte ihn besiegen und sie am allerwenigsten. Er humpelte schwer, aber er kämpfte immer noch, während das Blut an seiner Seite herabtropfte. Ihr Arm war durch einen Stoß mit seinem Schild außer Gefecht gesetzt und sie kämpfte darum, ihr Schwert ruhig zu halten, aber sie konnte den Willen nicht mehr aufbringen, den Schlag zu erwidern.

„Nur noch einen Augenblick, Cambria", krächzte Holden und lehnte schwer auf seinem Schild. „Nun macht schon. Wo ist das heiße Gavin-Temperament?"

Cambria blinzelte wegen der Feuchtigkeit, die ihre Sicht beeinträchtigte. Ihr armer Ehemann konnte kaum noch stehen.

„Kämpft gegen mich ", beharrte er. „Kämpft gegen mich für die Generationen Eures Clans, die für dieses Fleckchen

Erde gekämpft, geschwitzt und geblutet haben. Kämpft gegen mich um Eures Vaters Willen und für den Gavin."

Seine letzten Worte trafen sie ins Herz. Sie hob ihr Kinn, stellte sich ihm direkt gegenüber und sammelte ihren ganzen Gavin-Stolz für einen letzten Angriff.

Die Funken flogen, als ihre Klinge auf seine traf und das Klirren des Stahls hörte sich an wie der Ruf zu einer grausamen Messe. Sie griff ihn mit der Kraft ihrer geschädigten Vorfahren an und das Blut floss in ihr wie in einem rachedurstigen Meer.

Holden ließ sie kommen und wehrte ihren Angriff mit seinem Schild ab, bis er sah, dass sein Mann von der Mauer winkte. Jetzt konnte er die Maskerade beenden.

Er griff noch einmal an und seine Klinge funkelte wie ein Blitz um Cambria herum, berührte sie aber nicht. Dann, als es schien, dass er die Oberhand gewonnen hatte, ließ er sein Schwert aus den Fingern gleiten. Langsam fiel es zu Boden.

Cambria sah die fallende Klinge erst zu spät. Sie konnte nichts mehr tun. Sie hatte ihren eigenen Schlag bereits abgegeben und konnte den Niedergang ihres Schwertes auf seinen Körper nicht mehr aufhalten. Es blieb keine Zeit um die Waffe zur Seite zu lenken.

# KAPITEL 16

I n Cambrias Kopf kam die Zeit zu einem kreischenden Halt. Ihre Klinge schien Holden zu streicheln, als sie durch sein Kettenhemd drang und über seinen Bauch schnitt. Entsetzt starrte sie, als er langsam rückwärts stolperte und die Vorderseite seiner Rüstung von einem schrecklichen roten Fleck beschmutzt wurde. Er streckte die Hand hoch um dem Blutfluss mit seiner Faust zu stoppen und dann stand er einen schrecklichen, ewigen und schmerzhaften Moment, bevor er zu Boden ging.

Als er fiel, warf sie ihr Schwert weg, als wäre es eine furchtbare Schlange. Sie war vorbereitet gewesen zu sterben, aber sie hatte sich nicht vorbereitet zu töten. Ihr Herz zog sich schmerzhaft zusammen und eine Wolke tiefer Leere und stiller Verzweiflung umgab sie, bis ein trauriger Schrei durch den Nebel drang.

Es war Sir Stephen, der sich voller Angst über seinen Lord beugte. „Nay!", schrie der Ritter und streckte fluchend die Faust zum Himmel.

Dann wandte er sich ihr zu und schaute eisig und verdammend auf den Feind, der seinen geliebten Lord getötet hatte. Sie duckte sich nicht unter seinem Blick und er ertrug ihre Schuld mit betäubter Akzeptanz. Als er sein Schwert an ihre Kehle legte und seine stählerne Faust grob ihren Arm ergriff, zuckte sie auch nicht zusammen. Ihr Geist war krank und ihr Lebenswille verschwunden. Ihre Seele wurde so kalt und still wie ein Grab.

Und dann erhob sich ein schreckliches Geräusch innerhalb ihres Stahlhelms – eine leise Totenklage, die so trostlos wurde, dass alle in der Nähe sich abergläubisch bekreuzigten. Sie überlegte, wer ein solch trauriges Geräusch machen könnte und wünschte sich, dass es aufhalten würde.

Stephen wandte seinen Kopf um. Diese Stimme! Er starrte auf seinen Gefangenen und versuchte vergeblich durch den dunklen Schlitz im Helm zu sehen. Aber selbst blind erkannte er eine Frauenstimme. Ihm blieb das Herz stehen. Plötzlich wurde ihm klar, wer der Held sein musste und warum Holden diese Befehle gegeben hatte.

Bevor jemand anderes die Täuschung verstand, musste er ihr Klagen stoppen. Mit einer reumütigen Grimasse fesselte er ihre Hände gerade fest genug, dass sie verschreckt mit dem Geräusch aufhörte. Dann eilte er los, um den Auftrag seines Lords auszuführen, hob ihr Schwert auf und führte sie weg von dem Schlachtfeld in Richtung Wald.

Von seinem Aussichtspunkt jammerte Owen, dass sein schottischer Preis unter seiner Nase entführt wurde. „Nay!", kreischte er. „Ihr könnt mir meinen Helden nicht nehmen!"

„Ihr habt die Burg!", rief ihr Fänger zurück. „Ihr habt Blackhaugh gewonnen! Der Ritter gehört uns!"

„Aber ...", fing Owen an und beschloss dann, dass es nichts nützte. Er war in zweierlei Hinsicht verwirrt – de

Ware hatte seinen Attentäter nie entdeckt und jetzt war das Weib für sie beide verloren. Er tröstete sich damit, dass er zumindest Blackhaugh gewonnen hatte. Außerdem hielt er noch die Geiseln und obwohl Holden de Ware nicht mehr am Leben war um sie zu fordern, würde irgendjemand schon bezahlen, damit sie nicht zu Schaden kämen. Ihm lief das Wasser im Mund zusammen bei dem Gedanken an den unermesslichen Reichtum der de Ware Familie, bei der er aufgewachsen war.

Stephen blieb an der Seite von Lady Cambria und er wusste, dass wenn er sie nicht führte, sie ziellos umherwandern würde, da ihre Verzweiflung so tief saß. Er schob die Äste und jungen Bäume beiseite, um den Weg für sie freizumachen. Sie wateten durch das Gebüsch zu einem Wald mit Ahornbäumen, deren bunte Blätter ein dichtes Dach über ihnen bildeten.

Misstrauisch blickte Stephen zurück um sicherzustellen, dass ihnen niemand folgte. Dann steckte er sein Schwert in die Schwertscheide und zog sie vorsichtig entlang des Weges. Während sie durch den dichtesten Teil des Waldes an riesigen Eichen und alten Tannen vorbei gingen, hielt er hin und wieder kurz an, um Äste zum Buchstaben *H* zu biegen. Dieses heimliche Zeichen hatten Holden und seine Männer seit ihrer Jugend verwendet. Holden würde sie leicht finden.

Schließlich betraten sie eine Lichtung, wo eine alte kranke Tanne umgefallen war und aus diesem Grund drang ein wenig Licht nach unten. Er stoppte Cambria und ergriff besorgt ihre Schultern.

„Lady Cambria?"

Sie antwortete nicht und ihre Arme waren schlaf in seinem Griff. Er sehnte sich danach sie zu beruhigen wegen der Hölle, die sie wahrscheinlich ertrug, weil sie glaubte, dass sie ihren Mann getötet hätte, aber sie hatte den Kampf freiwillig aufgenommen. Außerdem stand es ihm nicht zu, die knappen Anweisungen, die Lord Holden ihm gegeben hatte, infrage zu stellen oder darüber zu sprechen. Er sollte sie heimlich in Sicherheit bringen und nicht mehr. Er wandte sich von ihr ab und trat frustriert gegen einen Büschel Moos, der an dem faulenden Stamm hing und dann räusperte er sich.

„Er muss Euch sehr lieben", murmelte er und beobachtete dabei Ameisen, die über den Stamm krabbelten. „Ein Mann musste seine Frau sehr lieben, dass er sich von ihr so verwunden lässt."

Seine Worte schienen auf taube Ohren zu fallen. Verdammt irgendetwas musste für sie getan werden. „Habt Vertrauen, Mylady", platzte er heraus, „und alles wird wieder gut. Ich schwöre es."

Das Schweigen der Dame war entnervend. Wenn er vielleicht ihr Gesicht und ihre Augen sehen könnte ... „Ihr müsst fürchterlich darin schwitzen", sagte er mit gespielter Lockerheit. „Erlaubt mir bitte."

Vorsichtig streckte er die Hände vor um ihren Helm zwischen seine Handflächen zu nehmen Seine Hände zitterten seltsam, als wenn sie Angst vor dem hätten, was sie entdecken würden. Dann knurrte er über seine eigene Zögerlichkeit und sehr vorsichtig löste er den Helm von ihren Schultern.

Als er sah, was sich darunter befand, zitterte er noch mehr, aber nicht aus Angst, sondern vor Zorn. Mit einem Fluch warf er den Helm auf den Waldboden.

Die Dame war grausam geknebelt und das Band um ihren Mund saß so fest, dass es schon fast in ihre Wangen schnitt. Ein Auge war lila und geschwollen, ihre Augenbraue war gespalten und eine verkrustete Blutspur lief über ihr Gesicht. Ihr Haar war hoffnungslos verheddert und Schweiß lief ihr über das Gesicht. Mit Mühe atmete sie durch ihre bebende Nase. Noch schlimmer jedoch war ihr leerer Blick, die Gefühllosigkeit in ihren Augen, die ihm sagte, dass sie alle Hoffnung aufgegeben hatte. Er hatte diesen Blick schon hunderte Male in den Gesichtern von Witwen gesehen.

Vorsichtig löste er den Knoten an dem Knebel. Er schluckte ängstlich und konnte sich Holdens Zorn vorstellen, wenn dieser Cambrias Verletzungen entdeckte und er überlegte mit einem Schaudern, was aus dem werden würde, der sie verursacht hatte. Zumindest für den Augenblick in dem ungestörten Frieden des tiefen Waldes würde er die Dame soweit er konnte trösten.

Owens triumphierendes Grinsen schwand. Irgendetwas stimmte nicht. Er konnte den Grund für sein unruhiges Gefühl nicht ganz ausmachen, aber irgendetwas stimmte definitiv nicht. Warum war der Burghof unten so still? Normalerweise flatterten mindestens ein Dutzend Dienerinnen umher, die sich um die Tiere kümmerten, Wasser vom Brunnen holten und Speisen vorbereiteten. Ein ungutes Gefühl stieg in ihm auf wie eine Sturmwolke, die im Begriff war sich zu entladen.

„Die Schlüssel!", zischte er und packte sich an den Oberschenkel, wo sie normalerweise hingen und er versuchte sich zu erinnern und schließlich fiel ihm die alte Frau mit dem Dolch ein.

Er drehte sich so schnell vom Fenster weg, dass er über

Cambrias Ketten stolperte und dabei ließ er das Brandeisen fallen, mit dem er das Mädchen bedroht hatte. Bevor er sich wegbewegen konnte, entzündete die heruntergefallene Fackel den Saum seines Surcots.

Lächerlicherweise dachte er, dass er für so etwas keine Zeit hatte und er schlug nach dem Stoff, aber seine Bewegungen fachten die Flammen nur noch mehr an. Der Stoff rauchte und wurde von den Flammen schwarz gefärbt. Verzweifelt schlug er auf das rauchende Kleidungsstück ein, legte schließlich seinen Schwertgürtel ab, zog den Wappenrock über seinen Kopf und warf ihn in eine Ecke.

Mit zitternder Hand strich Owen sich über das Gesicht. Er musste nachdenken. Die Gefangenen waren frei. Das wusste er jetzt. Der kurze Geschmack des Sieges, den er genossen hatte, schmeckte jetzt bitter auf seiner Zunge. Er hätte sie alle töten sollen, als er die Gelegenheit dazu hatte. Die Gavins riefen wahrscheinlich im Augenblick ihre Männer zusammen um die Burg wieder in ihre Gewalt zu bringen und während er sah, dass die Flammen das Interesse an seinem Gewand verloren und sich jetzt zum Wandteppich züngelten, dachte er, dass sie ihn schließlich holen würden.

Sofern nicht ...

Holden hatte nicht die Absicht, seine Ritter Owen allein stellen zu lassen. Er hatte seinen Schweiß und sein Blut gegeben um die Burg zurückzugewinnen und er wollte Owens jämmerliches Gesicht sehen, wenn Lord Holden de Ware von den Toten auferstand um Blackhaugh in Besitz zu nehmen. Trotz der Proteste seiner Männer zog er sein Kettenhemd aus, verband eilig die schlimmsten seiner Verletzungen und humpelte durch das Tor in den Burghof, der jetzt in seiner Gewalt war. Die Diener waren froh ihn zu sehen und auch wenn die rebellischen Schotten sich offensichtlich nicht gern mit den Engländern verbündeten, hatte Robbie doch etwas über das Geringere von zwei Übeln gelernt. Reumütig führte er Holden persönlich zum Turm.

Die Situation war immer noch gefährlich und Holden wagte es nicht eine Geisel zu gefährden, die Owen vielleicht noch in seiner Gewalt hatte. Er zog sein Schwert und blieb am unteren Ende der Treppe, während zwei seiner Männer heimlich die spiralförmigen Stufen erklommen, wobei ihre Stiefel gedämpft auf den Steinen schürften.

Die Tür zum Turmzimmer war geschlossen, aber nicht verriegelt. Der erste Ritter stieß sie mit seiner Schulter auf, während die anderen durch die Öffnung schlüpften, aber Hitze und eine orangefarbene Flamme ließen sie wieder zurückweichen. Dichter Rauch kam aus dem Zimmer.

„Vorsicht!", rief Holden und hatte Angst, dass Owen eine teuflische Falle gestellt hatte.

Die Männer wehten die giftigen Dämpfe beiseite und kniffen die Augen zusammen, um durch das Feuer zu sehen.

„Hier ist niemand, Mylord!"

„Wartet!", hustete der zweite und zeigte auf etwas. „In der Ecke. Ein brennender Wappenrock. Darauf ist das Wappen von Fitzroi."

Holden schaute finster. Owen? Verbrannt? Wie?

„Ein passendes Ende für den Teufel", murmelte Guy neben ihm.

Die Ritter um sie herum knurrten zustimmend, während die beiden Männer schnell die Treppe wieder hinuntergingen. Holden steckte sein Schwert in die Schwertscheide und war verwirrt. Wie konnte Owen tot sein? Ohne einen Kampf? Ohne ein letztes Gefecht? Sein Ableben war zu schnell und zu passend gekommen. Oder vielleicht, dachte Holden grimmig, fühlte er sich nur um seine Rache betrogen. Er hatte das Ungeheuer in Stücke reißen wollen, für das, was er Cambria angetan hatte. Aber ganz gleich, welche Zweifel er hatte, sie würden warten müssen. Die Burg war in Gefahr abzubrennen.

„Garth, stellt Mannschaften zusammen um das Feuer zu bekämpfen!", befahl er.

Unter Garths Kommando wurden die Burgbewohner zum Leben erweckt, evakuierten die anderen Zimmer, bewegten Truhen und Tiere und Proviant und holten Wasser in hölzernen Eimern.

Holden betrachtete den Turm. Er wusste nicht genau, was er suchte, aber irgendetwas machte ihn unruhig. Owens vorsichtige Planung, seine knappe Flucht und seine wahnsinnigen Pläne waren alle mit einem Wimpernschlag zerstört. Durch Feuer. Warum Feuer?

Er wusste die Antwort sofort. Feuer hinterließ keine Spuren und keine Beweise.

Wie war der Brand also entstanden?

„Verflucht!"

Er ignorierte den scharfen Schmerz, der ihm durch die verbundene Brust fuhr, drehte sich und humpelte so schnell er konnte durch die eiligen Diener und Soldaten zum Tor.

Gerade rechtzeitig. Als er um die Ringmauer herumkam, ließ Owen sich an einer langen Kette aus dem Turmfenster auf den Boden herab. Die losgelassene Kette wand sich und knallte gegen die Steine wie eine wahnsinnige schwarze Schlange, während Owen auf seinem verletzten Bein nach vorn humpelte.

Holden biss die Zähne zusammen und zog sein Schwert. „Dreht Euch um und kämpft, Feigling!"

Erstaunt wankte Owen. Ungläubig weiteten sich seine Augen. „Wie ...?"

„Zieht Eure Waffe!"

Owen stand da mit geöffnetem Mund. „Ihr solltet tot sein."

„So wie Ihr für das, was Ihr meiner Frau angetan habt, getötet werdet", antwortete Holden mit zusammen gebissenen Zähnen. „Ich bin gekommen, um dies sicherzustellen."

Owens Blick ging wild hin und her und er erwog die Möglichkeiten einer Flucht, wobei ihm keine einfiel.

„Macht Euch bereit zu sterben", sagte Holden.

Owen leckte sich nervös über die Lippen. „Das wird kein fairer Kampf. Ich bin verwundet."

„Wir sind beide verwundet. Zieht Euer Schwert und sterbt wie ein Mann."

Owen fluchte, zog zögerlich sein Schwert und machte sich bereit für den Kampf.

Holden war im Nachteil. Er trug noch immer seine eisernen Handschuhe, aber sein Oberkörper war schutzlos und bis auf den blutgetränkten Verband nackt. Er musste sich gänzlich auf die Tatsache verlassen, dass er der bessere Schwertkämpfer war.

Owen drehte sich weg, wobei seine Augen böse glitzerten. „Sie wird es Euch nie verzeihen", höhnte er. „Die Dinge, die Ihr gesagt habt."

Owen versuchte offensichtlich ihn zu verunsichern. Das würde nicht funktionieren. Holden trat vor und drehte langsam seine Klinge in seinem Griff.

„Und", fügte Owen hinzu, „was ist dann mit Eurem wertvollen schottischen Bündnis?"

Der Mann wusste nicht von was er sprach. Natürlich würde Cambria ihm verzeihen. Schließlich war sie seine Frau. Was das Bündnis betraf ...

Owen schlug fest gegen Holdens verletzte Seite. Holden fluchte leise. Diesen Schlag hätte er voraussehen müssen.

„Ihr habt sie verloren", fuhr Owen fort und kroch wie ein Krebs gerade außerhalb von Holdens Reichweite, „ebenso wie Ihr Blackhaugh verlieren werdet."

Holden griff an und fügte Owen einen Schnitt am Arm zu, der allerdings nicht so tief war, wie er das beabsichtigt hatte. Owen zog sich zurück und keuchte vor Schmerzen.

„Ihr könnt mich töten", keuchte Owen, „aber das wird Eure Probleme nicht lösen. Sie wird Euch nie wieder vertrauen. Die Schotten werden Euch niemals vertrauen. Ihr werdet die Burg verlieren und ich werde immer noch gewinnen."

Holden glaubte ihm kein Wort. Cambria kannte sich mit der Kriegsstrategie aus – warum er was getan hatte und was er gezwungen gewesen war zu sagen. Abwesend wischte er sich seine geschwitzte Handfläche an seiner Brust ab. Anschließend war sie voller Blut. Verflucht, er blutete wieder. Das letzte Manöver hatte die Wunde wieder geöffnet.

„Und Ihr werdet immer überlegen", sagte Owen mit bösartiger Freude, „wegen des Babys."

Holden stolperte. Owens grinsendes Gesicht verschwamm vor seinen Augen und verdoppelte und verdreifachte sich. Eine weiche tröstliche Dunkelheit schlich sich an die Ränder seines Sichtfelds. Oh Gott, er durfte nicht ohnmächtig werden. Nicht jetzt.

Verzweifelt hob er seine linke Faust. Mit bloßer Entschlossenheit und Gewalt schlug so fest er konnte gegen seine verwundeten Rippen. Durch die Bewusstlosigkeit bohrte sich der Schmerz und er stöhnte und war sofort wieder wach.

„Ihr werdet es niemals wissen", höhnte Owen und knabberte an Holdens Seele wie eine Krähe am Aas, „ob das Kind von Euch oder von mir ist."

Kind? Welches Kind? Von was sprach Owen da? Er schwang seine Klinge, aber Owen tanzte aus dem Weg.

„Ihr müsst wissen", fuhr Owen fort, plusterte sich auf und seine Augen funkelten, „dass ich bei der Schlampe gelegen habe."

Holden bekam das entsetzliche Bild, das ihm in den Sinn kam – wie der widerwärtige, entsetzliche Owen auf Cambria lag – nicht aus dem Kopf. Er schwang sein Schwert erneut, aber er spürte, wie seine Kräfte nachließen. Owen wich dem Schlag aus.

„Oh, sie war nicht willens. Das ist Euer Recht." Er zielte auf Holdens Kopf, traf ihn aber nicht. „Aber es ist faszinierend, was man mit den richtigen Werkzeugen tun kann."

Holdens Mund verzog sich zu einem Fauchen. Owen hatte Cambria vergewaltigt. Während er sich das vorstellte, zitterte er vor Zorn. Wie Owens dreckige Finger ihr weiches Fleisch ergriffen, sein fauler Mund ihre Haut mit Küssen befleckte und sein armseliger Schwanz ihren zarten Körper verwüstete.

„Oh aye", krähte Owen und humpelte außerhalb von Holdens Reichweite. „Ich habe sie mit meinem Bastard-Samen vollgepumpt, de Ware."

Ein Knurren bildete sich in Holdens Kehle.

„Also werdet Ihr in einigen Monaten überlegen ..." Owen grinste anzüglich und seine Augen waren gelb vor Wahnsinn. Er schlug zweimal zu, aber Holden konnte seine Schläge parieren. „Wenn sie das schreiende Baby rausdrückt ..."

Holden legte beide Hände an den Griff seines Schwertes blieb nur mit reiner Willenskraft bei Bewusstsein.

Owen grinste in seinem hässlichen Triumph. „Von wem ist es?"

Vulkanischer Zorn kochte in Holden hoch. Owens ganze Bösartigkeit, sein eigener Schmerz und Cambrias Leid verbanden sich zu einer sprudeln Quelle des Zorns, erzürnten und überwältigten ihn. Er hob sein Schwert. Die Flammen vom Turm spiegelten sich golden entlang seinem messerscharfen Rand und dann schlug er zu.

Bevor die Bewusstlosigkeit ihn überwältigte, sah er noch, wie Owens grinsender Kopf von seinen Schultern fiel.


„Cambria."

Cambria stellten sich die Haare im Nacken auf. Einen Augenblick hatte sie ihn zu hören geglaubt, aber nay – es war nur der Wind, der durch die Bäume strich. Die Sonne stand nun über der Lichtung und der freundliche Ritter, der sie hierher begleitet hatte, war weg. Sie zitterte einmal und zog sich wieder in ihre stille Wache zurück.

„Cambria."

Sie erstarrte. Das war nicht der Wind. Die Luft um sie herum fühlte sich wie geladen an und die Haut auf ihrem Rücken kribbelte, als wenn sie im Begriff wäre vom Blitz getroffen zu werden. Sie schaute zum Himmel, aber dort war nicht eine Wolke zu sehen.

Wahrscheinlich wurde sie verrückt und fing an Dinge zu hören. Sie hörte seine Stimme und erschauderte vor Angst.

„Cambria."

Nay! Sie musste sich gegen das, was passiert war, taub stellen und es in der hintersten Ecke ihres Kopfes unter Verschluss halten. Wenn sie nur ihre Ohren gegen das Echo seiner Stimme verschließen könnte ...

„Cam." Die Stimme war jetzt direkt hinter ihr.

Mit dem Misstrauen einer Katze richtete sie sich langsam auf, wies das Geräusch innerlich zurück und war doch gezwungen die unterirdische Quelle ihrer Qualen zu suchen. Sie erhob sich auf ihre zittrigen Beine und wandte sich um, um sich dem Geist zu stellen, der ihren Namen gerufen hatte.

Holden hielt die Luft an. Wie klein Cambria plötzlich aussah, wobei ihre Verzweiflung an ihren hängenden Schultern abzulesen war. Er hatte sie über längere Zeit schweigend beobachtet und versucht die richtigen Worte zu finden.

Er konnte nicht erwarten, dass sie ihm vertraute. Er hatte ihr nur wenig Grund gegeben ihm zu vertrauen. Er hatte sie eine Hure genannt und beiseite geworfen wie Abfall. Er hatte sie sogar dahingehend getäuscht, dass sie glaubte, sie hätte ihn getötet. Jetzt würde er ihr keine Vorwürfe machen, wenn sie ihn tatsächlich tötete.

Aber auch, wenn es vergebens sein sollte, er musste versuchen ihr Vertrauen wiederzugewinnen.

Sie wandte sich langsam zu ihm um und als er sah, was ihr angetan worden war, stieg Zorn in ihm auf, der so heftig war, dass er seinen Blick abwenden musste, damit er ihr keine Angst machte.

Er hätte Owen am liebsten noch einmal getötet. Ihr Gesicht war voller blauer Flecke, sie hatte einen Schnitt auf der Wange und ein Auge war dunkel gefärbt und geschwollen. Er biss die Zähne zusammen und verfluchte im Stillen das Schicksal, weil es ihm das Vergnügen versagt hatte Owen mit langsamer Folter zu töten.

„Holden?", flüsterte Cambria ungläubig.

Es war unmöglich. Sie hatte ihn getötet. Sie hatte gespürt, wie ihre Klinge sein Fleisch durchbohrte, hatte ihn fallen sehen und beobachtet, wie er auf dem Boden starb.

Und doch stand er vor ihr, sprach mit ihr, seine Brust war verbunden und er sah aus, als wäre er aus Fleisch und Blut.

Ihr stockte der Atem. Dann stieg ein dankbares Schluchzen in ihr auf. Ihre Nase kribbelte, während sie darum kämpfte, ihre Gefühle unter Kontrolle zu bringen. Gott war ihr doch gnädig gewesen. Holden war nicht tot. Sie streckte ihre zitternde Hand nach ihm aus um seine warmen Fingerspitzen zu berühren.

Mit einem leisen Schrei lief sie vor in seine Umarmung. Nichts hatte sich jemals so zuverlässig und echt angefühlt wie seine kräftigen Arme um sie, seine warme Brust an ihrer Wange und seine Liebe um ihr Herz.

„Eure Wunden ...wie könnt Ihr mir jemals verzeihen", fing sie an, bevor ihre Tränen sie zum Schweigen brachten.

Ihre Worte erwischten Holden wie ein Schlag in die Magengrube. Ihr verzeihen? Er betete, dass sie *ihm* verzieh. Er hatte versprochen sie zu beschützen und doch trug sie den Beweis, dass er gescheitert war – mit einem fast zugeschwollenen Auge, blauen Flecken. Schürfwunden ... seine Finger berührten ihre Mundwinkel. Er bemerkte, dass sie geknebelt gewesen war und plötzlich wurde alles klar – warum sie freiwillig in den Kampf gezogen war und warum sie still geblieben war. Ein Muskel an seiner Wange fing vor Zorn an zu zucken und er spannte sein Kinn an.

„Es tut mir leid", hauchte Cambria und missverstand seine düsteren Blicke.

Holden schüttelte den Kopf und trotz seines Zorns zwang er sich zu einem beruhigenden Grinsen.

„Wegen dieser Kratzer? Ich habe schon mehr Blut beim Rasieren verloren. Mylady, falls der Tag jemals kommt, an dem ich besiegt werde, versichere ich Euch, dass es nicht von den Händen eines kleinen schottischen Mädchens sein wird."

Sie ließ die Beleidigung unkommentiert, aber seine Prahlerei brachte sie zum Nachdenken und sie erinnerte sich an Stephens Worte. *Er muss Euch sehr lieben. Ein Mann würde eine Frau lieben müssen, dass er es zuließ, dass sie ihn so verwundete.* „Wollt Ihr damit sagen, dass Ihr es absichtlich zugelassen habt, dass ich Euch verwunde?"

Er zuckte mit den Schultern.

Sie schaute ihn an, als wenn sie an seinem Verstand zweifelte. „Warum?"

„Um Owen abzulenken. Während er sich über den Anblick freute, wie sein kleiner schottischer Held den Wolf besiegte, konnten meine Männer sich in die Burg schleichen."

„Blackhaugh?"

Er grinste. „Ist sicher."

Cambria keuchte. Könnte das wahr sein? Sie hatte geglaubt, dass sie nie wieder über die Burgmauer von Blackhaugh gehen würde und jetzt ... ihr Blick wurde weich vor Dankbarkeit. Der Wolf hatte gesagt, dass er die Burg für ihren Clan halten würde. Er hatte sein Versprechen bereits erfüllt.

Nur ein schwarzer Schatten hing noch über dem großartigen Triumph.

„Was ist mit Owen?" Sie flüsterte die Frage, als hätte sie

Angst, dass er erscheinen würde, wenn sie seinen Namen aussprach.

„Tot." Holdens Stimme war gefühllos, unheilvoll und endgültig. Er ließ keinen Platz für Fragen und Cambria war sich nicht sicher, ob sie die Antworten überhaupt hören wollte. Sie nickte und schlang die Arme um sich, als wenn sie Owens kalten Schatten abwehren wollte.

Als sie wieder zu Holden hochschaute, war sein Blick sehr ernst geworden und die grau-grünen Tiefen waren so unheilvoll wie die Nordsee. Er suchte nach den richtigen Worten.

„Hat Owen ...", fragte er. „Hat er Euch ..." Holden schloss die Augen einen Moment, erforschte dann ihr Gesicht und konnte die Frage nicht beenden. Ihre Miene war undurchdringlich. Er wollte fluchen, tat es aber nicht. Offensichtlich hatte sie die Bedeutung seiner Worte verstanden, wollte ihm aber nicht antworten. „Erzählt es mir", forderte er sie auf.

„Glaubt Ihr, dass ich verdorbene Ware bin?", fragte sie vorsichtig. „Wollt Ihr das wissen?"

„Cambria", sagte er leise, „es war nie meine Absicht Euch zu verletzen." Er spannte sein Kinn an und seine Stimme brach. „Aber als ich Euch dort oben in den Klauen dieses Ungeheuers sah, hätte ich meine Seele dafür verkauft, dass Ihr sicher zu mir zurückkehrt. Ich habe all die Dinge nur gesagt um Euch zu beschützen."

„Aye", gab sie zu und senkte den Blick. „Ich weiß."

„Ich hätte Euch für nichts in der Welt wehgetan."

Sie wandte sich ab und schaute nachdenklich in den dichten Wald. „Was, wenn ich Euch erzählen würde", murmelte sie, „dass Owen mich vergewaltigt hat und dass ich jetzt vielleicht sein Baby in mir trage?"

Holden schluckte die Galle, die in ihm aufstieg hinunter. Das Bild, das Owen seine wertvolle Cambria betätschelte war zu schrecklich zu ertragen, aber er hatte über diese Möglichkeit bereits nachgedacht.

Er antwortete stockend. „Das Kind würde zur Hälfte von Euch sein. Ich würde mich darum kümmern, als wäre es mein eigenes."

„Und ich? Würdet Ihr immer noch mein Bett teilen?"

Er nickte ernst und flüsterte: „Ich würde Euch so vollständig zurücknehmen, dass die Erinnerung an den Mistkerl weggewaschen werden würde."

Er hatte heftiger gesprochen als beabsichtigt, aber Cambrias Blick wurde weicher, als sie zu ihm hochschaute.

„Was, wenn ich Euch stattdessen erzählen würde", sagte sie mit gleichmäßiger Stimme, „dass ich mich gewehrt, ihn gebissen, gekratzt und erzürnt habe, bis er mich geschlagen und mich eine Hexe genannt hat und er konnte noch nicht einmal mehr daran denken, bei mir zu liegen?"

Er schaute sie scharf an und suchte in ihrem geschundenen Gesicht nach der Wahrheit. Er erkannte sie in der sturen Neigung ihres Kinns, dem funkelnden Trotz in ihren Augen und der Entschlossenheit in ihrem Gesicht.

„Das würde ich eher glauben", gab er zu und atmete erleichtert aus. „Ihr habt die Angewohnheit, ein Dorn unter dem Sattel eines Mannes zu sein." Seine Erleichterung schwand jedoch wieder, als er erneut sah, wie jene Distel zertrampelt worden war. „Ach, Cam."

Ihm fehlten die Worte, um seine Gefühle auszudrücken. Er trat vor, legte einen Arm um ihren Hals und seine Hand vorsichtig auf ihr Gesicht, wobei er all ihre Zweifel mit einem Kuss beseitigte.

Cambria stöhnte leise. Er drückte auf ihre verletzten Lippen und seine Hand schmerzte an ihrem Kinn, aber sie hieß seine Umarmung willkommen. Seine Bartstoppeln waren rau auf ihrem Gesicht, aber seine Haut fühlte sich warm und lebendig an ihrer an.

„Als ich dachte, dass ich Euch getötet hätte ...", fing sie an.

„Psst", beruhigte er sie und strich ihr mit der Rückseite seines Fingers über die Wange. „Verflucht, Cambria, als ich entdeckte, dass die Ausgeburt des Teufels Euch als den Helden geschickt hatte, um mich zu töten ..." Die Worte blieben ihm im Hals stecken.

Einen Augenblick lang schloss sie die Augen, als wollte sie die Erinnerung auslöschen. Dann schlich sich eine gewisse Ironie in ihre Stimme. „Ich glaube, dass er froh um eine Entschuldigung war, mich wieder loszuwerden."

„Er war ein *Narr*", sagte Holden leidenschaftlich, wobei er eine Handvoll ihres Haares zwischen seine Finger nahm und es für wertvoller als gesponnenes Gold hielt.

Dann küsste er sie noch einmal so zärtlich wie das Flattern einer Motte im Abendwind. Cambria schloss die Augen, zitterte an ihm und hob ihre Lippen erneut, aber Holden wusste, dass er noch mehr geben konnte und gleichzeitig dem Ungeheuer des Verlangens widerstehen musste, das bereits an seiner Leine zog. Außerdem war sie in den letzten Tagen durch die Hölle gegangen. Sie musste sich ausruhen.

Also ließ er sie sich in seinen Armen zurücklehnen und schon bald war sie eingeschlafen. Er lauschte ihrem leisen Atmen, als würde sie eine Harmonie nur für ihn spielen. Um sie herum dämmerte es und nur die friedlichen Geräusche von Insekten und fetten Eichhörnchen, die um die Eichen herumjagten, waren im Gavin-Wald zu hören.

Das war Glück, beschloss er und kuschelte sich näher an die schöne Frau in seinen Armen, wobei er wusste, dass er eine großartige Burg unter seinem Befehl und treue Vasallen an seiner Seite hatte. Mehr konnte sich ein Mann nicht wünschen. Er hatte alles ihr zu verdanken.

„Ach, Cambria, Lady de Ware und *Laird* des Gavin", murmelte er an ihrem Haar, „wie sehr ich Euch liebe." Die Worte kamen ihm jetzt leicht über die Lippen. Später, wenn sie wieder wach war, würde er sie noch mindestens tausend Mal sagen. „Ich schwöre, dass ich Euch und Euren Clan mit meinem Leben beschützen werde. Ihr werdet Eure Schlachten nie wieder alleine schlagen müssen. Ich bin ab jetzt Euer Ritter, Mylady. Ich werde das Gavin-Schwert schwingen und Eure Feinde besiegen. Jetzt und für immer."

Cambrias Gesicht verzog sich zu einem lieblichen Lächeln und er küsste sie auf die Stirn. Er schwor, dass seine liebe Frau schon bald keine größeren Probleme haben würde als die Entscheidung, ob sie Kapaun oder Wachtel zum Abendessen speisen wollte. Ihr hübsches kleines Köpfchen sollte sich um nichts sorgen. Für den größten Teil ihres Lebens hatte sie den Clan an erste Stelle gestellt. Es war an der Zeit, dass jemand sie an erste Stelle stellte.

# KAPITEL 17

olden strahlte vor Stolz, als er sich auf dem Burghof von Blackhaugh umschaute. Über die letzten paar Wochen hatte er viel von den Burgbewohnern verlangt, jedoch war keiner von ihnen träge oder unwillig gewesen. Ein Mann konnte sich keine treueren Vasallen als diese Schotten wünschen und er war stolz, dass er sie mit Respekt statt mit bloßer Gewalt auf seine Seite gezogen hatte.

Die Arbeit an der Burg ging mit größerer Effizienz voran, als er für möglich gehalten hätte. Muskulöse Arbeiter schwitzten bei der Arbeit mit Steinen und Mörtel, die sie die Treppe hinauf für den neuen Turm trugen. Die Zimmerleute hämmerten im Rhythmus, während sie lange Planken für die Böden aussuchten und zusammenfügten. Sir Guy reparierte die Stechpuppe und ersetzte sie durch eine Gestalt, die Duncan de Ware erstaunlich ähnelte, wobei er Holden fröhlich darüber informierte, dass das vielleicht der einzige Weg war, jemals seinen älteren Bruder besiegen zu können.

Dank der fähigen Katie rannten die jungen Dienerinnen den ganzen Tag hin und her, kehrten das muffige Schilf aus der großen Halle und ersetzten es durch frische Gräser, Heidekraut und Thymian, die sie von den Wiesen geerntet hatten. Außerdem wurden die Betten gelüftet, die Laken gewaschen und zum Trocknen in die Sonne gehängt. Decken wurden geflickt und Zäune repariert.

An diesem Morgen gingen zwei kleine Jungen mit Sommersprossen über den Burghof und trugen eine Platte mit Käse und gesalzenem Fleisch zu den Arbeitern. Ein paar watschelnde alte Frauen jagten ein entflohenes Schwein zurück in sein frisch gemistetes Gehege.

Holden fühlte sich so zufrieden wie ein Hund mit vollem Bauch.

In diesem Sommer blühte an allen Ecken die Liebe auf. Noch nie hatten so viele Hochzeiten auf Blackhaugh in einer Saison stattgefunden. Die junge Gwen hatte einen wieder vernünftig gewordenen Robbie eingefangen. Jamie hatte eine blasse Stallmagd gefunden, die ihm das Herz und das Bett wärmte. Sogar Sir Guy wurde von einer hübschen Verführerin aus dem Campbell Clan verfolgt und es wurden Wetten abgeschlossen, wie lange diese Belagerung wohl andauern würde. Über allem schien die glühende Zuneigung zwischen Holden und seiner Cambria.

Nur Holdens Bruder Garth schien immun gegen das Fieber zu sein. Er hatte beschlossen, dass er für den Rest seines Lebens genügend Abenteuer erlebt hatte und machte sich auf den Weg zurück nach Hause um sich wieder seinen kirchlichen Studien zu widmen. Holden ließ ihn unter der Bedingung gehen, dass Garth dem Rest des de Ware Haushalts von seiner Heirat erzählen würde.

Er beabsichtigte, seine Braut eines Tages nach England zu bringen, aber im Augenblick konnte er nicht weg, weil immer noch so viel zu tun war. Er gehörte zu Blackhaugh so sehr wie es zu ihm gehörte. Den Respekt der Gavins und die Etablierung des Bündnisses musste er sich verdienen und das ging nur mit harter Arbeit. Außerdem war Kompromissbereitschaft gefragt. Obwohl es wichtig war ein wenig englische Ordnung bei der wilden Kampfart der Schotten durchzusetzen, musste er zugeben, dass er auch einiges von ihrer rauen Art lernen könnte. Er hatte nicht die Absicht, diese stolzen Menschen zu besiegen. Er wollte sich ihnen anschließen.

Für dieses Ziel arbeitete er härter als jemals zuvor in seinem Leben. Es war jedoch gute und ehrliche Arbeit. Mit seinen Bemühungen und der harten Arbeit wollte er die Frau beeindrucken, die er liebte - die kleine schottische Elfe, die noch oben schlief.

Er grinste und zuckte zusammen. Früher hatte er einer Ehefrau weniger Bedeutung beigemessen als einem guten Verwalter oder einem vertrauenswürdigen Knappen, aber er hatte noch nicht einmal für den König so unermüdlich gearbeitet, wie für seinen geschätzten *Laird*. Er hatte sich so sehr abgemüht und von morgens bis abends ohne Unterlass gearbeitet, dass er jede Nacht ins Bett gefallen und sofort erschöpft eingeschlafen war.

Plötzlich wurde ihm klar, dass es schon eine Woche her war, seit er bei seiner Frau gelegen hatte. Er blickte hoch zu dem Fenster, hinter dem Cambria noch schlief und erinnerte sich an die faszinierende Art und Weise, wie ihre Brust heute Morgen im Schlaf unter den Decken hervor geschlüpft war und an ihren verlockenden Schmollmund, sowie den süßen Duft ihres Körpers. Sein Blut erhitzte sich wie Glühwein.

Es *war* eine Woche her. Es war Zeit für eine Wiedergutmachung.

Cambria streckte sich im Bett aus und verzog das Gesicht, als ein Zucken durch ihre Schulter ging. Ihr taten die Arme von dem anstrengenden Training mit Sir Guy am gestrigen Tag weh. Sie nahm an, dass sie nicht so intensiv hätte üben sollen, aber nach einer so langen Abwesenheit vom Übungsplatz während ihrer Genesung fühlte es sich großartig an, wie das Blut wieder in ihren Adern floss und der gesunde Schweiß vom Kampf sich auf ihrer Stirn bildete. Es fühlte sich fast so gut an wie ... das Beiliegen mit Holden. Sie seufzte, als die Lüsternheit in ihr aufstieg. Jedes Mal, wenn sie an ihn dachte, wurde ihr heiß.

Keine Frau konnte einen Mann so lieben. Ihr ging das Herz voller Stolz auf, wenn er neben ihr beim Abendessen saß. Ihr stockte der Atem, wenn er ihr von der anderen Seite der großen Halle anzüglich zuzwinkerte. Sie ließ ihn nie außerhalb ihrer Reichweite gehen, ohne die Arme nach ihm auszustrecken.

Sie fühlte sich lebendig. Das lag teilweise an der Wärme des Sommers und dem Frieden im Land. Teilweise war es ihre Genesung und ihre Rückkehr zum Übungsplatz und zum Teil war es das Gefühl von Vollständigkeit, das Holden ihr gab.

In seinen grünen Augen war Stolz zu sehen, wenn sie in Richtung des Gavin-Waldes schauten. Er gehörte jetzt zu Blackhaugh. Er kannte alle Diener mit Namen und hatte sich die besten Stellen zum Angeln gemerkt. Er stolperte auch nicht mehr über die unebene Stufe unten in der Vorratskammer. Selbst seine Sprache hatte sich ein wenig verändert und er hatte den Dialekt des Grenzlandes angenommen. Er gehörte zu den Gavins und er gehörte zu Cambria. Er vervollständigte sie.

Es gab jedoch noch einen anderen Grund, warum sie

sich so lebendig und so voller Leben fühlte. Diesen Grund hatte sie erst vor kurzem entdeckt und wenn sie es Holden nicht bald erzählte, würde sie wahrscheinlich platzen.

Holden war in den letzten paar Tagen so beschäftigt gewesen, dass er ihr kaum mehr als einen Gruß zu murmelte, wenn sie sich trafen. Hier in der herrlichen Trägheit des Morgens erinnerte sich ihr Körper nur allzu sehr an jede Einzelheit von ihm – das Geräusch seines Atems unterhalb ihres Ohrs, das leichte Streichen seiner Lippen über ihre Haut, das Gefühl, wie sein haariger Oberschenkel sich über ihren legte und sie für sich beanspruchte.

Sie legte sich auf den Rücken, warf die Decken zurück und starrte an die Decke, wo das Sonnenlicht über die dicken Balken fiel. Oh Gott, sie vermisste ihn so sehr und sehnte sich nach ihm mit ihrem ganzen Wesen. Es war eine langsame Folter gewesen in der letzten Woche allein im Bett zu liegen, ohne sein Streicheln und ohne seine Wärme.

Sie schloss die Augen und versuchte sich sein Gesicht über ihr vorzustellen – sein rauchiger grünäugiger Blick, die hintergründige Art, wie er den Mund verzog, der würzige Duft seines Haares und der Geschmack von Wein auf seiner Zunge. Mit einer Hand strich sie sich über die vernachlässigten Konturen ihres Körpers an Stellen, wo er sie seit Tagen nicht berührt hatte – ihr Hals, wo ihr Puls raste, die Kurve ihrer Schulter, wo er oft seinen Kopf ablegte, die Spitze ihrer Brust, die sogar jetzt steif wurde, während sie mit dem Daumen über die schmerzende Brustwarze strich. Sie seufzte und bewegte ihre Hand weiter nach unten über ihren flachen Bauch zu den

Locken an der Stelle, wo ihr Verlangen wie flüssiges Feuer kochte ...

Plötzlich hörte sie das Knarren des Türriegels. Sie öffnete die Augen.

Holden! Sie wurde knallrot. Mit einer Mischung aus Keuchen und Kichern zog sie die Decke hoch bis unter ihr Kinn, schloss die Augen und gab vor zu schlafen.

Die Eichentür knarrte. Er betrat das verdunkelte Zimmer wie ein brennendes Brandzeichen. Ihr schlug das Herz bis zum Hals. Sie wagte es jedoch nicht die Augen zu öffnen. Wenn sie ihn anschaute, würde er sofort wissen, woran sie gedacht und was sie gerade getan hatte.

Holden atmete tief durch, während sein Blick auf die in seinem Bett ausgestreckte Frau fiel. Sie war nackt unter der Decke. Er wusste es.

Sieben Tage waren zu lang gewesen. Sie waren praktisch wieder Fremde. Er stand da mit einer Platte Süßigkeiten wie ein Knappe, der um die Zuneigung eines Mädchens bettelte. Es war wie ein Neuanfang, aber sein tobender und knurrender Hund von einem Körper wollte nicht noch einmal neu anfangen. Nicht bei seiner Ehefrau. Nicht, wenn sie nackt unter der Decke lag.

Ein verräterisches Flattern von Cambrias Augenlidern verriet ihren jämmerlichen Versuch Schlaf vorzutäuschen.

„Ihr seid wach", sagte er vorwurfsvoll, hielt das Ungeheuer seiner Lüsternheit im Zaum und schloss die Tür leise hinter sich.

Ihre Augenlider zuckten, wobei sie weich und dicht über ihre rosa Wange strichen, aber sie öffneten die Augen nicht.

„Ich habe ein paar Süßigkeiten gebracht", schmachtete

er, öffnete seinen Umhang mit einer Hand und legte ihn über die Truhe am Fußende des Bettes. Es war schon fast lächerlich, dachte er. Der Wolf von de Ware musste seiner eigenen Frau mit Süßigkeiten den Hof machen.

Immer noch täuschte Cambria vor zu schlafen. Sie hielt die Luft an, aber an ihrem Hals pulsierte ihr schneller Herzschlag. Diese schlanke weiche Säule bettelte um einen Kuss.

„Ja dann", verkündete er leise und schlich sich näher heran, „da Ihr nicht wach seid um zu protestieren ..." Er neigte den Kopf zu ihr herab, wobei er das nervöse Beben ihrer Nasenflügel sehen konnte. „Vielleicht stehle ich Euch einen Kuss und ..."

Sie schlug die Augen auf.

„Ach", hauchte er ein wenig enttäuscht. „Ihr seid ja doch wach. Dann nehmt doch etwas Süßes."

Er steckte ihr eine Walnuss mit Honig zwischen ihre erstaunten Lippen und stopfte sich selbst eine in den Mund. Er schmeckte den süßen Sirup auf der Zunge, aber im Vergleich zu dem honigsüßen Kuss Cambrias war der Geschmack der Walnuss blass.

Als wenn sie seine Gedanken lesen könnte, streckte Cambria ihre Zunge raus, um den letzten Tropfen Honig von ihrer Unterlippe abzuschlecken und da sie nichts vor ihm verbergen konnte, sah er das nackte, reine und mächtige Verlangen in ihren Augen.

Sofort stieg die ganze angestaute Lüsternheit der letzten sieben einsamen Tage in ihm auf. Er sehnte sich danach, seine Lippen auf ihre zu drücken, sie an sein hungriges Fleisch zu drücken und sich mit ihr zu paaren. Sie wollte es auch. Ihr Blick war heiß und feucht und ihre Haut vor Sehnsucht gerötet. Ihr Blick fiel auf seinen Mund.

Er seufzte ihren Namen. Dann schloss sie die Augen. Die Platte mit den Walnüssen fiel klirrend zu Boden, als er seinen Mund auf ihren senkte. Es war so süß wie die Rückkehr nach Hause. Ihre Lippen hießen ihn eifrig willkommen. Ihre Arme zogen ihn nahe an sich und er roch den seltsamen, wunderbaren Duft ihres Haares – eine Mischung aus Thymian, Heidekraut und dem süßen Waldmeistergeruch ihres Bades. Er verhedderte seine Hand in ihren dicken Locken, vertiefte den Kuss, berührte ihre Zähne mit seiner Zunge und tauchte dann in die honigsüßen Tiefen ihres Mundes ein. Sie schmeckte nach Himmel und Sommer und den wilden Hügeln Schottlands, nach Freiheit und Jugend und Verlangen.

Er ergriff das obere Ende der Decke und zog sie langsam zurück bis zu ihrer Taille, wobei er sich zuerst mit seinen Augen und dann mit seinen Lippen an ihr labte, bis er jeden Zoll ihrer nackten Haut getauft hatte. Sein Herz raste, als er sich eilig die Kleider vom Leib riss.

Dann zog er die Decke weiter hinunter, legte sich auf sie Fleisch an Fleisch und stöhnte vor Vergnügen. Sie war perfekt – warm, nachgiebig und weiblich. Ihr Körper schmiegte sich an seinen wie ein feines Kettenhemd, streichelte seine Schultern, umgab seine Brust und verschmolz an seinen Oberschenkeln. Er zitterte, als herrliche feurige Wellen der Lüsternheit ihn durchfuhren.

Cambria stöhnte atemlos. Was sie sich vorher vorgestellt hatte, war nichts im Vergleich zur Realität von Holdens Berührung. Wo seine Finger verweilten, entzündete sich ein Feuer. Wo seine Lippen entlang strichen ...

Sie atmete seinen männlichen Duft von Rauch, Leder und Gewürzen tief ein. Sie schmeckte das Salz auf seiner

Haut, während sie fiebrig seine Schulter küsste und an seinem Hals leckte. Sie war hoffnungslos betrunken vor Verlangen und es war ihr einerlei, ob er sie für eine Dirne oder eine Hexe hielt. Sie wusste nur, dass sie es wollte. Es brauchte. Diese Nähe und seelenverbindende Intimität. Jetzt.

Ihr Herz schlug heftig, trieb sie an und zwang sie ihren wachsenden Durst zu löschen. Ihr Körper wölbte sich nach oben gegen sein heißes Fleisch und als hätte er einen eigenen Willen wölbte er sich ihrem Schicksal zu, zu dem, was kommen musste.

Und dann senkte er sich heiß und stark und gerade wie eine Lanze in sie hinein und füllte die hungrige Stelle in ihr aus. Dies war die Verschmelzung, nach der sie sich gesehnt hatte, die Verbindung ihrer Körper, bis kein Hauch mehr zwischen sie passte und bis ihrer beider Herzen im Gleichklang schlugen.

Dann zog er sich zurück und verlängerte den Trennungsschmerz, als sein Fleisch sich langsam von ihrem löste. Bevor sie protestieren konnte, drückte er sich wieder in sie. Fest und tief.

Ein leiser Schrei der Leidenschaft entwich ihr. Jeder Zoll ihres Körpers war geladen. Sie blickte durch ihre bleischweren Wimpern in seine waldgrünen Augen über ihr. Sie waren halb geschlossen, feucht vor Verlangen und dunkel vor Zielgerichtetheit. Sie sagten ihr genau, was er tat und nichts auf der Welt würde ihn aufhalten. Sie schloss die Augen und gab auf.

Holden hatte Angst, dass es nur allzu schnell vorbei sein könnte. Noch nie hatte er sich so erregt gefühlt, aber die Frau unter ihm verdiente mehr. Sie verdiente seine Geduld. Sie verdiente seine Zurückhaltung. Er versuchte über ihre

Bedürfnisse nachzudenken, wobei er mit der Zunge über ihre Ohrmuschel strich, die Kurve ihrer Brust nachzeichnete und langsam über ihre Brustwarze strich, die das Zentrum ihrer Lüsternheit war. Je mehr sie reagierte, desto fordernder wurde sein eigener Körper wie ein entlaufenes Schlachtross, das in seinem natürlichen Rhythmus galoppierte.

Dann galoppierten sie zusammen. Sie klammerte sich an sein Haar und er flüsterte bedeutungslose Befehle in ihr Haar. Sie ritten schneller und härter, erklommen den Berg des Verlangens und strebten nach oben mit sehnenartigen Muskeln und bebendem Fleisch, bis der Gipfel in Sicht war.

Cambria keuchte, als sie den Gipfel des Hügels erreichte. Vor ihr schien sich ein üppiges, fruchtbares Tal zu erstrecken, das ihr den Atem raubte, reiche Gaben versprach und sie mit Ehrfurcht erfüllte. Holden musste es auch gefühlt haben, da er auf dem Gipfel innehielt. Dann rannten sie zusammen hüpfend, fallend und voller Freude den Hügel hinunter.

Cambria konnte sich nicht erinnern eingeschlafen zu sein. Sie merkte jedoch erst wieder etwas, als Holden sich von ihr erhob, sie zudeckte und zum Fenster ging um über die Landschaft zu schauen. Das Sonnenlicht beleuchtete die Konturen seines Körpers, betonte die breite Kurve seiner Brust, seine Hüfte und seine starken Schultern. Jeder Zoll an ihm strahlte Macht aus.

Trotzdem war er zu unendlicher Zärtlichkeit fähig. Seine Berührung konnte eisenhart oder so zart wie der Flügel eines Schmetterlings sein, ganz zu schweigen von der Art und Weise, wie er ihre Brust streichelte ... schon jetzt wollte sie ihn wieder zurückhaben.

Holden wandte sich vom Feuer weg und rieb sich die

Hände. Er schaute zum Bett. Seine schöne Cambria war wach. Ihr Haar war kunstvoll zerzaust. Ihre Haut glühte wie eine blasse Kerze. Ihre Augen schimmerten hinter trägen Wimpern. Sie schaute ihn schon wieder *so* an. Verdammt, sie führte ihn in Versuchung. Sie war ein Engel in seinen Armen - warm, weich und lieblich.

Er konnte es jedoch nicht zulassen, dass sie ihn noch einmal ablenkte. Er musste die Bauarbeiten beaufsichtigen. Der neue Boden musste ...

Sie lehnte sich auf einen Ellenbogen. Eine kokette rosa Brustwarze lugte unschuldig von unter dem Laken hervor.

Er räusperte sich. Wichtige Angelegenheiten warteten auf ihn. Es war unabdinglich, dass ...

sie strich sich schnell mit der Zunge über die Lippen. Lord Holdens gute Absichten flohen schneller als ein Bäcker, der die Kunden mit dem Gewicht seiner Brote betrogen hatte.

Noch zwei Mal nahm sie ihm seine Kraft und den Verstand, bis er so schlaff da lag wie Algen auf dem Sand.

„*Laird* Gavin", murmelte Holden erschöpft, „seid Ihr fertig mit mir?"

Sie kicherte leise und kuschelte sich in seine Armbeuge. „Ich möchte Euch noch um einen Gefallen bitten, Lord Holden."

„Fragt", seufzte er, „und er ist Euch schon gewährt."

Sie grinste und zeichnete Kreise mit ihrem Finger auf seiner Brust. „Könntet Ihr einen Zimmermann entbehren, der ein besonderes Stück für mich baut?"

„Was möchtet Ihr?", fragte er und schloss die Augen um die wunderbare Wärme ihres Körpers zu genießen. „Eine Truhe? Einen Schrank? Einen Sockel, auf den Ihr mich stellen könnt?"

„Einfaltspinsel!" Sie knuffte ihn scherzhaft. „Nay, eine Wiege."

„Eine Wiege? Aber warum ...?"

Ihm stockte der Atem. Es schien, als würde die ganze Welt stillstehen und das Zimmer plötzlich dunkel werden, als wenn eine schwarze Wolke die Sonne verdeckte. Ihre Worte und seine Gedanken hingen in der Luft wie tödliche Pfeile mitten im Flug und über einen gesegneten Zeitraum konnte er das, was er gehört hatte, nicht verstehen. Er starrte an die Decke, sah aber nichts.

Und dann kam ihm die Wahrheit, wobei sein Atem sich jetzt seltsamerweise anders anfühlte und dicht und unerkennbar war, als wenn er in eine ferne Klimazone gekommen wäre, wo die Luft dicker und vielleicht sogar vergiftet war. Sein Herz schlug wie ein bleiernes Tamburin und er hatte einen Kloß im Hals, weshalb er nicht sprechen konnte.

Sicherlich war sie nicht ... er schluckte schwer und hatte Angst sie anzuschauen, Angst, dass er in ihrem Blick das sehen könnte, was er am meisten fürchtete.

„Holden?"

„Eine Wiege", wiederholte er.

„Mm-hmm." Cambria grinste von einem Ohr zum anderen. Manchmal konnten Männer so blind sein. „Wollt Ihr denn nicht wissen, warum?"

„Ihr seid ..."

„Ich bin schwanger, Holden." Es laut auszusprechen ließ sie vor Glück strahlen.

Aber Holden antwortete nicht. Er erstarrte nur an ihr.

„Holden?" Plötzliche Zweifel drohten ihre Freude zu verderben. „Habt Ihr mich gehört?"

„Ihr seid schwanger." Seine Stimme war barsch, kalt und kühl. Was war bloß los mit ihm?

„Holden, ist irgendetwas ...?" Noch vor einem kurzen Augenblick war sie auf Engelsflügeln geschwebt. Jetzt war sie Ikarus und stürzte zur Erde hinab. „Ihr wisst doch, dass das Kind von Euch ist?"

„Oh aye", sagte er mit bitterem Tonfall. „Ich habe die Tat vollbracht."

Tränen stiegen ihr in die Augen und sie biss sich auf die Lippe, um sie vom Zittern abzuhalten. „Freut Ihr Euch nicht?", flüsterte sie.

Er löste sich von ihr, würdigte sie keines Blickes und verließ das Bett, auf dem sie sich vor wenigen Augenblicken noch geliebt hatten. Er zog sich eilig an.

Ihr brach das Herz wie eine untergrabene Burgmauer. „Liebt Ihr mich nicht?"

Er wandte sich zu ihr und in seinem Blick war Schmerz und Zorn und etwas, was sie nicht benennen konnte. „Euch lieben? Ich liebe Euch mehr als das Leben! Mehr als ..." Seine Stimme brach und fluchend stürmte er aus dem Zimmer.

Verletzt und völlig verwirrt legte sie eine Hand über ihren Mund um die Schluchzer zu dämpfen, die erst nachließen, als der Morgen schon fast vorbei war und es zu spät war, als dass sie Holden hätte verzeihen können.

Der Sommer schritt voran und verbrannte Blätter fingen an den Waldboden zu bedecken. Heidekraut tauchte die Hügel in gedämpfte Gold- und Lilatöne. Beeren wurden rund und rot im Wald und die Welt erstrahlte im sanften Licht des Herbstes.

Cambria hätte glücklich sein sollen. Schließlich wuchs ein neues Leben in ihrem Körper heran. Holdens unerklärlicher Rückzug verminderte jedoch ihre Freude, wie wenn ein dichter Nebel die Sonne verdeckte. Er mied ihre Blicke. Seine Berührungen wurden weniger und als der neue Turm von Blackhaugh fertig war, beschloss er dort einzuziehen. Allein.

Das Schlimmste war, dass er ihr nicht erzählen wollte, was ihn bedrückte. Über alles andere konnten sie sprechen. Sie stritten ausführlich über die Sinnhaftigkeit, Rinder zu kaufen statt sie zu stehlen. Sie sprachen über den Kauf von Land und die Verteidigung der Burg. Sie überlegten im kommenden Frühling ein Turnier zu veranstalten, aber wenn sie seinen Erben erwähnte, verschloss sich sein Gesicht, als würde er einen Helm anziehen und er gab ihr keine Erklärung für sein kühles Verhalten.

Eine Million lächerlicher Möglichkeiten kamen ihr in den Sinn. Sie war fett. Sie war hässlich. Er liebte sie nicht mehr. Er bereute, dass er sie geheiratet hatte. In ihrem Zustand kamen die Tränen schnell.

Holden war jedoch nicht in der Nähe um sie zu sehen. Er benutzte jede Entschuldigung um sich von ihr zu distanzieren, indem er bis zum Einbruch der Dunkelheit auf dem Übungsplatz blieb, den halben Morgen beim Angeln war und den größten Teil des Nachmittags mit dem Falken zur Jagd ging.

Er stand bereits vor Sonnenaufgang auf. Als sie durch das schmale Fenster schaute, konnte sie die Gestalten unten kaum ausmachen, die auf dem gefrorenen Boden marschierten und lange Stangen auf den Schultern trugen, aber sie konnte sie hören - Malcolms leises Lachen im Nebel, Guys Knurren, ihr Zittern, wenn sie in ihre kalten

Hände pusteten und über allem die Befehle des Wolfes, als die Männer sich auf den Weg machten, um ihr Glück in dem kalten Fluss zu versuchen, der durch das Gavin-Land floss.

Sie trat vom Fenster zurück und zog die Decke fester um sich. Normalerweise würde sie sich weigern an einem solchen Morgen ihr Kettenhemd anzulegen. Es war immer noch fast Nacht. Aber sie musste gegen Dämonen kämpfen, für die sie keinen Namen hatte und wenn Holden nicht dablieb, um ihr zu helfen sie zu besiegen, dann würde sie sie auf die einzige Art und Weise töten, die sie kannte.

Wenn Holden es hätte bemerken wollen, hätte er entdeckt, dass sie mit ihren Übungen mit dem Schwert trotz ihres Zustandes nie aufgehört hatte. Obwohl er ihr solche Aktivitäten wegen des Babys wahrscheinlich verboten hätte, fühlte sie sich kerngesund und sie wollte noch so lange üben, bis sie nicht mehr in ihre Rüstung passte.

Es schien sie keiner zu vermissen. Die Diener nahmen an, dass sie im Bett lag und die Knappen, mit denen sie übte, hatte sie zum Schweigen verpflichtet. Sie schlich sich im Laufe des Morgens immer wieder zurück und dann herrschte bereits emsiges Treiben in der Burg. Aye, sie war so frei wie ein Vogel. Sie hätte glücklich sein sollen.

Sie wischte jedoch eine Träne weg, als sie ihre Beinlinge hochzog. Sie würde nicht weinen, sagte sie sich. Sie musste jetzt stark sein. Sie trug den *Laird* des Gavin in ihrem Leib. Sie musste stark sein für sich und für das Baby, das eines Tages mit oder ohne den Segen seines Vaters über das Land herrschen würde.

# KAPITEL 18

„Und ich sage Euch, dass meine Augen nicht die Farbe von Smaragden haben", stritt die Dame, obwohl ein erfreutes Funkeln in besagten Augen zu sehen war. „Sie haben eher die Farbe von Teichfröschen."

Der gutaussehende große Mann neben ihr grinste und hob sie hoch, wobei ihre Röcke raschelten und sie keuchte.

„Duncan de Ware!", schimpfte sie und ihre Augen funkelten vor vorgetäuschtem Missfallen. „Lasst mich sofort runter!"

Duncan ignorierte ihre Gegenwehr und mit einem bösartigen Grinsen überprüfte er sie kühn, bis sie errötete. Wie schön sie doch war, dachte er. Ihre Augen waren so klar und grün wie Smaragde, ihre Haut milchig und weich und ihre Wangen wie Zwillingsrosen. Ihr Haar jedoch – ach, ihr Haar war vielleicht ihr bestes Merkmal. Seine Farbe war eine Mischung aus Weizen, Sonne und Mondlicht und auf seine Bitte hin trug sie es offen, wobei ihre Locken bis zu ihrer Taille fielen. Er verhedderte eine Hand darin und genoss die Seidigkeit.

„Euch runterlassen? Auf den Waldboden?", neckte er. „Nay, gute Dame. Das ist kein geeigneter Untergrund für Eure zierlichen Füße."

Linet verdrehte die Augen gefühlt zum hundertsten Mal an diesem Tag. Ihr Mann konnte manchmal wirklich den Hofnarren spielen, aber sie konnte nicht anders als ihn zu lieben. Mit seiner Schlagfertigkeit und seinem Charme, die in ihrem eintönigen Leben mit Webstühlen und Wirtschaftsbüchern gefehlt hatten bevor sie ihn traf, hatte er ihre Lebensgeister geweckt. Es fiel ihr immer noch schwer zu glauben, dass der große, gutaussehende, blauäugige Erbe der de Ware Familie ausgerechnet sie geheiratet hatte, die Tochter eines Tuchhändlers, die nur wenig Geduld für seine Possen aufbrachte. So schlimm war es natürlich nicht mehr, überlegte sie. Jetzt musste sie nur darauf achten, dass sie nicht andauernd liebeskrank grinste.

„Meine zierlichen Füße haben mir über die letzten zehn Meilen gute Dienste getan", antwortete sie demonstrativ.

Es war Duncans Idee gewesen, sein Gefolge an diesem Morgen zurückzulassen. Er wollte seinen Bruder und dessen neue schottische Frau überraschen. Garth hatte sie als unvergleichlich beschrieben und faszinierende Geschichten von ihr erzählt. Also hatten er und Linet sich in Bauernkleidung und zu Fuß vorausgeschlichen. Duncan hatte ihr versichert, dass es nur wenige Meilen wären und es hatte sich fürwahr zu einer sehr langen Wanderung entwickelt, auf der sie sich aber bestimmt nicht langweilte. Er unterhielt sie mit heldenhaften Geschichten, anzüglichen Liedern und schamloser Schmeichelei.

Als ihr Held trug er sie durch den Wald, drückte sie an seine breite Brust und blickte auf sie herab, als wäre sie ein

Schatz, der entdeckt werden wollte und sie wünschte sich, dass sie immer nur zu zweit allein auf der Welt wären.

Plötzlich erregte das Geräusch eines Schwertkampfes in der Ferne ihre Aufmerksamkeit. Duncans Verhalten änderte sich sofort. Er ließ sie auf den Boden gleiten und stellte sie hinter sich, während er unter seinen Umhang griff und sein Schwert zog.

Mit wachsamem Blick schlichen sie sich weiter vor, bis sie auf die Spitze eines mit Kastanien bewachsenen Hügels kamen. Über dem Wald ragte ungefähr dreihundert Meter entfernt eine große Burg aus blaugrauem Stein hervor. In dem dichten Wald um die Burg herum befand sich eine große Lichtung, auf der eine kleine Gruppe Krieger gegeneinander kämpfte.

„Blackhaugh", flüsterte Duncan und streckte stolz den Arm aus, als würde ihm die Burg persönlich gehören.

Sie gingen außen um den Rand der Lichtung und beobachteten unbemerkt, wie ein halbes Dutzend bewaffneter Jungen einen einzigen Kämpfer umgab, der sie wild angriff. Einen Augenblick später steckte Duncan sein Schwert wieder in seine Schwertscheide. Dies war offensichtlich ein Übungskampf.

Linet schaute weiter zu. An dem Kämpfer war irgendetwas ...

„Der Ritter in der Mitte", murmelte sie plötzlich, „ist kein Mann."

Duncan hob eine Augenbraue und flüsterte: „Glaubt Ihr, dass es ein Geist ist?"

„Oh, der Ritter ist schon echt, aber es ist kein Mann. Das ist eine Frau."

Er seufzte gutmütig, „Linet, meine Liebe, Ihr findet selbst in den einfachsten Dingen etwas Faszinierendes. Ich nehme an, das kommt davon, dass Ihr so ein langweiliges Leben geführt habt bis Ihr mich getroffen habt."

Sie rügte ihn mit einem finsteren Blick.

„Das", fügte er hinzu und verschränkte die Arme über seiner Brust, „kann unmöglich eine Frau sein."

„Sturer Narr", sagte sie liebevoll.

Er verzog den Mund zu einem leichten Lächeln und dies ließ ihn aussehen, als wenn sie ihm gerade ein Kompliment gemacht hätte.

„Keine Frau könnte so kämpfen", versicherte er ihr. In dem Augenblick, als er es gesagt hatte, wusste er, dass er jetzt wirklich ein Problem hatte. In Linets Augen war ein gefährliches herausforderndes Glitzern zu sehen und er fürchtete, dass er gleich in eine verbale Schlacht verwickelt würde, die er mit Sicherheit verlieren würde. „In Ordnung", beschloss er, „vielleicht habt Ihr Recht. Soll ich fragen?"

„Ihr könnt nicht einfach fragen."

Er seufzte schwer. „Dann werden wir es nur herausfinden, wenn ich ihn zu einem Duell herausfordere", sagte er mit vorgetäuschter Zögerlichkeit, obwohl es ihn juckte genau das zu tun. „Wenn ich gewonnen habe, zwinge ich ihn, den Helm abzunehmen und dann werden wir es sicher wissen."

„Ihr könnt nicht gegen *sie* kämpfen!", protestierte Linet. Sie wollte gar nicht daran denken, wie ihr Bär von einem Mann eine Frau auf dem Schlachtfeld vernichten könnte. „Ihr könntet ihr weh tun."

„Scheinbar wehrt er jetzt schon sechs Knappen ab", murmelte Duncan sarkastisch, „und ich danke Euch, liebe Dame, dass Ihr so besorgt um mein Wohlergehen seid."

„Nach dieser Sache, Duncan de Ware", warnte sie ihn, „werde ich Euch keine Komplimente mehr auf einem

Silbertablett servieren, denn Ihr wisst sehr genau, dass Ihr der beste Schwertkämpfer in England seid und weitaus besser als die sechs Knappen zusammen."

„Aye." Er grinste. „Aber es ist schön es aus Eurem Mund zu hören."

Linet konnte nicht lange über ihn verärgert sein, wenn er sie mit seinen funkelnden Augen ansah. Sie vermutete, dass sie ihm einfach vertrauen musste, dass er vorsichtig war.

Amüsiert schüttelte er den Kopf, räusperte sich und trat vor, um die Aufmerksamkeit der Kämpfer zu erregen.

Cambria hörte den Neuankömmling rufen und hörte auf zu kämpfen. Einen schrecklichen Augenblick lang dachte sie, es sei Holden, der etwas früher vom Angeln zurückkam und ihr Herz schlug heftig.

Dann wandte sie sich um und sah, dass es ein Fremder mit ebenholzfarbenem Haar war. Als sie ihn durch den Schlitz ihres Visiers genauer betrachtete, spürte sie, wie ihre Beine unter ihr nachgaben. Vor ihr war das Gesicht auf der Stechpupe – eine größere dunklere Version von Holden de Ware mit listigen Augen und gekleidet wie ein Bauer. Das musste Duncan, Holdens Bruder sein.

Und die kleine Frau hinter ihm musste seine Frau sein. Auch sie trug das bescheidene Gewand einer Bäuerin, aber ihr Gesicht war wie blasser Samt und ihre Augen hatten die Farben von frischem Gras und ihr Haar bestand aus einer prächtigen Mähne in edlem Blond.

Cambria wurde ihr eigener zerzauster Zustand schmerzhaft bewusst. Gott sei Dank hatte sie ihren Helm nicht abgenommen. Hundert Gedanken gingen ihr durch den Kopf, insbesondere, wie sie sich aus dieser Situation mit so wenig Aufwand wie möglich befreien könnte.

„Edler Ritter", rief Duncan auf recht offizielle Art und Weise, „Ihr kämpft so mutig gegen so viele. Gebt Ihr mir die Ehre, auch gegen mich zu kämpfen?"

Einer der Knappen trat vor, um Cambria mit vorsichtiger schottischer Diplomatie zu verteidigen. „Das wäre wohl kaum ein fairer Kampf, Sir. Ihr seid nicht gut gerüstet. Vielleicht würdet Ihr lieber ..."

„Das macht nichts", beharrte Duncan. „Euer Ritter ist besser gerüstet, aber ich habe offensichtlich einen Größenvorteil ..."

„Nay, Sir", fügte der Knappe hinzu, „wählt einen von uns anderen. Ihr könnt sicher sehen, dass dieser müde ist."

Cambria war durchaus nicht erschöpft. Ihr war gerade erst warm geworden. Sie wusste jedoch, dass sie müde war, da sie es leid war gegen ängstliche Knappen zu kämpfen, die ihre Schläge dämpften, als wäre sie aus Glas.

Sie biss sich auf die Lippe. Es wäre himmlisch, sich einem echten Gegner zu stellen. Holden würde es niemals herausfinden. Sie konnte den Knappen vertrauen, dass sie ihr Geheimnis bewahrten. Wenn der Kampf vorbei war, könnte sie die Lichtung mit ihrem Helm auf dem Kopf verlassen. Niemand würde es jemals herausfinden.

Bevor sie zur Vernunft kam und ihre Meinung änderte, lockerte sie ihre Schultern, wandte sich zu Holdens Bruder und machte sich bereit zuzuschlagen.

Kaum war der Knappe aus dem Weg gesprungen, als Duncan sein Schwert zog und es vor seinen Gegner hielt. Duncan war es gewohnt seinen Gegner zuerst angreifen zu lassen. Das Schwert funkelte und klirrte, als es seine Klinge mehrere Male berührte. Die Schläge des Ritters waren nicht besonders kräftig oder genau und daher hatte er nur wenige Probleme sich aus dem Weg zu ducken, was allerdings sein Vergnügen nicht minderte. Er kämpfte sowieso lieber mit Stil als mit brutaler Kraft. Einen solchen Stil, solch kühnes Vertrauen, Gewandtheit und Aggressivität hatte er noch nie bei einem Gegner gesehen. Er fand, dass dieser Junge ein außerordentlicher Krieger werden könnte, wenn er erwachsen war und richtige Disziplin und Demut gelernt hatte.

Er kämpfte fasziniert, während der Ritter unablässig angriff. Er war jedoch nicht so fasziniert, dass er nicht bemerkte, dass einer der Knappen sich von den anderen entfernte um von der Lichtung wegzulaufen.

Holden erstarrte auf dem Hügel. Seine Brust zog sich schmerzhaft zusammen, als er den Hang vor Blackhaugh hinabblickte. Er konnte vor purem Entsetzen kaum atmen. Wie der Knappe berichtet hatte, stand Cambria in ihrer ganzen Herrlichkeit und Rüstung da und schlug und sprang in einem tödlichen Kampf. Sein unbesiegter Bruder Duncan überragte sie wie ein Ungeheuer, das sie vernichten wollte. Sein Herz schlug heftig, er zog sein Schwert und eilte zu den Kämpfern.

„Aufhören!", donnerte er.

Cambria keuchte und ihr Schwertarm erstarrte mitten in der Luft.

Duncan freute sich über Holdens Ankunft, was die Aufmerksamkeit des anderen Ritters ablenkte und mit einer schnellen Drehung seines Handgelenks und einem Grinsen schlug er die Klinge seines Gegners weg über die Lichtung.

„Ach, da ist ja mein Vorteil!", krähte er und wandte sich zu Holden. „Was hat Euch aufgehalten, Bruder?"

Zu seiner Überraschung schaute Holden immer noch finster. Tatsächlich schien Holden ihn überhaupt nicht wahrzunehmen. Noch erstaunlicher war jedoch, dass Holdens Zorn sich nicht gegen ihn, sondern gegen seinen Gegner richtete. Er sah aus, als wollte er den jungen Ritter töten.

„Begrüßt Ihr so meine Familie?", brüllte Holden und seine Stimme brach vor Angst. „Mit der Spitze eines Schwertes?"

Die Knappen ließen ihre Köpfe hängen, als wenn es ihre Schuld wäre.

„Tatsächlich", gab Duncan zu, „war es meine Idee."

Holden und Cambria blickten einander an. „Ihr habt Euch nicht die Mühe gemacht, es ihm zu sagen, oder?" Holden wusste von ihrem Schweigen, dass er Recht hatte. Sie hatte Duncan nicht gesagt, wer sie war. Trotzdem verspürte er den irrationalen Drang, seinem Bruder an den Kopf zu schlagen. Warum konnte niemand sehen, dass Cambria eine Frau war?

Linet schaute finster vom Rand des Feldes und musterte Duncans Bruder. Sie konnte die Ähnlichkeiten der beiden in ihrer Haltung und ihrem guten Aussehen ausmachen, aber mehr gab es nicht. Duncan war geistreich und unterhaltsam, wohingegen Holden so ruppig wie ein Bär war. Sie hasste ihn sofort. Wenn ihr Mann ihn nicht so lieben würde, wäre sie zu ihm gegangen und hätte ihm genau gesagt, was sie davon hielt, dass er eine Frau so anschrie.

Duncan setzte die Spitze seines Schwertes auf dem Boden ab und legte seine freie Hand an seine Hüfte. Er was gewöhnt ignoriert zu werden, insbesondere von seinem schon seit langem abwesenden Bruder. Scheinbar war Holden recht unbarmherzig im Umgang mit seinen Vasallen geworden. Er würde sich jedoch nicht einmischen.

Sein Bruder war jetzt auch ein Lord. Seine Linet kannte jedoch keine solche Zurückhaltung. Sie sah aus, als wäre sie bereit sich in den Kampf zu stürzen.

Holden konnte gar nicht richtig atmen. Er zitterte wie ein scheues Fohlen. Er streckte die Hand aus und zog Cambria an der Vorderseite ihres Wappenrocks zu sich heran, eher um sich zu versichern, dass sie noch ganz war, als um ihr Angst zu machen.

„Was glaubt Ihr, was Ihr da tut?", zischte er um seine Angst zu überdecken. Er drehte seine Faust an ihrem Gewand und fluchte. Verflucht, sein Herz wollte sich gar nicht beruhigen. Er hatte mit seinem Bruder Übungskämpfe ausgetragen, seit sie Kinder waren. Niemand war ein so großartiger Krieger wie Duncan und er hätte Cambria im Nu köpfen können. Er erschauderte bei dem Gedanken.

„Ihr kleine Närrin!", rief er heiser und zeigte dann auf Duncan. „Vor Euch steht der beste lebende Krieger! Er hat schon gegen vier Männer gleichzeitig gekämpft und Männer besiegt, die zweimal so groß waren wie er! Er hatte sich seine Sporen schon verdient, bevor er sich einen Bart wachsen lassen konnte!"

Duncan stieß mit der Fußspitze auf den Boden und war offensichtlich von dem Lob peinlich berührt.

Linet beobachtete die Unterhaltung mit zunehmender Faszination und ihr Hirn arbeitete so schnell wie ein guter Webstuhl. Sie fing an zu verstehen, wer die Kriegerin war und warum Holden so aufgebracht war. Vielleicht war Duncans Bruder doch nicht so ein Ungeheuer.

In der Zwischenzeit fuhr Holden mit seiner Tirade fort. „Ich habe gesehen, wie Duncan in einem Gefecht allein eine ganze Reihe von Rittern besiegt hat."

„Also Bruder, Ihr müsst bei der Wahrheit bleiben", unterbrach Duncan. Die lange Aufzählung seiner Heldentaten machte ihn unbehaglich. Wenn Holden so weitermachte, würden die staunenden schottischen Knappen noch seine Füße küssen wollen. „Dreiviertel jener Ritter waren so betrunken, dass sie kaum auf ihrem Pferd sitzen konnten."

Holden schaute ihn mit unvermindertem Zorn an, aber in seinen Augen war jetzt etwas zu sehen, was wie reines Entsetzen aussah. „Und Ihr! Habt Ihr nicht genug Männer Eurer eigenen Größe, mit denen Ihr kämpfen könnt?"

Duncan ließ die Feindseligkeit an sich abprallen. „Es war nur ein Übungskampf. Könnt Ihr Euren Vasallen nicht ein anderes Mal ausschimpfen? Meine Frau und ich müssen immer noch richtig begrüßt werden. Sie wird Euch für einen Unhold ohne Manieren halten."

Holden ließ seine Schultern ein wenig sinken. Zum ersten Mal bemerkte er die blonde Frau, die hinter Duncan stand. Sie starrte ihn mit einer seltsam zärtlichen Miene an, die er nicht verstand.

Nach einer längeren Pause verdrehte Duncan die Augen. „Also gut, Lady Linet, darf ich Euch meinen ungezogenen Bruder Lord Holden de Ware vorstellen."

Linet trat neben Duncan und lächelte strahlend, aber Holden stand da schweigend, verwirrt und kämpfte darum, das Entsetzen das immer noch in ihm wütete, zu kontrollieren.

Duncan schüttelte den Kopf. „Wo versteckt Ihr also den schottischen Teufelsbraten, mit dem Ihr verheiratet seid, Holden? Ist sie so hässlich, dass Ihr sie wegsperren müsst?" Er knurrte plötzlich, weil er nicht auf Linets Stoß in seinen Bauch vorbereitet war.

„Tölpel!", nannte sie ihn leise.

Holden presste seine Lippen zu einer dünnen Linie zusammen und steckte sein Schwert zurück in die Schwertscheide. Dann nahm er Cambrias Helm, zog ihn nach oben und ganz ab. Ihr langes, kastanienbraunes Haar fiel ihr über die Schultern und ihre Augen funkelten rebellisch.

Duncan stolperte regelrecht bei dieser Offenbarung. Linet hatte Recht gehabt. Der Ritter war eine Frau. Er ließ sein wertvolles Schwert fallen und zum ersten Mal in seinem Leben fehlten ihm die Worte.

„Dies", zischte Holden, „ist meine Frau."

# KAPITEL 19

L inets triumphierendes Lächeln schwand, als sie Cambrias Blick sah. Das arme Mädchen schämte sich und ihr Gesicht war knallrot. Sie schaute niemanden an, sondern starrte nur mit einem heftigen und stillen Stolz auf den Boden. Irgendetwas an ihr ließ einen Beschützerinstinkt in Linet aufsteigen. Sie mochte das Mädchen sofort. Fürwahr, Cambria sah nicht wirklich aus wie die Burgherrin. Ihr Haar klebte vor Schweiß. Ihr Gesicht war schmutzig. Sie hatte jedoch Esprit und Mut. Sie schien die wilde Seele Schottlands zu verkörpern.

Unglücklicherweise konnte Linet nicht wissen, wie sehr ihre genaue Musterung Cambria verstörte.

Cambria hatte noch nie so eine blasse und zierliche Person wie Linet gesehen. Vor ihr stand ein schneeweißer Engel mit zarten Gesichtszügen und offenem blonden Haar – die Art, von der die Minnesänger immer sangen. Sie war perfekt mit guten Manieren und außerdem schön und gelassen. Cambria senkte den Blick. Auf einmal spürte sie sehr genau, wie ein Schweißtropfen über ihre Schläfe lief, den Staub an ihrem Hals und das Gewicht des Kettenhemdes, das ihre Brüste flach drückte und sie war sich ihres wachsenden Bauches bewusst. Sie wünschte, sie wäre an diesem Morgen im Bett geblieben. Der Geschmack der Beschämung war wie Metall auf ihrer Zunge, während ihr Blick wieder zu der jungen Frau wanderte. Die zarten Hände dieses Engels hatten wahrscheinlich noch nie eine Klinge berührt und sicherlich noch keine in einer Schlacht geschwungen und der Ehemann der Frau starrte Cambria immer noch an wie eine Flunder am Angelhaken.

Warum hatte Holden sie enttarnt? Sie hätte das Feld unbefleckt verlassen können. Er hätte ihre Ehre retten können. Er sollte verdammt sein! Sie hätte seine Familie später kennenlernen können, aber jetzt konnte sie diese beschämende Vorstellung kaum wieder gutmachen. Aber immer noch weigerte sie sich, gedemütigt zu werden. Blackhaugh war *ihr* Zuhause und ganz gleich, welchen feindseligen Tonfall Holden an den Tag legte, sie würde seine Familie zumindest mit Höflichkeit willkommen heißen, wie es seit Jahrhunderten in Schottland üblich war.

Mit der Kraft und der Stärke von Generationen von Gavins verkündete sie: „Ich bin Cambria Gavin, der *Laird* von Blackhaugh und ich heiße Euch ..."

„Ihr seid Lady Cambria de Ware", knurrte Holden. Er runzelte die Stirn mit einer Mischung aus Missfallen und Enttäuschung.

Cambria errötete. Die Worte blieben ihr im Halse stecken. Natürlich war sie Lady Cambria de Ware. Sie hatte es nur aus Gewohnheit und Nervosität vergessen, aber Holden dachte zweifellos, dass sie es mit Absicht getan hatte. Aus dieser peinlichen Situation konnte sie sich nicht auf edle Art und Weise befreien und zu ihrem Entsetzen hatte sie einen Kloß im Hals. Dem zarten Engel zuliebe, der aussah, als würde er jeden Augenblick Ohnmacht fallen, musterte Cambria all ihre Würde, nickte den Besuchern kurz zu und wandte sich in Richtung Blackhaugh.

Sie ignorierte die Tränen, die in ihr aufstiegen und marschierte steif den Hang hinauf, wobei sie ihre Fäuste an ihre Seiten gestemmt hatte und sie versuchte nicht daran zu denken, was Lady Linet wohl gerade hinter ihrer zarten Hand flüsterte. Über den ganzen Weg spürte sie, wie Holdens Blick auf ihr ruhte, wie er sie verfluchte und schlimmer noch, sich wegen ihr schämte.

Es machte nichts aus, sagte sie sich. Er war nur ein Engländer. Was er von ihr dachte, hatte keinen Einfluss auf das, was sie in Wirklichkeit war. Sein enttäuschter Blick sollte verflucht sein – *sie war* der Gavin! Heirat hatte das nicht geändert.

Was die Begrüßung seiner Familie mit dem Schwert betraf, hatte Duncan sogar erklärt, dass er sie herausgefordert hatte. Warum bestand Holden dann noch darauf, sie zu beschämen? Außer er dachte, dass sie ihn beschämt hatte ...

Sie stellte sich wieder das Bild des blonden Engels an Duncans Arm vor. Vielleicht war Linet eher der Typ Ehefrau, den Holden sich wünschte. Vielleicht zog er es vor, dass eine Frau still und folgsam und zierlich war, wobei Cambria keine dieser Eigenschaften hatte. Vielleicht war sie Holden peinlich. Das war wohl der Grund, warum er sich in letzter Zeit von ihr ferngehalten hatte.

Pah! Sie wischte eine Träne weg. Wenn sie nicht Linets zartes Gesicht, liebliche Art oder hübsche Sprechweise hatte, lag das nur daran, dass sie nicht gelernt hatte, die Ehefrau eines Mannes zu sein. Holden hätte das wissen sollen, dachte sie schniefend. Oder er hätte sie niemals heiraten sollen.

Irgendwie trugen ihre bleiernen Füße sie den Hang hinauf und mit hoch erhobenem Haupt ging sie am Wachturm vorbei. Sie stolperte nur einmal und erreichte den Zufluchtsort der Burg mit der Aussicht auf Einsamkeit.

Aber Holden war ihr gefolgt und bevor sie den sicheren Hafen erreichen konnte, ergriff er sie an den Schultern und drehte sie zu sich um. Einen kurzen Augenblick lang dachte sie, dass sie Sorge in seinen Augen sehen könnte, aber dann war es weg und seine Mundwinkel verzogen sich nach unten.

„Ich lasse nicht zu, dass Ihr meinen Erben gefährdet. Ihr werdet keine Übungskämpfe mehr austragen."

Tränen stiegen ihr in die Augen, aber sie weigerte sich zu weinen. „Interessiert Ihr Euch plötzlich für Euren Erben?", brachte sie heraus. „In den letzten Wochen habt Ihr kein Wort über das Baby gesagt, als wenn es nicht existieren würde."

Er wurde blass. „Glaubt Ihr das wirklich?"

„Was soll ich denn sonst denken?", antwortete sie und achtete auf die Diener, die an ihnen vorbei in Richtung Burghof gingen. Dann kam der Schmerz, den sie die ganze Zeit vorsichtig unter Kontrolle gehalten hatte, in einem bitteren Fauchen hervor. „Ihr sprecht nicht über das Baby. Ihr fragt nicht nach mir. Weder berührt Ihr oder haltet Ihr mich, noch küsst Ihr mich. Wir teilen noch nicht einmal ein Bett."

Er starrte sie nur an. Sie konnte seine Gedanken nicht lesen. Ihr Herz brach und er konnte nur schweigen. Schluchzend verfluchte sie ihn.

„Vielleicht war es am besten, dass Eure Mutter gestorben ist, bevor sie sehen konnte, was für ein kaltherziger Mistkerl Ihr geworden seid!"

Holdens Blick wurde sofort leer und kalt. Er ließ sie los, als wäre sie eine giftige Schlange. Angesichts seines Zornes zuckte ein Muskel in seiner Wange und seine Fäuste öffneten und schlossen sich. Einen schrecklichen Augenblick lang überlegte sie, ob er sie schlagen würde. Dann schaute sie jedoch in seine Augen fand den Beweis für ein weiteres Gefühl unter seinem kontrollierten Zorn – roher und tiefer Schmerz.

So schnell wie sie diese Entdeckung gemacht hatte, verschloss er sich wieder vor ihr und sie war sich nicht sicher, ob sie sich seinen schmerzhaften Blick nur vorgestellt hatte und dann war er im nächsten Atemzug weg, bevor sie ihn noch einmal anschauen konnte.

Holden wappnete sich gegen die kalten Steine von Blackhaughs Treppenhaus, wo er sich über den größten Teil des Nachmittags versteckt hatte. Es fühlte sich an, als wenn ihm eine große Last aufgeladen worden wäre. Diese Frau, der er unsterbliche Liebe geschworen hatte, für die er seinen eigenen Körper aufs Spiel gesetzt hatte und für die er seine Heimat aufgegeben hatte, hatte ihn mit einem einzigen Schlag vernichtet. Sie hatte ihn bis ins Mark getroffen.

Aber er konnte sich nicht für den Rest seines Lebens verstecken. Er konnte auch nicht hierbleiben, bis sie das Baby geboren hatte. Duncan würde überlegen, wo er hingegangen war und schon bald würden die neugierigen Schotten Fragen stellen.

Schweren Herzens ging er nach unten und ignorierte die neugierigen Blicke der Gäste, die zum Abendessen gekommen waren. Duncan und Linet saßen am Tisch auf dem Podium, aber er sprach nicht mit ihnen. Cambria fehlte offensichtlich. Er nahm sich zwei Krüge voll Bier von einem Tisch und floh dann durch die Haupttür der großen Halle in die Nacht hinaus.

Die kühle Luft war erfrischend und er trank einen großen Schluck von seinem Bier in dem Versuch, sein Herz zu wärmen. Ziellos wanderte er umher, verfluchte den Vollmond, trat gegen die feuchte Erde im Burghof und hörte erst damit auf, als er zu den Ställen kam. Er schlürfte durch die doppelte Tür an den leise schnaubenden Pferden vorbei und schüttete das Bier nur so in sich hinein. Die bekannten Gerüche des Stalles – das frische Heu, der Schweiß der Pferde und der durchdringende Geruch vom ledernem Zaumzeug – trösteten ihn zumindest ein wenig. Er drückte den Krug an seine Brust und setzte sich in eine vom Mond erleuchtete Ecke.

Duncan erkannte das Gefühl auf Holdens Gesicht nur allzu gut, als dieser durch die Halle eilte. Es war die Miene eines Hundes, der zu oft getreten worden war, das Gesicht eines Mannes, der von seiner Vergangenheit gequält wurde.

Nachdem die Tische abgeräumt worden waren und die Gäste ihre Betten für die Nacht zugewiesen bekommen hatten, wünschte Duncan Linet eine gute Nacht und machte sich auf den Weg um seinen Bruder zu suchen.

Er fand ihn schnell. Holden knurrte laut und unverständlich die Pferde an. Als Duncan in der Tür stand und das Licht des Mondes blockierte, schaute Holden aus seiner dunklen Ecke mit flatternden Augenlidern hoch und winkte ihn zu sich heran. Duncan schüttelte mitleidig den Kopf und hockte sich neben ihn.

Holden war betrunken. Soweit Duncan wusste, geriet

er nur unter einer Bedingung in diesen Zustand – wenn jemand indiskret über den Tod ihrer Mutter sprach.

Duncan seufzte und ergriff Holdens Arm. Er war die Tatsachen schon hundertmal durchgegangen, aber nicht in letzter Zeit. Er würde sie auch noch hundertmal durchgehen. Er würde Holden versichern, dass er nicht am Tod ihrer Mutter schuld war und dass sie von Anfang an schwach gewesen war und da sie so viel Blut verloren hatte, konnte sie nicht gerettet werden.

Holden murmelte: „Verliebe Dich niemals, Duncan."

Duncan hob den Kopf. Liebe? Was redete er da? War er nicht erregt, weil seine Geburt ihre Mutter getötet hatte? Vielleicht war er zu betrunken für eine Unterhaltung. Er zog Holden am Arm. „Holden, kommt wieder nach drinnen. Es ist schon spät."

„Aye, zu spät. Die Tat ist bereits geschehen. Ich habe sie vernichtet."

Müde rieb Duncan sich mit der Hand über das Gesicht. „Wen?"

„Das schottische Weib. Ich habe sie vernichtet."

„Wie habt Ihr sie vernichtet?"

Holden schlug mit der Faust gegen die Stallmauer. Duncan zuckte zusammen. Seine Handknochen würden am Morgen wehtun.

„Verflucht! Ich habe bei ihr gelegen", lallte Holden. „Ich habe bei meiner Frau gelegen."

Duncan runzelte die Stirn. Holden hätte auch sagen können, dass er seine Frau geschlagen hatte, wenn man nach der Verzweiflung auf seinem Gesicht ging. Freundschaftlich legte er den Arm um seinen Bruder. „Holden, das macht man nun mal mit einer Ehefrau. Das ist doch das Schöne daran. Man sucht sich ..."

„Aber jetzt ist sie ..." Holden schüttelte den Arm seines Bruders ab. „Zur Hölle, Duncan! Sie ist schwanger."

„Schwanger?" Duncan setze das Herz aus bei der Erinnerung an einen der heftigen Schläge, die er Holdens Frau mit dem Schwert erteilt hatte. Bei Gott, er hatte nicht nur gegen eine Frau gekämpft. Er hatte gegen eine *schwangere* Frau gekämpft! Bei dem Gedanken wurde ihm schlecht.

Aber Holdens Augen waren voller Jammer und Schmerz. „Das Kind ist von mir, Duncan."

„Aber das ist doch wunderbar!" Er streckte die Hand aus. „Kommt. Wir wollen es Linet erzählen. Sie wird sich freuen, wenn sie hört, dass sie ..."

„Nay!" Betrunken schlug Holden Duncans Hand weg. „Versteht Ihr denn nicht?" Verzweifelt ergriff er die Vorderseite von Duncans Surcot mit den Fäusten. „Ich habe sie ermordet. Ich habe meine Frau ermordet."

„Aber Holden."

„Lasst mich allein", krächzte Holden und ließ ihn los. Dann sackte er über dem Futter im Stall zusammen.

Duncan schüttelte den Kopf. Holden konnte noch nie viel Alkohol vertragen. Über was jammerte er überhaupt? Dass er seine Frau ermordet hatte? Wie konnte er überhaupt glauben ...

*Bei der Geburt verstorben.* Plötzlich fiel es ihm wie Schuppen von den Augen. Ihre Mutter war bei der Geburt gestorben und jetzt hatte Holden Angst, dass es Cambria auch so ergehen würde. Es war einerlei, dass er bereits ein Dutzend kerngesunder Kinder bei anderen Weibern gezeugt hatte. Diese war anders. Diese war seine Frau. Diese hier liebte er.

Duncan schaute auf den großen eisenharten Ritter

hinab, der auf dem Stallboden zusammengebrochen war, wobei er nicht von den stählernen Waffen niedergestreckt worden war, die so sehr zu seinem Leben gehörten, sondern von den zarten Banden seines Herzens. Dies war der Mann, der seine Seele dem Krieg gewidmet hatte, der kleine Junge, der sein Schwert über allem anderen schätzte.

Duncan lächelte. Wie der mächtige Krieger doch gefallen war. Und er kannte den Namen von Holdens Eroberer nur allzu gut, da er diesem Angreifer selbst schon gegenübergestanden hatte. Sein Name war Frau.

Seufzend bückte er sich um Holden hoch zu heben. Nur mit reiner Sturheit konnte er seinen schweren Bruder über die Schultern werfen um ihn zu tragen. Duncan brachte ihn zu einem leeren Lagerraum über der Rüstkammer weit weg von der Frau, die Holden solche Qualen verursachte.

Für Holdens Krankheit gab es kein Heilmittel. Er würde erst wieder Ruhe finden, wenn Cambria schreiend, brüllend und seinen Namen verfluchend das Baby geboren und die Geburt überlebt hatte. Duncan konnte seinem Bruder nur helfen, indem er ihn ablenkte. Er rieb sich die Hände und überlegte, dass man das am besten tat, in dem man ihn mit seinem Schwert beschäftigte.

Holden richtete sich erschrocken in der Nacht auf und war von einem vertrauten kratzenden Geräusch geweckt worden. Er fluchte laut, was er sofort bereute. Schnell legte er seine Handflächen an seine pochenden Schläfen. Scheiße, sein Kopf schmerzte fürchterlich! Seine Zunge fühlte sich geschwollen an. Was für ein Verrückter schärfte sein Schwert mitten in der Nacht mitten in seinem Zimmer? Nein, berichtigte er, in der Mitte dieses Zimmers. Wo war er? Er erinnerte sich, dass er im Stall gewesen war. Er konnte sich nicht erinnern, dass er hierhergekommen war.

Langsam kam er auf seinem provisorischen Strohbett auf die Knie. Er zuckte zusammen und hielt sich den Kopf, damit alles aufhörte sich um ihn zu drehen. Scheinbar war er in dem Raum direkt über der Rüstkammer und obwohl seine Knochen sich gegen jede Bewegung wehrten, wusste er, dass er die Treppe nach unten gehen musste. Das schreckliche Schleifen war schmerzhaft und man konnte ihm nicht entrinnen.

Stöhnend kam er auf die Füße, schlurfte zur Tür und strich sich mit den Fingern die Haare glatt. Er fluchte den ganzen Weg, bis er vor der Tür zur Rüstkammer stand. Das Schleifen hörte kurz auf, fing dann aber wieder an und er zitterte bei dem Geräusch, das ihm bis ins Mark zu gehen schien.

Er öffnete die Tür. „Was zum Teufel …!", versuchte er zu brüllen, aber nur ein Winseln kam heraus.

Sein Bruder Duncan schaute von dem Rad mit einem breiten, irritierenden Grinsen hoch.

„Muss das sein?", murmelte Holden eisig und nickte zu dem Schleifstein.

„Ach Holden", sagte Duncan fröhlich und ließ das Rad mit einem Quietschen langsam zum Stillstand kommen, „zahlt Ihr den Preis für das Bier letzte Nacht?"

Holden knurrte.

„Kleiner Bruder, ich warne Euch, Ihr werdet beim nächsten Turnier teuer dafür bezahlen, wenn Ihr Euch mit solchen anstrengenden Gesellen nachts abgebt." Er steckte sein Schwert wieder in die Schwertscheide und stand da mit den Fäusten an seinen Hüften, betrachtete Holden von Kopf bis Fuß und klackte die ganze Zeit mit seiner Zunge. „So oder so werdet Ihr keine gute Konkurrenz für mich sein", sagte er mit vorgetäuschter Sorge, „wenn Ihr mit der hässlichen, schwerfälligen Stechpuppe geübt habt." Ich kann das Ding voll am Kopf treffen und meine Frau vögeln, bevor es sich wieder aufrichtet."

Holden brachte ein müdes Lächeln zustande. „Vielleicht sagt das mehr über Euer Vögeln aus als über meine Stechpuppe."

Duncan keuchte vor vorgetäuschter Beleidigung und zog wieder sein Schwert. „Sir, ich glaube, ich muss Euch dafür herausfordern!"

Holden schüttelte den Kopf. Er hatte keine Lust seine schmerzenden Knochen bei einem nutzlosen Schwertkampf zu dieser frühen Stunde anzustrengen.

„Was! Ihr weigert Euch?" Duncan stellte die Spitze seines Schwertes auf den Boden, schniefte und wollte ihn offensichtlich ärgern. „Seid Ihr also faul geworden Sir *Lord-Eurer-eigenen-Burg*? Tragen die Schotten jetzt all Eure Schlachten aus?"

Holden verzog das Gesicht. Er konnte eine Herausforderung von seinem älteren Bruder nicht widerstehen und das wusste Duncan genau. „Gut. Ich hole meinen Knappen und treffe Euch auf dem Übungsplatz in einer Stunde", fügte er mit Sarkasmus hinzu. „Vielleicht ist bis dahin die Sonne aufgegangen und wir können uns tatsächlich sehen."

Der Kampf zog sich über den halben Morgen, aber es hatte immer noch keine Entscheidung gegeben, als ein königlicher Bote auf Blackhaugh ankam. Mit einem Unentschieden zogen sich die Brüder vom Feld zurück um in der großen Halle eine Erfrischung zu sich zu nehmen und die Nachrichten von Edward zu hören.

Zögerlich gesellte Cambria sich unten zu den Männern. Sie hätte viel lieber den Winter durchgeschlafen als sich

Holdens Teilnahmslosigkeit zu stellen, aber ein königlicher Bote betraf sie als *Laird* von Blackhaugh. Ihre Hände zitterten, während ihr Mann über dem Pergament mit dem Siegel des Königs brütete. Sie konnte erraten, was darinstand. Edward brauchte wieder den Schwertarm von de Ware.

Cambria schluckte. Es hätte ihr einerlei sein sollen. Selbst wenn Holden auf Blackhaugh weilte, war er nicht gegenwärtig. Der Gedanke jedoch, dass sie ihren Ehemann über Wochen oder Monate nicht sehen würde und das Baby bekäme, ohne dass er in der Nähe war ...

„Die Gerüchte besagen, dass es Frankreich ist, Mylord", erklärte der Bote. „Dort bekommt er Asyl. Hinsichtlich der Erklärung glaubt der König, dass die Schotten bereitwillig zustimmen werden."

„Dann kennt Edward die Schotten aber nicht", murmelte Holden.

Cambrias Neugier gewann die Oberhand. „Zustimmen zu was?"

Duncan erzählte es ihr. „Edward hat erklärt, dass der größte Teil des Südens Schottlands jetzt unter seiner Herrschaft ist."

Cambria stemmte die Fäuste an ihre Hüften und vergaß ihre Niedergeschlagenheit angesichts ihrer Empörung „Das ist absurd! Er sollte uns unseren eigenen König geben. Glaubt er, dass er Schottland wie ein hungriges wildes Tier Stück um Stück verschlingen kann? Robert Bruces Unterstützer haben das nicht vergessen. Selbst jetzt ist sein Sohn David ..."

„Geflüchtet", beendete Holden den Satz. „Nach Frankreich."

Sie war wie betäubt. David geflohen? Der Sohn von

Robert Bruce hatte die Flucht ergriffen? Wie konnte er sein eigenes Land im Stich lassen? Sein Vater hätte das niemals getan, selbst wenn es seinen Tod bedeutet hätte.

Holden schien ihre Gedanken lesen zu können. „Wahrscheinlich sucht der Junge nach Unterstützung in Frankreich für seinen Anspruch auf den Thron."

Vielleicht stimmte das, dachte sie. Trotzdem konnte sie Davids Handlungen nicht gutheißen. „Und wer wird die Franzosen davon abhalten, Schottland an sich zu reißen?", murmelte sie voller Widerwillen.

Holden seufzte und war sich bewusst, dass sie Recht hatte.

„Werdet Ihr in den Krieg ziehen?", fragte Cambria und ihre Stimme brach.

„Nay", versicherte Holden ihr grimmig. Es hörte sich an, als würde er mit sich selbst sprechen. „Wir können nicht zum Schwert greifen. Es ist ein schlechter Diplomat. Es sollte eine Aufgabe für einen Diplomaten sein, der das geringere Übel aufzeigt. Wir müssen die Schotten davon überzeugen, dass unter Edwards eigener Herrschaft mehr Harmonie herrschen wird als unter der von Balliol."

Sie stimmte ihm zu, bezweifelte jedoch, dass die loyalen Schotten die englische Herrschaft so bereitwillig annehmen würden wie Holden es glaubte. Es würde auf einen Kampf hinauslaufen und Holdens Leben wäre in Gefahr.

„Wo geht Ihr hin? Wann brecht Ihr auf?"

„Ich gehe nach Edinburgh", sagte Holden.

„Der König bittet uns um Eile", fügte Duncan hinzu.

Holden begegnete Cambrias Blick und sie stellte sich schon fast vor, dass sie einen Hauch von Reue dort sah. „Wir sollen morgen aufbrechen."

Sie hörte den Rest der Unterhaltung über die Anzahl der benötigten Karren und Vorräte, wer zurückbleiben würde und alle anderen Einzelheiten über die Reise nicht mehr. Sie konnte nur daran denken, wie ungerecht es war. Verdammt, sie würde sein Kind bekommen und schon wieder würden sie von den Auswirkungen der Politik getrennt werden.

Ariel hob rastlos einen Huf und wirbelte Staub auf. Wie sein Herr war er ungeduldig und wollte aufbrechen.

Holden war sicher, dass die Burg in seiner Abwesenheit in Sicherheit war. Malcolm war mehr als vertrauenswürdig. Blackhaughs Vorratskammern waren gut gefüllt. Die Burg war sicher. Er musste sich um nichts sorgen, außer um ... er schüttelte den Kopf. Je schneller er aufbrach, desto besser.

Es lag nicht daran, dass er seine neue Funktion als Burgherr leid war. Aye, sie brachte viel Verantwortung mit sich, aber das war genau die Art von Herausforderung, die er gerne auf sich nahm. Blackhaugh war prächtig. Die Landschaft war atemberaubend und die Leute fühlten sich schon bald wie seine Familie an. Er konnte sich gar nicht vorstellen zurück nach England zu gehen.

Es dürstete ihn auch nicht nach Krieg. Gott allein wusste, dass er genug hatte vom Blutvergießen. In seiner Jugend hatte er gegen alles auf zwei Beinen gekämpft, aber jetzt mit einer Domäne und einer Frau ...

Cambria. Sie war der Grund. Er schloss die Augen und schlug mit der Faust auf den Boden des Waffenkarrens. Wenn er es zuließ, würden ihn die Bilder wieder überwältigen, seine Sicht trüben und ihn vor Angst erzittern lassen. Das konnte er nicht zulassen. Er zog in den Krieg. Er musste seine Nerven jetzt stählen, um sich und seine Männer am Leben zu erhalten.

Der Karren mit den Waffen war jetzt beladen. Sämtlicher Proviant war verpackt. Die Ritter seines Bruders und seine eigenen saßen auf ihren Pferden. Pferde schnaubten und ihr Atem war wie weiße Federn in der feuchten Luft. Ehefrauen und Geliebte zwinkerten oder schluchzten oder küssten ihre Männer zum Abschied. Ihre gedämpften Stimmen schwebten über dem Quietschen des Leders. Er konnte sie einige Meter hinter sich spüren, wie sie auf seinen Rücken starrte und ihn wortlos bat, sich zu ihr umzudrehen. Er fluchte leise. Wenn er sich umdrehte, wäre er verloren. Aber wenn er es nicht tat …

Langsam drehte er sich zu ihr um. Sie war das Schönste Wesen auf der Erde. Ihr hellgraues Kleid schien ein Teil des Nebels zu sein. Ihr offenes Haar fiel ihr über die Schultern wie die verbogenen Wurzeln einer Gavin-Eiche. Ihre Augen wurden von dem dunkelblau ihres Surcots unterstrichen und sie schienen voller Weisheit und Stolz und Verwirrung, während er sie regungslos anstarrte.

Wie könnte er ohne sie leben? Was in Gottes Namen hatte er getan? Cambria war der wertvollste Teil seines Lebens und er hatte sie der Gefahr ausgesetzt. Er hatte sie geschwängert und deswegen könnte sie sterben. Wie seine Mutter. Sein Hals zog sich schmerzhaft zusammen, als er ihre veränderte Silhouette mit seinem Blick nachzeichnete – die vollen Brüste, die leicht erweiterten Hüften und die Wölbung ihres Bauches.

Seine Füße bewegten sich von allein, brachten ihn näher und sein Schritt beschleunigte sich, bis er auf sie zu rannte. Sie streckte die Arme nach ihm aus und mit einem

Schrei der Erleichterung, Angst und Verzweiflung schloss er sie in seine Arme.

Sie fühlte sich wie Zuhause an. Ihre Wärme drang durch den Nebel und seine Rüstung, in die gerüsteten Ecken seines Herzens. Ihr Körper passte so perfekt an seinen trotz ihres dicken Bauches, als wenn er für sie gemacht worden wäre. Er fühlte ihr Haar an seiner Wange, atmete ihren Duft ein – den Duft von Heide, Moos und Rauch und allen frischen und grünen Dingen. Wenn ihr irgendetwas zustieß … er nahm ihren Kopf in seine rauen Hände und mit den Daumen wischte er ihr die Tränen von den Wangen. Er suchte in ihren Augen nach … was? Bestätigung? Vergebung? Mitleid? Er fand nur Traurigkeit.

Ohne die Menge um sie herum zu beachten, neigte er den Kopf und bedeckte ihre Lippen mit seinen. Sie schmeckte so süß wie die Liebe selbst, so süß wie der Himmel. Er legte seine eigenen bittersüßen Gefühle in den Kuss, versprach ihr seine Seele und gab ihr dieses eine Versprechen, das nicht in seiner Macht stand zu halten – das Versprechen auf Leben. Dann riss er sich los.

Wenn er noch einen Augenblick länger blieb, wusste er, dass er für niemanden in den Kampf ziehen würde. Wenn er jedoch blieb, würde er schon bald vor Sorge in den Wahnsinn getrieben werden. So war es am besten, sagte er sich und schritt über den Burghof ohne zurück zu blicken. Ein schneller Abschied. Kurz und schmerzlos. Wie der Gnadenstoß für einen tödlich verwundeten Ritter. Warum verzehrte sich dann sein Herz noch wochenlang danach?

# KAPITEL 20

Jenseits der geschlossenen Fenster des Privatgemachs wirbelten Blätter im Todeskampf umher und fielen zu Boden. Der Frost hatte den Boden hart gefrieren lassen. Jeder Atemzug war in weißen Wölkchen in der Luft zu sehen. Der Morgennebel hielt sich entsprechend der Jahreszeit immer länger. Die Bäume waren nur noch schwarze Skelette wie dunkle Blitze am blassen Himmel und das Rascheln der Blätter wurde vom Winter gedämpft.

Allerheiligen und das Julfest gingen vorbei. Cambria wurde rund und unbeweglich und watschelte von Zimmer zu Zimmer, wobei sie sich einen Augenblick vor dem Feuer kuschelte und im nächsten Katie bat, das Fenster zu öffnen. Als wenn die Natur die de Wares zwinkernd verhöhnte, entdeckte Linet, dass auch sie schwanger war. So regelmäßig wie das Läuten der Glocken zur Messe musste sich die arme Frau jeden Morgen übergeben.

Hinter den Mauern von Blackhaugh wurden die Damen von de Ware rastlos.

Ein Stück Holz knisterte und bewegte sich im Feuer. Cambria breitete das Pergament auf dem Tisch aus.

Sie untersuchte die Zeichnung, strich sich mit der Hand über ihren riesigen Bauch und drückte den winzigen Fuß zurück, der sich immer wieder zwischen ihren Rippen verkeilte. Linet schaute kurz von ihrem Platz am Kamin hoch, wo sie mit ihrer Stickarbeit beschäftigt war und schmunzelte.

Cambria runzelte die Stirn „Robbie hat Flügel an den Knien vorgeschlagen, aber Malcolm glaubt, dass weniger Gewicht besser ist." Das Baby musste der gleichen Meinung gewesen sein. Es platzierte einen besonders kräftigen Tritt gegen ihre Rippen. Sie zuckte zusammen. „Was ist mit diesen neuen italienischen Donnerrohren ...?"

„Wirklich, Cambria!" Linet lachte. „Das Baby zieht erst in den Krieg, wenn es mindestens ... sechs Jahre alt ist! Von wegen italienische Donnerrohre."

In Cambria schwelte es. „Vielleicht werden englische Babys verhätschelt bis sie fast erwachsen sind, aber in Schottland schwingen wir ein Schwert, sobald wir laufen können."

„Ach ja!", gurrte Katie und fegte in das Privatgemach. „Würdet Ihr sogar hier im Privatgemach ein Schwert schwingen, Mylady? Noch dazu gegen Eure arme Schwester?" Sie klackte mit der Zunge und betrachtete Linets Handarbeit. „Ach, macht Euch keine Gedanken, Mädchen. Die Geburt muss kurz bevorstehen. Eure Mutter war genauso scharfsinnig und gereizt.

„Ich bin nicht gereizt ...", fing Cambria an. Dann schaute sie auf die Ecke des Pergaments. Sie hatte sie in ihrer Faust zerdrückt. Kleinlaut ließ sie es los. Katie hatte Recht. Sie war in letzter Zeit nicht sie selbst gewesen. Bis jetzt hatte sie schon ein halbes Dutzend Knieflügel, verschiedene

Handschuhe und mit Wolle gefütterte Schutzvorrich-
tungen für das Handgelenk und zwei unterschiedliche
Brustplatten für den winzigen Ritter, der noch nicht einmal
geboren war, entworfen. Vielleicht war es lächerlich. Sie
nahm ein wenig Holzkohle vom Tisch, machte ein paar
leichte Änderungen an ihrer Skizze und legte das
Pergament dann beiseite.

„Es tut mir leid", murmelte sie.

Linet lächelte freundlich und war schnell bereit zu
verzeihen. „Ich habe heute Morgen mit dem Waffenschmied
gesprochen. Er hat das de Ware Siegel bereits auf alle
Platten geprägt. Jetzt muss die Schneiderin es nur noch auf
die Jacke nähen. Wenn Ihr Euch bald für die Feinarbeit
entscheidet, wird es rechtzeitig für die Ankunft des Babys
fertig sein."

Cambria nickte, wusste aber, dass ihr höfliches Lächeln
nicht von Herzen kam. Sie war müde. Sie war es leid,
eingesperrt zu sein. Sie war die Last in ihrem Bauch leid.
Sie war es leid, sich Sorgen um ihren Mann zu machen. Es
war schon Wochen her, seit sie das letzte Mal von ihm
gehört hatte. Seine Nachricht war kurz und vorsichtig
formuliert gewesen. Schließlich konnten nicht ganz so
optimistische Berichte als Hochverrat ausgelegt werden,
aber Cambria erkannte, dass er frustriert war. Sein
*diplomatischer Auftrag* hatte sich zu einer monatelangen
Abwesenheit hingezogen.

Manchmal schien es ihr, als wenn Holden de Ware ein
Traum war, den sie vor langer Zeit gehabt hatte und sie
stellte sich seinen tiefen zwingenden Blick, seine warmen
beharrlichen Küsse und seine tröstlichen Umarmung vor.
Der Beweis ihrer Intimität bewegte sich jedoch in ihr und
war erheblich, lebendig und echt. Zum hundertsten Mal

strich sie mit der Handfläche über ihren geschwollenen Bauch.

Katie tätschelte ihre Hand. „Warum legt Ihr Euch nicht ein wenig in Eurem Zimmer hin, Mylady? Ihr müsst doch erschöpft sein. Ihr habt den ganzen Morgen an Euren Entwürfen gearbeitet. Ich komme später mit etwas heißer Milch."

Ein Schläfchen hörte sich gut an. Sie hatte letzte Nacht schlecht geschlafen. Das Baby hatte getreten und in ihrem Bauch gekämpft wie eine Katze im Sack. Wenn sie schlief, würde sie vielleicht etwas Frieden finden. Vielleicht könnte sie ihre Melancholie vergessen.

Sie verabschiedete sich von Linet und ließ sich von Katie zu ihrem Zimmer führen. Katie sorgte dafür, dass sie bequem lag, schürte das Feuer und küsste sie dann mütterlich auf die Stirn. Cambria schlief bereits, bevor sie das Zimmer verlassen hatte.

Stunden später wurde ihr traumloser Schlaf von einer Dienerin gestört, die in das Zimmer gestürzt kam.

„Mylady!", rief die Frau außer Atem.

Desorientiert und schläfrig kämpfte Cambria sich in eine sitzende Position und versuchte zu sich zu kommen. Die Frau kam ihr irgendwie bekannt vor, aber Cambria wusste nicht genau, zu wem die seltsamen braunen Augen und die dünnen Lippen gehörten. Sie war wahrscheinlich eine von Linets Dienerinnen.

„Was ist los?"

Nervös schloss die Dienerin die Tür hinter sich. „Mir wurde gesagt, dass ich direkt zu Euch kommen sollte", flüsterte sie eilig.

Cambria rieb sich den Schlaf aus den Augen.

„Es geht um Euren Ehemann."

Sie wurde blass.

„Er ist schwer verwundet, Mylady." Die Dienerin faltete die Hände. „Er hat nach Euch gefragt, aber es geht ihm zu schlecht, als dass er selbst kommen könnte."

Cambrias Blick wurde leer. Ihr Herz klopfte hölzern in ihrer Brust.

„Ich kann Euch zu ihm bringen", bot die Dienerin an. Dann schaute sie sich argwöhnisch im Zimmer um. „Glaubt Ihr, dass Eure Aufpasserin Euch gehen lässt."

Das stand außer Frage. Cambria musste zu ihm gehen. Ganz gleich wie hoch das Risiko war, sie musste zu ihm gehen. Malcolm und Katie würden es niemals erlauben, ebenso wenig wie der Rest ihres Clans sie in ihrem Zustand gehen lassen würde, aber sie musste ihren Mann sehen. Sie hatte ihn schon einmal vom Fieber geheilt und damit sein Leben gerettet. Vielleicht könnte sie das wieder tun.

Mit zitternden Händen packte sie Leinen für Verbände, einen Dolch und die Heilkräuter auf ihrem Tisch zusammen. Dann zog sie die zerlumpte Kleidung einer Bäuerin über. Wenn das Glück auf ihrer Seite war, würde niemand die dicke watschelnde Bäuerin, die zum Tor hinausging, bemerken.

Mit der Dienerin im Schlepptau schaffte sie es unbemerkt durch Blackhaughs Mauern. Als sie die Hauptstraße entlang gingen, konzentrierte sie sich so sehr auf ihre ernste Situation, dass sie ihre Wachsamkeit vernachlässigte.

Der Angriff kam völlig überraschend. Die Dienerin ergriff sie grob und schob sie in das Gebüsch, bevor sie sich wehren oder ihren Dolch ziehen konnte. Als sie der Stein an der Schläfe traf, erinnerte sie sich, wer die Frau war. Owens Hure.

Linet rieb sich mit einer Hand über den Nacken und mit der anderen über ihre brennenden Augen. Sie hatte sich noch nie so hilf- und nutzlos gefühlt.

Cambria war verschwunden. Niemand konnte sie finden. Sie hatten jetzt zwei Tage und Nächte nach ihr gesucht. Sie hatten es mit den Hunden probiert. Sie hatten es mit Jägern versucht. Sie hatten sich sogar in die Lager verfeindeter Clans gewagt um zu fragen, ob der *Laird* von Gavin gesehen worden war.

Eine Träne lief Linet über die Wange. Die tollkühne Cambria sollte verflucht sein! Wenn das nur irgendein Abenteuer war, auf das sie sich begeben hatte um ihrer Langeweile zu entrinnen ... jedoch selbst, während sie das noch dachte, wusste sie, dass es nicht stimmte. Allein hätte Cambria sich in ein solches Abenteuer gestürzt, aber jetzt trug sie ein Baby, den zukünftigen *Laird* von Blackhaugh. Sie würde dieses Leben niemals gefährden. Wo war sie also?

Linet starrte aus dem Fenster des Privatgemachs in den schwarzen, sternenklaren Himmel und zitterte. Cambria konnte irgendwo auf der weiten Welt sein. Sie bräuchten ein Wunder um sie zu finden. Sie bräuchten die Augen eines Falken und den Instinkt eines ...

eines Wolfs. Ihre Nackenhaare kribbelten. Sie dachte nicht zum ersten Mal an Duncan. Ein Dutzend Mal hatte sie überlegt, ob sie jemanden zu ihm schicken sollte. Sicherlich wüsste er, was zu tun war. Er würde leicht zu finden sein. Zweifellos kämpfte er an vorderster Front in dem Krieg in der Nähe von Edinburgh, aber sie konnte niemanden in die Gefahr hinausschicken, da dieser sowohl der Gefahr der Schlacht als auch von Holdens Zorn ausgesetzt sein würde, wenn er erfuhr, dass seine Frau vermisst wurde.

Sie seufzte bedrückt. Holden musste informiert werden. Vielleicht konnte er nichts tun. Vielleicht wäre es zu spät Cambria zu retten. Holden würde es Linet jedoch niemals verzeihen, wenn sie ihm nicht die Gelegenheit geben würde es zu versuchen.

Sie schluckte schwer. Sie würde selbst gehen. Es konnte nicht weit sein. Sie würde schon sicher genug sein. Sicherlich würden weder Schotten noch Engländer eine schwangere Frau angreifen. Sie würde Duncan finden und so Gott wollte würden sie Cambria finden.

„Vermisst!"

Duncan schaute finster, Als er sich endlich von dem Schock erholt hatte, dass seine schwangere Ehefrau mit nur einem kleinen Knappen als Begleitung im Kriegslager aufgetaucht war.

Holden konzentrierte sich auf Linets Gesicht wie ein Falke auf seine Beute, sodass die arme Dame erschauderte. „Was soll das heißen - *vermisst?*"

Linet schüttelte traurig den Kopf. „Wir können sie nirgendwo finden, Holden."

Holdens Zorn verwandelte sich sofort in atemlose Angst. Er suchte Linets Blick. „Ihr seid Euch dessen sicher."

Linet sah so hoffnungslos aus, dass er keine Antwort brauchte.

Holden rutschte das Herz in die Hose. Er bekam plötzlich keine Luft mehr. „Was ...? Wie ..."

„Das weiß niemand", sagte Linet und ihre Stimme brach. „Wir haben überall gesucht. Malcolm steht völlig neben sich. Ich dachte, wenn ich komme ..."

Holden musste sich zusammenreißen, bevor die Panik

ihn überkam. Es gab noch Hoffnung. Es gab immer Hoffnung.

„Wie lange seid Ihr unterwegs gewesen?"

„Zwei Tage", berichtete der Knappe.

Holden unterdrückte einen Fluch. Duncan hingegen stieß ihn aus.

„Und wie lange wird sie schon vermisst?", fragte Holden.

„Insgesamt seit fünf Tagen", brachte Linet heraus.

Holden nickte, hielt seine Verzweiflung unter Kontrolle und schaute an Linets Gesicht vorbei. Fünf Tage. Verdammt. In fünf Tagen konnte viel passieren.

Er schluckte das Entsetzen, das in ihm aufstieg hinunter, atmete tief durch und spannte seine Schultern an. „Ich breche sofort auf."

„Ich komme mit", sagte Duncan.

„Und der König?", fragte Linet und schaute nervös zu den Soldaten, die in der Nähe lagerten.

„Die de Wares haben schon mehr als ihren Anteil geleistet", versicherte ihr Duncan.

„Ich habe dem König meine Loyalität bewiesen", murmelte Holden. „Es ist an der Zeit, dass ich meine Loyalität meiner Frau gegenüber beweise."


Fieberhaft suchte Holden die Gavin-Wälder ab. Bei Sonnenuntergang hatte er seine Männer nach Blackhaugh zurückgeschickt. Er konnte jedoch nicht aufhören zu suchen, auch wenn er im tieferen Wald kaum noch etwas sehen konnte. Er zweifelte nicht einen Augenblick daran, dass er Cambria finden würde. Er konnte es sich nicht leisten, daran zu zweifeln. Er hoffte nur, dass er sie rechtzeitig finden würde. Mehr als eine Stunde lang stapfte er durch das Unterholz und die Büsche und suchte nach einem Zeichen - einem Fetzen Stoff, ein Fußabdruck oder ein Tropfen Blut. Er wankte auf seinen Beinen. *Lieber Gott, betete er, lass sie in Sicherheit sein.*

Dann wurde seine Aufmerksamkeit von einem unnatürlichen Bruch der Zweige vor ihm erregt. Er rieb sich über die Stirn, weil er Angst hatte, dass die Erschöpfung ihm Dinge vorgaukelte. Als er jedoch noch einmal hinschaute, erkannte er die unverkennbare Form eines *H*, das aus den Zweigen einer Eiche gebogen war. Jemand hatte ihm eine Spur hinterlassen.

Eine harte Ohrfeige weckte Cambria. Ihr Kopf schlug heftig gegen den splitterigen Boden.

„Wacht auf, Schlampe!", kreischte Aggie schrill.

Cambria roch den Geruch ihres ungewaschenen Körpers und zuckte zusammen. Die Ereignisse der letzten paar Tage waren wie ein Karren voller Waffen auf sie herab geprasselt. Hunderte Male wünschte sie sich, dass sie nicht so schwerfällig wäre und tausende Male, dass sie ihr Schwert hätte. So war sie nutzlos, wie sie auf der Seite lag und geknebelt und an Händen und Füßen gefesselt war. Sie war nur noch fett, langsam und verletzbar.

„Habt Ihr das Kleine immer noch nicht geboren?", nörgelte Aggie. „Es ist jetzt schon eine Woche her und ich bin diese Bruchbude leid." Sie kratzte sich an der Nase und beugte sich herab um Cambria ins Gesicht zu starren. „Jetzt seid ein braves Mädchen und ich gebe Euch etwas zu essen. Der Erbe von Blackhaugh darf ja nicht hungern." Sie kicherte und riss den Knebel grob von Cambrias Mund.

„Was-ser ..." Cambrias Stimme war nur noch ein Krächzen und sie hasste es, so jämmerlich zu betteln, aber ihr Hals war trocken und sie hatte Durst für zwei.

„Ich hole Euch Wasser", knurrte Aggie, nahm einen Schlauch von dem kaputten Eichentisch und schüttete den Inhalt Cambria in den Mund.

Cambria war dankbar für die wertvolle Flüssigkeit wie auch für die paar Stückchen Brot, mit denen Aggie sie anschließend fütterte, obwohl sie zäh und kaum zu kauen waren.

„Es ist nicht leicht, das Brot der Bauern hinunter zu bekommen, oder?", spottete Aggie. „Ich habe mein ganzes Leben lang nur die Abfälle bekommen." Sie nahm noch ein Stück und legte es vorsichtig zwischen Cambrias Zähne. „Aber jetzt nicht mehr", sagte sie und ihre katzenartigen Augen glitzerten. „Ich werde jetzt eine feine Dame. Ich werde auf der großen Burg wohnen."

„Blackhaugh?", brachte Cambria am Brot vorbei heraus.

„Mit eigenen Dienern, die mir Essen servieren und mich ankleiden ..."

„Ihr?"

Aggie schaute mit scharfem Blick auf sie herab. „Aye. Ich." Sie legte das Stück Brot beiseite. „Sobald Ihr das Baby auf die Welt gebracht habt."

Cambria würgte das letzte Stück Brot hinunter. Sie hatte Angst zu fragen, aber sie musste es wissen. „Was habt Ihr vor, Aggie?"

Aggie strich mit den Fingern über den Tischrand. „Keine Angst, ich werde Euer Baby retten und wenn Lord Holden sieht, wie untröstlich ich bin, dass ich Euch nicht beide retten konnte ..." Sie seufzte und machte einen Schmollmund. „Er wird mich im besten Zimmer auf

Blackhaugh unterbringen, weil ich seinen Erben gerettet habe und er wird mir so dankbar sein."

Cambrias Herz flatterte. Aggies Plan war teuflisch, skrupellos und das Schlimmste war, dass sie Recht hatte. Es würde funktionieren. Holden würde der Frau glauben. Verflucht, sie konnte ihr Baby nicht dieser Verrückten überlassen. Es war undenkbar. Sie musste etwas sagen, dass Aggie ihren Plan änderte.

Cambria zwang sich zu einem spöttischen Lachen,

Aggie griff sie mit dem Zorn einer gequälten Katze an. „Wie könnt Ihr es wagen!", fauchte sie. „Wenn ich Euch das Kind abnehme, werdet Ihr nicht mehr lachen!"

Cambria lachte weiter.

Aggie stampfte mit dem Fuß auf. „Ihr sollt verflucht sein! Was ist bloß los mit Euch?"

Cambria schüttelte den Kopf. „Holdens Erbe? Ihr seid eine törichte Frau!"

Aggie stand jetzt vor Zorn neben sich. „Wie könnt Ihr es wagen!"

„Holden wird nicht im mindesten dankbar sein", sagte Cambria schmunzelnd. „Das Baby ist nicht von ihm."

Schockiert atmete Aggie scharf ein. „Was soll das heißen?"

„Das Baby ist nicht von ihm und das weiß er. Warum glaubt Ihr, ist er so freudig in den Krieg gezogen?"

Aggie biss sich auf die Lippe. „Von wem ist das Kind dann?"

Cambria atmete tief durch. Sie musste jetzt auf alles vorbereitet sein. „Ich glaube, Ihr wisst die Antwort darauf."

Auf Aggies Gesicht waren mehrere Gefühle zu sehen – Verwirrung, Zorn, Verletzung, Unglauben – bevor sie seinen Namen sagte. „Owen."

Cambria hielt die Luft an. Vielleicht würde Aggie sie jetzt gehen lassen. Es machte keinen Sinn mehr, sie hier zu behalten. Owen war tot. Holden hatte mit dem Spiel nichts mehr zu tun. Soweit es Aggie betraf, war Cambria kein Pfand mehr.

Aggies Mundwinkel neigten sich nach unten und ihre Augen wurden hässlich. „Armer Owen. Er konnte noch nie einem Rock widerstehen", murmelte sie. „Und ich wette, Ihr habt bei jeder Gelegenheit vor ihm mit dem Hintern gewackelt. Wenn Ihr nicht wärt, wäre er niemals fremdgegangen. Wenn Ihr nicht wärt, wäre er vielleicht noch am Leben und ich würde die Sachen packen, um auf Blackhaugh einzuziehen. Ihr Schlampe."

Aggies Blick fiel auf Cambrias Messer, das im Tisch steckte und ihr Gesicht verzog sich zu einem hinterhältigen Lächeln.

Cambria wand sich in ihren Fesseln.

Aggie zog die Klinge aus dem Holz und drehte sie in ihren Händen. Der Dolch hing nur wenige Zoll vor Cambrias Gesicht.

„Es ist alles Eure Schuld", flüsterte Aggie und neigte sich mit glasigen Augen nahe zu ihr.

Cambria zuckte zusammen, als ein Tropfen von Aggies Schweiß auf ihre Wange fiel. Oh Gott, nein, dachte sie. So könnte sie nicht sterben. Nicht gefesselt und hilflos. Nicht mithilfe ihres eigenen Messers.

„Es wird ein Vergnügen sein Euch und Euren Abkömmling zu töten", zischte Aggie. Sie hob den Dolch hoch und hielt ihn mit beiden Händen am Schaft.

Cambria blieb keine Zeit. Kein Druckmittel mehr. Kein Impuls mehr. Die Klinge senkte sich. Sie zog ihren Kopf ein und rollte sich auf den Rücken in Richtung Angriff. Die

Bewegung überraschte Aggie so sehr, dass ihre Zielstrebigkeit zerstört war. Die Spitze der Klinge kratzte Cambria nur an der Schulter, aber jetzt waren Cambrias Arme unter ihr gefangen und ihr Bauch war voll entblößt.

Grinsend fand Aggie ihr Gleichgewicht wieder und hob die Waffe erneut. Die Klinge funkelte, als sie durch die Luft schnitt. Dieses Mal konnte sie nirgendwo hin ausweichen. Schreiend spannte Cambria ihre Bauchmuskulatur an und ließ ihre Beine wie ein Katapult nach oben schießen. Sie erwischte Aggie am Kopf und stieß sie zur Seite. Cambria stöhnte. Ihr Bauch fühlte sich an, als würde er brennen, aber sie hatte ein paar wertvolle Sekunden gewonnen. Während Aggie wieder zu sich kam, konnte Cambria ihre Beine weit genug unter sich ziehen, dass sie knien konnte.

Dann schlug Aggie voller Zorn zu. Cambria beugte sich nach vorn, um ihren verletzbaren Bauch zu schützen. Das Messer schnitt ihr in die Stirn. Einmal. Zweimal. Versetze ihr einen Kratzer an der Wange. Spucke sprühte in ihr Gesicht.

Cambria würde nicht mehr lange durchhalten. Nicht mit den Händen auf ihrem Rücken gefesselt. Nicht ohne irgendeine Waffe. Sie wartete, dass Aggie zu einem weiteren Schlag ausholte und biss die Zähne zusammen. Dann stieß sie ihren Kopf so fest sie konnte gegen Aggies. Ein Schmerz durchfuhr ihre Schläfen und strahlte ihren Nacken hinunter. Es summte in ihren Ohren. Ihre Sicht zerbrach in eine Million Teile, aber das Messer zischte harmlos an ihr vorbei.

Als sie wieder zu sich kam, lag Aggie schlaff auf dem Boden und der Dolch lag wie eine Opfergabe zwischen ihnen. Cambria musste schnell handeln. Sie ignorierte die Beschwerden ihres Bauches, das Stechen in ihrer Schulter und das Blut, das ihr fast in die Augen lief, und auf ihren Knien kroch sie rückwärts in Richtung Messer.

Der Schaft war glitschig vor Blut und Schweiß. Es rutschte immer wieder aus Cambrias Fingern, während sie unbeholfen an den Fesseln um ihre Handgelenke sägte. Das Messer fiel ihr wieder aus der Hand. Sie fluchte leise und griff blind danach. Dabei stach sie sich mit der Spitze in den Finger. Dann hatte ihre linke Hand es fest im Griff. Vorsichtig versuchte sie, den Dolch in die rechte Hand zu legen. Er fiel ihr jedoch wieder aus der Hand. Inzwischen wurde sie hektisch und wühlte mit den Fingerspitzen auf dem zersplitterten Boden, wobei sie sich einen Splitter unter einen ihrer Fingernägel schob.

Hinter sich hörte sie ein leises Stöhnen. Aggie kam wieder zu sich. Cambria musste an das Messer kommen. Ein panisches Schluchzen stieg ihr in den Hals. Ihre Finger berührten Metall, schoben es wieder weg und erwischten es wieder. Sie hatte den Dolch in ihrer Hand.

Dann schob Aggie sie sehr fest nach vorn. Sie stieß mit der Stirn gegen den Eckstein des Kamins. Sie fiel auf ihren Bauch und ihr fester Unterleib drückte gegen ihre weichen Organe mit der Kraft eines riesigen Eisenballs, der aus einem Donnerrohr abgeschossen wurde. Sie konnte sich nicht bewegen, sie konnte nicht mehr atmen, aber sie hielt den Dolch immer noch verzweifelt mit ihren gefesselten Händen fest.

Ein seltsames Kreischen kam von hinter ihr. Aggie. Cambria stieß zu. Würdelos lag sie an Cambrias Rücken ausgestreckt und ihre knochige Gestalt zitterte. Ihre Finger kratzten an Cambrias Schultern in einem hoffnungslosen Kampf. Ihre Stimme hörte sich so dünn an wie Pergament, als sie an Cambrias Ohr keuchte.

„Nay... nay."

Cambria erschauderte. Ein dünner Strom Spucke hing aus Aggies Mund und fiel dann auf den Boden. Sie schloss die Augen gegen diesen Anblick. Es war zu spät. Cambrias Dolch hatte ein Ziel gefunden. Sie löste ihre Finger um die Waffe. Aggie rollte schwach von ihr herunter und voller Erstaunen sah sie, dass die Klinge tief in ihrer Brust vergraben war und Blut ihr Gewand befleckte.

Mit jämmerlicher Entschlossenheit kroch Aggie mit Krallen und Kratzen vorwärts, als wenn sie dadurch dem Tod entkommen könnte. Es dauerte eine Ewigkeit, bis sie endlich den letzten Atemzug von sich gab. Als Cambria sich traute hinzusehen, lag Aggie zusammengebrochen zu ihren Füßen.

Holden lief vorwärts, durchquerte Bäche, schlug Zweige weg und suchte nach Zeichen eines weiteren *H*s. Als sie zu rar wurden, ging er wieder zurück. Schließlich führten ihn die Zeichen zu einer überwachsenen Hütte, einem schmutzigen verlassenen Ort, der durch das Efeu fast unsichtbar geworden war.

Langsam schlich er sich vorwärts. Aus der Hütte kamen seltsame Geräusche, die so jämmerlich waren, dass sie seine mutige Seele erweichten – stöhnende und gequälte Geräusche wie bei einem brünstigen Tier. Ihm schlug das Herz bis zum Hals, als er sein Schwert zog und sich der offenen Tür näherte.

In dem dämmerigen Licht war es schwierig im Inneren der Hütte etwas zu sehen. In der Nähe des Kamins befand sich ein sich bewegender Klumpen, der aussah wie ein sich bewegender Haufen Schmutzwäsche. Von dort kamen die

Geräusche. Vorsichtig trat er durch die Tür. Er hörte ein Stöhnen wie das raue Atmen einer verwundeten Kreatur.

Cambrias vertrautes Stöhnen zerrte an seiner Seele, woraufhin er sein Schwert und seine Vorsicht fallen ließ um zu ihr zu gehen. Angst legte sich um seine Brust. Überall war Blut und ihr Jammern war herzzerreißend. *Lieber Gott,* betete er, *lass sie unverletzt sein. Lass sie leben.*

„Cambria", rief er heiser und kniete sich neben sie.

Das Stöhnen hörte auf.

„Cambria", rief er und streckte die Hände aus, wobei er Angst hatte sie zu berühren.

Sie drehte ihren Kopf und er konnte den Glanz in ihren großen Augen sehen.

„Holden?", fragte sie mit schwacher Stimme.

Tränen stiegen ihm in die Augen. Er ließ sie laufen. „Ich bin jetzt hier. Ihr seid in Sicherheit. Ich schwöre es."

Sie stöhnte erneut.

Vorsichtig berührte er ihre Wange. „Oh Gott, Cambria, was hat man Euch nur angetan?"

Cambria gab ein seltsames Geräusch wie ein Kichern von sich, aber im nächsten Augenblick durchfuhr sie eine neue Welle des Schmerzes. Als sie wieder sprechen konnte, sagte sie eilig: „Holt eine saubere Decke oder etwas Ähnliches, Holden. Beeilt Euch."

Sie lag im Sterben, dachte er, aber er stellte ihre Anweisungen nicht infrage. Er hätte ihr auch den Mond gebracht. Er konnte ihr nichts Besseres als einen Umhang anbieten.

„Jetzt schneidet die Fesseln durch", keuchte sie, bevor die nächste Wehe sie am Sprechen hinderte.

Er wischte sich über seine verweinten Augen und schnitt vorsichtig das Seil um ihre Handgelenke und ihre

Knöchel durch. Er war an allem Schuld. Wenn er nur bei ihr geblieben wäre ...

Cambria schnaufte schwer und Holden schloss die Augen. Wieder flossen ihm Tränen über die Wangen. *Lieber Gott*, betete er, *lass sie nicht sterben*. Er hatte Angst sie zu berühren, und Angst davor, welch tödliche Wunde er finden würde. Schließlich wandte er verzweifelt den Blick ab und bemerkte dann erst, was der Haufen neben ihm war. Er fiel fast auf seinen Hintern, als er das blasse Gesicht von Sir Owens Schlampe Agnes erkannte.

„Sie ist tot", flüsterte Cambria. Dann stöhnte sie laut.

Ihre Schreie machten ihn verrückt. Er musste etwas unternehmen. Mit der Rückseite seiner Hand wischte er sich über seinen zitternden Mund.

„Cambria, ich muss Euch nach Hause nach Blackhaugh zum Arzt bringen."

„Nicht ... jetzt. Dafür ist es zu ... spät."

„Ich werde Euch tragen", flehte er und griff unter sie. Oh Gott, ihre Kleidung war klatschnass. „Cambria, wenn Ihr noch mehr Blut verliert ..."

Sie brachte ein kleines Lachen heraus. „Das ist kein Blut."

Sie musste im Delirium sein. Er versuchte sie zu bewegen.

„Nay!", rief sie. „Es kommt! Es kommt!"

Sie ballte die Hände zu Fäusten und hob ihren Kopf vom Boden. Einen schrecklichen Augenblick lang dachte er, dass sie auf dem Weg in den Tod war und ihren letzten Atem aushauchte. Ihr Gesicht verzog sich zu einer Grimasse, die zum Teil Angst und zum Teil Ekstase zu sein schien. Dann passten sich seine Augen dem wenigen Licht im Raum an.

Er konnte Cambrias Profil erkennen. Sie war so rund wie eine ausgestopfte Gans.

„Ihr bekommt doch nicht gerade ... Heilige Mutter Gottes", keuchte er und einen kurzen irrationalen Augenblick lang überlegte er, wie das passiert sein konnte. „Ihr bekommt doch nicht gerade ..."

„Nicht ... mehr ... lange", keuchte sie.

Die Realität traf ihn wie ein Hammer. Cambria war nicht verwundet. Sie lag in den Wehen.

Jeder andere Mann wäre erleichtert gewesen. Holden jedoch lief es kalt über den Rücken. Albträume von seiner eigenen Mutter, die schreiend und sich vor Schmerzen windend einen blutigen Tod starb, gingen ihm durch den Kopf. Cambria presste und ihr Körper hob sich bei der Anstrengung und ein überwältigender Drang zu fliehen stieg in ihm auf, aber er konnte sich vor Panik nicht rühren.

„Ihr müsst helfen ...", keuchte sie.

Holden wandte sein Gesicht vor Entsetzen ab. Er hatte ihr dies angetan. Er hatte sie geschwängert. Es war sein Schicksal ein weiteres weibliches Familienmitglied zu töten.

Plötzlich verhedderten sich Cambrias Fäuste in seinem Wappenrock und sie zog ihn zu sich herunter. „Hört mir gut zu, Engländer!", zischte sie wie eine zornige Katze zwischen den Luftzügen. „Wenn Ihr mir nicht helft, erzähle ich Eurem Sohn, dass sein Vater ein englischer Feigling ist."

Ihre Drohung war effektiver als eine Ohrfeige. Es war nicht, was sie sagte. Es war die Entschlossenheit, mit der sie es sagte. Im Gegensatz zu ihm vertraute sie darauf, dass sie dies zusammen durchstehen würden. War er so lange weg gewesen, dass er Cambrias Sturheit, ihre Willenskraft und ihre Beharrlichkeit vergessen hatte? Sie war so gar nicht wie seine blasse, zierliche Mutter. Bei Gott, Cambria war eine Schottin, ein *Laird* und ein Krieger. Sie würde gegen Himmel und Hölle kämpfen um zu überleben, wenn auch nur um über die Schwäche zu spotten, die ihr ein Engländer gezeigt hatte. Sie würde überleben, damit sie prahlen könnte, wie sie ihr Erstgeborenes in einer heruntergekommenen Hütte auf die Welt gebracht hatte und sie würde mit der Tatsache prahlen, dass er hilflos daneben gesessen hätte.

Holden schluckte schwer und schob die Ärmel seines Kettenhemds zurück. Er murmelte ein Gebet und begab sich zwischen Cambrias Knie. Wenn sie die Schlacht schlagen konnte, könnte er das auch.

Er schaute in ihr schmerzverzerrtes Gesicht und sah weder Angst, noch Zögerlichkeit, sondern nur Herausforderung und Entschlossenheit. „Oh Gott, ich liebe Euch." Seine Stimme brach und seine Hände zitterten, als er sie auf ihre blutigen Oberschenkel legte. Trotzdem hatte er es gesagt.

„Und ich liebe Euch", sagte sie keuchend und lächelte ihn strahlend an.

Der Erbe von de Ware und nächste *Laird* von Gavin war im Begriff auf die Welt zu kommen. Er wollte verdammt sein, wenn er seine Frau auf dem Schlachtfeld im Stich ließ. Außerdem wollte er verdammt sein, wenn er von dieser legendären Geburt ausgeschlossen werden würde.

# EPILOG

„Mama!"

Cambria konnte das Heulen ihres vierjährigen Neffen über den Hügel von Blackhaugh hören. Sie schaute von ihren Skizzen mit Rüstungsentwürfen hoch und hob fragend eine Augenbraue.

Linet klackte mit der Zunge und warf einen goldenen Zopf über ihre Schulter. Sie legte die Stoffmuster, die sie Cambria gezeigt hatte, beiseite und wartete, dass ihr Sohn weinend zu ihr gelaufen kam.

„Mama!", rief er und hatte eine Hand an sein Auge gedrückt, wobei seine kurzen Beine im Gras versanken. „Skye hat es schon wieder getan!"

Cambria legte halb vor Entsetzen und halb um ihre Heiterkeit zu verbergen ihre Hand über ihren Mund. Es war schön, dass Holdens Familie wieder auf Blackhaugh zu Besuch war, aber sie waren erst zwei Tage in Schottland und schon hatte Cambrias Tochter ihren Vetter schon zum dritten Mal in einer Prügelei besiegt. Entschuldigend schaute sie zu Linet und machte sich auf den Weg, ihr eigensinniges Kind zu suchen.

Sie war sicherlich ein wenig schwierig und wild und so wenig fügsam, wie sie einst gewesen war. Zumindest beschwerte sich der Verwalter Malcolm sehr oft dahingehend. Häufig entdeckte Cambria den knurrenden Verwalter und seinen allgegenwärtigen Begleiter Sir Guy, wie sie sich über ein bestimmtes Manöver mit dem Schwert stritten, während Skye sie brillant nachahmte.

Holden schien es nichts auszumachen. Ihre Entführung hatte ihn hinsichtlich der Vorteile einer Bewaffnung seiner Frauen überzeugt. Tatsächlich hatte er es auf sich genommen, ihre Verteidigungstechniken verbessern.

Er hatte auch große Pläne für ihren zwei Jahre alten Angus, der im Augenblick weiter oben auf dem Hügel in den Armen seines Vaters schlief. Holden hatte bereits mit dem Training des kleinen Kerls begonnen und ihm ein hölzernes Schwert geschenkt. Außerdem hatte er ihn stolz auf Ariel getragen und ihm die besten Krieger in seiner Truppe vorgestellt.

Ach ja, da war jetzt eine seiner besten, dachte Cambria lächelnd, als sie Skye über einen Erdhaufen springen sah um gegen einen Eichenstumpf zu kämpfen. Ihr kleiner Rabauke war auf jeden Fall für eines gut, musste sie zugeben – Skye testete Cambrias Rüstungsentwürfe, bevor sie für die Ritter geschmiedet wurden. Kein Krieger hätte ein Kettenhemd oder eine Rüstungsplatte besseren Versuchen unterziehen können.

„Mama!", rief Skye, als sie ihre Mutter sah. Ich habe diesen Mistkerl, Sir Roland de Ware besiegt! Ich bin die beste!"

Cambria zwang sich zu einem Stirnrunzeln, was nicht leicht war. „Und warum hast du gegen deinen Vetter gekämpft?"

Skye schmollte. „Er hat gesagt, dass sein Papa meinen Papa besiegen könnte." Sie runzelte die Stirn. „Das stimmt doch nicht, oder?"

Cambria musste grinsen. „Nun, das wird morgen im großen Turnier entschieden, Skye. Das ist nichts, worüber du und Roland kämpfen müsst. Du weißt doch, dass nicht alle Streitigkeiten mit Fäusten und Schwertern entschieden werden müssen." Sie setzte sich auf den Boden und legte einen Arm um ihre Tochter, die ein Kettenhemd trug. „Habe ich dir jemals die Geschichte erzählt, wie dein Papa mich überzeugt hat ihn zu heiraten?"

Holden bewegte seinen schlafenden Sohn in seinen Armen betrachtete die Nachricht des Mönchs genauer.

„Verdammt", lästerte er.

Der Mönch zuckte sichtbar bei dem Fluch zusammen.

„So so", sagte Duncan über seine Schulter und seine blauen Augen funkelten, als er die Nachricht las. „Es wird aber auch höchste Zeit."

Dann schaute Duncan an ihm vorbei und Holden folgte seinem Blick. Linet watschelte den Hügel hinauf auf sie zu und ihr blonder Sohn hing an ihrem geschwollenen Bauch.

„Ach Linet, meine Liebe, da seid Ihr ja", strahlte Duncan und streckte die Hand aus um ihr zu helfen. „Ich fürchte, Mylady, ich werde den Sieg über meinen Bruder auf dem Übungsfeld verschieben müssen. Es scheint, dass wir in England gebraucht werden."

Abwesend strich Linet über ihren Bauch und ihre grünen Augen wurden traurig. Holden wusste, dass sie Cambria an ihrer Seite haben wollte für die Geburt.

„Ich sehe keinen Grund, warum Cambria und ich nicht auch kommen können", beruhigte Holden sie.

„Roland!", rief Duncan plötzlich beim Anblick seines Sohnes, dessen Auge eine hässliche lila Farbe angenommen zu haben schien. „Woher hast du das blaue Auge?"

„Das war Skye!", rief der Junge in kaum verständlichen Worten. „Skye hat gesagt, dass sie ein Ritter ist und dass wir in einer Schlacht wären!"

Holden verdrehte die Augen und biss die Zähne zusammen. Er hörte solche Geschichten jetzt schon seit sechs Monaten. Mehr als die Hälfte der Kinder auf der Burg hatten Verletzungen, die irgendwie von Skye stammten. Es wurde langsam peinlich.

Duncan lachte jedoch nur und tippte auf das Dokument in seiner Hand. „Scheinbar wird sich unser kleiner Bruder auch schon bald mit väterlichen Problemen herumschlagen."

„Garth?", fragte Linet.

„Er heiratet und hier steht, es sei eine Frage der Ehre", sagte Duncan mit einem Grinsen und zeigte auf die Nachricht.

„Er wird schon bald Vater", erklärte Holden. „Und scheinbar bedeutet das nicht *Heiliger* Vater. Er hat uns in aller Eile zu seiner Hochzeit eingeladen."

„Garth?", fragte Linet. „Verheiratet?"

Sie gab dem kleinen Roland einen Klaps auf den Po und schickte ihn in die Arme seines neuen Lieblingsfreundes, Sir Guy, der auf dem Feld erschien.

„Aber Garth lebt doch in einem Kloster", argumentierte sie.

Holden und Duncan grinsten einander wissend an.

„Er ist ein de Ware", erklärte Duncan.

Holden lachte und störte seinen schlafenden Sohn, den er dann wieder in den Schlaf wiegte. Er freute sich, dass Garth eine Familie gründete. Nichts war so bereichernd wie eine geliebte Frau und nichts ein so guter Ausgleich wie Vater zu sein. Kein großartiger Kriegszug, keine Ansammlung von Reichtümern und kein Sieg in einem Turnier könnte ihn so sehr erfreuen wie der Himmel, den er in den Armen seiner Familie gefunden hatte.

Ein silberner Blitz über dem Feld erregte seine Aufmerksamkeit. Da waren jetzt seine beiden wertvollen Juwelen – Cambria und Skye – die in der gleichen funkelnden Rüstung über das Gras sprangen. Bei ihrem Anblick ging ihm das Herz auf. Sie waren seine geliebten Damen, die beide so schön wie Seen in den Highlands, so bezaubernd wie Waldelfen und so ausgelassen und sorglos wie Schottland selbst waren.

Er atmete die frische Gavin-Luft ein und ging zu ihnen, um ihnen von den guten Nachrichten zu erzählen.

ENDE

# VIELEN DANK, DASS SIE MEIN BUCH GELESEN HABEN!

Mögen alle Ihre Abenteuer
gut ausgehen!

Wollen Sie noch mehr lesen?
Melden Sie sich an und erhalten Sie meinen monatlichen e-Newsletter unter www.glynnis.net
Dann erfahren Sie als Erste(r) alles über Neuerscheinungen, Sonderangebote, Preise, verkaufsfördernde Maßnahmen und mehr!

Hat Ihnen dieses Buch gefallen?
Wenn ja, hoffe ich, dass sie eine Rezension posten um anderen davon zu erzählen.

Und wenn Sie wissen wollen, was ich privat so treibe …
Freunden Sie sich mit mir auf Facebook an und folgen Sie mir auf Twitter

Vorschau auf ...

# mein held

Buch 3 der Reihe
*Die Ritter von de Ware*

J ohn hatte die ganze Zeit gewusst, dass sie ihn nicht liebte. Er hatte es gewusst. Warum hätte er sonst diesen schrecklichen Schwur von ihr fordern sollen? Warum hätte er sonst jene Worte wählen sollen? *Schwört mir, dass Ihr wieder heiraten werdet,* hatte er gesagt. *Schwört mir, dass Ihr wieder heiraten werdet ... aus Liebe.*

Heiße Tränen liefen ihr über die Wange. Ein würgender Schmerz ließ ihren Atem stocken. Plötzlich empfand sie den Verlust Johns wie einen schweren Felsen, der auf ihre Brust drückte.

Oh Gott, er hatte es gewusst.

Ihr Herz zog sich vor tiefer Trauer zusammen und Schuldgefühle erdrückten sie. Sie fiel auf dem nassen Gras auf die Knie und vergrub ihr Gesicht in ihren Händen. Dann weinte sie – um John, um sich selbst, ihre Blindheit und seine Gutmütigkeit. Trauer regnete auf ihre Seele wie der erste Winterregen auf die vertrocknete Sommererde und erstaunte, verzehrte und ertränkte sie.

Wochen und Monate voller Trauer sprudelten aus ihr heraus und es dauerte lange, bis ihre heilenden Tränen versiegten. Aber schließlich ließ ihr Schluchzen nach und es kam nur noch ein Hicksen um sie an den Sturm zu erinnern ... das und die Narzissen, die sich fröhlich bewegten und ihren Ausbruch scheinbar nicht bemerkt hatten.

Wie schön sie doch waren. Es waren genug, um einen kleinen Strauß daraus zu binden. Mit einem schwachen Lächeln auf den Lippen dachte sie, dass sie genau den richtigen Ort für den Strauß wusste. Sie wischte sich über die Augen und schnitt dann die Blumen vorsichtig mit ihrem Dolch ab.

Was vorbei war, war vorbei, beschloss sie, während sie die Blüten in ihrer schmutzigen Schürze sammelte. Ganz gleich, welche Fehler sie gemacht hatte, John war als glücklicher Mann gestorben. Sie musste das glauben. Außerdem hätte er es nicht gewollt, dass sie tagelang um ihn weinte; nicht, wenn die Sonne so warm schien und die Narzissen blühten.

Was das Versprechen betraf ... wenn sie niemals die Kraft fand, es zu erfüllen, niemals den Willen aufbrachte, Johns Erinnerung zu mindern, indem sie ihre Zuneigung für ihn durch eine blasse Imitation der Zuneigung für einen anderen ersetzte, würde John es zumindest niemals wissen. Wenn sie bis zu ihrem Lebensende das Versprechen nicht erfüllt hatte, war es eine Angelegenheit zwischen Gott und ihr, was mit ihrer unsterblichen Seele passierte. Nay, sie hatte nie vorgehabt, einen anderen zu heiraten.

Mit ihrer vollen Schürze machte sich Cynthia auf den Weg zur Wendeville-Kapelle. Sie fühlte sich jetzt weniger als die Burgherrin und eher wie eine arme Frau, die dem König ein Geschenk bringt, während sie barfuß über den Rasen mit den gelben Blüten an ihrem Bauch ging und das Gefühl wurde noch durch die beeindruckende Erscheinung der Kapelle an sich vergrößert.

Ganz gleich, wie oft sie sie besuchte, die Kapelle erfüllte sie immer wieder mit Ehrfurcht. Sie war heilig, still und gelassen und zählte zum ältesten Teil der Burg. Die Nachmittagssonne fiel durch die strahlenden bunten Fenster und ließ Muster wie helle Blütenblätter auf dem kühlen grauen Steinboden erscheinen.

Die neue Kanzel der Kapelle erschreckte sie. Die große steinerne Grabstätte, die das Hauptschiff dominierte, trug ein steinernes Abbild von Lord John Wendeville, wie er vermutlich als junger Mann ausgesehen hatte. Aber Cynthia sah nur das Gesicht eines Fremden, als sie darauf blickte. Der Mann war wie ein Ritter angezogen, ein Löwe kauerte ihm zu Füßen und seine Hände waren im Gebet gefaltet. Auf diese Hände, die denen ihres verstorbenen Ehemannes gar nicht ähnlich waren, legte sie vorsichtig die Narzissen.

„Ich habe Euch Blumen gebracht, John", flüsterte sie und doch schien ihre Stimme wie ein Schrei in der totenstillen Kapelle zu sein. „Der Garten wird wunderschön sein dieses Jahr. Der lange Winter hat den Rosen nichts anhaben können."

Vorsichtig zog sie die Blüten auseinander und verteilte sie auf der Grabstätte, dann nahm sie ihre schmutzige Schürze ab und ließ sie zu Boden fallen.

„Ich habe heute den ersten Kuckuck gehört. Es hat mich an das eine Lied erinnert. Wie ging es noch?"

Sie beugte ihren Kopf über ihre Hände um nachzudenken und war nah genug, dass eine Biene, die in einer der Narzissen gesessen hatte, auf ihr Haar flog.

Dann fing sie an leise ein Lied über einen unhöflichen Kuckuck, der einem Rotkehlchen das Abendessen stahl, zu summen und dazwischen setzte sie die Worte ein, wo sie sich an diese erinnern konnte.

Die Biene wanderte über ihre orangefarbenen Locken auf der Suche nach Nektar. Sie stolperte zweimal, fiel auf einer Locke weiter nach unten und verlor dann ihren Halt völlig.

Cynthia kämpfte sich durch den letzten Vers und warf dann den Kopf zurück, um den bekannten Refrain zu singen.

Die verwirrte Biene war verärgert, verheddert sich in ihrem Haar und landete auf ihrem Rücken. Als sie sich wiederaufgerichtet hatte, stach sie zu.

Das Lied endete mit einem Kreischen. Cynthia legte schnell eine Hand auf ihre Schulter, die andere an ihren Mund und war nicht nur von dem scharfen Schmerz fasziniert, sondern auch von der Lautstärke ihrer eigenen Stimme, als diese an den Steinmauern echote. Sie sprang zurück, verteilte die Blumen über den Rand des Abbilds und zuckte zusammen, als ihre Finger das halbtote Insekt wegwischten. Es summte im Kreis auf dem Boden und sie runzelte die Stirn.

„Eine Biene!", sagte sie verwundert. Es war kaum Frühling. Was machte eine Biene ...

eine seltsame Vibration zog an ihrem Nacken. Irgendein lange vergessenes Ereignis schob sich nach oben durch die Kruste der Erinnerung um neugeboren zu werden. In all den Jahren, in denen sie gegärtnert hatte, war sie erst einmal vor langer Zeit gestochen worden. Diesen Schmerz jedoch vergaß man nie wieder.

Plötzlich war es ihr so klar, als wäre es gestern erst passiert – der de Ware Garten, die Rosen, die Bienen und der Junge.

Plötzlich öffnete sich die Kapellentür mit einem Knall.

Sie drehte sich um. Ihr Herz machte einen Satz. Die Tür schlug auf und sprang von der Wand zurück.

Ein großer dunkelhaariger Fremder stand in der Tür.

Sein dunkles Gewand wehte um ihn herum, seine Schultern waren angespannt und er ballte seine Hände zu Fäusten, als wollte er sich auf eine Schlacht vorbereiten. Sein Brustkorb hob und senkte sich vor Anstrengung und er schaute sie mit seinen wilden grünen Augen finster an, als wollte er sie verurteilen.

Staub verteilte sich im Sonnenlicht, aber sie konnte sich weder bewegen, noch konnte sie atmen. Der Mann atmete ein oder zweimal tief durch und sie stand immer noch gefesselt von seinem Blick an der gleichen Stelle.

Schließlich zerstörte eine vertraute Gestalt den Augenblick und trat an dem Mann vorbei nach vorn, wobei sein schwarzes Mönchsgewand das Licht wie Schatten schluckte. „Seid Ihr krank, Kind?"

„ Oh!", hauchte sie und legte eine Hand auf ihre Brust um ihre Panik zu unterdrücken.

Der Abt sah auf sie herab. „Ich hoffe, wir haben Euch nicht erschreckt."

Natürlich hatte er sie halb zu Tode erschreckt. Aber so wie sie den Abt kannte, hatte er dies wahrscheinlich beabsichtigt. Tatsächlich empfand sie es in gewisser Weise als befriedigend, dass ihr plötzliches Kreischen möglicherweise *ihn* erschreckt hatte.

„Ich hoffe, *ich* habe Euch nicht ..." Die Worte blieben ihr im Halse stecken, als ihr Blick wieder auf den Mann fiel, der den Abt begleitete. Er trug das Gewand eines heiligen Mannes, aber er sah wie kein Mönch aus, den sie jemals zuvor gesehen hatte. „Erschreckt?"

Sie riss ihren Blick lange genug los, dass sie sehen konnte, wie der Abt sie mit wenig Zuneigung anlächelte. „Es gibt nichts, was Ihr tun könntet, was mich jemals erschrecken würde, Kind."

Normalerweise würde sie eine schlaue Antwort geben, aber heute war sie nicht an einem verbalen Duell mit dem Abt interessiert. Sie war vielmehr von seinem Begleiter fasziniert– dem großen breitschultrigen Geistlichen mit dem grimmigen Gesicht, der sie mit seinem bohrenden Blick herauszufordern schien.

„Ich habe einen Geistlichen für Wendeville mitgebracht", dröhnte der Abt und schaute auf die Biene, die immer noch auf den Steinen neben ihren nackten Füßen kreiste. „Scheinbar keinen Augenblick zu früh, denn das *Ungeziefer* hat die Kapelle bereits befallen." Cynthia schaute den Abt kurz an und hatte den klaren Eindruck, dass er sich nicht nur auf die Biene bezog. „Lady Cynthia", sagte er und nickte mit falscher Ergebenheit, „darf ich Euch Vater Garth vorstellen."

Garth.

Sie schaute genauer hin.

Das konnte nicht sein, dachte sie. Es war nur ein Zufall. Die Biene hatte sie dazu gebracht, dass sie sich an den Jungen in dem Garten erinnerte und hier stand ein Mann mit seinem Namen. Garth war ein recht gewöhnlicher Name. Sicherlich war es nicht der gleiche Garth. Und doch ...

„Garth?" Ihr Puls pochte heftig in ihren Schläfen. Diese plötzliche Aufregung war kindisch. Aber der Mann vor ihr hatte graugrüne Augen und kastanienbraunes Haar und plötzlich wünschte sie sich von ganzem Herzen, ob es kindisch war oder nicht, dass er jener Junge war. Es war naiv und eine Erinnerung aus ihrer Jugend als Mädchen, die voller Elfen und alberner Träume gewesen war, und jetzt war sie eine erwachsene Frau. Sie konnte sich an keine Zeit erinnern, in der sie glücklicher gewesen war, diese friedliche Zeit, bevor ihre Mutter gestorben war. Garth de

Ware war ein Teil jenes Lebens gewesen. Bitte, betete sie mit uncharakteristischem Gefühl, *lass es ihn sein.*

Garth hatte sich in seinem ganzen Leben noch nie so unbehaglich gefühlt. Bei Gott, er hatte gedacht, dass er seine kriegerische Art hinter sich gelassen hatte.

Der Schrei der Dame hatte alles in Gang gesetzt. Bei dem Geräusch war ihm das Herz stehen geblieben und zum ersten Mal seit vier Jahren hatte sich seine Hand an seine linke Hüfte gelegt und nach seinem Schwert gesucht, aber nichts als seine Soutane gefunden.

Seine instinktive Reaktion hatte ihn ebenso sehr wie das Kreischen einer Frau in Nöten verunsichert und er war in die Kapelle geplatzt wie ein Ritter, der sie retten wollte.

Dann erstarrte er. Fast hätte er sein Schweigegelübde gebrochen. Vor ihm in dem ätherischen Licht der sonnendurchfluteten Kapelle stand die magischste und wunderbarste Kreatur, die er jemals gesehen hatte. Lähmende Hitze stieg in ihm auf. Ihm stockte der Atem und sein Herz stolperte wie ein verwundetes Schlachtross.

Der Teufel hatte eine hübsche Gestalt angenommen. Es gab keine andere Erklärung für eine solche Schönheit. Die Frau war fast so groß wie er, aber so statuenhaft und wohl proportioniert wie die heidnischen Skulpturen, die er vor langer Zeit in Rom gesehen hatte. Ihre Haut war weich und leuchtend wie das Fleisch einer Aprikose und auf ihrer Nase und ihren Wangen waren Sommersprossen zu sehen. Ihre Lippen waren sinnlich und so einladend wie ein Kirschkuchen und ihre Augen hatten eine ätherische blaue Farbe, die nur von einem klaren englischen Himmel erreicht werden konnte. Am Auffälligsten jedoch war ihr offenes orangefarbenes Haar, das in Locken um ihr Gesicht fiel und es wie ein stürmischer Heiligenschein rahmte.

Es erinnerte ihn an Ringelblumen und Sonnenlicht und lang vergessene Sommer voller kindlicher Unschuld.

Unter den Schmutzflecken hatte ihr Surcot die Farbe von Tannen in den Highlands. Ein blaugraues Kleid darunter schmiegte sich um ihre hübsche Figur und der Anblick der weiblichen Kurven, die es offenbarte, ließ Garths Nasenflügel beben wie die eines Pferdes, das eine Gefahr spürt.

*Heilige Mutter Gottes,* dachte er verzweifelt, *was soll mich jetzt in Versuchung führen?* Sicherlich war das hier ein Scherz. Der Abt konnte das nicht ernst meinen. Er musste verrückt sein, dass er einen Mann, der mit der Sünde der Versuchung belastet war, in den Haushalt Evas platziert hatte.

Die Frau musterte ihn von Kopf bis Fuß und schließlich blieb ihr Blick an seinem Gesicht hängen und suchte nach … irgendetwas in seinen Augen. „Könnte es möglich sein", sagte sie leise und ihre zarte Stimme sprühte über seine Nerven wie Honig, „dass Euer Name de Ware ist?"

Er erstarrte. Sie hatte von ihm gehört.

„In der Tat", sagte der Abt kühl. „Seid Ihr mit seiner Familie bekannt?"

Garth sah, dass ihr Gesicht sich vor Freude erhellte. Das ließ ihn innerlich dahin schmelzen.

„Es ist schon länger her", hauchte sie. „Aber ich freue mich so sehr Euch wiederzusehen, Garth." Freundlich neigte sie ihren Kopf und streckte ihre Hand aus. Ihre Hand war kräftig und ehrlich, wenn auch ein wenig schmutzig, aber unbehindert von Schmuck oder Arglist. „Mein Vater war Lord Harold le Wyte?", half sie ihm auf die Sprünge.

Panik überkam ihn, als er auf ihre Hand starrte. Ohne

sie zu berühren wusste er, dass sie so warm wie frisch gebackenes Brot sein würde. Er unterdrückte das Verlangen sie zu ergreifen und begrüßte sie stattdessen mit sicherem, eisernem Schweigen.

Was Lord Harold le Wyte betraf, er erinnerte sich weder an ihren Vater noch wollte er sich an *sie* erinnern. Wenn er sie erkannt hätte, dann stammte sie aus einer Zeit, die er sicher unter Verschluss hielt und er wollte diese Kiste niemals mehr öffnen.

Ihr hübsches Lächeln geriet ins Wanken. Ihre Hand hing in der Luft.

„Oh, ich muss wohl hinzufügen", sagte der Abt, „dass Vater Garth ein Schweigegelübde abgelegt hat."

Das Lächeln gefror in ihrem Gesicht. Unbehaglich zog sie ihre Hand zurück. Garth verspürte ein wenig Reue, aber er war noch nie in seinem Leben dankbarer für eine Buße gewesen. Er hätte kein Wort herausbringen können, selbst, wenn sein Leben davon abhing.

„Ich verstehe." Sie sah überhaupt nicht aus, als würde sie es verstehen. Tatsächlich sah sie ziemlich beleidigt aus, als wenn er das Gelübde nur abgelegt hätte, um sie zu ärgern.

„Es ist eine vorübergehende Buße", fügte der Abt hinzu, „nur noch eine weitere Woche."

„Ach." Sie schaute ihn an und schien ihn ein wenig zu gründlich zu mustern.

„Ich bin mir sicher, Lady Cynthia, Ihr werdet mit Vater Garth zufrieden sein. Er war vier Jahre im Kloster, kann sehr gut schreiben und ist ein Fachmann für Sünde und das moralisch einwandfreie Leben."

Bei dem subtilen Stich des Abtes zuckte Garth zusammen.

„Ich bin so froh, dass Ihr ihn gefunden habt, Abt", sagte die Dame.

Garth wusste, dass er dem Untergang geweiht war. Die wehmütige Sehnsucht in ihrem Blick würde sein Niedergang sein. Allein ihre Gegenwart erschütterte seine Haltung und machte unaussprechliche Dinge mit seinen Lenden. Der Herr möge ihm gnädig sein, aber nur die Kastrierung wäre ein Weg aus der Hölle, zu der sich sein Leben im Begriff war zu entwickeln.

# ÜBER GLYNNIS CAMPBELL

Ich bin eine USA Today Bestsellerautorin von verwegenen, abenteuerlichen, spannenden, historischen Liebesromanen mit über einem halben Dutzend preisgekrönter Bücher, die bereits in sechs Sprachen übersetzt wurden.

Aber bevor ich die Rolle der mittelalterlichen Heiratsvermittlerin übernahm, habe ich in der Mädchen-Band, „The Pinups", auf CBS Records gesungen und meine Stimme den MTV-Animationsserien „The Maxx", „Blizzard's Diablo" und den Starcraft-Videospielen und Star Wars-Hörbüchern geliehen.

Ich bin mit einem Rockstar verheiratet (wenn Sie wissen möchten, mit wem, kontaktieren Sie mich) und habe zwei Kinder. Ich schreibe am Liebsten auf Kreuzfahrtschiffen, in schottischen Schlössern, im Tourbus meines Mannes und zuhause in meinem sonnigen Garten in Südkalifornien.

Ich nehme meine LeserInnen gern mit an Orte, wo kühne Helden liebenswerte Fehler haben und die Frauen stärker sind als sie aussehen, wo das Land üppig und wild ist und Ritterlichkeit an der Tagesordnung ist.

Ich freue mich immer wieder, von meinen LeserInnen zu hören. Schicken Sie mir daher gern eine E-Mail an glynnis@glynnis.net. Und falls sie ein Super-Fan sind und Teil meines inneren Kreises werden wollen, melden Sie sich an, um ein Mitglied des Glynnis Campbell Leser-Clans auf Facebook zu werden. Dort können Sie hinter die Szenen blicken, erhalten Vorschauen auf noch nicht erschienene Bücher und besondere Überraschungen!

www.ingramcontent.com/pod-product-compliance
Lightning Source LLC
Chambersburg PA
CBHW010725100726
47899CB00009B/2933

* 9 7 8 1 6 3 4 8 0 1 0 7 2 *